冰与火之歌 5

卷二 列王的纷争 [中]

A SONG OF ICE AND FIRE
II·A CLASH OF KINGS

[美] 乔治 R.R. 马丁 著

屈畅 胡绍晏 谭光磊 译

重庆出版集团 重庆出版社

Copyright ©1999 by George R.R. Martin
The Song of Ice and Fire (Book 2)
A Clash of Kings
By George R.R. Martin
Simplified Chinese Translation Copyright © 2018 by Chongqing Publishing House Co., Ltd.
This edition arranged with The Lotts Agency Ltd.through Andrew Nurnberg Associates International Limited
All rights reserved.

本书中文简体字版通过美国 Lotts Agency 公司及安德鲁·纳伯格联合国际有限公司独家授权出版
版权所有，侵权必究
版贸核渝字（2016）第 151 号

图书在版编目（CIP）数据

冰与火之歌.5：卷二，列王的纷争.中／（美）乔治·R.R. 马丁著；屈畅，谭光磊，胡绍晏译.—重庆：重庆出版社，2018.1
 ISBN 978-7-229-12858-6

Ⅰ.①冰… Ⅱ.①乔… ②屈… ③谭… ④胡… Ⅲ.①长篇小说－美国－现代 Ⅳ.① I712.45

中国版本图书馆 CIP 数据核字（2017）第 280221 号

冰与火之歌 5
【卷二】列王的纷争（中）
BING YU HUO ZHI GE 5
[JUAN ER] LIEWANG DE FENZHENG （ZHONG）

[美] 乔治·R.R. 马丁 著　屈　畅　谭光磊　胡绍晏　译
责任编辑：邹　禾　唐弋淄
装帧设计：谢颖设计工作室
封面图案设计：罗　烜
插图：曹　珂
责任校对：李小君

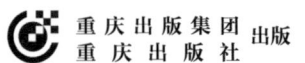

重庆出版集团 出版
重庆出版社

重庆市南岸区南滨路 162 号 1 幢　邮政编码：400061　http://www.cqph.com
重庆出版社艺术设计有限公司 制版
重庆市鹏程印务有限公司 印刷
重庆出版集团图书发行有限责任公司 发行
E-mail:fxchu@cqph.com　邮购电话：023-61520646
全国新华书店经销

开本：890mm×1230mm　1/32　印张：10.375　字数：245 千
2018 年 1 月第 2 版　2022 年 3 月第 2 次印刷
ISBN：978-7-229-12858-6
定价：42.00 元

如有印装问题，请向本集团图书发行有限责任公司调换：023-61520678

版权所有　侵权必究

凯特琳

躺在一望无垠、绵延起伏的大草原上，凯特琳梦见布兰在她面前活蹦乱跳，艾莉亚和珊莎握着她的手，婴儿瑞肯咬着她的乳房。她的罗柏，没有了王冠，拿起了木剑。而当一切都归于沉寂，奈德躺在她的床上，暗夜之中轻浅地微笑。

多么甜蜜，甜蜜的事总是不会久长。黎明无情地到来，阳光如同匕首穿刺而下。她浑身酸痛地醒来，孤独而疲惫：因骑马而疲惫，因心伤而疲惫，因责任而疲惫。只想痛哭一场，她不自禁地想，只想有人给我安慰，我真的厌倦了竭力坚强。如果能再一次，再一次变回那个天真又胆怯的小女孩，就一次，真的……一天……一个小时……

帐外，人来人往。她听见马的嘶鸣，夏德在抱怨睡硬了背，文德尔爵士则索要弓箭。凯特琳唯愿他们统统走开。他们都是好人，忠心耿耿，可她实在厌倦了所有人，她只想要她的孩子。总有一天，在梦中她曾向自己保证，总有一天她会放任自己不再坚强。

但不是今天。今天真的不行。

她摸索起衣服，发现手指比平日更加笨拙僵硬。还能使用这双手她本当感到庆幸。割她的匕首乃是瓦雷利亚钢所制，瓦雷利亚兵器锋利嗜血，只需瞟一眼伤口便能明了。

出了门，只见夏德正用壶煮燕麦粥，文德尔·曼德勒爵士则在调试弓箭。"夫人，"凯特琳出来时他道，"原野上空有鸟儿呢。要不我给您的早餐加点烤肉？"

"谢谢，我想燕麦和面包应该足够……应付我们所有人。今天还要赶很长的路，曼德勒爵士。"

"如您所愿，夫人。"圆脸骑士有些丧气，海象般的大把胡须失望地颤动。"燕麦和面包，还有什么比这更好？"他是凯特琳所识最为肥胖的人之一，他不仅爱食物，对荣誉的渴求更是甚而过之。

"我找到点荨麻，沏了壶茶，"夏德宣布，"夫人您来一杯？"

"好的，非常感谢。"

她用自己残破的手掌抱住茶杯，呵着气，等茶冷却。夏德是临冬城的兵士之一。为了让她平安地前去拜会蓝礼，罗柏不仅派出手下二十名最可靠的卫士，还让五位贵族与她同行，期望他们的名号和血统能为她的使命增添敬意与分量。他们一路南下，远离市镇和城堡，不时邂逅成群的武装人员，瞥见东方地平线上滚滚浓烟。无人前来骚扰。作为威胁，他们人太少；当成猎物，他们人太多。就这样，他们终于安然渡过黑水河，将混乱的江山抛在马后。自此四天以来，没有一丝一毫战争的迹象。

此行并非凯特琳的意思。在奔流城，她和罗柏争辩了许多。"我上次见到蓝礼时，他还没你弟弟布兰大。我根本就不了解他。派别人去。我有责任留在这里陪伴父亲，直到他最后的时辰到来。"

儿子不悦地望着她。"没别人可派。我不可能亲自去。你父亲病得太厉害。黑鱼则是我的耳目，我不能缺了他。至于你弟弟，我需要他坐镇奔流城，当我们进军——"

"进军？"没人跟她提过进军。

"我不能枯坐奔流城，等待和平，这会授人以柄，教世人说我害怕再上战场。父亲教导过我，无仗可打时，士兵就会思念壁炉和丰收……近来，我的北军也开始焦躁不宁。"

我的北军，她品味着，他连说话的方式都开始变得像个国王。

"焦躁不宁不会导致伤亡,轻率鲁莽却大不一样。我们播下了种子,应该耐心等待它们成长。"

罗柏倔犟地摇摇头,"事实是,我们把种子抛进了狂风。若你妹妹莱莎肯派援军前来,早该有口信啦。想想我们给鹰巢城派了多少鸟,起码四只?我也希望和平,可如果我只傻坐在原地,听任我的军队像盛夏的雪花一般急速融化,兰尼斯特什么也不会给我。"

"所以为了那自负的勇气,你就非得让泰温大人牵着鼻子走?"她吼回去。"进军赫伦堡正中其下怀,听听你布林登叔叔的意见吧,如果——"

"谁说我要去赫伦堡?"罗柏道,"眼下唯一的问题是,你是为了我出使蓝礼呢,还是逼我派大琼恩去?"

忆起往事,她的脸颊泛起苍白的微笑。多直白的要挟,说真的,一个十五岁的男孩能做到这点,倒应该感到骄傲。罗柏深知与蓝礼·拜拉席恩这样的人打交道没有比大琼恩·安柏更不合适的人选了,他更明白她也知道。他让她无法拒绝,只能祈祷在返回之前父亲别有什么不测。她想:倘若霍斯特公爵身体安康,一定会自告奋勇担任使节。纵使百般宽慰,离别依旧让人伤感。当她到床前辞行时,他甚至根本不认得她。"米妮莎,"他唤她,"孩子们在哪儿?我的小凯特,我可爱的莱莎……"凯特琳吻了他的额头,告诉他,他的宝贝们一切都好。"等我回来,大人,"当他阖上倦眼,她轻声说,"我等过你,噢,等了好多好多次。这次轮到了你,一定要等我回来。"

命运一次又一次把我拖向南方,凯特琳就着苦涩的茶水边呷边想,此时此刻,我本当返回北国,重整家园。在奔流城的最后一夜,她就着烛光给布兰和瑞肯写信。我没有抛下你们,我的小甜心,你们一定要相信。只是你们的哥哥更需要我。

"预计今天就能抵达曼德河上游,夫人。"夏德搅拌麦片粥时，文德尔爵士宣布，"如果道上打听的消息属实，蓝礼大人就在附近。"

见了他我又能说什么？告诉他我儿子不承认他是真正的国王？她对这场会晤不抱希望。我们需要的是朋友，不是更多敌手，而罗柏坚决不同意向一个他觉得毫无权利登上王位的人屈膝臣服。

她食不甘味，勉强咽下麦片粥，把碗放到一旁。"我们该出发了。"越早见到蓝礼，她就能越早打道回府。她头一个翻上马背，带领纵队快速前进。哈里斯·莫兰骑行身旁，高举史塔克家族的旗帜。雪白布底上的冰原狼迎风招展。

他们被发现时，离蓝礼大营尚有半日之遥。罗宾·菲林特是他们的斥候，他飞驰回报远方的风车上有人监视。但等凯特琳的队伍赶到磨坊，陌生人已然离去。他们继续前进，不出一里却被蓝礼的马队团团围住。一位花白胡子的老骑士领着二十个全副武装的骑兵，老人的外套上有蓝鸟徽记。

当他看见她的旗号，便独自策马上前。"夫人，"他喊，"在下是青池的科棱爵士，愿意为您效劳。您此刻正身临险境。"

"我们的任务非常紧急。"她答道。"我以我儿罗柏·史塔克——北境之王的信使的身份，前来会晤南境之王，蓝礼·拜拉席恩。"

"蓝礼国王是经正式加冕涂抹圣油的七国之君，夫人。"科棱爵士应道，礼貌依然。"陛下此刻和他的军队一道驻扎于苦桥，那是玫瑰大道横跨曼德河的要害，护送您前往是我莫大的荣幸。"骑士举起一只铁拳，手下士兵闪向两边，站在凯特琳和她的护卫侧旁。这是护送还是捉拿？她心想。如今也只好信任科棱爵士的荣誉，当然，还得信任蓝礼大人。

离大河尚有一小时骑程，他们便看见营火的烟柱。接着，各种声音飘过农场、田地和原野汹涌而来，朦朦胧胧，有如远海的呼

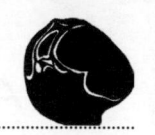

唤。渐行渐近,涛声便愈加强烈。待他们终于瞧见阳光下闪耀的混浊的曼德河水,声音也变得清晰,分辨出人语,金铁交击和马嘶。对他们而言,尽管有先前的烟柱和声响预作提醒,仍旧不由自主地为眼前的大军张口结舌。

成千的营火使空中弥漫着苍白的薄雾。排列整齐的马匹绵延数里格。为制造承载旌旗的长杆,一整座树林被砍伐而光。巨大的攻城器排列在玫瑰大道两旁的葱绿草坪上,有投石机、弩炮和攻城锤,那冲锤光车轮就比一个骑兵还高。艳阳下,无数的矛尖闪着红光,仿佛正在泣血。诸侯和骑士们的营帐好似丝质蘑菇,遍布四野。她看见拿矛的兵、持剑的兵、戴盔穿甲的兵,看见招摇过市的营妓,看见搭装羽毛的弓箭手,看见驱赶货车的杂役,看见喂养牲畜的猪倌,看见传送信息的听差,看见磨砺长剑的侍从,看见驱策战马的骑士,看见呵斥劣驹的马夫。"不可思议……这么多军队。"文德尔·曼德勒爵士评论。他们越过一道古老的石拱桥——此桥正名为"苦桥"。

"没错。"凯特琳赞同。

看来,几乎所有的南境贵族都响应蓝礼的号召。四处可见高庭的金玫瑰:绣在兵士和仆人们的右胸前,招展在装饰长枪和木矛的绿丝幡上,刻画在提利尔家族五花八门的旁支——儿子、兄弟、表亲、叔舅——帐门的盾牌上。凯特琳还看见佛罗伦家族的狐狸鲜花旗,两支佛索威家族的青苹果旗和红苹果旗,塔利伯爵的健步猎人旗,奥克赫特家族的橡树叶旗,克连恩家族的鹅旗,以及穆伦道尔家族那描绘成群黑橙蝴蝶的旗帜。

曼德河对岸,风暴之地的领主们也升起了自己的旗帜——他们是蓝礼直属的附庸,宣誓效忠于拜拉席恩家族和风息堡。凯特琳认出布莱斯·卡伦的夜莺旗,庞洛斯的鹅毛旗,以及伊斯蒙伯爵的海龟旗——绿色的汪洋上漂浮的绿海龟。但除开她认识的盾牌徽记,另有十几个异常陌生，想来他们该是效忠于地方诸侯的下级领主，或是雇佣骑士和自由骑手，这些人麇集到蓝礼·拜拉席恩周围，为的是要在这场权力的游戏中站在胜利者的一边。

蓝礼自己的旗帜高高飘扬于众旗之上。在他最高大的攻城塔上，在那生牛皮覆盖的巨大橡木轮车顶，飘动着凯特琳毕生所见最为壮观的——那块布料能做城堡大厅的地毯——一面旗帜，金黄底，绣着拜拉席恩家族黑色的宝冠雄鹿，高大、腾跃而骄傲。

"夫人，您听见那边的喧哗了吗？"哈里斯·莫兰骑行靠拢，轻声问，"那是什么？"

她仔细分辨，吼声，马儿的尖叫，兵器铿锵，还有……"喝彩声。"她道。他们骑上一道缓坡，朝着远方一列颜色鲜亮的大帐篷行去。当他们穿过这列帐篷，人愈来愈多，声音也愈加鼎沸。然后，她找到了答案。

下面，在一座小城堡的木石城垛下，一场团队比武正在进行。

人们清出场地，立好栅栏，修筑跑道，搭起看台。数百的人前来观看，噢，也许成千。从场地的情况看来，杂乱、泥泞，到处都是残甲断矛，他们至少打了一整天。而今，比武到了最后关头，仍在马背的骑士不满二十，在观众和落马战士的喝彩声中，相互砍劈和冲锋。她看见两匹全副重甲的战马撞在一起，钢铁和血肉难分难解，纠结在地。"比武大会！"哈里斯·莫兰宣布。他总爱布告人尽皆知的事。

"噢，漂亮！"眼见一位彩虹条纹披风的骑士给了穷追他的敌手反戈一击，长柄战斧击碎对手的盾牌，打得对手晕头转向，文德尔·曼德勒爵士不禁叫好。

人潮汹涌，难以接近。"史塔克夫人，"科棱爵士道，"若您的部下愿意留在这里，我这就带您面见王上。"

"好吧。"她下了命令，由于比武的喧嚣，她不得不提高声

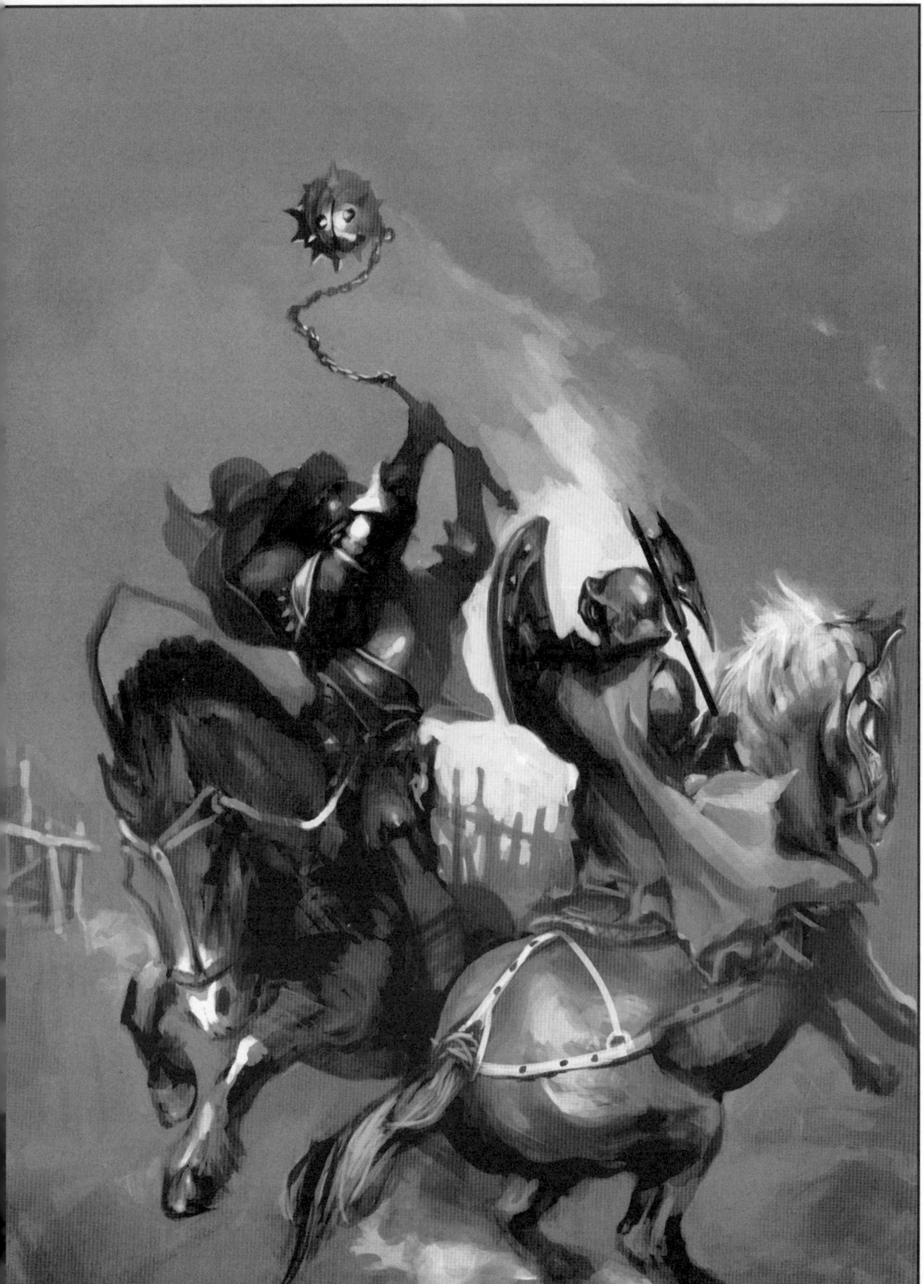

调。科棱爵士缓缓地穿越人群,凯特琳紧随其后。人群中忽然一阵叫嚷,一位没戴头盔、盾牌有狮鹫纹章的红须男子被一个蓝色铠甲的高大骑士打落下马。这骑士的铁甲深邃幽蓝,他异常镇静地挥舞着手中的钝化流星锤,坐骑的铠甲上,有塔斯家族分成四份的日月纹章。

"红罗兰败了,诸神该死!"一位男子咒道。

"洛拉斯会教训这蓝——"同伴的回答被另一阵突来的惊叫所淹没。

又一个战士落马。伤残的马儿压住了骑士,人马都在痛苦地嚎叫,侍从们急忙上前帮忙。

这真是疯了,凯特琳想。真正的敌人近在咫尺,半壁国土烽火连天,蓝礼居然还待在这儿玩他的打仗游戏,活像个初次拿到木剑的男孩!

领主和贵妇们坐在看台上观看比武,和下面的观众一样津津有味。从中,凯特琳发现了一些熟悉的面孔。父亲常和南境的领主打交道,很多人都曾来奔流城做客。她认出马图斯·罗宛伯爵,此人较前更加结实健壮,白色上衣上延展着金树家徽。在他下首坐了奥克赫特伯爵夫人,纤细娇小。而在她左边则是角陵的领主蓝道·塔利,他的巨剑"碎心"倚靠在椅背。其他人她只能辨认出家徽,甚至很多纹章她也说不上来。

在他们之中,在一位年轻的王后身边,一个头戴金冠的幽灵正有说有笑。

难怪领主大人们对他趋之若鹜,她想,他简直就是劳勃重生。蓝礼和劳勃年轻时一样俊美:四肢纤细,肩膀宽阔,柔顺平直的炭黑头发,湛蓝的眼珠,甚至那浅笑也一模一样。他额上那条纤细的冠冕与他十分般配,乃是软金制成,一轮玫瑰精巧地镶嵌其上,正面有个暗色翡翠做的鹿头,装饰着金眼金角。

国王在雄鹿宝冠下穿了一身绿色的天鹅绒外套，胸前用金黄的丝线——高庭的色彩——绘着拜拉席恩的纹章。与他同坐高位的女孩也穿着高庭的服饰，那定然是他年轻的王后玛格丽，梅斯·提利尔公爵的女儿。凯特琳明白，正是由于他们的联姻，全南境的贵族才联合在一起。蓝礼现年二十一岁，那女孩则比罗柏还小，非常漂亮，麋鹿般温柔的眼睛，长长的棕色卷发慵懒地披散在肩膀。她的笑容既羞涩又甜蜜。

武场上，又一人被彩虹披风的骑士击落下马，国王也和大家一起赞叹。"洛拉斯！"她听见他喊道，"洛拉斯！为高庭而战！"王后则兴奋得不住拍手。

凯特琳回身过去，打量比武会的残局。如今，场地中央只剩下四个人，而毫无疑问谁最受国王和观众的宠爱。她从没见过洛拉斯·提利尔爵士，但即便在遥远的北国，仍旧流传着少年百花骑士的故事。洛拉斯爵士骑在一匹银甲的高大白马上，手握一把长柄战斧，头盔中央有金玫瑰冠饰。

幸存者中有两人很快达成共识。他们脚踢马刺，一起朝深蓝铠甲的骑士扑去。待他们一左一右接近靠拢，蓝骑士猛地一拉缰绳，用破碎的盾牌狠狠地砸中一位袭击者的面孔，同时他黑色的战马则抬起刚硬的蹄铁扫中另一位对手。一瞬之间，一位骑手已然倒地，另一位也蹒跚退下。蓝骑士把破盾扔下场地，空出左手，静静地面对百花骑士。洛拉斯爵士奔上前来，钢铁的重量丝毫不减其优雅和敏捷，彩虹的披风在身后迎风飞舞。

白马和黑马搅作一团，有如丰收舞会上的恋人，只是骑手挥舞兵器而非倾身亲吻。长斧掠过、链锤旋动，两者皆已预先钝化，却仍旧产生可怕的声响。由于少了盾牌，蓝骑士似乎逐渐处于下风。洛拉斯爵士一次又一次照着他的头颅和肩膀挥击，应和着满场"高庭万岁！"的狂热呼喝。蓝骑士则用流星锤竭力还击，可每当锤球

击出,都被洛拉斯爵士那面打扁了的、装饰着三朵金玫瑰的绿盾格挡开来。当长柄斧最终击中蓝骑士的手背,把流星锤打飞出去时,群众的情绪达到了高潮,如发情的野兽一样尖声呐喊。一片喧闹中,百花骑士举起长斧,准备最后一击。

蓝骑士冲锋了。两匹战马猛然相撞,钝过的斧刃向伤痕累累的深蓝胸甲砸去……但那蓝骑士却不知从哪儿生出一股劲道,用套着钢甲的手指在空中生生夹住了斧柄。他把斧头从洛拉斯爵士手中扳下,两人扭作一团,突然便双双坠马。两匹战马互相蹬踏,两名战士轰然撞地。洛拉斯·提利尔被压在下面,承受了大部分撞击的力道。蓝骑士顺势拔出一把匕首,挑开提利尔的面甲。人群的吼声变得如此之大,凯特琳无从听出洛拉斯爵士到底说了什么,不过从那破裂、染血的唇边,她分辨出两个字:投降。

蓝骑士摇摇晃晃地站起身子,高举匕首,指向蓝礼·拜拉席恩。这是冠军在向国王致敬。侍从们匆忙奔进场,照料战败的骑士。当他们卸下他的头盔,凯特琳惊讶于他的年轻,只怕比罗柏大不了两岁。这男孩同他妹妹一般秀美,虽然破碎的嘴唇、散乱的目光和纠结的头发上不住流下的鲜血使他大为失色。

"请上前。"蓝礼国王召唤他的冠军。

他跛着脚,朝看台移去。由近观之,那身灿烂的蓝甲并不耀眼,在它上面布满创伤,有战锤和钉头打下的凹痕,长剑刻出的凿槽,胸甲和头盔上的瓷釉片片脱落,披风被撕成碎条。从移动的姿势来看,此人本身亦受了不轻的伤。稀稀拉拉有几个人呼喊着:"塔斯万岁!"或是奇怪地喊着:"美人!美人!"但多数人保持沉默。蓝骑士走到国王面前跪下。"陛下。"他说,隔着砸扁的头盔听来瓮声瓮气。

"你尊贵的父亲大人并没有夸大其词,"蓝礼的声音响彻全场,"我这辈子,只见洛拉斯爵士被打落过一两次……而且决没有这样子难堪。"

"那不是正当的击落下马，"凯特琳身边一位喝醉的弓箭手抱怨，这人上衣缝着提利尔的玫瑰，"只是下流的诡计，把我们的少爷撞下马来。"

人潮逐渐疏散。"科棱爵士，"凯特琳对护送她的人说，"这奇男子叫什么名字？为什么人们这么讨厌他？"

科棱爵士皱紧眉头。"她根本不是男子，夫人。那是塔斯家族的布蕾妮，'暮之星'塞尔温伯爵的女儿。"

"女儿？"凯特琳惊骇莫名。

"美人布蕾妮，他们这样称呼她……不过谁都不敢当她面说，否则就得作好决斗准备啰。"

这时，蓝礼国王宣布：塔斯家族的小姐布蕾妮是苦桥团体比武大会的优胜，一百一十六位骑士中的佼佼者。"作为冠军，你可以向我要求任何你想得到的东西。只要我能力所及，就将其赐予你。"

"陛下，"布蕾妮应道，"我向您请求彩虹护卫的荣誉职位。我请求成为您的七卫之一，为您献出我的生命，跟随您到天涯海角，时时刻刻不离左右，保护您免遭一切危难。"

"我同意，"他说，"请起，摘下头盔。"

她照办了。当那顶巨盔拿掉后，凯特琳终于明白了科棱爵士的暗示。

美人布蕾妮，他们这样称呼他……多么可笑。头盔下的发髻，如松鼠用肮脏稻草铺的窝，那张脸……布蕾妮的眼睛又大又蓝，那是少女的眸子，纯真而直率，但除此之外……她的面孔又圆又糙，一排牙齿暴突不齐，嘴宽得可怕，唇肥胖得像毛虫。无数的雀斑密密麻麻地散布在额头和面颊上，她的鼻子看来被打断过好多次。凯特琳心中充满怜惜：在这个世界上，还有什么生物比一个丑陋的女

人更为不幸的呢?

然而此刻,当蓝礼扯掉她破烂的披风,亲手为她系上崭新的彩虹披风时,塔斯家的布蕾妮却并非是不幸的。她的脸庞洋溢着欢笑,她的声调高亢又骄傲:"我的生命是您的了,陛下。我向新旧诸神起誓,从今天起,我就是您的盾牌。"她望向国王的眼神——准确地说是俯视,尽管蓝礼几乎和他死去的兄长一般身材,她仍比他高了近一个手掌——教人看了心碎。

"陛下!"青池的科棱爵士策马向看台奔去。"恕我打扰您,陛下,"他单腿跪地,"我很荣幸地为您带来凯特琳·史塔克夫人,她是她儿子临冬城主罗柏·史塔克的信使。"

"临冬城主和北境之王,爵士。"凯特琳纠正,同时翻身下马,走到科棱爵士身旁。

蓝礼国王似乎很惊讶。"凯特琳夫人?欢迎,欢迎之至!"他回头望向他年轻的王后。"我亲爱的玛格丽,这位便是临冬城的凯特琳·史塔克夫人。"

"非常欢迎您,史塔克夫人,"女孩温和有礼地说,"对您亲人的遭遇我感到非常遗憾。"

"谢谢您。"凯特琳说。

"夫人,我向您起誓,兰尼斯特将为谋害您的丈夫付出代价,"国王声明,"一旦我拿下君临,即刻把瑟曦的人头交给您。"

这能让奈德回到我身边吗?她想。"听到您愿意伸张正义,我已经心满意足了,大人。"

"陛下,"新任的蓝衣卫布蕾妮尖锐地更正,"而且你应当在国王面前跪下。"

"大人和陛下之间的差距比你想象的要小得多,小姐。"凯特琳说,"蓝礼大人戴着王冠,我的儿子也一样。依我看,我们与其站在尘土和泥泞中争论礼仪与头衔,不如马上来谈谈许多更迫切的话题。"

听罢此言,蓝礼部下不少贵族蠢蠢欲动,国王本人倒只笑笑,"说得好,夫人。战争结束之后,我们有的是时间讨论'陛下'的问题。告诉我,您儿子打算何时进军赫伦堡?"

除非明了这位国王真实的打算,否则她决不把罗柏的部署向他透露一星半点。"我并未列席我儿的作战会议,大人。"

"没关系,我应该感谢他,毕竟他吸引了兰尼斯特大部分的军队。对了,他拿弑君者怎样?"

"詹姆·兰尼斯特目前被关在奔流城的牢里。"

"还活着?"马图斯·罗宛伯爵惊讶地接口。

蓝礼也十分困惑,他说:"看来冰原狼果然比狮子温和。"

"比兰尼斯特温和,"奥克赫特伯爵夫人苦笑着呢喃道,"好比比大海干涸。"

"我看是懦弱。"蓝道·塔利伯爵留着一把短硬灰胡,说话出了名的耿直。"没有冒犯您的意思,史塔克夫人,但罗柏大人应该亲自前来向国王陛下表示臣服,别要躲在母亲的裙子里。"

"罗柏国王正与强敌对抗,大人,"凯特琳冰冷而有礼地回答,"他可不是在比武玩闹。"

蓝礼露齿而笑,"放松放松,蓝道大人,别太鲁莽了哟。"他招来一名身着风息堡服饰的侍从。"去为夫人的随从安排住所,一定确保他们安全舒适。我将邀请凯特琳夫人住进我自己的营帐。自从好心的卡斯威大人把城堡供给我使用后,帐子已经空了好几天。夫人,您休息好之后,我很荣幸邀请您与我们共进晚餐,参加男爵大人安排的宴会。这是一次送别宴,大人他一定早早盼着我饥肠辘辘的大兵们快些离开哪!"

"并非如此,陛下,"一位纤细的年轻人抗议,此人大概便是

卡斯威，"我所拥有的一切都属于您。"

"每当别人这么对我老哥劳勃说，他总是信以为真，"蓝礼道，"你有女儿吗？"

"有的，陛下。有两个。"

"那你该感谢天上诸神，我不是劳勃。全世界的女人，我唯一想要的只是我可爱的王后。"蓝礼伸手抱住玛格丽，扶她起身。"等您养足精神后我们再谈，凯特琳夫人。"

蓝礼带着他的新娘朝着城堡走去，他的侍从则把凯特琳带到国王那绿丝绸做的大营帐前。"需要什么，请尽管开口吩咐，夫人。"

对这地方凯特琳真是无话可说，我还需要什么？帐里的空间比寻常旅馆的厅堂还大，各种奢侈品比比皆是：羽毛床垫和毛皮睡衣，一个木板镶铜、足够两人共用的大浴缸，用来驱散寒夜冷气的无数炭盆，悬吊起的皮革折椅，摆放着墨水瓶和鹅毛笔的书桌，桌上还零落地摆放有一盘盘桃子、李子和梨子，一圈精致的银杯围绕着一壶葡萄酒，一堆雪松木箱子装满蓝礼的换洗衣物、书籍、作战图，以及一架高竖琴，一把长弓和一袋箭。四周还有一对红尾巴的猎鹰和一堆精心打制的兵器。他真舍不得亏待自己呀，这个蓝礼，她边看边想。难怪他的军队走得这么慢。

营帐入口两旁，国王的铠甲哨兵似的矗立：一套森林绿的全身铠甲，雕镂着金饰，头盔上有两根庞大的金鹿角。甲胄打磨得那么闪亮，以至于她能从胸甲上看清自己的脸庞，那张脸活像深埋在一条又深又绿的河中，瞪望着她。一张被淹死的女人的脸，凯特琳想。莫非你已被悲伤所淹没？她断然转头，痛恨自己的脆弱。哪有余暇来顾影自怜？她必须赶紧洗掉发间的灰尘，换好适合国王盛宴的服装啊。

与她同往城堡的包括文德尔·曼德勒爵士，卢卡斯·布莱伍德，派温·佛雷爵士等几位贵族。卡斯威城堡的"大厅"其实算不得大，蓝礼的骑士挤满了房间，只能在长凳上为凯特琳的随从安插座位。凯特琳坐上高台，左右分别是红面孔的马图斯·罗宛伯爵和绿苹果佛索威家的琼恩爵士。琼恩爵士待人亲切，爱开玩笑；罗宛爵爷则礼貌地问候她的父亲、弟妹和儿女。

塔斯的布蕾妮坐在长桌末端。她并没换上贵妇的礼服，而是穿着骑士的服饰：天鹅绒上衣上缝着玫瑰与苍天的四分纹章，此外还有马裤、靴子和做工优良的剑带，崭新的彩虹披风披在后背。可是，没有衣物能遮掩她平庸的相貌：满是斑点的巨手，又圆又平的脸，暴突的牙齿。没有了铠甲，她的体形看起来也极丑陋，宽阔的臀部，粗壮的大腿，隆起的、肥厚的肩膀，却一点胸部也无。从她的一举一动中，可以看出她自己也深感困扰，并默默地承受苦痛。她只在必要时简短作答，几乎从不把视线自食物上移开。

食物供应十分充足，战火并未触及丰饶繁华的高庭。在歌手和杂耍艺人的表演中，人们首先享用烈葡萄酒煮的梨子，接着是滚盐炸脆的美味小鱼和填满洋葱、蘑菇的公鸡。随后是大块烤得棕黄的面包，堆积如山的芜菁、甜玉米和豌豆，上等火腿和烤鹅，一盘盘啤酒和大麦墩的野鹿肉装得满溢。至于甜点，卡斯威男爵的仆人们端出一碟碟由城堡厨房精制的糕饼，有奶油天鹅，糖丝独角兽，玫瑰状的柠檬蛋糕，加香料的蜂蜜饼干，黑莓甜饼，苹果酥，黄油乳酪等等。

丰盛的晚宴并未提振凯特琳的食欲，但眼下，她的使命成功与否全赖于她的坚强，丝毫不能展现脆弱。于是一点一点，她吃了下去，一边留心观察这个称王的人。蓝礼左边坐着他年轻的新娘，右手是新娘的哥哥。虽然洛拉斯爵士的额上还绑着白色的亚麻绷带，但整个人已完全从日间的不幸中恢复过来。他正如凯特琳料想的那么英俊。他的眼神不再呆滞，而变得聪明伶俐、灵动有神；他那一

头自然卷曲的漂亮棕发，不知会让多少少女羡慕不已。比武时那件破烂披风已被一件新的取而代之——这是蓝礼彩虹护卫华丽的条纹丝披风，钩扣是高庭的金玫瑰。

蓝礼国王不时拿匕首尖挑食物给玛格丽，或俯身轻柔地在她脸上印下一吻，但大部分时间都花在和洛拉斯爵士玩笑戏语或说悄悄话上。显然，国王很享受食物和美酒，但并没有酗酒或滥食。他不时开怀大笑，不论与出身高贵的领主，还是地位卑贱的女仆，都能亲切交谈。

有些宾客就没那么收敛了。他们喝得太多，声音太吵，使她不得安宁。威廉伯爵的儿子乔苏拉和埃利斯为谁将第一个翻过君临的城墙而争论不休；瓦尔纳伯爵将一名女侍抱到膝盖上，用鼻子拱她的颈项，一边将手伸进对方胸衣；绿衣卫古德自诩为歌手，正在拨弄竖琴，演奏一曲狮子尾巴打结的歌；马克·穆伦道尔爵士逗着一只黑白相间的猴子，拿自己餐盘里的东西喂它；最夸张的要数红苹果佛索威家的坦通爵士，他跳到桌上，发誓要在一对一的决斗中干掉桑铎·克里冈。若不是这位爵士的一只脚刚巧插进了调味瓶，人们还不会笑得那么厉害。

当一位肥胖的弄臣从镀金的锡桶中跳出，头戴布制狮子帽，绕着桌子追逐一名侏儒，拿起气球打击对方的头颅时，这场闹剧达到了高潮。蓝礼国王笑完后询问弄臣为何追打自己的"兄弟"。"哎呀，陛下，我是弑亲者呢。"弄臣回答。

"是弑君者！你这傻瓜中的傻瓜。"蓝礼道，全场哄堂大笑。

坐在她身边的罗宛伯爵没有加入嬉闹。"他们好年轻。"他道。

是啊。当劳勃在三叉戟河上斩杀雷加王子时，百花骑士还不满两岁。他们中的大多数人也都是这个年纪。君临城陷时，他们尚为婴孩，铁群岛的巴隆·葛雷乔伊起兵时，他们还在安享无忧无虑的童年。他们从未见识血光沙场，凯特琳一边看着布莱斯伯爵怂恿罗拔爵士表演匕首特技，心里一边想。对他们而言，这不过是场游戏，一场盛大的比武会，而他们将在其中猎获光辉、荣誉和宠幸。他们是沉溺于歌谣和故事的小孩，小孩子总以为自己力大无穷。

"他们会在战争中长大成熟，"凯特琳道，"就和我们一样。"当劳勃、奈德和艾林举起叛旗，对抗伊里斯·坦格利安时，她自己也是个小女孩。但等战争结束，她已成为真正的女人。"我怜悯他们。"

"为什么？"罗宛伯爵问她，"瞧瞧他们，年轻力壮，充满生机和欢笑。哈，活力充沛，充沛到他们不知如何是好。我敢说，今夜又会有无数私生子出世。为何要怜悯他们？"

"因为这不会久长，"凯特琳悲伤地回答，"因为他们是夏天的骑士，而凛冬将至。"

"你错了，凯特琳夫人，"布蕾妮用和铠甲一般深蓝的眼睛打量着她，"我们是夏天的骑士，对我们而言，凛冬永不会到来。即便在战斗中牺牲，也会有歌谣传唱我们的事迹。在歌谣里，永远都是夏天。在歌谣里，所有的骑士都是英雄，所有的少女都是美人，阳光则永远普照大地。"

孩子，不论你情愿与否，凛冬终将降临到每个人身边。凯特琳心想。对我而言，它降临在奈德横死的那一刻；对你而言，它也将降临，只怕会快得超乎你的想象。她没有心情去探讨这个话题。

国王替她解了围。"凯特琳夫人，"蓝礼唤道，"我想呼吸新鲜空气，陪我出去走走好吗？"

凯特琳立刻起身。"荣幸之至。"

布蕾妮也跟着起立。"陛下，您不能没有保护。请稍等片刻，容我穿戴铠甲。"

蓝礼国王微笑:"如果我在卡斯威爵爷的城堡深处,在我全部军队的包围下都不安全,那么多一把剑又有什么用呢……即便那是你的剑,布蕾妮。请坐下来好好用餐。需要你时,我自会召唤。"

他的言语给她的打击比她今天下午在武场上承受的任何一记都要深重。"遵命,陛下。"她垂头丧气地坐下来,不再抬眼。蓝礼挽起凯特琳的手臂,带她离开大厅,路遇一名无精打采的卫兵。对方一见国王连忙立正,差点没把长矛松脱。蓝礼拍拍兵士的肩膀,跟他说了句俏皮话。

"请这边走,夫人。"国王带她穿过一道矮门,来到一座塔楼的阶梯前。接着他们向上爬去,途中他说:"呃,只怕巴利斯坦·塞尔弥爵士和您儿子一块儿待在奔流城吧?"

"没有,"她困惑地答道,"他不在乔佛里身边?他可是御林铁卫的队长啊。"

蓝礼摇头。"兰尼斯特嫌他老迈,将他的披风给了猎狗。听说他离开君临时,发誓为真正的国王继续服务。今日下午布蕾妮要求的那件披风,原本是我留给塞尔弥的,希望他能投奔于我。他一直没在高庭出现,我猜想他或许去了奔流城。"

"我们没见到他。"

"唉,他老则老矣,可确实是个好人。但愿他别受什么伤害。兰尼斯特都是些大混蛋。"他们又上几级阶梯。"劳勃逝世当晚,我打算用手下百名卫士援助您丈夫,我劝他把乔佛里控制起来。如果他听了我的话,眼下他就是摄政王,我也不必出兵去争夺王位了。"

"奈德拒绝了你。"这还用说吗?

"他发誓保护劳勃的孩子,"蓝礼说,"而我没有独自起事的实力。所以当艾德大人赶走了我,我只能抓紧时间,一走了之。如果不走,王后会让我和我哥死在一起。"

如果你留在君临,全力支持奈德,他一定还活着,凯特琳苦涩地想。

"我很欣赏您丈夫,夫人。他一直都是劳勃最忠实的朋友,我明白……但恕我直言,他脑筋太死,不懂能屈能伸的道理。现在,让我给您展示一番。"阶梯到了尽头,蓝礼推开一扇木门,带她踱到屋顶。

卡斯威男爵的堡垒其实没有高到可以称为塔楼的程度,只因四周都是平坦空旷的原野,凯特琳才能极目眺望遥远的地平线。不论望向何方,唯有焰火可见。火焰如同坠落的繁星,覆盖四野,组合成无穷无尽的星辰大海。"夫人,请您好好算算。"蓝礼平静地说,"即便数到旭日东升也数不完。奔流城夜间有多少营火,能告诉我吗?"

凯特琳听着隐隐约约的音乐声从大厅里渗透而出,发散于夜空之中。她不敢去点数那繁星。

"听说您儿子越过颈泽时身边跟了两万人马,"蓝礼续道,"现在三河诸侯也追随他,或许他有了四万人。"

没有,她想,相去甚远,我们打仗折了不少兵马,还有的回家忙收获去了。

"而在这里,我有两倍于此的军队,"蓝礼道,"这还仅是我手下大军的一部分。梅斯·提利尔带着一万兵士留守高庭,另一支强大的队伍替我看守风息堡,不久多恩人也定将带着他们的军力加入我方。还有,别忘了我哥哥史坦尼斯,他拥有龙石岛,统御狭海诸侯。"

"忘了史坦尼斯的恐怕正是您吧。"凯特琳道,话一出口,方才觉得过于尖锐。

"您指的是……他的继承权?"蓝礼大笑。"就让我们直说吧，夫人。史坦尼斯要当上国王那才叫可怕。不，他不适合当国王。人们尊敬他，甚至畏惧他，但没有人喜欢他。"

"可他仍旧是你的兄长。如果你们兄弟俩真有这个权利要求铁王座，那也应当是史坦尼斯大人。"

蓝礼耸耸肩。"告诉我，我老哥劳勃有什么权利要求铁王座？"他没有等她回答。"噢，的确人们传说拜拉席恩家族和坦格利安家之间有血亲关系，数百年前的联姻，私生次子和老王的大女儿……除了学士谁在乎这个？不，劳勃得到王座靠的是他的战锤。"他伸出手臂，扫过无边无际的篝火。"是的，这就是我的权利，和劳勃当初一样。如果您儿子像他父亲支持劳勃一般支持我，他将发现我是个慷慨的人。我会乐于承认他的一切领地、头衔和荣誉。只要他高兴，他可以永远统治临冬城。如果他愿意，他甚至可以保留北境之王的称号。只需他向我屈膝臣服，承认我是他的主人。国王的称呼不过就是一句话，而顺从，忠诚，服务……这些才是我的目的。"

"如果他不愿把这些给您呢，大人？"

"我想当个国王，夫人，并且决不要一个肢解的王国。我说得还不够明白吗？三百年前，一位史塔克的王向龙王伊耿屈膝，因为他知道自己没机会成功。这是明智之举。您儿子为何就不能当个明理的人呢？只要他投入我帐下，便能底定大局。我们——"蓝礼突然停下，烦乱地望着前方。"怎么回事？"

铁链的咔嗒声宣告闸门正被升起。在下方的院落，一位带着有翼头盔的骑手猛力催促着他那匹气喘吁吁的坐骑。"有急事禀报王上！"他高喊。

蓝礼从城垛口探出头。"我在这里，爵士。"

"陛下。"骑手踢马靠前。"我尽了最大努力赶来。从风息堡。我们被包围了，陛下，科塔奈爵士正与他们交战，但是……"

"这……这不可能。泰温大人离开赫伦堡,我怎会一无所知?"

"不是兰尼斯特,主公。是史坦尼斯公爵兵临城下。现在,他自称为:史坦尼斯国王。"

琼恩

狂风夹着细雨，抽打在琼恩脸上，他踢踢马刺，跨过涨水的溪流。在他身旁，莫尔蒙总司令扯紧斗篷的兜帽，喃喃地诅咒着天气。他的乌鸦停在肩上，风弄皱了羽毛，使它看来和熊老本人一样又湿又烦躁。朔风突起，湿叶纷飞，好似一群死亡的飞鸟。鬼影森林啊，琼恩可怜兮兮地想，不如说是水淹森林。

他暗自希望跟在后面的山姆还撑得住。就算天气和煦，他也骑得不好，而今，雨下了整整六天，路况变得十分凶险，处处是软泥和碎石。狂风卷起，漫天的雨落入眼睛。温暖的雨水混合融雪，注满所有的小溪与河流，让人以为南方的长城也说不定会被它们冲垮。此刻，派普和陶德一定会坐在大厅的炉火边，喝着晚餐前的开胃热葡萄酒。琼恩羡慕他们。他自己一身浸透的羊毛衣黏在身上，湿漉发痒，脖子和肩膀则因盔甲与长剑的重量而压得疼痛，更难受的是，他已彻底受够了盐鳕鱼、咸牛肉和硬奶酪的滋味。

前方，一只猎号发出震颤的声调，隔着交织的急雨显得分外朦胧。"是布克威尔，"熊老宣布，"诸神保佑，卡斯特总算没挪窝。"他的乌鸦把大黑翅膀扇了一扇，嘶哑地叫了一声"玉米"，便又继续整理羽毛。

琼恩常听黑衣兄弟们讲述卡斯特和他的堡垒的故事，现在终于亲眼目睹。经过了七座空无一人的村庄，每个人都开始怀疑卡斯特的堡垒是否也像其他地方一样死寂荒凉，幸好担忧没有成真。或许熊老能在那儿找到苦苦追寻的答案，他想，但至少，我们能摆脱大雨。

早前,索伦·斯莫伍德曾向大家保证,卡斯特虽然名声不好,但确是守夜人的朋友。"我承认,这家伙精神不太正常,"他告诉熊老,"但要换你在这受诅咒的森林待上一辈子,也会跟他一样。他虽然疯癫,却从不把我们游骑兵拒之门外,对曼斯·雷德更没好感。他应该能向我们提供一些忠告。"

只要他提供一顿热饭,提供屋檐和干燥衣服,我就很满足了。在戴文口中,卡斯特不仅弑杀亲人,还是骗子、强盗和懦夫,他甚至暗示对方和奴隶贩子与魔鬼打交道。"更可怕的是,"老林务官"噼啪噼啪"地嚼着木制假牙,补充道,"这混蛋身上有股寒冷的味道,真的。"

"琼恩,"莫尔蒙司令命令,"骑到后面去,把消息告诉大家。还有,提醒军官们约束部下,我不允许任何人打卡斯特老婆的主意。谁也不准毛手毛脚,没事少跟她们搭腔。"

"遵命,大人。"琼恩把马转回来时的方向。能让飞雨暂离自己的脸庞,虽然为时不长,他也觉得舒心。一路穿过众多兄弟,每人看来都像在哭泣,整个队列在树林中延伸半里之长。

在辎重车辆间,琼恩遇见了山姆威尔·塔利,塔利戴着一顶宽边稻草软帽,无精打采地坐在鞍上。他骑着一匹高大笨拙的驮马,吆喝着其他几匹马。雨点嗡嗡地打在遮住铁笼的篷布上,里面的渡鸦拍打嘶叫,不住地抗议。"哈,你莫非放了只狐狸进去?"琼恩打招呼。

山姆抬头,雨水从帽檐如注流下。"喂,你好,琼恩。不是的,它们只是讨厌下雨,和我们一样。"

"你感觉怎样,山姆?"

"湿透了。"胖男孩竭力装出笑容。"还好,没什么危险。"

"那就好。卡斯特的堡垒就在前面,希望诸神保佑,他让我们在温暖的炉火边借宿一宿。"

山姆露出半信半疑的神情。"忧郁的艾迪说卡斯特是个恐怖的野蛮人。他娶自己女儿为妻,除了自己订的规矩,什么律法都不依。戴文还跟葛兰说他身上流的是没心肝的黑血,因为他母亲是个女野人,和游骑兵通奸,才有他这个杂……"突然间,他住了嘴。

"杂种,"琼恩笑道,"只管直说就是,山姆,我以前又不是没听过。"他踢踢马刺,驱策胯下那匹结实的矮马前进。"我得去找奥廷爵士。对了,不可招惹卡斯特的女人哦,"好像山姆威尔还需要提醒似的,"扎营以后,我们再聊。"

找到奥廷·威勒斯爵士时,他正率领后卫部队一路缓行。奥廷爵士和莫尔蒙年纪相当,矮短身材,尖尖的脸,模样总那么疲惫(从前在黑城堡时也一样)。大雨无情地冲刷着他。"好消息,"他说,"这里的湿气都浸进我骨头里去了,瞧,只怕连鞍子都在抗议哩,痛得很哪。"

回程路上,琼恩远远避开拉长的队列,转而在浓密的森林中选择捷径。人马的声音渐渐降低,吞没在润湿的绿荒中,不一会儿,耳中只剩瓢泼大雨击打叶子、树木和岩石的声响。天色刚入下午,森林里却黑如黄昏。琼恩在岩石和水坑之间寻找道路,穿过大橡树、灰绿的哨兵树和黑皮铁树。浓密的树枝为他搭起天篷,使他暂时摆脱雨点的敲打。骑经一棵被闪电击中,爬满野生白玫瑰的栗树时,他听见草丛里沙沙作响。"白灵,"他唤道,"白灵,过来。"

钻出来的却是戴文,他骑着一匹鬃毛杂乱的灰矮马,旁边还有葛兰。熊老在行军纵队两翼都派出轻骑,不仅为了探察地形,更为了警报敌人的逼近。他不敢大意,训令侦察兵们两两一组,结伴行动。

"啊,是你呀,雪诺大人。"戴文咧嘴大笑,他的假牙是用橡木雕的,且极不搭配。"我和这孩子还以为咱遇异鬼了哩。怎么,狼走丢了？"

"他打猎去了。"白灵不爱和队伍一起前进，但也不会跑远。每当人们安营扎寨后，他自会找到总司令帐篷，返回琼恩身边。

"照我看，只怕是捉鱼去了吧，到处都是滔天大水。"戴文说。

"我妈常说，多下雨对庄稼好。"葛兰乐观地插话。

"吓，庄稼上的霉长得比较快，"戴文道，"像这样的雨能带来的唯一好处，就是省了洗澡的工夫。"他的木假牙发出一声清脆的噼啪。

"布克威尔找到了卡斯特。"琼恩告诉他们。

"他弄丢过他吗？"戴文咯咯笑道，"你们这些小伙子啊，可千万别招惹卡斯特的老婆，听到没？"

琼恩笑了，"想独占芳泽么，戴文？"

戴文再度嚼起假牙。"别说，我还真有这种打算哩。卡斯特还不是十根指头一个鸡巴，最多数到十一。少两三个，想来也发现不了。"

"说真的，他到底有几个老婆啊？"葛兰问。

"反正你是永远别想比啦，兄弟。是嘛，老婆自己生，要多少有多少。哦，雪诺，你那家伙回来啦。"

白灵小跑着来到琼恩马边，尾巴高翘，一身白毛在大雨中显得厚实了许多。他来去无声，琼恩也不知道是何时出现的。葛兰的马一闻到气息就惊得退开——即使现在，经过了一年多时间，马儿们还是没能习惯冰原狼的存在。"跟我走，白灵。"琼恩朝卡斯特的堡垒骑去。

他不敢想象在离开长城这么远的地方还能发现石制城堡，所以便自顾自地勾勒出一幅树丛之中栅栏围着木楼的景象，没料到，事实却更为糟糕：这里只有一个垃圾堆，一间猪舍，一栏空虚的羊圈和一座枝条与泥土敷的厅堂，不值一提，连窗户都没有。大厅又长又矮，房木粗糙，屋顶上铺了草。这个"堡垒"建在一座简直不配称为山丘的小坡上，四周环绕着一道土堤。常年的雨水在堤防上蚀出无数小洞，棕色的水流随之溢下斜坡，汇入一道向北蜿蜒的奔流小溪，因为暴雨，原本便水源丰富的溪涧已成黑暗的急流。

　　土堤西南方，有一扇开着的小门，门边有一对插着动物头骨的长竿：一边是熊头，一边是羊头。琼恩加入进门的大队伍，发现熊头上还有一点残存的血肉。里面，贾曼·布克威尔的侦察兵与索伦·斯莫伍德的前卫部队已经把马排成行，忙着搭帐篷了。猪圈里，一大群小猪偎在三头肥母猪身边。旁边，一个小女孩一丝不挂地蹲在雨中的菜园里拔萝卜，另两个女人正准备屠宰一头猪。牲畜尖声惨叫，高亢而恐怖，好似悲苦万分的人所发出的哭喊。齐特的猎狗们疯狂咆哮回应，且不管齐特怎么咒骂制止，它们还是吠个不休，惹得卡斯特养的一群狗也叫喊着回应。不过它们一见白灵，便纷纷住嘴，夹着尾巴逃走，只有少数几只还在低声抱怨，不肯认输。冰原狼对它们不理不睬，琼恩也一样。

　　好吧，现在我们之中大概有三十人能暖暖和和，烘干衣服了。琼恩仔细打量房子一眼得出结论，说不定能容纳五十人。然而这地方太小，绝对不够两百人睡，所以多数人肯定还得待在外面。可要他们住哪儿呢？在这个杂乱的院落里，除了及踝深的水坑，就是湿漉漉的泥泞。看来，又一个阴郁的夜晚等在眼前。

　　总司令已经把坐骑交给忧郁的艾迪照管。琼恩下马时，他正忙着洗刷马蹄上的泥巴。"莫尔蒙司令在大厅里，"他宣布，"他叫你过去。不过你最好把狼留在外面，瞧他饿成那样，你会以为他要把卡斯特的孩子抓来吃了。好吧，说真的，我自己就饿得能吃他一个孩子哩，只要热腾腾端上来就行。去吧，马交给我。对了，如果里面又暖又干，就不用给我说啦，没人请我进去。"他边说边弹开马蹄底部一撮湿泥。"这泥巴，你看像不像屎?会不会这整个山坡都是卡斯特拉出来的呢?"

琼恩微笑道："这个嘛，听说他在这儿住了好久哟。"

"你安慰不了我。还是快进去见熊老吧。"

"白灵，留在这儿。"他命令。卡斯特堡垒的门是两片鹿皮，琼恩推开它们，弯腰越过门楣。在他之前，已有二十来个游骑兵头目进了屋，围站在泥地正中的火盆边，水顺着靴子流下，聚成一个个小水塘。厅堂里混杂着煤灰、粪便和湿淋淋的狗的气味，很难闻。然而烟味虽重，空气却仍旧潮湿。雨水从屋顶的烟洞渗进。整栋屋子就只有这一个房间，外加顶上一个用做卧室的阁楼，通过一座摇摇欲坠的梯子相连。

琼恩还记得从长城出发当天自己的感受：纵然紧张得像个出嫁的少女，却也心怀渴望，期待前方不断升起的陌生地平线后有怎样的神秘和奇迹。好啊，现在总算是发现了一个，他看着这间又脏又臭的大厅，一边告诉自己。辛辣的烟雾熏得他眼睛流泪。真可惜，派普和陶德错过了这么精彩的事儿。

卡斯特靠在火盆边，他是屋内唯一一个有椅子坐的人。连莫尔蒙司令都只能挤在长凳上，他的乌鸦在他肩上嘀咕着。贾曼·布克威尔站在他身后，打补丁的盔甲和湿得发亮的皮衣不住淌水，索伦·斯莫伍德也站在旁边，身穿以前属于杰瑞米爵士的胸甲和黑貂皮斗篷。

相较之下，卡斯特一身羊皮背心和兽皮拼成的斗篷显得寒酸了许多，然而在他粗大的手腕上，却带有一只手镯，分量颇重，金光闪闪。他看上去虽已进入人生末途，头发由灰转白，时日应该不多，但毋庸置疑，仍旧是个很有力量的人。扁平的鼻子和下垂的嘴唇让他的模样带有几分凶残，他还缺了一只耳朵。这就是活生生的野人。琼恩想起老奶妈口中用头骨饮血的蛮人。但眼前的卡斯特喝的是淡黄啤酒，用的是琢石杯子。也许他根本不知道那些故事哩。

"三年没见着班杨·史塔克了，"他告诉莫尔蒙，"说实话，我一点都不想念他。"六七只小黑狗和一两头落单的猪在长凳之间躲迷藏，穿着褴褛鹿皮的女人们送来一杯杯啤酒，并生好炉火，开始往壶里切萝卜和洋葱。

"就去年，他应该路过这儿。"索伦·斯莫伍德道。一只狗在他腿边嗅来嗅去。他飞起一脚，踢得它汪汪直叫。

莫尔蒙司令说："当时，班杨是出来搜寻威玛·罗伊斯爵士的，他跟盖瑞及小威尔一起失踪了。"

"哦，这三个我还知道。带头的贵族小少爷比这些狗崽子大不了多少，穿一身貂皮斗篷拿着黑剑，就骄傲得了不起，还不屑于睡我屋子呢。不过我老婆们倒把眼睛瞪得牛大，望着他瞧。"他转头斜视离他最近的女人。"盖瑞说他们在追踪土匪强盗。我给他说，你自个儿当头的都是个菜鸟，最好别真的追上。就乌鸦而言，盖瑞还不算太坏的种。这家伙，耳朵比我还少，都是给寒风咬的，和我一样。"卡斯特笑了，"现在么，听说他头也没啦。不知栽在哪条道上啰。"

琼恩回想起洒在白雪里的那摊红血，想起席恩·葛雷乔伊踢死人头的情景。此人是个逃兵。回临冬城的路上，琼恩和罗柏一起赛跑，在雪地里发现六只冰原狼小崽。一千年前的往事。

"威玛爵士离开后，去了哪里？"

卡斯特耸肩，"我事情多着呢，哪有空管乌鸦打哪儿来，飞哪儿去。"他把酒一饮而尽，杯子放到一边。"嘿，整整一年，都没南方的好酒来啦！我缺酒，还缺把新斧子。旧的太钝，没用，老子有一大堆老婆要保护哩。"他环视他那群忙碌的妻子。

"你们这里人少，又孤立无援，"熊老说，"只要你愿意，我这就派人护送你南下长城。"

乌鸦似乎很喜欢这提议。"长城。"它尖叫,一边张开黑色的翅膀,莫尔蒙的颈上好似戴了高领子。

主人做出一个肮脏的笑容,露出满口破黄牙。"我们去那儿干什么,伺候你晚餐么?咱可是天生的自由民。我卡斯特决不伺候任何人。"

"如今是艰难时代,独居荒野很不妥啊。冷风已然吹起。"

"让它们吹。我的根基深得很。"卡斯特猛然抓住一个路过的女人的腰。"告诉他,老婆。告诉乌鸦大人我们有多喜欢这地方。"

女人舔舔薄唇。"这里是我们的土地。卡斯特的堡垒保护我们的安全。我们宁可身为自由人而死,也决不当奴隶。"

"奴隶。"乌鸦咕哝着。

莫尔蒙倾身向前,"一路走来,每个村子都遭遗弃。离开长城以后,你这儿是我们头一处见到活人的地方。其他人都消失了……被杀,逃走,还是被俘,我不知道。连动物也都不在了。什么都没有。早些时候,我们还在离长城仅几里格的地方找到班杨·史塔克手下两个游骑兵的尸体。他们苍白冰冷,手脚乌黑,伤口不流血。我们把他们带回黑城堡,他们却在半夜里爬起来杀人。其中一个杀掉了杰瑞米·莱克爵士,另一个跑来杀我,可见他们虽然保留着生前的某些记忆,但已经换成了一副毫无人性的歹毒心肠。"

女人合不拢嘴,脸上活像长了个潮湿的粉红洞穴,但卡斯特嗤之以鼻:"我们这儿可没那种麻烦……我谢谢你,不要在我的屋檐下说这些邪恶的事。我是个敬神的人,神灵会保佑我平安。就算尸体变鬼爬出来,我也知道怎么送他们回坟墓。不过嘛,得先找把称手锋利的新斧子。"他一巴掌打在妻子身上,吼着要她快行动,"再拿点啤酒来,搞快点。"

"既然你不怕死人,"贾曼·布克威尔说,"那活人呢,大人?你的国王怎么说?"

"国王!"莫尔蒙的乌鸦尖叫道,"国王,国王,国王。"

"那个曼斯·雷德?"卡斯特朝火堆啐了一口。"所谓的'塞外之王'?哼,自由民要国王干吗?"他转头斜视莫尔蒙,"好吧,我可以给你讲讲雷德和他干的那些勾当,不过我记性可不太好。告诉你吧,这些空荡荡的村庄,都是他干的。如果我也那么好欺负,等你们找到这儿,早不见人了。他派来一个骑马的,叫我务必离开自己的堡垒,去他脚边摇尾巴。人被我赶走了,只要了舌头。喏,就钉在墙上。"他指了指,"或许我能告诉你上哪儿去找曼斯·雷德,如果我记得住的话。"他又咧开黄板牙笑了,"这个我们可以慢慢谈。你们大概很想住我的屋檐下吧,嘿嘿,只怕还想把我的猪报销光呢。"

"有个屋檐遮风挡雨咱们感激不尽,大人,"莫尔蒙说,"我们走了很长的路,全身都湿透了。"

"那么,今晚你们就算是这里的客人。就只今晚,我可不太喜欢乌鸦。上面的阁楼我和我老婆睡,下面的地板你们爱怎么安排都行。我提供二十人份的肉和啤酒,多的没有。你手下多余的黑乌鸦就啄自己带的玉米去吧。"

"我们有足够的给养,大人,"熊老说,"我们很乐意与您分享我们的食物和饮酒。"

卡斯特用毛茸茸的手背揩揩下垂的嘴唇。"我会尝尝你的酒,乌鸦大人,我会的。最后一件事:哪只臭手敢碰我老婆一下,我就把它给剁掉。"

"你的屋檐下,你说了算。"索伦·斯莫伍德道,莫尔蒙司令僵硬地点点头,他看上去一点都不高兴。

"那就说定了,"卡斯特不情愿地哼了一声,"你们这群乌鸦里有会画图的吗?"

"山姆·塔利行,"琼恩挤上前,"山姆他爱死地图了。"

莫尔蒙示意他走近,"叫他吃饱了就过来,带上羽毛笔和羊皮纸。把托勒特也找来,让他拿上我的斧头,作为送给主人的谢礼。"

"这家伙是谁?"琼恩正要离开,卡斯特开口道,"他看来像个史塔克。"

"他是我的事务总管和侍从,琼恩·雪诺。"

"哦,私生子?"卡斯特上下打量着琼恩。"男人要跟女人睡,就该把她讨来当老婆,像我这样。"他挥手赶琼恩离开。"好吧,赶快去办事,小杂种,一定给我拿把又好又利的斧子,锈铁不顶用。"

琼恩·雪诺僵硬地一鞠躬,连忙离开。出门时奥廷·威勒斯爵士刚好赶到,两人差点在鹿皮门边撞个满怀。门外,雨势稍缓,院内到处搭起帐篷,堤外的树木下也有。

忧郁的艾迪正在喂马。"送野人一把斧子,有何不可?"他指指莫尔蒙的武器,那是一把镶着金饰花纹的短柄战斧,黑铁斧刃。"他会还我们的,我发誓。不过到时候是插在熊老的头骨里还,聊胜于无。咱们干吗不把所有的战斧长剑通通都给他算了?骑马的时候,它们叮当喀啦,吵死人啦。没了它们,我们大概会走得更快,直通地狱之门。你说,地狱里也下雨吗?也许卡斯特该要顶好帽子。"

琼恩笑道:"他要的是斧子,还有葡萄酒。"

"你瞧,这就是熊老高明的地方。先把野人灌得酩酊大醉,等他操斧子杀我们时,说不定就只砍到耳朵。头只有一个,耳朵却还有两个哪。"

"斯莫伍德说卡斯特是守夜人的朋友。"

"你知道是守夜人朋友的野人和不是守夜人朋友的野人区别在

哪儿吗?"这位阴沉的侍从道,"敌人会把我们弃尸荒野,喂乌鸦和野狼;朋友则会把我们悄悄埋起来。我在想,门上那头熊到底挂了多久啊,我们吆喝着到来之前,卡斯特挂在门上的又是什么呢?"艾迪怀疑地望着斧子,雨水不住流下他的长脸。"里面干不干?"

"比外面当然干得多喽。"

"如果我进去以后,不太靠近火堆,说不定他们到早上才发现我。虽然进到房里的人算是最先没命,但至少死的时候身上干干燥燥的。"

琼恩忍俊不禁,"卡斯特是一个人,而我们有两百弟兄。他杀得了谁呀?"

"你在安慰我,"艾迪说,他的语气低沉到极点,"不过嘛,死在上好的利斧下还算不错。要是被槌子谋杀可就惨了。有一次,我见人被槌子挥中,皮一点没破,可脑袋里全打烂啦,胀得像个大葫芦,整个变成紫红。他人长得本来不错,死的时候却很丑。谢天谢地,我们送的不是槌子。"艾迪摇头走开,一身浸透的黑斗篷不住淌水。

琼恩喂了马,才想起自己没吃晚餐。他正思索上哪儿去找山姆,忽然听到一声惊恐的尖叫:"狼!"他沿着厅堂飞跑,冲向声音传来的方向,靴子不断陷入烂泥。一个卡斯特的女人背靠溅满烂泥的墙,"别过来!"她朝白灵尖叫,"你别过来!"冰原狼嘴衔一只兔子,身前还躺着一只血淋淋的死兔。"快帮我把他赶走吧,大人。"她看见他,便开口哀告。

"他不会伤害你。"他只需一眼便明白问题所在:一个小木栏箱,板条碎了,湿草散了一地。"他一定是饿了,很久都没发现猎物。"琼恩吹个口哨。冰原狼立刻几口把兔子吞下,齿间嚼着碎骨,轻轻走到他身边。

女人紧张地瞪着他们。他这才发觉她有多年轻,估计才十五六岁，因为雨的关系，黑发乱糟糟地贴在憔悴的脸上，光脚丫子上直到脚踝都是泥。兽皮拼凑缝成的衣服下，她的身体初露怀孕的迹象。"你是卡斯特的女儿？"他问。

她把一只手放在肚子上。"现在是他老婆，"她沿着墙壁，小心翼翼地避开狼，然后伤心地跪在破碎的兔箱前，"我是来喂兔子的。我们没有羊了。"

"我们守夜人会补偿你。"琼恩身上一个铜板都没有，否则他定会倾囊而出……虽说他不知在长城之外，一把铜板甚或一块银币对她来说有什么用。"明天我会给莫尔蒙司令说。"

她用裙子擦擦手。"大人——"

"我不是什么大人。"

然而受女人的尖叫和兔箱破裂的声音吸引，这时其他人也围拢过来。"小妹妹，别信他，"姐妹男拉克道，他来自于三姐妹群岛，是游骑兵中的无赖，"他可是雪诺大人。"

"临冬城的私生子，还是国王的兄弟咧。"齐特嘲笑道，他把猎狗留下，独自前来凑热闹。

"这头狼饥肠辘辘地望着你哟，小妹妹，"拉克说，"说不定他盘算着你肚里面那团嫩肉呢。"

琼恩可不觉得有趣。"你别吓她。"

"确切地说，是警告她。"齐特咧牙露齿的笑容和他满脸的疖子一样丑陋。

"我们不能和你们讲话。"女孩突然想起。

"等等。"琼恩说，但迟了。她突然跳起来，跑了开去。

拉克想抓剩下的那只兔子，不料白灵更快。他露出利齿，吓得姐妹男在泥地一滑，瘦小的屁股坐倒在地。众人哄堂大笑。冰原狼叼起兔子，交给琼恩。

"没必要去吓小女孩。"他告诉他们。

"你少来教训我们,杂种。"齐特一直怀恨琼恩使他失去了在伊蒙学士身边的好差事。其实这也有理,若不是他为山姆·塔利去找了伊蒙,齐特眼下一定还好端端地照料着盲眼老人,而不是成天牵起这群难伺候的猎狗。"你不过是总司令的小狗,还没当上总司令呢……若不老带着这头怪物,你他妈的敢这么说话吗?"

"在长城之外,我不想和兄弟打架。"琼恩道,声音意想不到的冰冷。

拉克撑起一条腿。"他怕你,齐特。在我们三姐妹群岛,对这种人有个专门的称呼。"

"我哪种称呼没听过,你就省省吧。"他说完便走,白灵紧跟在后。到得大门,雨已经减弱成细细的毛毛雨。天快要黑了,又一个潮湿凄冷的夜即将来临。层层乌云将遮住月亮,遮住星星,遮住"莫尔蒙的火炬",把树林变得和沥青一样漆黑。若他担心属实,搞不好连晚上小便都会成为大冒险。

院外的树林间,游骑兵们收集到足够的落叶和干树枝,便在山脊的岩石下升起一堆篝火。有的人更搭起帐篷,或把斗篷挂在低垂的枝头,做个简单的遮蔽所。巨人找到棵死橡树,勉强把身子塞进树洞,"嘿嘿,我的城堡怎么样,雪诺大人?"

"看起来好暖和。你知道山姆在哪儿吗?"

"沿着这个方向继续走就行。假如走到奥廷爵士的帐篷还没看到他,就是走过头了。"巨人笑笑,"除非山姆也找到棵树。那得多大一棵树呀。"

不久,白灵发现了山姆。冰原狼好似十字弓射出的飞矢,疾驰而去。在一片突出的岩层下——它或多或少能阻挡雨势——山姆正喂着渡鸦。他每动一步,靴子就发出咯吱咯吱的声响。"脚湿透了,"他凄惨地承认,"我下马时,不小心踩进坑里,水一直淹到膝盖啦。"

"靴子脱掉,先把袜子晾干。我去找点干柴。如果这石头下的地不太湿,我们就能生火,"琼恩提起兔子在山姆眼前晃晃,"然后美餐一顿。"

"你不在大厅里陪莫尔蒙司令?"

"不,要去的是你。熊老叫你去画地图。卡斯特会为我们指出曼斯·雷德的所在。"

"哦。"看样子山姆并不怎么想见卡斯特,即使这意味着温暖的火堆。

"不过嘛,他让你吃饱了再去。好了,快把脚晾干。"琼恩跑去收集燃料,他在地面堆积的枝叶里深深挖掘,以求干燥的树枝。然后他仔细剥开湿润的松针,直到确信能引火为止。即使这样挑选,仍旧花了老半天工夫,方才擦出火花。他脱下斗篷,盖在岩石上,以保护这堆冒烟的小火苗。最后,他终于为俩人建好一个温暖的小空间。

当他跪下来剥兔皮时,山姆已经脱了靴子。"我觉得脚趾间一定长苔藓了。"他困惑地动动趾头,悲伤地宣布。"这兔子看起来不错,血……不管了,我不在乎……"他边说边转头,"呃,还是有一点……"

琼恩把兔子叉好,找来两块石头靠在火堆上,把他们的晚餐架在上面。兔子虽然瘦小,闻起来却像国王的大餐。其他游骑兵纷纷报以羡慕的眼光。就连白灵也馋得抬头,嗅来嗅去,火光在他的红眼睛里闪烁。"你的那份已经吃了哟。"琼恩提醒他。

"这卡斯特……真像游骑兵们传说的那样野蛮吗?"山姆问。兔子烤得半生不熟,但味道美妙极了。"他的城堡是什么样子?"

"一座有屋顶、有火盆的垃圾场。"琼恩把自己在卡斯特堡垒中的所见所闻告诉山姆。

等他说完,天已全黑,山姆舔舔手指:"这兔子不错,真想再来只羊腿,要一整只腿,我一个人吃,上面要撒薄荷、蜂蜜和丁香。你瞧见里面有羊羔吗?"

"羊圈是有的,不过没有羊。"

"那他怎么养活他的人呢?"

"可不是?我也没见什么男子,只看到卡斯特本人、他的老婆们和几个小姑娘。真不知他是怎么守住这儿的。他的防御设施根本不值一提,只是一道土堤。好啦,你该去大厅画图了,找得到路吗?"

"没事,只要不陷进泥里就成。"山姆奋力穿上靴子,拿出羽毛笔和羊皮纸,挤进夜幕之中,雨点拍打在他的斗篷和软帽上。

白灵把头搁在前爪上,依偎在火堆边睡了。琼恩舒展身子,躺在他旁边,暗暗感激火堆的温暖。虽然他还是又冷又湿,但比之前已经好得多。或许在今晚,熊老便能知道如何去找班杨叔叔……

他醒来时,只见自己的呼吸在清晨的冷气中结成薄雾。刚起身,骨头就随之酸痛。白灵已然离去,火堆早已熄灭。琼恩拉开挂在岩石上的斗篷,发现它又硬又冰。他爬出住所,走到外面,站在水晶的森林里。

淡淡的粉红晨光闪耀在枝头、叶子和岩石上。每片芳草都是用翡翠刻成,每滴露珠都成了璀璨钻石。鲜花和蘑菇好似穿上玻璃的衣服,就连污水泥坑都放出明亮的棕色光辉。在一片闪闪发光的林木绿丛中,兄弟们的黑帐篷上包裹着一层完美的冰雕。

这么说来,长城之外果然是有魔法的。他不由自主地想起了妹妹们,或许昨晚正是梦见了她们吧。珊莎会将这里的奇景称为魔术,感动得热泪盈眶;而艾莉亚会笑着叫着,跑来跑去,要将一切亲手触摸。

"雪诺大人?"有人唤道,轻柔又温顺。他转过头。

管兔舍的女人蹲在昨晚替他遮蔽一夜风雨的大石头上,裹着一件大黑斗篷，那斗篷大得快把她淹没。这是山姆的斗篷，琼恩一眼便认出来，她怎么穿着山姆的斗篷？"胖子说能在这儿找到您，大人。"她说。

"真的很抱歉，兔子被我们吃了。"坦承事实让他有种荒谬的罪恶感。

"那位老乌鸦大人，就肩上有只说话鸟儿的那位，给了卡斯特一把十字弓，值一百只兔子呢。"她用手紧紧护住隆起的肚腹。"是真的吗，大人？您真的是国王的兄弟？"

"同父异母的兄弟，"他承认，"我是奈德·史塔克的私生子，我哥哥罗柏是当今的北境之王。对了，你来找我做什么？"

"是那胖子，山姆，他叫我来找您的。他还叫我穿上他的斗篷，以免被人发现。"

"你这样做，不怕卡斯特生气？"

"父亲昨晚喝多了乌鸦大人的酒，大概会睡上老半天。"她急促紧张的喘息在空气中结霜。"人家说国王会主持正义，保护弱者。"她一边说，一边从岩石上笨拙地往下爬。岩石表面的冰很溜，她的脚猛然一滑，幸好琼恩及时抓住，扶她安全落地。她跪在结冰的地面上，"大人，我求求您——"

"什么都别求我。回你的厅堂去吧，你不该出现在这儿。我们奉命不得与卡斯特的女人讲话。"

"您不用跟我讲话，大人。只求您离开时，带我走吧，我只求您这个。"

只求我这个，他心想，好像这挺容易似的。

"如果您高兴，我会……我会作您的妻子。我父亲，他已经有了十九个，少一个也没关系。"

"黑衣兄弟发誓永不娶妻，你难道不知道？何况我们还是你父亲家的客人呢。"

"您不是,"她说,"我仔细看过了。您从没在他桌上吃饭,从没在他火边睡觉。他并没让您享受宾客权利,所以您对他也没有义务。为了这孩子,我必须离开。"

"可我连你的名字都还不知道呢。"

"吉莉,他叫我吉莉,是用紫罗兰花取的名。"

"好美,"他忆起珊莎曾指导他,当小姐透露姓名时,应该怎么应答。他帮不了这女孩,但礼貌殷勤或许能让她开心,"卡斯特吓着你了吗,吉莉?"

"我是为孩子,不是为自己。如果这是个女孩,那么一切还好说,长大之后他便会娶她。可妮拉告诉我这是个男孩,她已经生了六个孩子,对这些事算得很准的。他将把男孩奉献给神。当白色寒神到来,父亲便会动手。最近他的来临越来越频繁,起初父亲奉献羊羔——其实他自己最喜欢羊肉。现在连一只羊都没有了,接着便会轮到狗,再往后……"她垂下眼睛,抚摸肚子。

"神?什么神?"琼恩猛然想起在卡斯特的堡垒中根本不见一个男孩,更别说成年男子。这里只有卡斯特一位男性。

"寒冷之神,"她说,"只在夜间行走。如同苍白的阴影。"

刹那间,琼恩仿佛又回到了司令塔。一只僵硬的手掌爬上小腿,他用剑尖撬开,它掉在地上翻腾,指头开开合合。死人爬起来,劈成两半的肿胀脸庞上,湛蓝的眼睛发出非人的光芒。他腹部的大裂口旁悬挂着撕烂的肌肉,却一点血也没有。

"他们的眼睛是什么颜色?"他问她。

"蓝的。明亮犹如蓝色的星。充满寒意。"

她见过他们,他意识道。卡斯特在撒谎。

"您会带我走吗?只到长城边就好——"

"我们不去长城。我们往北走,追踪曼斯·雷德,以及这些鬼怪、白影、幽灵之类的东西。我们在追寻它们,吉莉。你的宝宝跟着我们并不安全。"

她的恐惧清楚明白地写在脸上。"可是，你们会回来的。等您把仗打完，您还会经过这儿。"

"我们'可能'会。"如果我们之中还有谁活下来的话。"不过那得由熊老决定，就那位被你称做乌鸦大人的老人。我只是他的侍从，不能自作主张。"

"不要，"他听出她声音里极度的挫败感，"很抱歉麻烦您，大人。我只是想……人家说国王会保护人民平安，所以我只是想……"她绝望地别过头，跑开了，山姆的斗篷在她身后扑打，宛如硕大的黑翼。

琼恩目送她离开，清晨朦胧易碎的美所带来的好心境随之消逝。她真该死，他愤愤不平地想，山姆更该死，居然叫她来找我。他以为我能为她做什么？我们是来和野人打仗的，不是来营救他们的。

这时，其他人也纷纷从他们的遮蔽所里爬出，打着呵欠，伸着懒腰。魔法已然褪色，在初升的秋日下，闪亮的冰晶化为露水。有人生起了火，他闻到林间飘荡的柴火烟味，以及培根的味道。琼恩拿下斗篷，对着岩石猛拍，好把昨晚结成的薄冰壳敲碎。然后他拿起长爪，套上肩带，走开几码，对着一丛结冰的灌木小便。尿液在寒气中蒸腾，所到之处，冰雪竞相融化。最后他系好黑羊毛马裤，循香而去。

一群兄弟围坐在火堆边，其中包括葛兰和戴文。哈克递给琼恩一份夹心面包，里面有焦培根和被培根油脂弄热的大块腌鱼。他三两口吞下食物，一边听戴文吹嘘昨晚睡了三个卡斯特的女人。

"你才没有，"葛兰板起脸孔说，"不然我看得到。"

戴文用手背给了对方耳朵一巴掌，"就你?看得到?你比伊蒙学士还瞎。你连熊都看不见。"

"什么熊?这里有熊?"

"别说这里,上哪儿都有熊,"忧郁的艾迪语调中透着他惯有的无可奈何,"我小时候,不知从哪儿冒出一只熊把我哥杀了。后来它还用皮带把他的牙齿串好戴在脖子上。那是口好牙,比我的好。我最烦我这一口烂牙。"

"山姆在哪儿?昨晚睡大厅里吗?"琼恩问他。

"照我说,那不能称之为'睡'。地那么硬,草席一股怪味,兄弟们的呼噜更是吓人。嘿,说到熊,熊的鼾声准没黄伯纳厉害。说真的,暖和倒暖和,因为晚上一群狗全爬上我身子,不过斗篷正要干的当口,却被它们尿在上面。或许是黄伯纳干的也说不定。你们注意到没?我刚进屋,头上遮着呢,雨就停止;现在我出来了,瞧着吧,雨马上又要开始啦。诸神和野狗都拿我当尿壶咧。"

"我去看看莫尔蒙司令有什么需要。"琼恩道。

雨虽然停了,院里仍是一片充斥浅坑烂泥的泽国。黑衣兄弟们正在收拾帐篷,喂养马匹,一边嚼着腌牛肉条。贾曼·布克威尔的侦察兵已在整束鞍带,准备出发了。"琼恩,"坐在马上的布克威尔跟他打招呼,"记得把你那柄杂种剑磨利点,很快就要派上用场了。"

天亮以后,卡斯特的大厅仍很昏暗。厅内,几根夜间点的火把快要燃尽,摇摇摆摆,太阳的光芒几无所见。最先发现他的是莫尔蒙司令的乌鸦。它抬起巨大的黑翅,懒洋洋地扇了三下,飞到长爪的剑柄上。"玉米?"它啄住琼恩一绺头发。

"别理这狡猾的乞丐鸟,琼恩,我才把半份培根给了它。"熊老坐在卡斯特的桌边,与其他军官一起吃着早餐——烤面包、培根和羊肉香肠。卡斯特的新斧头就放在桌上,镀金装饰在火炬微光下闪烁。它的新主人在阁楼里睡得不省人事,只有女人们集体起身,忙碌不休。"天气如何?"莫尔蒙问。

"有些冷，但雨已经停了。"

"好，好。去把我的马鞍配妥当，我打算即刻动身。吃过了吗？卡斯特这儿食物普通，分量倒足。"

我不能吃卡斯特的东西。他突然下了决心。"我和弟兄们一起用过早餐了，大人。"琼恩把乌鸦从长爪上赶开，鸟儿飞回熊老的肩膀，迅速拉出一堆屎。"留给我干吗？在琼恩那儿方便了不就好？"熊老抱怨，乌鸦尖叫回应。

他在屋后找到山姆，对方正站在破损的兔笼前与吉莉谈话。女人帮他穿回斗篷，当她回头发现琼恩，却连忙逃开。山姆给了他一个受伤的表情，"我以为你会帮她。"

"怎么帮？"琼恩尖刻地说，"把她包进你的斗篷，然后带她一起走？别忘了，我们奉命不得与——"

"我知道，"山姆愧疚地说，"但她真的好害怕。我明白恐惧的滋味，所以我告诉她……"他嗫嚅着。

"告诉她什么？告诉她我们要带她一起走？"

山姆的胖脸涨成紫红。"只是回程时顺路带她而已，"他不敢看琼恩的眼睛，"她快生孩子了。"

"山姆，你完全丧失理智了吗？我们连回程走不走这条路都不知道。就算会经过这儿，你以为熊老会准我们偷走卡斯特的老婆？"

"我是想……或许到时候……能找到什么办法……"

"我可没工夫关心这个。我得去照管马匹。"琼恩大步走开，心里又气又急。山姆那颗心，真和他的身躯一般大，在琼恩眼中，他简直跟葛兰一样没头脑。这是不可能的事，不名誉的事。可是，我拒绝他，为何又觉得自己可耻呢？

准备妥当后，守夜人弟兄们川流不息地越过高挂头骨的栅门，再度出发。琼恩和往常一样，骑行在熊老身边。人们沿着一条弯曲的狩猎小径，朝西北行去。古树枝头，融雪滴落，犹如徐缓的雨，

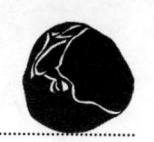

配着轻柔的节律。堡垒以北,小溪泛滥,浮满落叶和枝条,所幸先前出发的斥候已经找到了渡口,足够人马涉过。渡口的水直淹到马肚子。白灵当先游过去,白毛滴着污水,出现在对岸。他甩甩身子,泥水四处飞溅。乌鸦朝他尖叫,但莫尔蒙一直保持沉默。

"大人,"当他们再度深入丛林后,琼恩静静地开口道,"卡斯特家没有羊。他也没有儿子。"

莫尔蒙没有作答。

"在临冬城,有位老女仆很喜欢说故事,"琼恩续道,"她常对我们说,野人会与异鬼苟合,繁衍半人半鬼的恐怖后代。"

"那不过是炉边故事。难道你觉得,卡斯特看来不像人?"

他不像人的地方可多了。"他把自己的儿子丢进森林。"

长久的沉默。"是啊,"熊老最后说,"是啊。"乌鸦边嘀咕边昂首阔步地走着,"是啊,是啊,是啊。"

"您早知道?"

"斯莫伍德告诉过我,那是很久以前的事了。其实游骑兵们都知道,只是大家嘴上不提而已。"

"我叔叔也知道。"

"游骑兵们都知道,"莫尔蒙重复了一遍,"你是不是觉得我该阻止他,甚至杀了他?"熊老叹口气,"唉,要真是因为他养不活孩子,我很乐意叫尤伦或康威来带他们走。我们可以让他们穿上黑衣,守夜人军团就缺人手。但野人侍奉的神比你我的神更残酷,这些孩子是卡斯特的祭品……唉,是他的祈祷方式。"

是吗?他老婆的祈祷可与他大相径庭。琼恩心想。

"这些事,你怎么知道?"熊老转而问他,"卡斯特的老婆给你说的?"

"是的,大人,"琼恩坦承,"但我不能告诉您这是谁说的。她吓坏了,她向我求助。"

"琼恩,世界如此辽阔,到处都有求助的人。其中有的人,或许该鼓起勇气,自己拯救自己。这会儿,卡斯特就瘫在阁楼上,浑身酒臭,毫无知觉。楼下的长桌搁着咱们新赠的利斧。如果我是他老婆,我会把这当成天神对祈祷的回应,就此了结他。"

是啊。琼恩想起了吉莉,想起了她的姐妹们,她们共有十九人,卡斯特孤身一个,可……

"其实对我们而言,卡斯特的死并不值得庆幸。你叔叔若健在,必会告诉你卡斯特堡垒对我们的游骑兵来说,通常意味着生与死的差别。"

"我父亲说……"他犹豫起来。

"说吧,琼恩。想说什么只管说。"

"我父亲告诉过我,有的人是咎由自取,罪有应得,"琼恩道,"一个残暴不公的封臣不仅玷污了自己,还玷污了他的主人。"

"卡斯特是个自由人,他没有对我们宣誓,并不需遵从我们的律法。你有一颗高贵的心,琼恩,但你得学会这一课:我们不能按自己的想法来塑造这个世界,这并非我们的目的,咱们守夜人军团的职责只是战斗。"

战斗,是啊,我必须谨记。"贾曼·布克威尔也说我的剑很快就要派上用场。"

"是吗?"莫尔蒙看来有些忧虑,"昨晚,卡斯特对我们说了许多,完全印证了我之前的担心。我躺在地板上,一夜没睡。曼斯·雷德正在霜雪之牙上聚集部众,因此村落纷纷荒废。这跟出发之前,丹尼斯·梅利斯特爵士的部下从大峡谷里抓到的野人口中得到的消息一模一样。唯一的区别在于,卡斯特把他们集结的确切地点告诉了我们,情况越来越复杂了。"

"他是想建筑要塞?还是要组织军队?"

"是啊,这正是关键所在。那里'究竟'有多少野人?其中又有多少能操起武器作战?没有人说得清。霜雪之牙是一片严酷、冷漠、荒凉的冰山,无法供养大批人群长期停留。照我分析,曼斯·雷德只有一个目的——南下长城,扫荡七大王国。"

"从前,野人也曾大举入侵,"在临冬城时,这些故事琼恩都听老奶妈和鲁温师傅讲过,"在我祖父的祖父的时代,'红胡子'雷蒙率领他们南下,再往前,'吟游诗人'贝尔也曾兵临城下。"

"不错,比他们更早,有'长角王'、'兄弟王'詹德尔和戈尼,在远古,还有吹响冬之号角、从地底唤醒巨人的乔曼,他们都做过同样的尝试,但每次不是在长城下一败涂地,就是被临冬城的援军奋力杀退……但如今,且不论守夜人军团的实力只有昔日的一鳞半爪,又有谁会与我们并肩作战、对抗野人呢?临冬城主已经丧命,他的继承人带着所有军队南下与兰尼斯特交兵。对野人们而言,这是千载难逢的大好机会。琼恩,我很了解曼斯·雷德,不错,他背弃了誓言……但他为人一向目光敏锐,行事果断,是个千里挑一的人才。"

"我们该怎么办?"琼恩问。

"找到他,"莫尔蒙道,"了结他,阻止他。"

凭这区区三百人,琼恩心想,前去对抗整个北野洪荒的愤怒。他的五指开开合合。

席恩

无可挑剔,她美得惊人。为什么你的第一次总是如此美丽,席恩不禁想。

"瞧您,笑得多灿烂哟,"女人的声音从身后传来,"大人您喜欢上了她,是不?"

席恩回头审视这女孩。他喜欢她的模样。真正的铁种,一望而知:苗条、长腿,剪得短短的黑发,饱经风霜的皮肤,强壮有力的胳膊,腰间别着匕首。虽然对她那张瘦脸而言,她的鼻子显得又大又尖,不过她的笑容足以弥补。他认定她比他大几岁,但不超过二十五。哈,走起路来活像上辈子都在甲板上讨生活似的。

"没错,她看起来真甜,"他告诉她,"不过嘛,却连你的一半也比不上。"

"噢,噢。"她笑道,"我可得当心,大人您有蜜糖般的唇舌呢。"

"来,尝尝看?"

"可以吗?"她边说边露骨地瞧他。铁群岛中有的女人——虽然不多,但确有一部分——和男人们一起驾驶长船为生。俗话说海和盐能改变女人,使她们有男人的癖好。"您在海上待太久了么,大人?莫非您去的地方没女人做伴?"

"唉,女人是不少,可哪有你这样的人才。"

"您怎知道人家是怎样的人呢?"

"我的眼睛会瞧啊,瞧你这漂亮脸蛋儿;我耳朵会听嘛,你笑起来真是没得说。喏,我那儿比桅杆还硬啦,还不都因为你。"

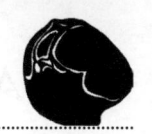

女人踱上前来，伸出一只手压上他马裤。"嘻嘻，您没骗我，"她边说边隔着衣料挤压，"痛不痛？"

"痛啊，痛死啦！"

"可怜的大人，"她放手走开去，"真不巧，人家已经结婚了，还刚怀孕了呢。"

"诸神在上，"席恩说，"那我不能给你孩子啦。"

"私生子？哈，恐怕还要我男人感激您哟？"

"他不会，可你会。"

"怎么？人家以前可陪过许多大人的。他们嘛……和外面的野男人也没啥两样。"

"可你跟过王子吗？"他问她，"当你年老色衰，白发苍苍，连奶头都松松垮垮的时候，你却可以骄傲地告诉孙子，你爱过一个国王呢！"

"噢，我们这是在谈情说爱吗？我还以为您只关心那话儿和阴道呢。"

"你想要爱情？"他觉得自己暗暗喜欢上了这婊子，管她是谁，她那尖刻机巧的话语是这又冷又暗的派克岛能给他的最好纾解。"你要不要我拿你的名字来为自己的长船命名？要我整天给你弹竖琴，把你带上城堡的高楼，用珠宝打扮，让你像童话中的公主一般？"

"您本该用我的名字来命名您的船，"她答道，忽略了其他承诺，"她是我建造的。"

"不对吧，应该是西格林，我父亲大人的造船大师。"

"我是伊斯格蕊，安布德的女儿，西格林的老婆。"

他不知安布德还有个女儿，西格林的老婆？……但他和年轻的造船师傅只有一面之缘，而对以前那位大师更是记忆模糊。"你和西格林在一起真浪费。"

"噢，西格林告诉我，把这艘漂亮的船给你才浪费呢。"

席恩怒火中烧。"你知道我是谁？"

"葛雷乔伊家族的席恩王子，对不对？说实话，大人，你喜不喜欢她，这艘献给你的美少女？西格林很想知道。"

这艘长船崭崭新新，散发着沥青和树脂的味道。明天，伊伦叔叔将在新船下水之际予她祝福，但席恩已等不及，便飞马从派克城赶过来预先观看。她的大小比不上巴隆大王的泓洋巨怪号和维克塔利昂的无敌铁种号，但即便躺在岸边的木船坞，已能让人充分感受她的灵巧与敏捷：一百尺长的黑色流线型船壳，一根独立的大桅杆，五十条长桨，足够一百人站立的甲板……船首则是一座塑成箭头形状的钢铁巨锤。"西格林取悦了我，"他承认，"她真的就跟看起来一样跑得快？"

"很快很快——只要驾御她的是懂行的人。"

"我有几年没驾过船了。"事实上，从未当过船长。"不过，我是葛雷乔伊家的人，我是铁民，大海融入了我的血脉。"

"如果你想好好开船，你的血脉应该融入大海。"她告诉他。

"放心，我不会亏待这位美少女。"

"美少女？"她嘻笑道，"她么，应该叫海婊子才对。"

"瞧，你给她取了个好名，就叫她海婊子吧。"

她被逗乐了，他看见她黑眼珠里闪烁的火花。"您刚才不是说，要用我的名字为她命名么？"她用受伤的语调责备道。

"嘿，我可是说到做到了呀，"他执起她的手，"来吧，夫人。青绿之地上的人都说，怀孩子的女人能给睡她的男人带来好运。"

"青绿之地上的人怎么知道船上的事？怎会了解船上的女儿家？我想，您不会在哄我吧？"

"嗨，我投降啦。你还爱我吗？"

"什么?我啥时候爱上您啦?"

"就算还没有吧,"他承认,"可我不是在尽力弥补么?亲爱的伊斯格蕊,你瞧,外面寒风凄冷,就请上我的船,让我跟你暖和暖和。明天,我叔叔伊伦就要过来用海水浇灌她的船首,念念有词地向淹神祷告祈福,我打算先用我俩的精液来祝福她呢。"

"淹神老爷没定这规矩吧。"

"去他的淹神老爷。他敢来烦我们,我他妈把他再淹一次。两周后我们就要去打仗,你怎么忍心让我彻夜无眠、满怀思念地上战场呢?"

"那样的话,我最开心了。"

"好残忍的女孩。我的船真是取了个好名。唉,若是我驾船分心牵挂,说不定就让她触礁了呢,你可后悔都来不及啦。"

"您可真会说笑话,莫非您用这个驾驶?"伊斯格蕊的手再度绕过他的马裤,她一边用手指勾勒他硬得似铁的命根子一边微笑。

"跟我回派克城吧,"他沉吟半晌,突然道。巴隆大王会怎样说?嘿,我关心个屁!我是个大男人了,想带婊子上床是我自己的事,谁管得了?

"我去派克城干吗?"她的手还放在那儿。

"今晚,我父亲会大宴诸位船长。"其实他每天都在宴请他们,只等他们聚齐,不过没必要给这婊子讲这么仔细。

"呵,我就是您今夜的船长么,王子殿下?"她露出他从未见过的邪恶笑容。

"我同意。只要你为我平平安安撑船返航。"

"好啊,我知道怎么撑船划桨……首先是放开绳子和索结……"她伸出另一只手,解开他的裤带,然后笑着轻快地走开,"不过人家结婚了,还怀了孩子,可惜哟。"

席恩慌忙提住裤带,"总之,我必须马上回城。你不跟我走的话,只怕我会永远为今天悲叹,就连群岛也将终日失色哪。"

"我们别那么坏哟……可我没马呀,殿下。"

"你可以骑我侍从的马。"

"我害你倒霉的侍从一路走回派克城去?"

"好了,骑我的马。"

"你这家伙!本就这样打算吧,"她又笑了,"那么,我是坐你后面,还是前面?"

"你想坐哪儿就坐哪儿。"

"我要骑在上面啦!"

我真该早些遇上这婊子。"我父亲的厅堂又黑又潮,唯有伊斯格蕊能让那儿焕发光芒。"

"大人您有蜜糖般的唇舌呢。"

"嘿,我们不就这样开始的么?"

她猛地抽回手,"这也是结束。伊斯格蕊跟你走,亲爱的王子,带我去城堡,我要好好瞧瞧您那海中升起的矫健塔楼。"

"来,我把马留在了旅馆。"他们并肩走下浅滩,席恩又去挽她的手,这次她没有拒绝。他喜欢她走路的姿势:透着一股蛮野劲儿,悠闲地摇摆,想来她在毯子底下也同样蛮野,同样棒。

君王港和从前一样,非常拥挤,鹅卵石岸上挤满长船水手,有的在防波堤边固定船锚,将船在岸边排成一列。铁民们不常屈膝,更不易屈膝,但席恩经过时发现无论桨手还是镇民似乎都通通闭上了嘴巴,朝他恭敬地点头。他们终于明白了我是谁,他心想,花的时间可不少嘛。

大威克岛的古柏勒头领昨晚刚到,带来了他的船队主力,约四十条长船。这时,他的部下正四处游荡,围着斑纹山羊毛做的腰带,十分醒目。旅馆的闲人都说老板"水獭"——吉普肯的妓女都被这群花腰带没胡子的男孩操弯了腰啦。呵,这些小子才不关他

席恩的事,他可不想见那些脸上长痘的荡妇,还是身边的人更合胃口。她嫁给了父亲的造船师,肚里还拖着孩子,哈,多诱人!

"王子殿下,您挑选好船员了吗?"他们朝马房走去时,伊斯格蕊开口道。"喂,蓝牙,"她朝一位路过的船员高喊,那人十分高大,穿着熊皮背心,头戴鸦翼盔,"你新娘子呢?"

"怀孩子变胖啦,就念着双胞胎。"

"这样快啊?"伊斯格蕊又露出邪恶的笑容,"你在水里划桨总是这般猛。"

"嘿嗨,划呀划呀划呀。"男人吼着。

"粗汉一个,"席恩评论,"他叫蓝牙?我可以选他上海婊子。"

"你莫非想侮辱他?蓝牙有自己的漂亮长船。"

"我离开得太久,很多人际关系都扯不清喽。"席恩承认。他用心寻访过儿时玩伴,但一无所获,他们要么死了,要么成了陌生人。"我叔叔维克塔利昂答应把自己的舵手借给我。"

"'风暴狂饮'瑞摩尔?人选不错,只是他清醒的时候不多。"她认出更多熟人,朝旁边一个三人组叫嚷,"乌勒,科尔,你们老哥上哪儿去啦?嗯,斯基特?"

"唉,恐怕淹神老爷急着要个好桨手哪。"那矮小身材,胡子半白的男人答道。

"他是说,埃迪斯喝得太多,把大肚子撑爆喽。"斯基特旁边粉红脸颊的少年续道。

"逝者不死。"伊斯格蕊说。

"逝者不死。"

席恩跟着他们呢喃祷词。"看来你很受欢迎嘛。"男人们离开后,他告诉女人。

"谁不喜欢造船师傅的老婆呢。不多恭维点,说不定哪天船沉了都不知道。你想找桨手,这三人倒不错。"

"君王港里多的是壮汉。"席恩早考虑过这个问题,他要的是经验丰富的战士,要的是赤胆忠心的伙伴——不是对他父亲大人,不是对他叔叔,而只对他本人。眼下,他不得不暂时扮演恭顺尽责的王子殿下的角色,眼看着巴隆大王执行计划。可只要时机成熟,计划出了岔子,或是他不喜欢自己的角色了,那么,那就……

"光有力气是不够的,要想一条长船跑得快,关键是她的桨手必须整齐一致。你聪明的话,得尽量选择以前共事过的船员。"

"贤明的建议。依我看,应当由你来帮我挑选船员。"让她知道我有多赏识她的智商,女人就喜欢这道道。

"或许吧,如果您待我好点儿的话。"

"还不够好么?"

他们走近密拉罕号,席恩陡然加快脚步。这条船甲板上空无一人,在波浪中不住摇晃。早在两周前,船长就试图驾船离开,却被巴隆大王发话禁止。自席恩归来以后,君王港所有的商船都不准出港;父亲希望在准备就绪之前,不让大陆得到一丝一毫军队集结的讯息。

"少爷!"商船船楼上传下一声凄惨的呼唤。船长的女儿倚在栏杆边,目不转睛地望着他。她老爸不准她上岸,于是每当席恩前来君王港,总能见她在甲板上没头苍蝇似的四处徘徊。"少爷,请等我一下,"她在他身后大喊,"如果少爷您高兴……"

"就这女孩?"当席恩领着伊斯格蕊飞快地越过小船后,她问,"逗少爷您高兴?"

我可不会为这小女孩脸红。"有一段时间吧。她得寸进尺,想当我的盐妾。"

"噢,噢,没错,当盐妾再没更好的可人儿了。你看看,她娇嫩又柔弱,不是么?我说得没错吧?"

"没错。"娇嫩又柔弱。中肯极了。可她怎么知道呢?

他吩咐威克斯在旅馆等他。此时大厅里人头攒动,席恩只好从门边一路挤过去。长椅和桌边都没了空位,他的跟班不见了。"威克斯,"他在一片喧嚣和谈笑中高声大叫。如果他跑去睡那些长痘痘的婊子,我就剥了他的皮,他正这么想着,转头便瞧见了男孩,对方正在壁炉边掷骰子……赢了不少,面前的钱币堆得跟小山似的。

"该走了。"席恩宣布。男孩不理他,他一把揪住孩子的耳朵,将他拖离赌局。威克斯慌乱中抓起一把铜板,一言不发地跟席恩出去。他就这点讨席恩喜欢,别人的侍从都是多嘴多舌,只有他的威克斯天生是个哑巴……唯一的遗憾是他跟其他十二岁男孩一般机灵古怪。他是波特利头领的同父异母兄弟的私生子之一,带走他当跟班也是席恩为换取波特利的好马所付出的代价。

当威克斯瞧见伊斯格蕊,眼睛顿时瞪得老大。你还以为他这辈子从没见过女人呢!席恩想。"伊斯格蕊跟我一起骑马回派克。快把马鞍备好,快!"

男孩的坐骑只是从巴隆大王的马房里随意拣的一匹又瘦又矮的小马驹,但席恩的马不同凡响。"这该死的马你打哪儿弄到的?"伊斯格蕊一见便问,从她笑的模样,他知道她被打动了。

"一年前,波特利头领在兰尼斯港买下的。不过他家的马也实在太多,所以就很乐意转手喽。"铁群岛贫瘠多山,不是培育良马的地方。多数岛民对骑马很陌生,对他们而言,待在甲板比骑上马背自在得多。头领们也只骑骑矮马或多毛的哈尔洛小马。岛上牛车都比马车多。平民百姓更没财力去购买牲畜来在这荒芜崎岖的土地上拉犁。

不过席恩在临冬城待了十年,决心骑着雄健的战马上战场。波特利头领不识货,算他的运气:这匹牡马的脾性就像他的漆黑皮肤一般，个子虽比不得军马，却比普通坐骑高大。对他而言真是恰好合适，因为席恩也不如一般骑士那么高大。这家伙眼透火气，记得第一次跟新主人见面，噘噘嘴唇，差点把席恩的脸咬掉。

"它有名字么？"席恩上马时她问。

"笑星，"他朝她伸手，把她抱到身前，好在骑马途中搂着她。"记得从前有个家伙对我说，我总是对着错误的东西微笑。"

"是么？"

"哼，在那些从不懂得欢笑的人眼里或许如此吧。"他想起父亲和伊伦叔叔。

"那您现在在笑吗，我的王子殿下？"

"哈，当然，"席恩的手环抱着她，抓起缰绳。她几乎和他一样高，头发洗得很勤，只不过那标致的颈项上有道褪色的红伤疤。没关系，他喜欢她的味道，海盐、汗水和女人的味道。

这次回派克一定比和叔叔那次舒服得多。

当君王港慢慢从视线中消失，席恩也渐渐地把手放上她的乳房。伊斯格蕊抓住他的手，挥打开去。"您这人！一定要双手抓紧绳子啦，不然这黑大个儿把咱俩掀下去踢死才好看呢。"

"它敢！"席恩觉得很开心，于是暂时压住性子，和她亲切地聊起了天气（自打他来，便是灰暗多云，时常降雨）以及他在吃语森林杀人的事迹。当他说到自己逼近弑君者的部分时，忍不住又把手伸到它们原本该待的地方去了。她的奶子小是小，不过他顶喜欢它们的坚硬。

"您不要这么做啦！我的王子殿下。"

"噢，干吗？"席恩拧了一下。

"您的侍从正瞧着您呢。"

"管他的。他不会说出去的，我发誓。"

于是伊斯格蕊逮住他的指头。这回他可被牢牢困住了，她那双

手真是强壮得紧。

"哈,我喜欢带劲的女人。"

她嗤之以鼻。"我可不那么想,瞧瞧在码头碰见的女孩吧。"

"你不能用她来评判我。她是那船上唯一的女人呀!"

"哎,还是说说你父亲吧。不知他会不会欢迎我去他城堡?"

"干吗要求他欢迎?他连我都不欢迎,我可是他的亲生血脉,是派克和铁群岛的继承人呢。"

"真的?"她温柔地问,"你不是有叔叔,有兄弟,还有一个姐姐么。"

"老哥们死了几百年啦,我姐姐……好啦,听说阿莎最喜欢的衣服是一件过膝的锁子甲,她连内衣都穿的是硬皮甲。哼,不管怎么讲,穿男人的衣服不能让她变成男人。不过呢,只等我们打了胜仗,我会给她找个声名显赫的世家,安排一桩好婚事。记得她鼻子真是跟秃鹫的喙没两样,一脸的烂麻子,胸脯却还没那些假小子大。"

"也许你能嫁掉姐姐,"伊斯格蕊评论,"但还有叔叔呢。"

"我的叔叔们……"席恩的继承顺位照理比父亲的三个弟弟优先,不过这女人还是逮到了痛处。在这片群岛,强大而有野心的亲戚霸占侄儿的土地,甚至把小辈谋害掉的例子真可谓数不胜数。但我不是弱者,席恩提醒自己,老爸死前我要变得更为强大。"叔叔们对我没威胁,"他宣称,"伊伦把自己献给了大海和神灵。他活着只为了他的神——"

"他的神?难道不是你的?"

"当然是啦。逝者不死么。"他敷衍地笑笑,"只要我记得每天多念这些虔诚的废话,湿发就不会来烦我。而我叔叔维克塔利昂——"

"他是铁岛舰队的总司令,无畏的战士。我在酒馆里常听人们唱歌颂扬他呢。"

"当年我父亲起兵,就是他和我另一位叔叔攸伦一同航往兰尼斯港,把兰尼斯特的整只舰队活活焚在了锚地里,"席恩回忆,"不过,整个计划是攸伦制订的。要我形容的话,维克塔利昂就像那些笨重的灰公牛,强壮、不知疲倦、忠于职守,但你甭想用他去赢得任何赛跑。毫无疑问,他会像服侍我父亲一般服侍我。他可没那个本事和野心去策划叛变。"

"说到本事,'鸦眼'攸伦可是个厉害角色。我看别人对他简直就是谈虎色变。"

席恩在鞍上挪了挪,"我的攸伦叔叔已经快两年不曾在群岛露面,大概是死了。"真这样的话,那简直太妙了。巴隆大王的长弟从未放弃古道,一天都不曾放弃。他的宁静号,挂着漆黑的风帆、有着暗红的船壳。据人们传说,从伊班到亚夏,无论哪个港口这艘船都是恶名昭彰。

"他也许是死了,"伊斯格蕊赞同,"即使还活着,不管怎么说,在海上也待得太久,在这里都快成半个陌生人了。铁种们应该不会让一位陌生人坐上海石之位。"

"……我也这么想。"席恩勉强答道,他忽然想到很多人也把他当陌生人看待,不禁皱紧了眉头。十年是长了点,但我不是回来了么?老爸看来还很健康,我还有时间证明自己。

他犹豫着,是否再摸摸伊斯格蕊的乳房。她一定又要把我拦住。谈了半天叔叔的事已经坏了他的兴致,算了,等回到城堡有的是时间慢慢玩,在他的私人卧室里好好玩。"等咱们抵达派克城,我会跟海莉亚打声招呼,为你在宴会中安排个体面的位置,"他说,"我自己得坐在高台上,就在我父亲的右手,不过等他离席我一定会下来找你,我保证。他待不了多久的,这些日子,他没喝酒的胃口。"

"伟人逃不脱岁月的魔掌,多可悲呀。"

"可不?巴隆大王算得上伟人的父亲。"

"多谦虚的殿下哟。"

"在这个世界上,大家都是互相倾轧,只有傻瓜才会自己贬低自己。"他轻轻吻向她的颈背。

"那我该穿什么去参加这次盛宴呢?"她迅速回头,一把推开他的脸。

"我会吩咐海莉亚为你好好打扮。我母亲大人的裙服应该适合你。她去了哈尔洛岛,大概是不会回来了。"

"这事我听说了,派克岛的寒风让她再也无法忍受。你不去看她么?哈尔洛岛离这儿不过一日航程,我想葛雷乔伊夫人一定成天盼着见她小儿子最后一面。"

"我会去的,只是最近实在太忙。我刚回来,父亲很倚靠我。或许,等一切胜利,平静之后……"

"你现在去看她,或许可以带给她平静。"

"嘿,你的口气可真像个女人。"席恩抱怨。

"我……我是……刚怀孩子嘛。"

不知怎的,想到这个让他又兴奋起来。"你嘴上这样说,可没见身上有什么迹象。你要怎么证明呢?要我信你,除非让我瞧瞧你成熟的奶子,尝尝你这新妈妈的乳汁才成。"

"那给我丈夫知道了会怎样说哦?他可是你父亲眷顾的臣下和仆人哪!"

"我们会给他安排造不完的船,让他忙得连你离开都不知道。"

她大笑:"占有我的是怎样一位残酷的殿下哟。葛雷乔伊家族的席恩,如果我答应您,总有一天会让您看着我给孩子哺乳,您肯给我多讲些您打仗的故事吗?离咱们的目的地还有几重大山,远得很,我正想听听您曾经效劳的那位狼王的事迹,还有他所对抗的金色雄狮呢。"

我真的好想讨好她,席恩自忖。于是在剩下的漫长路途里,他极力朝她可爱的脑袋灌输临冬城和战争的故事,时间一下子过得飞快。说出口的话连他自己也感到惊讶。诸神保佑,她真让人管不了嘴巴,他心想,仿佛我跟她是厮守多年的伴侣似的。只要这婊子的床上功夫有她嘴皮子一半厉害,我真会把她留住……他想起造船大师西格林——大胖子,木脑瓜,长满粉刺的额头上垂着几丝麻黄头发——忍不住摇头。真浪费。最最可悲的浪费。

当派克城的高大墙垒在眼前出现时,他已经失去了时间感觉。

城门开着。席恩踢踢笑星,轻快地跑进去。当他扶伊斯格蕊下马时,猎狗们疯狂地吠叫起来。有的作势欲扑,有的摇尾呼喝。它们一股脑儿越过了他,几乎把女人撞倒。它们把她团团围住,又跳又吼又舔。"走开,"席恩大吼,随意踢向一只高大的棕色母狗,伊斯格蕊却嘻笑着同它们打闹。

一位马夫步履沉重地跟着狗群跑出来。"把马带走,"席恩命令他,"把这些混账狗给我赶——"

这傻瓜居然不搭理他。马夫咧开巨嘴,露齿大笑,他说:"阿莎小姐!你回来了啊!"

"昨晚刚到,"她答道,"我同古柏勒头领一块儿乘船从大威克岛来,在旅馆将就了一宿。然后我好心的小弟就特意把我从君王港接来啦。"她吻了吻狗的鼻子,朝着席恩坏笑。

他……傻站在那儿,目瞪口呆地望着她。阿莎?不。她不可能是阿莎。他突然想起自己脑海里其实有两幅阿莎的镜像。一幅是他见过的小女孩;而另一幅,只是模糊的想象,和她的妈妈差不多。但一点也不像这份俏样……这份俏样……这份俏样……

"乳房成熟时,痘痘也跟着不见了,"她边和猎狗扭打边解释,"只有鹰钩鼻改不了。"

席恩找回了几分自制。"为什么不早告诉我?"

阿莎放开猎狗,站起身来。"我打算先瞧瞧你现在是什么德行,而我果真不辱此行。"她朝他嘲弄地半鞠一躬。"现在哪,我的小弟弟,恳请您原谅我先失陪哦,我要回去沐浴更衣,准备参加宴席喽。哎呀,不知那件穿在皮甲内衣外的大锁子甲还在不在?"她给了他一个邪恶的笑容,用他最欣赏的那种步伐跨过吊桥,悠闲地摇摆着。

等席恩回过神来,只见威克斯朝他咯咯傻笑。他狠狠给了这小子一记耳光,"你他妈高兴个鬼,"又扇一记,这次更重,"谁叫你不早说!下辈子,记得长舌头!"

虽然奴隶们已在他位于血堡中的卧室点起了火盆,他却感到前所未有的寒意。席恩踢掉靴子,扔下斗篷,操起一杯葡萄酒,回想起过去那个罗圈腿、满脸麻子的愚笨女孩。"她"居然脱了我的裤子,他义愤填膺地想,她还……噢,诸神啊,我还说了……他不住呻吟。我简直就是个彻头彻尾的大傻瓜。

不对,他接着想,是她让我心甘情愿当了个傻瓜。这坏心肝的婊子精心安排了一切。哎,她捏我那话儿的手势……

他握紧杯子,赶到窗边的座位,边喝酒边看大海。太阳正在派克岛远方的海平面沉没。在这里,我没有地位,他想,原来都因为阿莎,异鬼把她抓去吧!城堡下,汹涌的波涛逐渐由绿变灰、由灰转黑。他听到远方传来的音乐声,明白是该换衣服出席宴会的时候了。

席恩挑了一双平淡无奇的靴子和一件更朴素的衣服,它们颜色灰暗,正好符合他的心境。他不敢带装饰品:只因未付铁钱。救布兰·史塔克那次,我该从那野人身上捞点什么。可那人的确没什么好拿。我的运气为什么总是这样糟,连杀人都轮到穷鬼。

当他步入烟雾弥漫的长厅时,四处皆是父亲麾下的头领和船长,将近四百人。去老威克岛传令的裂颚达格摩尚未归来,该岛的斯通浩斯家族和卓鼓家族也同时缺席,但余者皆已齐聚于此——哈尔洛岛的哈尔洛家族,黑潮岛的布莱克泰斯家族,大威克岛的古柏勒家族、斯帕家族和梅林家族,盐崖岛的苏克利夫家族和桑德利家族,以及派克岛另一边的波特利家族和温奇家族。奴隶来回奔跑,为头领们斟酒,厅堂里回荡着提琴和皮鼓发出的乐章。三个魁梧大汉表演着手指舞,一连串短柄利斧在三人之间来回投掷周转。玩耍的规则是参加者接住或避开斧子,但不得挪动半步。这游戏之所以叫手指舞,是因为它通常会在某人丢掉一根指头的时候结束……运气不好的话,是两根,甚至五根全部。

但不论舞蹈者还是喝酒的人全都没在意踱向高台的席恩·葛雷乔伊。巴隆大王安坐于海石之位,这海怪模样的座位乃是用一块黝黑油亮的巨石雕刻而成。传说当先民们初次踏上铁群岛,这块巨石便躺在老威克岛的海滩。尊位左边坐着他的两位叔叔,阿莎被安排在巴隆右手,无疑表明了他的宠爱。"你迟到了,席恩。"巴隆大王评论道。

"请您原谅。"席恩坐到阿莎身旁的空位。他前倾身子,靠在她耳畔嘶声道:"你抢了我的座位。"

她一脸无辜地望着他。"弟弟,你肯定搞错了。你的座位在临冬城吧。"她坏笑着,"哟,你那些漂亮衣服哪儿去啦?听说你不是爱用丝绸羽绒打扮自己么?"她穿着一身淡绿的羊毛衫,做工虽普通,不过……却越发凸显出她苗条的曲线。

"哼,锁甲生锈了吧,姐姐,"他试图反击,"多可惜,你还是一身铁皮比较耐看。"

阿莎一笑置之,"你会看到的,我的小弟弟……只要你的海婊子追得上我的黑风。"父亲的奴隶提着一大壶葡萄酒上前。"你要葡萄酒还是麦酒,席恩?"她也倾身过来。"还是你想尝尝新妈妈的乳汁呢?"

他脸红了。"葡萄酒。"他告诉奴隶。阿莎坐回去,猛敲桌子,吼着要麦酒。

席恩劈开一条面包,抓来空盘,吩咐厨子将之盛满新鲜鱼肉。厚重的乳酪气味让他有些不适,然而他强迫自己去对付。刚才他已经喝下了平日两倍分量的酒,就算吐,也要吐到她身上。"父亲知道你嫁给了他的造船师?"他问姐姐。

"连西格林自己都不知道,"她耸耸肩,"伊斯格蕊是他这辈子造的第一艘船,他拿他老妈的名字取的。我只不过借件他爱得最深的东西用用罢了。"

"原来你说的每一句都是谎话。"

"也不尽然。记得我告诉你我要骑在上面吗?"阿莎笑道。

他再也按捺不住。"你还说你结婚了,怀了孩子……"

"噢,这句也不假。"阿莎一跃而起。"拉夫,拿来。"她朝着一位正表演手指舞的大汉高叫,伸出一只手掌。他看见她,转了个圈,一把斧子脱手飞来。利斧划过一把又一把火炬,翻滚的刀刃闪动着寒光。席恩几乎便要窒息。只见阿莎凌空接住飞斧,"砰"的一声猛砸在长桌上。他的餐盘成了两半,斗篷溅满油脂。"这是我的夫君老爷,"姐姐将手伸进上衣,从双乳之间拔出一把匕首,"这是我的乳儿宝宝。"

席恩·葛雷乔伊不知自己这时是副什么模样,他只听到一瞬之间大厅里哄然爆笑,所有人都在嘲笑他,即便父亲也不自禁地笑了,诸神该死,维克塔利昂叔叔笑得都快背气了。他所能想到的最佳应对便是跟着挤出几丝神经质的笑容。我们看看谁笑到最后,臭婊子。

阿莎从桌上拔出斧头,掷回给舞蹈者,四周传来口哨和欢呼。

"你好好想想，我是怎么教你挑选船员的。"奴隶端来盛鱼的浅盘，她用匕首尖挑起腌鱼，大吃起来。"假如你肯费点心去了解西格林的背景，我怎么作弄得了你？当了十年的狼仔，如今就这么大摇大摆地回来，以为自己便是群岛的王子，可你什么都不懂，什么人都不了解。凭什么别人要为你而战，为你而死？"

"因为依律法，我生来便是他们的王子。"席恩生硬地答道。

"按照青绿之地的律法，也许没错。但在这里，我们有自己的规则，你难道忘了吗？"

席恩板起脸孔，回头凝视面前的餐盘。他的双腿早就溅满鱼肉，这才想起吆喝奴隶前来清理。我半辈子渴望着回家，为了啥？为了嘲笑与漠视？这不是他记忆中的派克。不过他真的有记忆吗？他们抓他去当养子时他实在太小了。

席间菜色乏善可陈，唯有一盘盘炖鱼、黑面包，以及未加香料的烤羊肉等，其中席恩觉得最可口的是洋葱馅饼。当最后几盘菜也被端掉时，他还在猛灌麦酒和葡萄酒。

巴隆·葛雷乔伊大王从海石之位上起身。"喝完酒到我书房集合，"他命令高台上的众人，"我要公布计划。"他不再多说，转身离去，两名贴身护卫紧随左右。他的弟弟们立刻跟进。席恩也站起来。

"我的小弟真是个急惊风。"阿莎举起角杯，叫人拿来更多麦酒。

"我们父亲大人在等呢。"

"唉，他都等了那么多年，再多等会儿又何妨……可你要怕他发火呢，就赶紧想办法追上去吧。再怎么说，也不能落在两位叔叔后面哦，"她笑了，"可不，他们一个只喝海水，另一个是笨重的灰公牛，只怕还会迷路呢。"

席恩坐回去，心烦意乱。"我不会跟在别人屁股后面跑。"

"不跟男人,专跟女生的屁股?"

"够了!我没有主动来挠你鸡巴。"

"天哪,我没长啊,您不会忘了吧?而您呢,片刻工夫便把我全身上下挠了个遍!"

他感到红晕爬上脸颊,"我是个男人,有男人的正常欲望。而你到底是个什么样的怪物?"

"呵,我是含羞的少女嘛。"阿莎飞快出手,在桌底挤了一下那话儿。席恩差点从椅子上摔下。"怎么,弟弟,不想我为你撑船返航啦?"

"你不会嫁人的,"席恩决定,"等我称王,头一件事便是扔你去当静默修女。"他歪歪斜斜地站起身子,蹒跚地迈步去找父亲。

走上通往海中塔的吊桥时,雨开始落下。他的胃像下方的浪涛一样翻涌,过多的酒精使他东倒西歪。席恩咬紧牙关,紧拽绳索,努力向前,想象着手里攥的是阿莎的脖子。

书房和平日一样潮湿通风。父亲裹着一身海豹皮长袍,端坐于火盆前,两个弟弟分坐两旁。席恩进门时,维克塔利昂正谈到潮汛和风向,巴隆大王挥手制止他,"我把一切都计划好了。你只需留心倾听便行。"

"我有些建议——"

"需要你建言时我会开口,"父亲道,"我们刚接到老威克岛的飞鸟传信,达格摩带着卓鼓家和斯通浩斯家正在路上。唯愿神灵赐予顺风,他们一赶到我们就大举行动……首先是你,我打算派你担任先锋,席恩。你将率领八艘长船航往北——"

"八艘?"他涨红了脸,"八艘船能干什么?"

"你的任务是袭击磐石海岸,掠夺沿海渔村,击沉见到的每一条船。也许你能把几个北方老爷从他们的石碉堡里引出来。伊伦会跟着你,还有裂颚达格摩。"

"愿神圣的淹神赐福我们的宝剑。"牧师应道。

这感觉就像被猛扇了一巴掌。交给他的是一点掠夺的工作,烧毁渔夫的茅屋,奸污他们丑陋的女儿,巴隆大王不信他能干点别的!而且就办这点事他也不能自主,必须忍受湿发的脸色和责骂,外加裂颚达格摩这老小子,这不是打算架空他,摆他做样子么!

"我的女儿阿莎,"巴隆续道,席恩回头看见姐姐无声地闪进来,"你将率领三十条长船去海龙角,记住,你的手下务必精挑细选。只等潮汛到来,便在深林堡以北登陆。行动要快,一定要在他们察觉之前替我拿下城堡。"

阿莎笑得活像泡在黄油里的猫咪。"我早想要座城堡啦。"她甜甜地说。

"这个便给你。"

席恩紧咬舌根。深林堡是葛洛佛家族的要塞。如今罗贝特和盖伯特都在南方打仗,城内一定防守空虚,铁民们只需拿下它,就如同在北境的心脏里打进了一个楔子。我才该是那个被派去夺取深林堡的人,我比她熟悉状况。从前,他曾多次跟随艾德·史塔克拜访葛洛佛家族。

"维克塔利昂,"巴隆大王对弟弟说,"最重要的一击交给你完成。当我的孩子们四面出击时,临冬城必定有所反应。这时你航到盐矛滩,顺着热浪河上行一定不会有什么阻碍。越过它们后,离卡林湾便不足二十里之遥。颈泽是王国的咽喉要道,我们已能控制整个西海,一旦再掌握了卡林湾,小畜生就回不了家了……若他蠢到想蛮干,他现在的敌手便会从南方紧逼而来,一直追到堤道,那时这小鬼罗柏可就真成了瓶中鼠喽。"

席恩再也无法保持沉默,"大胆的计划,父亲,但您可曾想过北境诸城的领主——"

巴隆大王不等他说完："领主老爷们都和小畜生一起去南方啦。留下的都是些胆小鬼、糟老头和啥也不懂的小孩。一个接一个，他们要么投降，要么受死。临冬城或许能坚守个一年半载，但那又怎样?地盘都是我们的了，森林、田野和厅堂属于我们，我们将把他们的属民抓来当奴隶和盐妾。"

伊伦·葛雷乔伊高举双手："汪洋的怒火终将爆发，伟大的淹神将在青绿之地获得威权！"

"逝者不死。"维克塔利昂吟道，巴隆大王和阿莎齐声回应，席恩别无选择，也只得跟着念叨。然后大家便离开了。

外面的雨越下越大。索桥在脚底不停翻腾扭动。席恩·葛雷乔伊在桥中央停下，呆望着下方的巨礁。惊涛拍石的巨响萦绕于耳，他品尝着嘴边海盐的味道。一阵突来的狂风让他失去平衡，跪倒在桥上。

阿莎扶起他，"你喝太多啦，弟弟。"

席恩靠在她肩膀，任她领着自己一步又一步走过渗雨的木板。"我更喜欢那个叫伊斯格蕊的你。"他控诉般地喊。

她笑了，"这很公平么。你知道，我更喜欢九岁时候的你。"

提利昂

轻柔的竖琴声透过门扉传来，混合着笛子的颤音。虽然歌手的嗓门隔着厚厚的门板听不真切，但歌词却是提利昂再也熟悉不过的：我爱上一位美如夏日的姑娘，阳光照在她的秀发……

今晚在太后卧室门外把守的是马林·特兰爵士。提利昂的出现让他有些为难，只好含含糊糊地说声"大人"，活像个心怀不忿的孩子，随后开了门。他大步跨入姐姐的卧室，歌声戛然而止。

瑟曦赤裸双脚，倚靠在一堆垫子上，金色的秀发蓬乱而美丽。她抬起头，一身金绿相间的锦袍映出闪烁的烛光。"亲爱的姐姐，"提利昂道，"你今晚看上去真迷人。"他转向歌手，"你也是，堂弟。真没想到，你的嗓音这么动人。"

听见恭维，蓝赛尔爵士绷起了脸，也许他意识到受了嘲笑。提利昂觉得这小子自从被封为骑士后，似乎拔高了三寸。蓝赛尔有浓密的黄棕头发和兰尼斯特家招牌式的碧眼，上唇留了一层柔软的金色茸毛。他年方十六，和其他少年一样，对一切都那么肯定，毫无幽默感和自省心。与生俱来的金发碧眼和强壮英俊的外表使他愈加自傲，最近的擢升更让他气焰嚣张。"太后陛下召唤你了吗？"少年当即质问。

"呵，这我倒不记得，"提利昂承认，"实在很遗憾，打搅你们的雅兴，蓝赛尔。事实上，我有要事跟我姐姐商量。"

瑟曦怀疑地看着他，"你来这儿别说是为了那些乞丐帮的家伙，省省吧，提利昂，少来烦我。我不能让他们在大街上公然散播肮脏的谋逆邪说，就让他们在黑牢里互相说教去。"

"他们该庆幸有一位仁慈的太后，"蓝赛尔补充道，"换作是我，非拔了他们舌头不可！"

"有个家伙居然声称诸神将惩罚我们，因为詹姆谋害了正统的国王，"瑟曦嚷道，"是可忍孰不可忍，提利昂，我已经给了你充足的时间去料理这些满身虱子的家伙，但你和你的杰斯林爵士什么也没做，我只好把担子交给维拉尔。"

"他可真听话。"事实上，提利昂当时很恼火，红袍卫士将数个衣衫褴褛的先知拖进地牢，却根本未征求他的意见。然而此刻事关重大，不值得为此争吵。"是啊，街上平静些肯定对大家都有好处。我不是为这个来的，我刚接到消息，你急切想知道的消息，亲爱的姐姐，我们能否私下谈谈？"

"很好，"竖琴手和笛手一鞠躬，快速退出，瑟曦礼节性地吻了吻堂弟的脸颊，"去吧，蓝赛尔，我老弟孤身一人时没能耐。假如他带了宠物，臭气我们早闻到了。"

年轻骑士恶狠狠地瞟了一眼他的堂兄，重重地摔门离开。"告诉你，我让夏嘎两周洗一次澡。"蓝赛尔走后，提利昂说。

"哟，怎么回事？瞧你挺得意嘛？"

"为什么不呢？"提利昂说。日以继夜，钢铁街上工作不息，巨大的铁链越来越长。他跳上华盖大床，"劳勃就死在这张床上？真令人惊讶，你还留着它。"

"它让我美梦连连，"她道，"好了，要说什么赶紧说，然后就滚吧，小恶魔。"

提利昂微笑道："史坦尼斯大人已从龙石岛起航。"

瑟曦猛地跳将起来，"什么？那你还坐在这儿笑得像个丰收宴会上的南瓜？拜瓦特集结都城守备队没有？得立刻往赫伦堡传信啊！"他大笑起来，她用力抓着他的肩膀摇晃，"停！停！你疯了还是醉了？给我停下！"

他费了好大劲才说出话来。"没办法，"他上气不接下气地说，"实在是太……诸神啊，这太可笑了……史坦尼斯他……"

"他怎么了？"

"他不来攻打我们，"提利昂努力说道，"反而去围攻风息堡。蓝礼正飞骑赶去与他交战。"

姐姐的指甲嵌入他胳膊，掐得好疼。有那么片刻，她难以置信地瞪着他，仿佛他所说的是全然陌生的语言。"你是说，史坦尼斯和蓝礼打起来了？"他点点头，瑟曦终于笑了。"诸神保佑，"她喘着气说，"我开始相信劳勃是他们三兄弟里的聪明人了。"

提利昂仰头狂笑。他们笑成一团。瑟曦将他从床上拖下来，跳舞转圈，以至拥抱，一时间，她疯得像个小女孩。待她住手，提利昂已经气喘吁吁，头晕眼花。他跌跌撞撞地走到餐具柜旁，伸手稳住身子。

"你认为他们真的会打起来吗？倘若他们达成什么协议——"

"不可能，"提利昂说，"他们个性如此迥异，本质却又那么相似，两人均不可能容忍对方。"

"史坦尼斯一直觉得在风息堡一事上劳勃待他不公，"瑟曦若有所思地说，"风息堡是拜拉席恩家世袭的居城，本来该是他的……你不知道，他来找过劳勃多少次，用那阴沉委屈的声调不停地申诉啰唆。最后劳勃还是把地方给了蓝礼，史坦尼斯紧咬着牙，我瞧他牙齿都快咬碎了。"

"他将之视为羞辱。"

"我瞧劳勃就是要羞辱他。"

"哈哈，让我们为姐弟之爱举杯吧？"

"是的，"她气喘吁吁地答道，"噢，诸神啊，是的。"

他背对着她，倒满两杯青亭岛的上等红葡萄酒，并轻易在她杯中撒了一点细粉末。"敬史坦尼斯！"他边说边把酒递给她。我孤身一人时没能耐,是吗?

"敬蓝礼!"她笑答,"愿他们打得难解难分,最后都教异鬼抓走!"

这就是詹姆喜欢的瑟曦?她笑起来,你才发觉她到底有多美。我爱上一位美如夏日的姑娘,阳光照在她的秀发。他差点因为对她下毒而心怀抱歉。

第二天早餐时她遣人过来,宣布自己身体不适,无法离开房间。应该是无法离开厕所吧。提利昂适度表示了一些同情之意,并叫来人回话给瑟曦,请她安心休养,他会照预定计划来应付克里奥爵士。

征服者伊耿的铁王座布满凶险的倒钩和尖锐的铁齿,只有傻瓜才以为可以舒舒服服地坐在上面。上阶梯时,他发育不良的双腿不断抽筋,他非常清楚,这是一幅多么荒谬可笑的景象。好在它有一点值得称道,它很高。

兰尼斯特家的卫士在大厅一端森然站立,身披猩红披风,头戴狮纹半盔。杰斯林爵士的金袍卫士则站在大厅另一端,与他们相对。通向王座的阶梯两侧有波隆和御林铁卫的普列斯顿爵士。廷臣罗列廊中,请愿者们则聚集在由橡木镶青铜的巍峨大门边。珊莎·史塔克今早的模样特别可爱,只是她的脸像牛奶一般苍白。盖尔斯大人站在那儿咳嗽不休,而可怜的堂弟提瑞克则披着白鼬皮加天鹅绒做的新郎披风。自打三天前,他跟小艾弥珊德女士成婚以来,其他侍从就改口管他叫"保姆",还问他新婚之夜新娘裹的是什么颜色的尿布。

提利昂俯瞰着所有人。这滋味真不错。"传克里奥·佛雷爵士。"他朗声道,话音响彻大厅。这也挺不错。只可惜雪伊没来瞧瞧,他心想。她当然想来,但那是不可能的。

克里奥爵士目不斜视,从红袍军和金袍军之间的长长走道行过来。当他跪下时,提利昂注意到这位表弟的头发正逐渐稀疏。

"克里奥爵士,"议事桌边的小指头道,"感谢你为我们带来史塔克大人的和平条件。"

派席尔大学士清清嗓子,"摄政太后,国王之手以及御前会议已经仔细考虑了由自称北境之王的人所提出的条款。很遗憾,爵士,这些条件无法接受,劳烦你将我们的答复转告北方人。"

"以下是我们的条件,"提利昂说,"罗柏·史塔克必须放下武器,宣誓效忠,随后只身返回临冬城。他必须毫发无伤地释放我哥哥詹姆,并将麾下军队交其指挥,以讨伐叛徒蓝礼·拜拉席恩和史坦尼斯·拜拉席恩。凡曾效忠史塔克家族的诸侯贵族,都务必送出一个儿子作为人质。无子嗣的家族可由女儿代替。只要他们的父亲不再聚众谋逆,他们就将受到礼遇,并由朝廷赐予高位。"

克里奥·佛雷苦着脸道,"首相大人,"他结结巴巴地说,"史塔克大人决不会答应这些条件。"

我根本不指望他答应,克里奥。"告诉他,我们已在凯岩城整备了又一支新军,很快就会进发,我父亲大人将同时从东面出击。告诉他,他势单力孤,没有盟友可以指望。史坦尼斯·拜拉席恩和蓝礼·拜拉席恩正互相攻击,而多恩亲王已同意让儿子崔斯丹迎娶弥赛菈公主。"此言一出,大厅和长廊间一片低呼,既有欣喜也有惊愕。

"至于我的亲戚们,"提利昂续道,"我们愿以哈利昂·卡史塔克和威里斯·曼德勒爵士交换威廉·兰尼斯特,以赛文伯爵和唐纳尔·洛克爵士交换你的兄弟提恩。告诉史塔克,两个兰尼斯特不论何时都抵得上四个北方人。"他静待笑声平息,"但他可以得到先父的遗骨,以示乔佛里陛下的诚意。"

"史塔克大人想要回他的妹妹,以及他父亲的佩剑,"克里奥爵士提醒他。

伊林·派恩爵士默默地站在原地，艾德·史塔克那柄巨剑的剑柄从他肩上冒出。"关于寒冰剑，"提利昂道，"达成和议后，我们可以归还，但现在不行。"

"我知道了。那他的妹妹们呢？"

提利昂瞥了瞥珊莎，感到一阵由衷的怜悯，他道："在他毫发无伤地释放我哥哥詹姆之前，她们仍将作为人质留在君临。她们待遇如何，完全取决于他。"诸神保佑，但愿拜瓦特能赶在罗柏得知艾莉亚失踪的消息之前找到她，而且要活生生的她。

"我一定将您的口信带到，大人。"

提利昂拨弄了一下扶手边伸出的一根扭曲剑刃。接下来是今天的重点。"维拉尔。"他喊道。

"在！大人。"

"史塔克家派来的人护送艾德公爵的遗骨无妨，但兰尼斯特家的人身价不同，"提利昂宣布，"克里奥爵士是太后和我的表亲，由你负责送他安全返回奔流城，我们都能高枕无忧。"

"遵命。我该带上多少人？"

"嗯，自然是带上所有人。"

维拉尔顿时像个石人一样杵在原地。派席尔大学士站起来，喘着气说："首相大人，这可不行……这些壮士是由您父亲，泰温大人，亲自送来都城，以保护瑟曦太后和她的孩子们……"

"这些工作，御林铁卫和都城守备队完全能够胜任。维拉尔，愿诸神保佑你马到成功。"

议事桌边，瓦里斯心照不宣地微笑，小指头一副百无聊赖的样子，派席尔则像条鱼一样张大了嘴，脸色苍白，疑惑不解。司仪踏上前来："国王之手倾听在场诸位的请愿，有事禀报，无事退朝。"

"我有话说！"一个瘦长的黑衣人从雷德温兄弟中间挤出来。

"艾里沙爵士！"提利昂惊呼，"啊，没想到您会上朝！怎不早点派人通知我呢？"

"你少给我装蒜，"索恩真是人如其名①，他年方五十左右，高瘦身材，面貌嶙峋，眼神锐利，双手有力，发色黑中间灰。"你回避我，忽视我，把我像个出身低贱的仆人一样扔进客房，不闻不问。"

"有这回事?波隆，这可不对。艾里沙爵士是我的老朋友咧，我们一起爬过长城。"

"亲爱的艾里沙爵士，"瓦里斯低声说，"您就别太苛责我们了。如今正是动荡棘手的关口，有多少人求见我们的乔佛里陛下啊。"

"只怕我带来的消息比你想象的要棘手得多，太监。"

"当着他面，要称他为太监大人。"小指头讽刺道。

"好兄弟，我们该如何帮你呢?"派席尔大学士安抚地说。

"总司令大人派我来晋见国王陛下，"索恩回答，"事态严重，不能交给臣仆们处理。"

"哦，此刻国王陛下正在摆弄他的新十字弓。"提利昂道。打发乔佛里可容易多了，只需一把笨重的密尔十字弓，一次发三矢的那种。看到那玩意儿，他立刻什么也不顾了，"怎么办?你要么告诉我们这些臣仆，要么就只好保持沉默喽。"

"好吧，"艾里沙爵士忿忿不平地说，"我来这里的目的，是要禀报国王陛下，我们发现了两个失踪已久的游骑兵。找到他们时，他们已经死了，但尸体运回长城后，却在深夜里复活。其中一个杀了杰瑞米·莱克爵士，而另一个试图谋害总司令大人。"

提利昂隐约地听见人们窃笑。莫非他想拿这种蠢事来嘲弄我?

---

①在英语中，索恩"thorn"意为"刺"。

他不安地挪了一下,瞥瞥下方的瓦里斯、小指头和派席尔,不知是他们中哪位搞的鬼?对他这个侏儒而言,最重要的就是那份脆弱的尊严。一旦朝廷和国家开始嘲笑他,他就完了。只是……只是……

提利昂忆起那个群星之下的寒夜,他跟琼恩·雪诺那孩子和一头巨大的白狼并排站在绝境长城之巅,站在世界的尽头,凝视着远处杳无人迹的黑暗。当时,他感觉到——什么?——某些东西,某种恐惧,如北方的寒风一般刺骨。接着,遥遥北疆夜狼哀嚎,一阵战栗流过全身。

别傻了,他告诉自己,那只是一匹狼,一阵风,一片阴暗的森林,没什么特别意义……他倒是关心老杰奥·莫尔蒙,从前在黑城堡的短短时日,使他喜欢上了他。"相信熊老平安无事吧?"

"是的。"

"你的弟兄们把那些个……呃……死人都杀死了吗?"

"是的。"

"你确定死人这次真死了吗?"提利昂温和地问。眼见一旁的波隆忍俊不禁,他明白该当如此进行下去,"千真万确的死了?"

"他们早就死了!"艾里沙爵士怒气冲冲地大喊,"尸体苍白冰凉,手脚发黑。野种的狼把杰佛的手扯了下来,我把它带过来了。"

小指头开始搅和:"这件迷人的纪念品在哪儿啊?"

艾里沙爵士不自在地皱起眉头,"它……在我等候召见期间,悄无声息地烂成了碎片。你们对我不闻不问,如今除了骨头已没什么可看。"

嗤笑声在大厅里回响。"贝里席大人,"提利昂指示小指头,"买一百把铲子给我们英勇的艾里沙爵士,让他带回长城去。"

"铲子?"艾里沙爵士怀疑地眯起眼。

"应该把死人埋起来,他们才不会半夜出来惹是生非,"提利昂告诉他，朝堂众人哄然大笑，"铲子能解决你的困扰，别忘了，找几个青壮劳力来使用。杰斯林爵士，请带这位好兄弟去城里的地牢随意挑选。"

杰斯林·拜瓦特爵士道："遵命，大人。但牢房实在没什么人，合适的人选都被尤伦带走了。"

"那就多抓几个，"提利昂告诉他，"或者温和点，传话出去，就说长城上有面包和萝卜，他们该会自发报名了。"反正城里有太多嗷嗷待哺的嘴巴，而守夜人军团一直人手不足。提利昂做个手势，司仪便朗声宣布请愿结束，人们缓缓离去。

但艾里沙·索恩爵士没那么好打发。提利昂步下王座后，发现他就等在阶梯口。"你以为我大老远从东海望坐船赶来是为了让你这种人嘲笑的吗？"他怒气冲冲地挡住去路，"这不是开玩笑，是我亲眼所见。我告诉你，确实有死人复活。"

"那你们怎么不早点让他们死透呢？"提利昂硬挤过去。艾里沙爵士想抓他的袖子，但普列斯顿·格林菲尔爵士将他推回去，"不得靠近，爵士。"

索恩不敢挑衅御林铁卫的骑士。"小恶魔，你真是个大傻瓜！"他冲着提利昂的脊背喊。

侏儒转身面对他，"什么?我是傻瓜?你不瞧瞧大家嘲笑的是谁？"他疲惫地一笑，"行了，你是来要人手的吧？"

"冷风已然吹起，必须守住长城！"

"长城需要人手，而我已经给了你……好好想想吧，你那双耳朵难道只配听侮辱和嘲笑?收下他们，并感谢我，在逼我拿螃蟹叉子跟你再次比画之前赶紧消失。记住，替我问候莫尔蒙司令……以及琼恩·雪诺。"波隆抓住艾里沙爵士胳膊，将他强拖出大厅。

派席尔大学士早已溜走，只有瓦里斯和小指头从头看到尾。"我真是越来越佩服你了，大人，"太监承认，"你用史塔克先父的遗骨安抚他的孩子,同时轻描淡写地一笔勾销了令姐的护卫;你给黑衣兄弟提供急需的人手,同时又替城里除去不少饥饿的嘴巴——而这一切,你都用嘲弄的方式加以实施,以防别人议论侏儒古灵精怪。哦,真是天衣无缝。"

小指头摸摸胡子,"兰尼斯特,你真打算把你的卫士全部送走?"

"当然不是,我打算把我姐姐的卫士全部送走。"

"此事想必太后不会答应。"

"哦,我想她会的。毕竟我是她弟弟嘛,如果你我相交再久一点,你就会了解,我这个人说得出做得到。"

"包括谎言?"

"尤其是谎言。培提尔大人,你对我似乎不太满意。"

"怎么可能?我一如既往地敬爱着您,大人。我只是不想被当做傻子一样作弄。如果弥赛菈嫁给了崔斯丹·马泰尔,应该不能同时与劳勃·艾林结婚了,您说对吧?"

"除非想制造大丑闻。"他承认,"很抱歉,我耍了个小花招,培提尔大人。不过当你我谈论婚嫁时,多恩人是否接受提议尚未可知。"

小指头不依不饶:"我不喜欢上当的滋味,大人。所以下次你耍什么花招,千万别把我蒙在鼓里。"

这不过是礼尚往来,提利昂心想,他瞥瞥小指头挂在腰间的匕首。"如有冒犯,我深切致歉。大家都知道我们有多爱您,多倚重您,大人。"

"你最好记牢一点。"语毕,小指头转身离去。

"跟我来,瓦里斯。"提利昂说。他们从王座后的国王门离开,太监的拖鞋在石板上轻擦。

"你知道,贝里席大人说的没错,太后绝不会允许你遣走她的卫队。"

"她当然会。而且这事由你负责。"

一抹微笑滑过瓦里斯丰厚的嘴唇，"我？"

"嗯，那是当然。你要告诉她，这是我营救詹姆的大计划的关键部分。"

瓦里斯摸摸扑粉的脸颊，"毋庸置疑，这跟你的波隆费尽心机在君临市井各处找到的四个人有关：盗贼，施毒者，戏子，外加一个杀手。"

"让他们穿上深红披风，戴上狮盔，就跟其他卫士没什么区别。这阵子，我一直在思考，不知怎么将他们送进奔流城，最后决定不如让他们大大方方地混进去。他们将从正门列队骑马而入，高举兰尼斯特的旗帜，护送着艾德公爵的遗骨。"他狡猾地微笑道，"单单四个人必会惹人疑心，可一百个当中的四个，应该无人注意。所以我必须把真假卫兵一起送去……这番话，你一定得向我姐姐剖析清楚。"

"为了心爱的弟弟，她纵然心存疑虑，但应该会同意。"他们沿着一条废弃的柱廊往下走。"不过，失去红袍卫士定会令她不安。"

"这正是我想要的效果。"提利昂说。

克里奥·佛雷爵士于当日下午出发，由维拉尔率领一百名兰尼斯特红袍卫士负责护送。罗柏·史塔克的人在国王门外与他们会合，一同踏上漫漫的西行之路。

提利昂在兵营里找到提魅，他正跟他的灼人部手下玩骰子。"午夜时分，到我书房来。"提魅用仅存的眼睛狠狠地瞪着他，略略点头。他是个沉默寡言的人。

当晚，他在小厅里宴请石鸦部和月人部，但这次他没有喝酒。他必须保证头脑清醒，"夏嘎，今晚月光如何？"

夏嘎皱起眉来很可怕,"乌七八黑,什么也瞧不见。"

"在我们西境,这种夜晚被称为叛逆之月。今晚尽量别喝醉,再把斧子磨利点。"

"石鸦部的斧子永远锋利,其中夏嘎的斧子最锋利。有一次我砍了一个人的头,他自己还不知道,一直等他梳头才掉下来。"

"难怪你从不梳头!"提利昂的话惹得石鸦部众人边嚎叫边跺脚,夏嘎吼得最响亮。

到了午夜,整个城堡漆黑而宁静。他们出了首相塔,毫无疑问,城上几名金袍卫士发现了他们的行踪,但没做声。毕竟他是御前首相,没人敢来多管闲事。

随着一声如雷的巨响,薄木板门崩裂成千千碎片,散落在夏嘎靴下。木片也朝里飞去,提利昂听见女人惊恐的喘息。夏嘎抡起斧子,三板斧就将门给劈了,随后踢开碎屑走进去。提魅跟在后面,接着是提利昂,他走得小心,以免踩上碎片。炉火已成发光的余烬,卧室内黑影憧憧。提魅一把扯下床上的厚帷,只见一丝不挂的女侍抬起头来,瞪大眼睛望着他们。"求求您们,大人,"她哀求,"别伤害我。"她缩着身子,又羞又怕,想尽办法远离夏嘎。她极力遮掩身上引人遐想的部位,只恨两只手不够用。

"你走吧,"提利昂告诉她,"我们要的不是你。"

"夏嘎要这个女人。"

"这座妓女之城的每个妓女夏嘎都要。"提魅之子提魅埋怨。

"是的,"夏嘎一点也不害臊,"夏嘎要给她一个强壮的孩子。"

"很好,等她想要一个强壮孩子的时候,她知道去找谁,"提利昂道,"提魅,送她出去……尽你的可能温柔一点。"

灼人部的提魅将女孩拽下床,半拖半推地将她领出房间。夏嘎目送他们离开,像只小狗一样伤心。女孩在碎门上绊了一跤,随后被提魅用力推出去，进到外面的大厅。头顶，渡鸦厉声尖叫。

提利昂将床上的软被拉开，露出下面的派席尔大学士。"告诉我，学城准许你跟女侍同床吗，大学士？"

老人跟女孩一样光着身子，当然他的裸体远没有女孩的吸引力。他沉重的眼睑此刻却睁得大大的，"这——这是干什么？我是个老人，是您忠诚的仆人……"

提利昂跳上床去。"多么忠诚！我给你两份抄本，你将一份寄给道朗·马泰尔，另一份倒不忘给我姐姐过目。"

"不——不对，"派席尔高声尖叫，"不对，这不是实情，我发誓，不是我走漏的消息。瓦里斯，是瓦里斯，八爪蜘蛛干的！我警告过您——"

"难道学士说谎都这么差劲？我告诉瓦里斯要把侄子托曼交道朗亲王抚养；我对小指头说的则是把弥赛菈嫁给鹰巢城的劳勃公爵；至于将弥赛菈送去多恩的打算，我从没给任何人提过……这件事从头到尾只写在我托付给你的信件里面。"

派席尔扯紧毯子一角。"鸟儿会迷路，信会被人偷走，被人出卖……一定是瓦里斯干的，关于这个太监，我有好些事要告诉您，保管让您的血液冰凉……"

"我的女人喜欢我热血沸腾呢。"

"您不要太自信了，那太监每在您耳边吹嘘一个秘密，他自己其实隐瞒了七个。至于小指头那家伙……"

"我十分了解培提尔伯爵，他跟你一样靠不住。夏嘎，把他的命根子剁掉喂山羊。"

夏嘎举起双刃巨斧，"半人，这里没山羊。"

"砍了再说。"

夏嘎怒吼着跃上前来。派席尔尖叫一声，尿了床，他拼命向外爬去，尿液四散喷洒。原住民一把抓住他波浪般的白胡子，斧子一

挥就割下四分之三。

"提魅,依你看,等我们的朋友没法躲在胡须后面的时候,会不会合作一点呢?"提利昂拉过床单来擦拭靴上的尿。

"他很快就会说实话,"提魅灼伤的空眼眶里一片幽暗,"我能嗅出他的恐惧。"

夏嘎将手中的须发匆匆扔进地板的草席,然后抓住剩下的胡须。"别乱动,大学士,"提利昂劝道,"若是惹得夏嘎生气,他的手可会抖哦。"

"夏嘎的手从来不抖,"巨人一边愤愤地说,一边将巨大的弯刃贴紧派席尔颤抖的下巴,又锯断一蓬胡子。

"你替我姐姐当间谍有多久了?"提利昂问。

派席尔的呼吸短浅而急促。"我所做的一切,全是为了兰尼斯特家族。"一层闪亮的汗珠覆盖了老人宽阔的圆额,几缕白发附在皱巴巴的皮肤上。"一直以来……多年以来……去问您的父亲大人,去问问他,我一直都是他忠诚的仆人……正是我让伊里斯打开了城门……"

啊!什么?君临城陷时,他不过是凯岩城里一个丑陋的男孩。"所以君临的陷落是你的所为?"

"我是为了国家!雷加一死,战争大局已定。伊里斯疯了,韦赛里斯太小,而伊耿王子还是个吃奶的婴儿,但国家需要国王……我本希望由您高贵的父亲来承担,但劳勃当时实力太强,史塔克公爵又行动迅速……"

"我很好奇,你到底出卖了多少人?伊里斯,艾德·史塔克,我……劳勃国王?艾林公爵?雷加王子?派席尔,你什么时候变成这样的?"好在他知道将在何时结束。

斧子刮过派席尔的喉结,蹭着他下巴抖动的软肉,削掉最后几根毛发。"您……您当时不在场,"斧刃上移到脸颊,他趁机喘口气,"劳勃……他的伤……如果您看到了,闻到了,就不会怀疑……"

"噢,我知道野猪替你完成了任务……就算它办事不力,相信你也会加以协助。"

"他是个可耻的国王……虚荣,酗酒,荒淫无度……他要撤下您的姐姐,他自己的王后……求求您……蓝礼密谋将高庭的明珠带到宫中来诱惑他哥哥……诸神作证,这是千真万确的事实……"

"那艾林公爵又有何罪呢?"

"他知道了……"派席尔说,"关于……关于……"

"我明白他知道什么。"提利昂打断话头,他不想让夏嘎和提魅听到这些。

"他要把妻子送回鹰巢城,将儿子送到龙石岛作养子……然后采取行动……"

"所以你抢先毒死了他。"

"不对!"派席尔无力地挣扎起来。夏嘎咆哮着抓住他的头,原住民的巨手如此有力,学士的头颅简直像蛋壳一般脆弱。

提利昂不耐烦地"啧啧"两声,"我在你的置物架上见过里斯之泪。你遣开艾林公爵的学士,自己去治疗他,妙啊,这样就能确保他一命呜呼。"

"这不是实情!"

"给他剃干净点,"提利昂催促,"脖子上再清一遍。"

斧子又从上往下滑行,锉过每一寸皮肤。派席尔的嘴不住颤抖,唇上泛起一层薄薄的唾沫,"我尽全力拯救艾林公爵,我发誓——"

"小心,夏嘎,你割到他了。"

夏嘎咆哮道:"多夫之子当战士,不当理发师。"

老人感到鲜血从脖子流下来,滴到胸口,情不自禁地发抖,最后一丝力气也离他而去。他看上去仿佛小了一圈，比他们闯入时虚弱得多。"是的，"他呜咽着说，"是的，柯蒙要帮他排毒，因此我把他送走了。王后想要艾林公爵死于非命，但没有说出口，不能说出口，因为瓦里斯在听，他一直都在听。不过我只需看着她的眼睛，就明白该如何行动。但下毒的不是我，千真万确不是我，我发誓。"老人泪流满面，"去问瓦里斯，应该是那个男孩，他的侍从，叫做修夫，一定是他干的，去问你姐姐，去问她。"

提利昂一阵作呕。"把他绑起来带走，"他命令，"扔进黑牢。"

他们将他拖出碎裂的门。"兰尼斯特，"他呻吟道，"我所做的一切都是为了兰尼斯特⋯⋯"

等他们离开，提利昂从容不迫地搜查房间，又从他的架子上取走几个小罐。在此过程中，渡鸦一直在头顶嘀咕，声调却出奇的平和。在学城派人接替派席尔之前，他得找人照看这些鸟。

*我本指望能信赖他。*他心里清楚，瓦里斯和小指头的算盘打得更精⋯⋯他们更难捉摸，因此也更危险。或许还是父亲的办法最好：传唤伊林·派恩，将三人的脑袋用枪尖插着，挂上城墙，一了百了。*这不是很悦目吗?*他想。

艾莉亚

恐惧比利剑更伤人，艾莉亚告诉自己，但那并不能驱走恐惧。恐惧就跟发霉的面包，就跟长途跋涉后脚趾长出的水疱一样，成为了她生活的一部分。

她以为自己早已尝过恐惧的滋味，但这份信心却在神眼湖畔那间仓库里被完全推翻。魔山下令出发前，他们一共逗留了八天，每一天都有人死去。

每天早上，魔山吃完早餐便进入仓库，随意挑选一个囚犯来审讯。村民们从不敢抬头看他，或许他们以为假如不去注意他，他也不会注意到他们……但这不管用，他爱挑谁就挑谁。没有地方可以躲藏，没有花招可以玩弄，没有办法可以幸免。

有位女孩曾跟一个士兵连续睡了三天，而魔山在第四天选中了她，那士兵什么也没说。

有位老人总是笑容满面，帮大家缝补衣服，一边唠叨离家远去君临在金袍卫队服役的儿子。"他是国王的人，"他总如此说，"就跟我一样，都是国王忠诚的仆人，一切皆为乔佛里。"他啰唆个不停，以至于其他俘虏给他起个外号就叫"一切皆为乔佛里"。当然，谁也不敢当着卫兵们的面讲。"一切皆为乔佛里"在第五天的时候被挑中了。

有位因天花而留下满脸水痘的少妇在审讯中提出，只要他们保证不伤害她女儿，她愿意付出所有的一切。魔山先让她把话说完，然后在第二天早上带走了她女儿，以确定她实践昨日的承诺。

没被挑中的人必须在一旁全程观摩审讯，以了解反抗和叛逆

的下场。询问由一个人称"记事本"的士兵负责。此人长相平凡，衣着朴素，若非日日见他办事，艾莉亚定会将他认做村民。"记事本有法子教他们嗷嗷怪叫、屎尿齐流。"驼背的老奇斯威克告诉他们。他就是那个她曾经要咬的人，而他称她为凶狠的小家伙，并用戴护甲的拳头打她脑袋。有时候，由他协助记事本审讯，有时候则是其他人。在此过程中，格雷果·克里冈爵士只纹丝不动地站在一旁观看倾听，直到受害者死去。

问来问去都是相同的题目：村里藏有金子吗？银子和珠宝呢？存粮呢？贝里·唐德利恩伯爵在哪儿？有哪位村民帮助过他？他离开后去了哪儿？他身边有多少人？其中有多少骑士、多少弓手、多少步兵？他们装备如何？有多少人骑马？有多少人受伤？可曾见过其他敌人？他们又有多少？什么时候见着的？他们举着什么样的旗帜？他们去了哪儿？村里藏有金子吗？银子和珠宝呢？贝里·唐德利恩伯爵在哪儿？他身边有多少人？到了第三天，艾莉亚自己都能倒背如流。

通过询问，他们找到几枚金币、一点银子、一大袋铜板，还有一只缺了口的、镶着石榴石的酒杯——两个士兵差点为它动手。他们也问出一点消息，有人说贝里伯爵拖着十个老弱残兵，有人则说他带着上百名全副武装的骑士；他或许去了西边，或许去了北面，再或者去了南面；他乘坐小船横渡大湖；他要么像水牛一样健壮，要么得了血症十分虚弱。所有的审讯只有一点相同：不管男人、女人，还是小孩，无人从记事本的盘问下幸存。最多熬到黄昏。等到得夜晚，他们的尸体被挂在火堆以外，留给狼群享用。

当他们离开仓库出发时，艾莉亚终于意识到自己并非水舞者。西利欧·佛瑞尔决不会任由他们击倒，把剑夺走，决不会在他们杀害绿手罗米时袖手旁观；西利欧也决不会默默地坐在仓库，更不会没骨气地混在俘虏队伍里拖着脚步前进。史塔克家族的纹章是冰原狼，但艾莉亚感觉自己更像一只绵羊，一大群绵羊里的一只。她痛恨村民们的懦弱，更痛恨自己的懦弱。

兰尼斯特夺走了她的一切：父亲、朋友、家园、希望和勇气。有人抢走了她的缝衣针，另一人则将她的木剑在膝盖上拗断。他们甚至夺走了她那愚笨的小秘密。仓库够大，她还可以趁没人注意时偷偷找个角落小解，但路上就不同了。她尽量忍耐，最后却不得不蹲在一丛灌木旁，当着所有人的面脱下裤子。她只能如此，要么就得尿湿自己。热派盯着她看，眼睛瞪得像月亮，嘴巴也合不拢来，但其他人一眼也没有多瞧。绵羊是公还是母，格雷果爵士和他的部下似乎并不关心。

俘虏他们的人不许他们互相交谈。艾莉亚已从破裂的嘴唇中得到了教训，但总有人管不住舌头。有个三岁小男孩不愿停止叫唤爸爸，因此他们用带刺钉头锤砸扁了他的脸。随后孩子的妈开始尖叫，"甜嘴"拉夫便把她也杀了。

艾莉亚只能站在一旁，看着他们死去，什么也没做。勇敢有什么用呢？某个被挑去审讯的女人试图表现得勇敢些，但到最后，仍旧和其他人一样嚎叫着死去。这支队伍中没有勇者，只有懦夫和饿殍。他们中的大多数是女人和小孩，仅有的几个男子不是很老，就是很小；壮汉都被绑上刑架，留给野狼和乌鸦。唯一逃过性命的是詹德利，而那仅仅因为他承认自己铸造了那顶牛角盔：铁匠——即便铁匠学徒——很有利用价值，杀掉可惜。

魔山说，他们将被带去赫伦堡服侍泰温·兰尼斯特大人。"你们是逆贼，是叛徒，你们应该感谢诸神，泰温大人给你们这次机会。碰上的若是那群亡命徒，决没有这般女子的待遇。乖乖地顺从、服侍，你们就能活下去。"

"这不公平！不公平！"某晚睡下后，她听到一位枯瘦的老妇人对身边的人抱怨，"我们从没做过叛国的事，另一帮人完全是自己闯进来的，想拿什么就拿，跟这拨人一样。"

"但贝里大人没有伤害我们,"她的朋友悄声道,"那个跟他一起的红袍僧还为所有东西付了钱。"

"付钱?他拿走我两只鸡,然后塞给我一张作了记号的小纸片。我倒是问你,这破破烂烂的纸我能吃吗?它会帮我下蛋吗?"她环顾四周,确认没有卫兵在旁,然后用力啐了三口,"这个给徒利!这个给兰尼斯特!还有一个给史塔克!"

"真是可耻啊,造孽啊,"一个老头欷歔道,"先王若是还在,决不会容忍这种事发生。"

"劳勃国王吗?"艾莉亚忍不住问。

"伊里斯国王,诸神保佑他。"老头道。他的声音太响了些,一个卫兵慢腾腾地晃悠过来,老头被打掉两颗牙,那晚无人再说话。

除俘虏之外,格雷果爵士还带回十几头猪、一笼鸡、一头骨瘦如柴的奶牛和装满九辆马车的咸鱼。魔山和他的手下有马可骑,但俘虏们全是步行,凡因羸弱而掉队或笨到想逃跑的人都会被当场格杀。夜间,士兵会把女人们带到灌木丛里,她们中的大多数似乎早有准备,也就相当顺从地去了。有个女孩比旁人要漂亮,每晚都被四五个不同的男人带出去,最后她终于忍不住用石块砸了一个士兵。于是格雷果爵士当着大家的面,举起那把丑陋的巨剑一挥,砍掉了她的脑袋。"尸体扔去喂狼。"完事之后,他一边将剑递给侍从擦拭,一边下令。

艾莉亚时时不忘瞥看缝衣针,它就插在一个黑须秃顶的士兵腰间,那人名叫波利佛。幸亏他把它抢走了,她心想,否则她定会拿它去刺杀格雷果爵士,然后被他劈成两半,丢去喂狼。

波利佛虽然抢了缝衣针,但他并不若其他人那么坏。她刚被抓时,兰尼斯特士兵对她而言都是无名无姓的陌生人,带着护鼻盔,看起来都差不多,但经过一些时日,她逐渐熟悉了所有人。你得知道,谁懒惰,谁残忍,谁聪明,谁蠢笨。你得知道,虽然那个外号"臭嘴"的人有她所听过最恶毒的口舌,但你若开口求他,他会多给你一片面包,而快活的老奇斯威克和说话轻声细语的拉夫只会反手给你一巴掌。

用你的眼睛看,用你的耳朵听,就如从前詹德利擦拭他的牛角盔一样,艾莉亚将她的仇恨反复研磨。那顶牛角盔如今戴在邓森头上,她为此而恨他;她恨波利佛抢走缝衣针,她恨老奇斯威克自命不凡,她尤其恨"甜嘴"拉夫用长枪刺穿了罗米的咽喉。她为尤伦而恨亚摩利爵士,为西利欧而恨马林·特兰爵士,为屠夫之子米凯而恨猎狗,恨伊林爵士、乔佛里王子及太后则因为他们害死了父亲、胖汤姆、戴斯蒙乃至珊莎的狼"淑女"。只有记事本过于可怕,她不敢恨。有时候,她几乎忘记他的存在,因为当他不主持审讯时,不过是普通一兵,且比多数人都安静。他的长相毫无特征,没有人会注意他。

每天夜里,艾莉亚都会复诵他们的名字。"格雷果爵士,"她朝自己枕着睡觉的石头低语,"邓森,波利佛,齐斯威克,'甜嘴'拉夫。记事本和猎狗。亚摩利爵士,伊林爵士,马林爵士,乔佛里国王,瑟曦太后。"从前在临冬城,艾莉亚会跟母亲去圣堂(或跟父亲去神木林)祈祷。这条通往赫伦堡的路上没有神祇,这些名字就是她唯一的祷词。

日复一日,沿着湖岸,白天赶路,夜晚复诵姓名,直到最后树木渐疏,眼前出现绵延起伏的山丘、蜿蜒的溪流和阳光普照的原野。平原上,数栋烧毁的庄园其骨架像焦黑的烂牙齿一般竖立。之后又走了一整天,他们方才隐约看到赫伦堡的塔楼耸立在蓝色的湖畔。

等到赫伦堡就会好了,俘虏们安慰彼此,但艾莉亚却不那么肯定。她还记得在老奶妈的故事里,这是一座由恐惧所建筑的城堡,

黑心赫伦将婴孩之血与泥灰混合——每当说到这里，老奶奶总会压低声音，孩子们得靠过去才听得见——但伊耿的龙吐出火焰，穿过巨大的石墙，烤焦了赫伦和他所有的儿子。艾莉亚一边用长出硬茧的脚不断前行，一边咬紧嘴唇。不会太久了，她告诉自己，那些塔楼只有数里地远。

但他们那天走了一整天，第二天又走了大半天，才终于到达泰温公爵麾下大军营区的边缘，即城堡西面一座烧成废墟的小镇。远看赫伦堡容易使人产生错觉，因为它实在过于巨大，庞大的围墙从湖边拔地而起，陡峭突兀一如山崖，城垛上排列着木头和铁制作的弩炮，看上去就跟虫子一般小。

沿湖有众多旗帜，插在西境军人的帐篷上，艾莉亚虽不能辨出旗上的纹章，却能闻到兰尼斯特部队散发出的臭味。从味道中，艾莉亚得出结论，泰温公爵已在这儿驻扎有一段时日。营地外的便池已经满溢，苍蝇成群，环绕营区的尖桩上长出了淡淡的绿茸毛。

赫伦堡的城门楼有临冬城的主堡那么大，石壁开裂褪色，十分可怖。从城墙外看去，只能见到五座巨塔的顶端，其中最矮的一个也有临冬城最高塔楼的一倍半高，但它们不像正常塔楼那样高耸屹立，艾莉亚觉得它们好似老人粗糙弯曲的手指，正在摸索飘过的云彩。她记得老奶奶讲过，石壁如何像蜡烛般融化，顺着台阶和窗户流淌，闪耀着阴暗炙热的红光，朝赫伦藏身之处流去。眼下，艾莉亚相信故事里的每一个字，这些塔楼一座比一座诡异畸形，它们凹凸粗糙，破裂失衡。

"我不要进去！"当赫伦堡的大门朝他们敞开时，热派尖叫道，"这里面闹鬼！"

这话给齐斯威克听到了，但这次他只笑笑，"面包小弟，你自己挑好了：要么跟鬼待在一起，要么成为其中之一。"

于是热派跟大家一起走了进去。

俘虏们被赶进一间木石结构、充满回音的大澡堂,又被迫脱光衣服,进入滚烫的热水盆里使劲搓洗身子。两个相貌凶恶的老妇人一边监督他们,一边露骨地评论,就当他们是新到的驴子。轮到艾莉亚时,埃玛贝尔太太对她的脚啧啧称奇,而哈拉太太摸到她手指上久练缝衣针磨出的老茧。"我敢打赌,这家伙是个搅黄油的好手。"她说,"瞧你,是农夫的小崽子吧?好啦,别在意,孩子,这世道,只要卖力干活,就有机会往上爬,如果你不卖力呢,就一定会挨打。你叫什么?"

艾莉亚不敢说出真名,但阿利也不行,那是男孩的名字,她们看得出她不是男孩。"黄鼠狼,"小女孩第一时间闪入她的脑海,她便顺势答道,"罗米叫我黄鼠狼。"

"真是人如其名,"埃玛贝尔太太吸吸鼻子,"头发乱得没谱,完全是个跳蚤窝。我们先剪掉它,然后派你去厨房。"

"我想去照看马匹。"艾莉亚喜欢马儿,况且如果在马厩工作,说不定能偷匹马逃走。

哈拉太太狠狠打了她一巴掌,她肿胀的嘴唇立刻又全裂开了。"多嘴多舌,有你苦头吃!没人征求你的意见!"

嘴里的血有一股咸涩的金属味,艾莉亚垂下视线,一言不发。如果缝衣针还在我手上,她绝不敢打我,她闷闷不乐地想。

"泰温大人和他的骑士们的马自有马夫和侍从照顾,用不着你这种小人!"埃玛贝尔太太道,"厨房既暖和又干净,天天吃得饱、睡得暖,你本可在那儿过得不错,但瞧你不是个聪明的主儿。哈拉,我看还是把这家伙丢给威斯。"

"你说行就行,埃玛贝尔。"于是她们塞给她一件灰色粗纺的羊毛裙和一双不合脚的鞋,打发她走了。

威斯是"号哭塔"的管事,生得矮胖,有一只肉乎乎的酒糟鼻,丰满的嘴角下还有一簇扎眼的红疖子。连带艾莉亚共有六个人

分配给他，他用锐利的目光巡视这些人，"兰尼斯特家对下人是很慷慨的，你们这帮家伙本来不配侍奉大人们，但现在在打仗，只好将就将就。假如你们工作努力本分，或许某天能升到我的位置；但如果得寸进尺，在大人们面前放肆的话，回头瞧我怎么收拾你们！"他神气活现地在他们面前来回踱步，训示他们绝不能直视贵族的眼睛，绝不能自己开口说话，绝不能挡大人们的路等等。"我的鼻子从不撒谎，"他夸口，"我能闻出轻蔑，闻出傲气，闻出违拗，若是让我闻到一丁点这些臭味，你们就得付出代价。从你们身上，我只想闻到一种味道：恐惧。"

丹妮莉丝

丹妮莉丝抵达魁尔斯时，人们在城墙上敲响铜锣通报，另一些人吹起如青铜巨蛇一般盘绕在身的奇怪号角。城内走出一队骆驼骑兵，充当她的荣誉护卫。骑手们穿着铜鳞甲，头戴镶有铜牙、披着长长黑羽的长吻盔，高高地坐在镶嵌红宝石和石榴石的华丽鞍座之上。他们的骆驼披着色彩斑斓的毯子。

"魁尔斯是古往今来最伟大的城市。"俳雅·菩厉在枯骨之城维斯·托罗若就告诉过她。"它是世界的中心，沟通南北的门户，连接东西的桥梁，古老悠久，超越人们的记忆。它宏伟壮丽，令智者萨索斯第一眼看到它之后便自毁双眼，因为他知道今后所见的一切，与它相比都将丑陋不堪，黯然失色。"

丹妮认为男巫说话向来添油加醋，但这座伟大城市的华丽宏伟无可否认。三重厚墙环绕着魁尔斯，墙上有各种精巧的雕刻。外墙由红砂岩砌成，三十尺高，雕刻着各种动物：蜿蜒爬行的蛇，展翅飞翔的鸢，滑行游动的鱼，还夹杂着红色荒原的狼群，以及斑马和大象。中墙四十尺高，由灰色花岗岩砌成，雕刻着栩栩如生的战争场面：刀剑相交，矛盾互击，箭支如雨，英雄在战斗，婴儿被屠杀，熊熊燃烧的火葬堆。内墙是五十尺高的黑色大理石，墙上的雕刻让丹妮羞红了脸，但她告诉自己，别傻了，她早已不是黄花闺女；既然灰墙上的屠戮场面都吓不倒她，男女交欢的情景又有什么隐讳呢？

外城门镶铜，中门镶铁，内城门则镶嵌着许多黄金眼睛。这些城门随着丹妮的走近一一打开。她骑着银马进入城内，小孩子们跑

出来，撒下鲜花，铺满她前进的路径。这些孩子除了金色的凉鞋，什么都没穿，全身都是明艳的彩绘。

维斯·托罗若所缺乏的各种色彩似乎全跑到了魁尔斯，她的四周挤满了建筑物，呈现着深浅各异、如梦似幻的玫瑰、紫罗兰和棕褐色调。她经过一道雕成交欢的双蛇形状的青铜拱门，蛇的鳞片是精致的翡翠、黑曜石和天青石。无数纤细的尖塔高高耸立，丹妮毕生未见如此高大的塔楼。每个广场都有狮鹫、龙和狮身蝎尾兽形状的精巧喷泉。

魁尔斯人罗列于街道边，或在精致的阳台上观看——那些阳台如此精细，令人怀疑是否能支撑人的体重。他们是高挑而白皙的人种，穿着亚麻布、织锦和虎皮制成的衣服，在她眼里，个个都是领主和贵妇。妇女的长袍露出一边胸脯，男子则偏爱镶有珠饰的丝裙。丹妮披着狮皮，肩上站了黑色的卓耿，从他们面前骑过，觉得自己粗鄙而野蛮。魁尔斯人被多斯拉克人呼为"奶人"，因为他们肤色白皙，卓戈卡奥曾经梦想有朝一日来洗劫这些东方的巨城。她瞥了一眼她的血盟卫，从他们杏仁状的黑眼睛里看不出任何想法。在他们眼中，这些都只是未来的战利品吗？她疑惑地想。而在这些魁尔斯人看来，我们定是一群彻头彻尾的野蛮人。

俳雅·菩厉领着她小小的卡拉萨穿过一条巨大的拱廊街道，这座城市的古代英雄们站立在白色与绿色的大理石柱上，大小是真人的三倍。接着他们又穿过一处集市，集市位于一座多面开口的巨大建筑内，格子状的天花板成了数千只色彩斑斓的鸟儿的家园。店铺上方的平台生长着茂密的树木花草，而在店铺之内，商品琳琅满目，诸神创造的一切似乎都可买卖。

巨商札罗·赞旺·达梭斯靠过来时，她的银马受到惊吓，马匹似乎受不了骆驼的气息。"如果您看中什么东西，哦，绝代佳人，您只需轻吐芳唇，它就是您的了。"札罗坐在华丽的角鞍上俯身说。

"整个魁尔斯都是她的,她不需要这些小玩意,"蓝嘴唇的俳雅·菩厉在另一侧高声叫道,"听我的没错,卡丽熙。跟我去不朽之殿吧,在那里,您将啜饮真理与智慧。"

"既然我可以提供阳光、琼浆和丝绸,她怎会去你的尘埃之殿呢?"札罗对男巫说。"十三巨子将把一顶由黑玉和火晕石制成的冠冕戴在她美丽的头上。"

"我唯一想去的宫殿是君临的红堡,俳雅大人。"丹妮对男巫存有戒心,女巫弥丽·马兹·笃尔使她对操弄巫术的人心怀厌恶。"如果魁尔斯的大人物们要给我礼物,札罗,请他们赐予我舰船和军队,助我赢回理应属于我的一切吧。"

俳雅蓝唇上翘,优雅地微笑道:"正该如此,正该如此,卡丽熙。"他转身走开,缀满珠宝的长袍拖在身后,随着骆驼的移动而摇摆。

"女王陛下有超越年龄的智慧,"札罗·赞旺·达梭斯在高高的鞍座上对她低声说,"魁尔斯有句俗话:男巫的房子,骸骨加谎言。"

"那为什么人们谈起魁尔斯的男巫就压低声音呢?在整个东方,他们的力量与智慧受人敬畏。"

"他们曾经强盛,"札罗同意,"但如今就跟那些羸弱的老兵一样可笑,只会夸耀当年之勇,全不顾力量与技能早已离他们而去。他们阅读腐朽的卷轴,啜饮夜影之水直到双唇变蓝,口中暗示自己具有可怕的力量,但跟前人相比,他们不过是空壳子。我要提醒您,无论俳雅·菩厉给您什么礼物,都将在您手中化为尘土。"他抽了骆驼一鞭,加速跑开。

"乌鸦还嫌八哥黑。"乔拉爵士用维斯特洛通用语低声说。遭放逐的骑士照旧在她的右边骑行。进入魁尔斯城之前,他收起多斯

拉克服装,再度穿上板甲、锁子甲和羊毛衣——这些远在半个世界之外的七大王国骑士的全副装备。"您最好避开他们俩,陛下。"

"他们会助我得到王冠,"她道,"札罗拥有巨大的财富,而俳雅·菩厉——"

"——只会装神弄鬼。"骑士唐突地说。在他深绿色的外衣上,莫尔蒙家族的巨熊后腿直立,黑黝黝的,煞是凶猛。乔拉朝集市里拥挤的人群皱眉,看上去也同样凶猛。"我不愿在此久留,我的女王。我不喜欢这地方的气味。"

丹妮微微一笑。"你闻到的大概是骆驼。就我的鼻子而论,魁尔斯人似乎还挺香呢。"

"香水时常用来掩盖臭味。"

我的大熊,丹妮心想。我是他的女王,他却当我是个孩子,一心要永远守护我。这令她感觉安全,却也有些悲哀。她希望自己能比现在更爱他。

札罗·赞旺·达梭斯热情地邀请丹妮住进自己的家。她料到那会是一座豪宅,却没想到是比集市还大的宫殿。与之相比,伊利里欧总督在潘托斯的大宅就像猪倌的茅屋,她想。先前,札罗曾保证他的家可以舒舒服服容下她所有的人马;事实上,它将他们吞没其中。他把一整边的厢房都给了她。她有自己的花园、大理石浴池、一座水晶占卜塔,以及男巫居住的迷宫。无数的奴隶任她差遣。在她的私人套房里,地板是绿色大理石,墙壁上挂着五彩的丝绸,每当微风拂过,便闪闪发光。"你太慷慨了,"她对札罗·赞旺·达梭斯说。

"对龙之母而言,这点礼物不算什么。"札罗是个慵懒儒雅的人,脑袋秃了顶,硕大的鹰钩鼻上缀满红宝石、猫儿眼和翡翠。"明天早上,您将一边享用孔雀和云雀舌,一边欣赏那些只配绝代佳人的音乐。十三巨子会到这里来向您致敬,全魁尔斯的高尚人物都会来。"

全魁尔斯的人都会来看我的龙，丹妮心想，但她还是向札罗道谢，感谢他的好意，然后将他送走。俳雅也告辞离开，并再三保证会向"不朽者"们请求，安排接见丹妮。"那是如盛夏飘雪一般稀罕的荣耀啊。"他离开前，用淡蓝的嘴唇亲吻她赤裸的双脚，并坚持留下一罐油膏作礼物，他发誓说这能让她看见空气之灵。三位寻龙者中最后离开的是缚影士魁晰，从她那儿，丹妮只得到一个警告。"小心。"戴红漆面具的女人说。

"小心谁？"

"小心所有人。他们将不分昼夜地觊觎这重生于世的奇迹，接着便会贪念陡生。因为龙的血肉由火构成，而火就是力量。"

待魁晰也离开后，乔拉爵士说，"她说得对，我的女王……尽管我也不喜欢她，但是……"

"说实话，我很不理解她。"俳雅和札罗从第一眼看到她的龙开始，就连连许诺，宣称他们彻头彻尾是她忠实的仆人，但从魁晰那儿，她只得到寥寥几句含糊隐秘的言辞，而且她从没见到那女人的脸，这让她很不安。记住弥丽·马兹·笃尔，她告诉自己，记住背叛。她转向她的血盟卫。"我们留在这里一天，就得保持继续站哨。未经我允许，任何人都不得进入这一侧的厢房。尤其是这些龙，必须时刻小心看守。"

"遵命，卡丽熙。"阿戈说。

"我们只看到魁尔斯的一部分——俳雅·菩厉希望我们看到的部分，"她续道，"拉卡洛，我要你深入查看其余的部分，把所见所闻向我回报。带上得力的人手——以及几位女人，以进入男人禁入的地方。"

"遵命，吾血之血。"拉卡洛说。

"乔拉爵士，我要你去找码头，看看那里停泊着什么样的船

只。我已经半年没有听到七大王国的消息了。或许诸神会将某位好心的船长从维斯特洛吹到这儿来,用他的船载我们回家。"

骑士皱了皱眉头。"这可不算好心。篡夺者将谋害您,这和太阳会升起一样确凿无疑。"莫尔蒙用拇指钩住剑带。"我要留在您身边守护您。"

"乔戈也能守卫我。而且,你会的语言比我的血盟卫多,多斯拉克人又不信任海洋和在海上航行的人,这件事上只有你能为我效力。去吧,去船只之间走走,跟水手们聊聊,了解他们从哪儿来,往哪儿去,还有负责指挥他们的人。"

遭放逐的骑士勉强点点头。"遵命,我的女王。"

等所有男人离开,女仆替她脱去沾染风尘的丝绸外衣,丹妮缓缓走出去,来到门廊阴影里的大理石浴池。池水清凉宜人,池中的小金鱼好奇地轻咬她的肌肤,令她不禁咯咯笑出声来。她闭上眼,随波漂浮,知道自己想休息多久就可以休息多久,这样的感觉真好。不知伊耿的红堡内是否也有这样的池子,也有这般长满薰衣草和薄荷的芬芳花园。一定有。韦赛里斯常说七大王国是世界上最美的地方。

一想到家,她就不安起来。如果她的日和星还活着,一定会率领卡拉萨横渡毒水汪洋,扫清她的敌人,但他的力量已从这世上消失了。她的血盟卫们虽然还在,且武艺过人,誓死效命,但毕竟只是马上英雄。多斯拉克人洗劫城市,抢掠王国,却不懂统治之道。丹妮不希望君临化为满地游魂的焦黑废墟,她已经尝够了眼泪的滋味。我要我的王国美丽动人,到处都是精壮的男子、漂亮的女人和快乐的孩子。我要我的子民在我骑马经过时面带微笑,如韦赛里斯所说的那种,对我父亲展现的微笑。

要做到这些,首先要征服。

篡夺者将杀死你,这和太阳会升起一样确凿无疑,莫尔蒙如是说。劳勃杀了她英勇的哥哥雷加，还派爪牙穿越多斯拉克海，企图毒死她和她未出生的孩子。据说劳勃·拜拉席恩壮如公牛，在战场上无所畏惧，是个喜爱战争胜过一切的男人。在他身边，有许多被哥哥称为"篡夺者走狗"的大贵族：眼神冷峻、心肠冰冻的艾德·史塔克；金光灿灿的兰尼斯特父子，富裕、强大、背信弃义。

她该如何挫败这样的敌人呢？卓戈卡奥活着的时候，人们颤抖着献上贡品，以延滞他的怒气，否则他便要夺取对手的城池、财富、妻子等等一切。但他的卡拉萨非常庞大，而她的却如此弱小。她追随着她的彗星，而她的子民追随着她穿越红色荒原，也将追随她横渡毒水汪洋，但只有他们是不够的，就算加上她的龙也不够。韦赛里斯相信国内人民会为了真正的国王揭竿而起……但韦赛里斯是个傻瓜，傻瓜相信蠢事。

疑虑令她颤抖。她突然感到水太冰凉，小鱼的咬啄让人生厌。丹妮起身爬出池子。"伊丽，"她喊，"姬琪。"

女仆们用毛巾替她擦干，裹上一条沙丝长袍，丹妮的思绪则转向到骸骨之城来找她的那三个人。"泣血之星"引领我来到魁尔斯，必有目的。只要我有足够的力量去寻取帮助，并有足够的智慧避开圈套与陷阱，就将找到自己所需。如果诸神注定要我成为征服者，他们必将提供支持，展现某种神迹。但如果不是这样……如果不是……

快傍晚时，丹妮正在喂龙，伊丽穿过丝帘走进来，通报乔拉爵士已从码头归来……还带了一个人。"请他们进来，不管他带了谁，都一起进来。"她很好奇。

他们进来时，她坐在地面的一堆软垫上，她的龙围绕四周。来人穿一件黄绿相间的羽毛披风，乌黑的皮肤像抛光的黑玉。"陛下，"骑士道，"我为您带来库忽鲁·莫，'月桂风号'的船长，他来自高树镇。"

黑皮肤的人跪下来。"我感到无上荣幸,女王陛下。"他不是用丹妮听不懂的盛夏群岛语言,而是九大自由贸易城邦所使用的瓦雷利亚语,并且非常流畅。

"这是我的荣幸,库忽鲁·莫,"丹妮用同样的语言回答。"你是盛夏群岛人?"

"是的,陛下。不到半年之前,我们曾在旧镇停靠,我从那儿为您带来一件特别的礼物。"

"礼物?"

"一个好消息。风暴降生的龙之母啊,让我告诉您,劳勃·拜拉席恩已经死了。"

围墙之外,暮色笼罩了魁尔斯,但一轮红日却从丹妮心中升起。"他死了?"她重复道。膝上黑色的卓耿嘶嘶叫着,喷出一道白烟,如面纱般罩在她面前。"你肯定吗?篡夺者真的死了?"

"旧镇的人都这么说,在多恩,在里斯,在我们停靠的所有港口都有同样的消息。"

他给我送来毒酒,如今我活着,他却先死了。"他怎么死的?"在她肩头,韦赛利昂拍打着乳白色的翅膀,搅动空气。

"他在御林打猎时,被一头怪物般的野猪戳死,至少我在旧镇是这么听说的。也有人说是王后背叛了他,或是他的弟弟,或是他的首相史塔克公爵。所有传说的共同点在于:劳勃国王确实死了,业已进了坟墓。"

丹妮不知篡夺者长得什么样,但几乎没有一天不想到他。他如同巨大的阴影,自她诞生起就笼罩着她,她在鲜血和风暴中降生于世,却因他而无处容身。然而此刻,这个陌生的黑肤男子却陡然把她解放。

"男孩坐上了铁王座。"乔拉爵士说。

"如今乔佛里国王即位,"库忽鲁·莫补充,"政事把持在兰尼斯特家族手里。劳勃的两个弟弟逃离了君临,传言说他们意图称王。首相失了势,史塔克公爵是劳勃国王最好的朋友,却以叛国罪遭到逮捕。"

"艾德·史塔克叛国?"乔拉爵士嗤之以鼻。"异鬼才相信!就算永夏降临,这家伙也不会玷污他的宝贵荣誉。"

"他能有什么荣誉?"丹妮说,"他背叛了真正的国王,这些兰尼斯特家的人也一样。"听到篡夺者的走狗们自相残杀,令她心情愉快,但她并不意外。她的卓戈死后也发生了同样的事,强大的卡拉萨顿时四分五裂。"我哥哥韦赛里斯死了,他才是真正的国王,"她告诉盛夏群岛人。"我夫君卓戈卡奥杀了他,以熔化的黄金为他加冕。"哥哥聪明一点就好了,他日夜祈祷的复仇已经近在眼前了啊!

"我为您感到悲哀,龙之母,也为正在流血的维斯特洛感到悲哀,它失去了真正的国王。"

在丹妮温柔的手指下面,绿色的雷哥用熔金般的眼睛注视着陌生人。他张开嘴,牙齿如黑针一般闪闪发光。"船长,你的船何时再去维斯特洛?"

"恐怕一两年之内不会。月桂风号将从这里启程向东,沿着贸易航线环行玉海。"

"我明白了,"丹妮有些失望,"我祝你一路顺风,生意兴隆。你给我带来了一份珍贵的礼物。"

"而我得到了丰厚的回报,伟大的女王。"

她有些疑惑。"什么回报?"

他的眼睛闪烁着光芒。"我见到了龙。"

丹妮笑了。"希望有朝一日,你能见到更多。当我登上父亲的王座之后,来君临见我,你将得到一份丰厚的奖赏。"

盛夏群岛人保证一定照办,临行前轻吻她的十指。姬琪领他出

去，乔拉·莫尔蒙留下来。

"卡丽熙，"等他们独处时，骑士开了口，"如果我是您，可不会随便把计划说出去。这种人走到哪里，都会大肆宣扬。"

"由他去说，"她道，"就让全世界都知道我的决心。篡夺者已死，我怕什么呢？"

"并非每个水手的故事都是真的，"乔拉爵士警告，"即使劳勃死了，也得由他的儿子来接替统治。说实在的，什么也没改变。"

"一切皆已改变。"丹妮猛然起身。她的龙一边尖叫一边松开尾巴展翅飞离。卓耿拍拍翅膀，爬上拱廊的横梁，另外两只掠过地面，翅尖刮在大理石上。"从前，七大王国就像卓戈的卡拉萨，在领袖的强力统御下万众一心。如今，它们也将像卡奥死后的卡拉萨，分崩离析。"

"大贵族们总是沉溺于权力的游戏中，争斗不休。谁家获胜，我都能预测形势的变化。卡丽熙啊，七大王国不会像成熟的桃子一样落入您手中。您需要舰队，需要金钱，需要军队，需要同盟——"

"这些我都知道。"她拉起他的手，深深望进他疑虑的黑眼睛。在他眼中，我有时是个需要他保护的女孩，有时是个他想要睡的女人，他可曾真正将我视为他的女王？"我已经不再是你在潘托斯遇见的那个惊慌失措的女孩了。没错，我只经历了十五个命名日……但是，乔拉，我也像多希卡林的老妪一般年长，像我的龙一样年轻。我怀过一个孩子，烧过一个卡奥，穿越了红色荒原和多斯拉克海。我体内流着真龙的血脉。"

"您和您哥哥一样。"他固执地说。

"我和韦赛里斯不一样。"

"我指的不是他，"他解释，"而是雷加。但您别忘了，即便雷加也难免一死。劳勃在三叉戟河上，只凭一把战锤就证明：真龙也有克星。"

"真龙会死。"她踮起脚尖，轻吻他未曾修刮的脸颊。"但屠龙者也会。"

布兰

梅拉机警地转着圈,索网在她左手摇摆,她右手则泰然自若地握着细长的三叉捕蛙矛。夏天睁大金色的眼珠紧盯着她,不断移动,长尾巴直立起来。他观察着,观察着……

"呀!"女孩一声叫喊,长矛飞刺向前。狼闪到左边,在她收矛之前扑跳上去。梅拉顺势扔出网子,纠结的索扣挡在身前。飞跃的夏天正好被装进了里面。他不肯认输,拖着网子,砰的一下,撞上她的胸膛,把她击倒在地。矛飞出老远,幸亏潮湿的草地减轻了落地的撞击,她气喘吁吁地躺倒在地。冰原狼蹲在她身上。

布兰叫道:"你输了。"

"她赢了,"她弟弟玖健说,"夏天被抓住了。"

他说得没错,布兰仔细地看了看。夏天在网子里扭动、咆哮,想撕开个口子,却只能使自己越捆越紧。网子是咬不开的。"放他出来吧。"

黎德家的女孩朝他笑笑,伸出双臂抱住这缠成一团的冰原狼,打了个滚。夏天发出一声可怜的哀鸣,腿脚不住踢打缚住自己的绳结。梅拉跪下去,解开一个索扣,扯掉一个角落,灵巧地这里拖拖那里拉拉,突然之间,冰原狼便重获自由。

"夏天,过来,"布兰张开手臂,"看这里。"他说,于是狼飞一般地朝他跑来。他立刻积蓄起全身力量,任狼飞奔过来把他又拖又撞地弄倒在草地上。他们扭打着、翻滚着,难舍难分,一个又吠又闹,另一个只管嬉笑。最后布兰翻到了上面,沾满泥巴的冰原狼被压在身下。"乖狼狼。"他喘着气说。夏天舔了舔他的耳朵。

梅拉不住摇头。"难道他从不生气?"

"从不和我生气。"布兰捉住狼的耳朵,夏天凶猛地朝他吼叫,但一切都只是玩笑。"有时他会把我衣服扯烂,但从不见血。"

"那是你的血。如果他刚才弄穿了网子……"

"也不会伤害你。他知道我喜欢你。"众位领主骑士在丰收宴会后的一两天便相继离开了临冬城,只有黎德家这两个少年留下来陪伴布兰。玖健总是很严肃,弄得老奶妈称他为"小个子祖父",而梅拉却让他想起姐姐艾莉亚。和二姐一样,她也从不怕弄脏衣服,喜欢像个男孩子一样跑跳打闹、投掷东西。不过,她比艾莉亚大得多,都快十六岁,是成年女人了。而自己呢,虽说好不容易盼到了第九个命名日,却仍比他们姐弟年纪都小,所幸他们从不把他当小孩子看待。

"我真希望我们家的养子是你们而不是瓦德兄弟。"他挣扎着向最近的树木爬去。那种扭动拖曳的姿势一定很难看,但当梅拉伸出援手时,他却说,"别,我不要人帮忙。"他笨拙地翻身,蠕动着前进,用尽双手的力量,终于把背靠到大芩树的树干上。"你看,我就说不用帮嘛,"夏天把头放在布兰膝上,"我以前真没见过谁用网子打架的,"他边挠冰原狼耳背边对梅拉说,"这是你家教头教的吗?"

"我父亲教的。灰水望没有骑士,也没有教头和学士。"

"那渡鸦怎么办,谁来照顾它们呢?"

她笑了。"渡鸦是找不到灰水望的,正如敌人也找不到它。"

"为什么?"

"因为它在动。"她告诉他。

布兰以前还没听说过会走路的城堡呢。他迟疑地看着她,不知是否受了她作弄。"我真想去瞧瞧。你觉得等仗打完你父亲大人会准许我去参观吗?"

"我们非常欢迎您,王子殿下。不论现在还是将来。"

"现在也行?"布兰以前从未离开临冬城。他好想见识远方的国度。"等罗德利克爵士回来我要问他同不同意。"老骑士去了东边,代表临冬城处理一件棘手事务。事情的起因是卢斯·波顿的私生子把刚从丰收宴会中返回的霍伍德伯爵夫人抓了起来,当晚便同她成了亲——听说他的年纪足以当她儿子呢。之后没几天,曼德勒大人便接管了她的城堡。这是为避免霍伍德家的产业沦入波顿手中所做的必要措施,他来信中这样解释,但罗德利克爵士对他和对那私生子一样火冒三丈。"罗德利克爵士或许会同意。可鲁温师傅决计不会。"

玖健盘腿坐在鱼梁木下,严肃地望着他。"你能离开临冬城就好了,布兰。"

"真的?"

"对。越快越好。"

"我弟弟有绿之视野,"梅拉道,"他能梦见尚未发生的事,而它们往往会成真。"

"不是往往,梅拉。"他们之间对视一眼:他悲伤,她倔犟。

"告诉我会发生什么事。"布兰说。

"我会的,"玖健道,"但请你首先告诉我你的梦。"

神木林间霎时宁静下来。布兰听见树叶的沙沙响,听见阿多洗热泉发出的微弱水声。他想到了金色男子和三眼乌鸦,他想起啄碎头骨的鸟喙和嘴里金属般的血味道。于是他说:"我不做梦。鲁温师傅给我喝安眠药。"

"起作用吗?"

"很有效。"

梅拉开了口:"整个临冬城都知道你时时在夜里醒来,浑身是汗,大喊大叫,布兰。打水的女仆这么说,大厅的守卫也这么说。"

"告诉我们,你在怕什么。"玖健道。

"不要。不管怎么说,那都只是梦而已。鲁温师傅说梦什么也不代表。"

"我弟弟和别的男孩一样会做梦,有的梦也许只是梦,"梅拉说,"但绿色之梦不一样。"

玖健的眼睛是青苔的颜色,很多时候,当他看着你,你会觉得他看到的不止是你,还包括很多别的事物。就像现在。"我梦见一只长翅膀的狼被灰色石链束缚于地,"他说,"那是绿色之梦,我知道是真的。一只乌鸦想啄开链条,然而石头太坚硬,它的喙只能徒劳无益地留下痕迹。"

"那乌鸦有三只眼睛吗?"

玖健点头。

夏天自布兰膝盖抬起头,用那双黑底金瞳的眼睛凝视着泥人。

"我小时候得了灰水热,差点没命。正是这只乌鸦救了我。"

"我摔下去之后它也来了,"布兰脱口而出,"那时我昏迷了好久,它飞来告诉我,说我要么跟着飞要么就会摔死,结果我醒了,却成了残废,根本不能飞。"

"只要想飞,你就能飞。"梅拉捡起网子,抖开纠结的地方,重新装备起来。

"你就是那长翅膀的狼,布兰,"玖健说,"刚来时,我还不敢确定,现在我肯定了。正是那乌鸦派我们来打碎你的枷锁。"

"乌鸦住在灰水望吗?"

"不。乌鸦在北方。"

"住在长城?"布兰一直想去长城看看。他的私生子哥哥琼恩就在那儿,当了守夜人的弟兄。

"在长城之外。"梅拉·黎德把网子系在腰带。"玖健把他的梦告诉了我们的父亲大人，于是他便马不停蹄地派我们前来临冬城。"

"我该怎么来打破锁链，玖健？"布兰问。

"睁开眼睛。"

"我一直睁着啊，你看不见吗？"

"睁开了两只，"玖健指出，"一只，两只。"

"我只有两只啊。"

"你有三只。乌鸦给了你第三只眼，而你却没能睁开它。"他说话的方式总是那么缓慢柔和。"用两只眼你能看见我的脸。用三只眼你能看见我的心。用两只眼你能看见此时的橡树，用三只眼你能看见从前的橡实和日后的断桩。用两只眼你不过能看到墙边，用三只眼你却能南望夏日之海、北越绝境长城。"

夏天站了起来。"我不需要看那么远，"布兰紧张地笑笑，"我已经厌倦了讨论乌鸦。我们来说说狼吧。要么聊蜥狮也行。你捉到过蜥狮吗，梅拉？我们都没见过这种动物呢。"

梅拉把捕蛙矛从矮树丛间拔出。"它们住在水里。通常在小溪或深泽之——"

她弟弟打断她："你梦见了蜥狮？"

"没有，"布兰说，"我告诉你了，我不想——"

"你梦见的是狼？"

他让布兰生气了。"我凭什么要告诉你我的梦？我是王子。我是临冬城的史塔克。"

"你梦见的可是夏天？"

"别说了！"

"丰收宴会那一晚，你梦见自己变成了神木林里的夏天，对不对？"

"住嘴！"布兰叫道。夏天从鱼梁木下蹿出，露出洁白的牙齿。

玖健·黎德毫不在意。"当时我抚摸夏天，感觉到你在他体内。正如现在你也在他体内。"

"不可能。我当时人在床上。我正在睡觉！"

"你在神木林里，全身灰毛。"

"那只是场噩梦……"

玖健起立。"我感觉到你的存在，感觉到你的坠落。你害怕的可是这个？坠落？"

坠落，布兰心想，还有金色男子，王后的弟弟，不知怎的，他也让我害怕，但我最怕的还是坠落。这番话，他从没给别人讲过。要怎么说？他无法对罗德利克爵士和鲁温师傅说，更不能告诉黎德姐弟。如果避而不谈，也许便能遗忘。他一点也不想留住这份回忆。那甚至根本不能算真实的记忆。

"你每晚都会坠落吗，布兰？"玖健静静地问。

夏天喉头发出一声隆隆的低吼，这次可不是开玩笑。他径直上前，咧牙露齿，眼睛火热。梅拉提起长矛，挡在弟弟身前。"叫他回去，布兰。"

"是玖健惹怒了他。"

梅拉抖开网子。

"不对，这是你的怒火，布兰，"她弟弟说，"你的恐惧。"

"不是的！我才不是狼！"虽然他总在暗夜里和他们一道狂叫怒嗥，总在狼梦中和他们一起品尝鲜血。

"你的一部分是夏天，夏天的一部分是你。你知道的，布兰。"

夏天猛扑上来，却被梅拉拦住，并用三叉矛戳刺赶了回去。狼扭到一边，绕着圈子，再度逼近。梅拉转身面对他，"叫他回去，布兰。"

"夏天！"布兰高喊，"到我这儿来，夏天！"他伸手拍大腿，掌心打得麻痛，僵死的大腿却毫无知觉。

冰原狼再次出击，仍旧被梅拉的长矛格开。夏天灵巧地闪避矛头，转着圈子往后退。忽然，矮树丛里传来一阵沙沙声，一个瘦削的黑影从鱼梁木下一跃而出，利牙暴露。原来他的狂怒所发出的强烈气味引来了弟弟。布兰感觉颈后汗毛直竖。梅拉站在弟弟身边，腹背受敌。"布兰，叫他们离开。"

"我做不到！"

"玖健，上树。"

"没有必要。今日并非我的死期。"

"快！"她尖叫道，于是她弟弟用树脸的凹陷处做支撑，爬上鱼梁木的主干。冰原狼们围上来。梅拉扔开矛和网，向上一跳，抓住头顶的枝干。当她吊着一荡，翻上枝头时，毛毛狗的大口正好从她脚踝下方咬过。夏天蹲坐下来，不住怒噑，而毛毛狗似乎担心那网子，他用牙咬住网不停乱摇。

这时布兰方才忆起他们并非孤立无援。他用手围住嘴巴。"阿多！"他大喊，"阿多！阿多！"他怕得厉害，竟觉得有几分惭愧。"他们不会伤害阿多。"他向树上的朋友们保证。

片刻工夫，他们便听见不协调的咕哝声。阿多急急忙忙地从热泉里奔出来，衣冠不整，全身是泥，然而布兰见他出现从未这么高兴过。"阿多，快帮帮我！把狼赶走！把他们都赶走！"

阿多愉快地跑过去，挥着手臂，跺着大脚，高喊："阿多，阿多。"他在两只狼之间来回吆喝。最先逃走的是毛毛狗，他发出最后一声吼，潜进树丛。夏天似乎也觉得够了，便跑回到布兰身边，靠着他躺下。

梅拉下树后立刻拾起矛和网，但玖健的目光从未离开夏天。"我们以后再谈。"他向布兰承诺。

那是狼，不是我。他不懂他们为什么会变得如此狂野。也许鲁温师傅把他们关在神木林是对的。"阿多，"他说，"带我去鲁温师傅那儿。"

鸦巢之下学士的塔楼是布兰最喜欢的地方之一。鲁温对打扫整理之类的事真是一窍不通，可屋里那些凌乱的书籍、卷轴、瓶瓶罐罐和老师傅的光头、宽松灰袍的长袖子都让布兰觉得亲切而温馨。此外，他也很喜欢那些信鸦。

此刻鲁温师傅坐在一张高背椅上，奋笔疾书。罗德利克爵士走后，整个城堡的管理重担便落到他肩上。"王子殿下，"阿多进门之后他说，"离上课还有些时辰呢。"老学士每天下午都花几个钟头给布兰、瑞肯以及两位瓦德·佛雷上课。

"阿多，站着别动。"布兰伸出双手抓住墙上的烛台，用它做支点把自己提出篮子。他在半空吊了一会儿，等阿多把凳子搬来。"梅拉说他弟弟有绿之视野。"

鲁温师傅用手中的羽毛笔挠挠鼻子，"她这么说？"

他点点头。"记得你告诉我森林之子才有绿之视野。我记得的。"

"他们中的很多人自称具有那种能力。他们的智者被称为绿先知。"

"这是魔法吗？"

"你愿意的话，可以姑且这么称呼它。因为从本质而言，这不过是另一种类别的知识而已。"

"什么知识？"

鲁温放下笔管。"这世上没有人真正了解，布兰。森林之子已从这个世界消失，他们的智慧也随之而逝。我们只能猜测，这种知识和树上的人脸有关。先民们认为绿先知通过鱼梁木上的眼睛观察他们。这就是他们每次和森林之子开战都大肆伐木的原因。据推测，绿先知们对森林里的走兽和飞鸟也有影响力，甚至能控制鱼类。黎德家那男孩自称具有这种能力吗？"

"不，我觉得他没有。不过梅拉说，他梦见的事情往往会成真。"

"我们所有人梦见的事情往往都会成真。记得吗，在你父亲大人去世之前你便梦见他在墓窖里？"

"瑞肯也梦见了。我们做了同样的梦。"

"你愿意的话，称这为绿之视野也无妨……但你要记住，你和瑞肯做过的成千上万其他的梦最终并没有成真。你不会忘了我教你的关于每个学士必备的颈链的故事吧？"

布兰想了一会儿，试图说完整。"学士必须在旧镇的学城铸造自己的颈链。它是锁链只因配上它的人必须为他人服务。它包含多种金属，因为配上它的人服务于国度里各个阶层。每当完成新的学业你便能加上新的链条。黑铁代表管理乌鸦，白银代表救死扶伤，黄金代表财务会计。其他的颜色我不记得了。"

鲁温把手指伸到颈链下面，一个又一个链条地抡起来。他人长得矮小，脖子却很粗，所以颈链很紧，得用力才能转动。"这是瓦雷利亚钢，"当一环暗灰色金属链转到喉头时他说，"一百个学士里只有一个能戴上这环链条。它代表我学到了学城里称之为高级神秘术的知识——魔法，当然取这个名字只是为了动听。这是个很迷人的东西，却并不实用，所以少有学士投身于这个方向。"

"或迟或早，学习高级神秘术的人总忍不住想自行施展魔法。必须承认，连我自己也抵挡不住那种诱惑。是啊，我当时还是个孩子，哪个孩子没偷偷幻想在自己身上发现神奇的力量呢？然而我的下场和我之前的一千个小孩相同，和我之后的一千个小孩也一样。非常遗憾，所谓的魔法根本不起作用。"

"它们有时候会起作用的，"布兰抗议，"像我做了那个梦，瑞肯也做了。而且东方还有魔法师和男巫……"

"世上确有人自称为魔法师和男巫,"鲁温师傅说,"在学城,我有个朋友便能从你的耳朵里变出一朵玫瑰花,但事实上,他和我一样都不会魔法。啊,必须指出的是,世上不为人知的事还很多很多。历史的洪流奔过百年千年,而一个人短暂的一生不就是几个仓促的夏季,几个渺小的冬天么?我们仰望着高山,便称其为永恒,因为它们看来是这样……然而在时间的长河里,高山升起又倒塌,江河改变了途径,繁星坠下了天幕,雄城没入了汪洋。若我们所断不假,连神灵也在生死轮替。沧海桑田,世事变迁。

"魔法或许在远古时代曾是一种伟大的力量,但那个纪元已经永远地失落了。如今这点残余就像熄灭的烈火在空中飘散的几缕烟雾,就连这几许轻丝也在不断褪色。瓦雷利亚是最后的灰烬,而它早已熄灭。再没有龙了,巨人也都死去,森林之子和他们所有的知识被世界所遗忘。

"不,我的王子殿下。玖健·黎德或许做过一两个自以为成真的梦,但他绝没有绿之视野。活在世上的人没有一个具有那种能力。"

黄昏时分,当梅拉来找他时,他把这番话原原本本告诉了她。他坐在窗边看着四周灯火逐渐亮起,给夜晚带来生机。"狼的事我很抱歉。夏天不该攻击玖健,可玖健也不该随便谈论我的梦。乌鸦说我能飞,它撒了谎,你弟弟也在撒谎。"

"你不认为或许是你家学士错了么?"

"他没错。我父亲总是听取他的建议。"

"你父亲倾听,这点我不怀疑。但到了决定的时刻,他会自己做主。布兰,就让我告诉你玖健做过的关于你和你养兄弟的梦吧。"

"瓦德们才不是我兄弟。"

她没在意。"你坐在晚餐桌边，上菜的却不是仆人，而是鲁温学士。他把烤肉中只配国王享用的部分给了你，那肉半熟多血，香气扑鼻，惹得在座人人都流出口水。同时，他送给佛雷们的部分却是又老又灰的死肉，但他们对到手的食物却比你更满意。"

"我不懂。"

"你会懂的。我弟弟说了，当你懂得它的含义，我们便可以再谈。"

当晚，布兰简直不敢去出席晚宴，但当他终于去了，却发现人们早把鸽子派摆在了他位子上。在座人人一份，而他实在看不出瓦德们所吃的有什么特别。鲁温师傅果然是对的，他告诉自己。不管玖健说过什么，没有任何坏事会降临到临冬城。布兰松了一口气……却也竟有几分失望。如果世上真有魔法存在，那就意味着什么事都可能发生。幽灵能走路，大树会说话，残废的男孩也一定能重新站起来当骑士。"但那是办不到的，"躺在床上，在无边的黑暗之中，他大声地说，"世上没有魔法了，所有的故事都只是故事。"

所以他不能走路，不能飞翔，永远也做不了骑士。

提利昂

　　草席刺得他赤裸的脚底发痒。"堂弟真会挑时机，"提利昂告诉睡得迷迷糊糊的波德瑞克·派恩，这孩子无疑以为深夜唤醒他，会遭一顿训斥。"带他到书房，告诉他，我马上下来。"

　　从窗外的天色判断，应该过了午夜时分。莫非蓝赛尔以为这时候我就会迷迷糊糊，反应迟钝么？他心里盘算。不，蓝赛尔根本不动脑子，这一定是瑟曦的主意。可惜，老姐要失望了。他每晚都把工作带到床上，一直干到凌晨——在摇曳的烛光下，仔细审查瓦里斯的秘密报告，查阅小指头的账簿，直到眼睛发疼，字迹模糊为止。

　　他用床边脸盆里的温水湿了湿脸，不紧不慢地蹲在厕所，夜间的空气让他裸露的皮肤有些凉。蓝赛尔爵士年方十六，从没什么耐性，就让他等着吧，他会越来越焦躁。提利昂清空肠子，套上一件睡袍，并用手指将稀疏的亚麻色头发揉乱，好让自己看上去像是刚刚醒来。

　　蓝赛尔在烧成灰烬的壁炉前踱步，身穿有黑丝绸内袖的红天鹅绒斜纹外衣，佩一柄镶珠宝的匕首，刀鞘镀金。"堂弟！"提利昂跟他打招呼，"你真是稀客。请问有何贵干呢？"

　　"摄政太后陛下命我前来，要你即刻释放派席尔大学士。"蓝赛尔爵士拿出一条猩红的缎带，金蜡上摁有瑟曦的狮印。"这是陛下的授权状。"

　　"原来如此，"提利昂挥手要他拿开，"唉，姐姐大病初愈，我衷心地希望她不要过度操劳。倘若病情复发，那就太遗憾了。"

"太后陛下业已康复。"蓝赛尔简略地说。

"妙极了，"尽管不是我喜欢的曲调。我当初真该多下点剂量。提利昂本希望能多几天不受瑟曦的干涉，但对她迅速恢复健康也没吃惊。毕竟，她是詹姆的孪生姐姐。他做出一个愉快的笑容。"波德，替我们生个火，这里实在太凉。陪我喝一杯如何，蓝赛尔？我发现温酒有助于睡眠呢。"

"我可不需要睡眠，"蓝赛尔说，"我代表陛下前来宣令，不是来跟你喝酒的，小恶魔。"

哟，骑士称号让这小子肆无忌惮，提利昂寻思——还有他在谋杀劳勃国王一事中扮演的可悲角色。"酒喝多了自然伤身，"他一边倒酒一边微笑，"至于派席尔大学士……如果我亲爱的姐姐真那么在乎他，似乎该亲自前来，但她却派了你。对此，我怎么理解呢？"

"随你怎么理解，我只要你放人！国师是摄政太后坚定的盟友，处于她的保护之下。"这小子唇边浮现一抹冷笑，似乎很得意。想必这套都是跟瑟曦学的。"陛下决不容许这种暴行发生。她要我提醒你，她才是乔佛里的摄政王。"

"而我是乔佛里的首相。"

"御前首相专心服务，"年轻骑士轻描淡写地告知他，"摄政太后统理国事，直到国王成年为止。"

"或许你该把这写下来，以免我记不住。"炉火欢快地噼啪作响。"你可以下去了，波德。"提利昂告诉他的侍从。等孩子离开之后，他方才转身面对蓝赛尔。"还有什么事？"

"有。陛下命我通知你，杰斯林·拜瓦特爵士公然违抗国王陛下的谕令。"

看来瑟曦早已命令拜瓦特释放派席尔，却遭到断然拒绝。"我明白了。"

"太后陛下她坚持要求撤换此人，并以叛国罪加以逮捕。我警告你——"

他将酒杯放到一边。"别警告我，小子。"

"爵士！"蓝赛尔硬邦邦地说。他碰了碰剑，或许想提醒提利昂，他也有武器。"跟我说话小心点，小恶魔。"无疑他想作势威胁，但那簇可笑的小胡子毁了效果。

"哦，剑是危险的东西，快放下。你莫非不知我出一声，夏嘎就会冲进来把你大卸八块么？他杀人可是拿斧子，不是用酒袋哪。"

蓝赛尔涨红了脸：难道他蠢到以为他在劳勃之死中的作为就神不知鬼不觉？"我是个骑士——"

"我明白。那么告诉我——瑟曦是同你上床前还是上床后封你作骑士的？"

蓝赛尔那双碧眼里闪烁的目光招认了一切。看来瓦里斯所言是真。好吧，没人能指称老姐不爱自家人。"怎么，没话说了？叫你别警告我么，爵士。"

"你必须收回这些下流的指控，否则——"

"拜托，你有没有想过，假如我告诉乔佛里，你为了睡他母亲而害死他父亲，他会怎么做呢？"

"这不是实情！"蓝赛尔惊恐地抗议。

"不是？那请问，实情究竟是怎样？"

"烈酒是太后给的！从我当上国王侍从的那天起，你父亲泰温大人就要我一切遵从太后的指令。"

"包括跟她上床？"看看他，个子不太高，身材不算好，况且他的头发不是金色，而是沙棕，也罢……即便是詹姆的拙劣替身，也赛过空床。"我想不会吧。"

"我并非主动……我只是奉命……我……"

"……痛恨这一切，你要我相信这个？朝廷的高位，骑士的身份，我姐姐夜里为你张开的双腿，哦，是啊，这一切对你来说太糟糕了。"提利昂双手一摊，站起身来。"等在这里。等国王陛下来亲自裁决。"

蓝赛尔的傲气一扫而空，这位年轻骑士像吓坏的孩子一样跪下来。"发发慈悲吧，大人，求求您。"

"省省吧，这些话给乔佛里说去。他最喜欢听别人苦苦哀求。"

"大人，您说的这些都是令姐……太后陛下的命令，但国王陛下……他决不会明白……"

"你要我在国王面前替你隐瞒？"

"请看在我父亲的分上！我会立刻离开都城，假装什么事都没有发生！我发誓，我会把事情做个了断……"

要忍住笑真的很难。"我想不必。"

这回轮到小子困惑了。"大人？"

"没错。我父亲不是要你遵从她么？很好，那就照办，留在她的身边，保持她的信任，随时满足她的需求。之前的事情不会有人知道……只要你忠诚于我。而回报呢，我想知道瑟曦在干什么，去了哪里，见了谁，谈了些什么，她有什么计划……所有的一切，你都必须告诉我，行不行？"

"行，大人。"蓝赛尔毫不迟疑。提利昂很满意。"我会的。我发誓。您怎么说，我就怎么做。"

"起来吧。"提利昂倒满一杯酒塞给他。"为我们的共识干一杯！我保证在这座城堡里，我半只野猪都不认识。"蓝赛尔举杯饮下，尽管动作有些僵硬。"开心点，堂弟，我姐姐是个大美人，而你做的一切都是为了国家，是利国利己的好事。骑士头衔算什么？你机灵点的话，我总有一天会弄个伯爵给你当当。"提利昂晃着杯中酒。"总而言之呢，我们得让瑟曦完全信任你。回去告诉她，我恳求她的原谅。告诉她，你的来访让我又惊又怕。我不希望我们之间发生任何矛盾，从今往后，未经她同意，我不会轻举妄动。"

"可……她要求……"

"我会把派席尔还给她。"

"是吗？"蓝赛尔一脸讶异。

提利昂微笑道："我明天就放人。虽然不能说'毫发无伤'，但我可以保证，他还算安好，只是精力有些不济。毕竟黑牢对他这种年纪的人而言，可不是个休闲的地方。瑟曦要把他当宠物养着，或是送去长城，这我不管，就是不能要他留在御前会议。"

"杰斯林爵士呢？"

"告诉我姐姐，你相信只需多花一点时间，就能把他争取过去。这样应该可以暂时敷衍。"

"遵命。"蓝赛尔喝完他的酒。

"最后一件事。劳勃国王已死，如果他悲伤的遗孀突然怀上孩子，肚子大起来了，这可难堪。"

"大人，我……我们……太后不准我……"他的耳朵涨成兰尼斯特家徽的红。"我都射在她肚子上，大人。"

"相信那是个可爱的肚子。你爱怎么滋润它都行……但绝不许失误，我不想再多个外甥，懂吗？"

蓝赛尔爵士僵硬地鞠了一躬，转身离开。

提利昂为这小子难过了一会儿。又一个傻瓜，又一个弱者，但我和瑟曦这么对他也实在太残忍。好在上苍有眼，给了凯冯叔叔三个儿子，这一个大概是活不过今年了。瑟曦若是发现他出卖她，一定会除掉他，就算诸神慈悲，她一直闭目塞听，那么等詹姆·兰尼斯特回到君临，他还是得死。唯一的区别在于：他是死在詹姆的妒火之下呢，还是被瑟曦灭口，以防詹姆发现。提利昂把注押在瑟曦这边。

提利昂觉得很不安,他非常清楚今晚是睡不着了。至少在这儿是睡不着了。他在房外的椅子上找到熟睡中的波德瑞克·派恩,摇摇对方的肩膀:"传唤波隆,然后跑步去下面的马厩,给两匹马上好鞍。"

侍从满眼睡意。"马。"

"就是那些爱吃苹果的棕色大个,四条长腿,一根尾巴,我肯定你见过它们。记住,先找波隆。"

佣兵即刻出现。"谁在你汤里撒尿啦?"他质问。

"瑟曦,老样子。我都快习惯这味道了,不过没关系,我那好姐姐似乎把我错当成了艾德·史塔克。"

"听说他长得比你高。"

"那是小乔砍他脑袋之前的事了。你该多穿点,夜里很凉。"

"我们要出去?"

"佣兵都像你这么聪明吗?"

城里的街道很危险,但有波隆在旁,提利昂相当放心。他们出了卫兵把守的北墙的边门,沿着夜影巷骑到伊耿高丘脚下,然后又行过匹格伦巷,两旁是紧闭的门窗和高耸的木石建筑,它们彼此楼层突出,靠得很近,几乎像在接吻。月亮一路追随,于烟囱间跟他们捉迷藏。但他们没有遇到任何人,唯有一个孤身老妪,拎着一只死猫的尾巴。她惊恐地看了他们一眼,然后一言不发地悄悄溜进阴影中,仿佛害怕他们会抢走她的晚餐。

提利昂回想起前两任首相,他们显然对姐姐的阴谋诡计准备不足。这很自然,他们那种人……太过正直,难以生存,太过高尚,不愿欺骗,瑟曦每天都在吞噬这样的傻子。想要对付姐姐,唯一的方法就是以其人之道,还治其人之身,而这种做法史塔克公爵和艾林公爵又不屑为之。所以他们进了坟墓,而他提利昂·兰尼斯特却过得生龙活虎。他这双发育不良的短腿所跳的舞或许会让他成为丰收宴会上的笑柄,但对这种舞,他可是驾轻就熟。

时间已是后半夜,这家妓院仍然宾客满堂。莎塔雅愉快地招呼他们,领他们进入大堂。波隆跟一个来自多恩的黑眼姑娘上了楼,但爱拉雅雅正好有客,抽不开身。"她知道您来了一定很高兴,"莎塔雅说,"大人请稍等片刻,我去为您把角楼房间准备好。要不要先喝杯酒?"

"好的。"他说。

跟平日里品尝的上等青亭岛葡萄酒相比,这酒很粗劣。"请您千万见谅,大人,"莎塔雅说,"近来我无论出什么价,就是买不到好酒。"

"我明白,遇到这种情况的不止你一人。"

莎塔雅陪他感叹了一会儿,然后告辞离开。真是个有派头的女人,提利昂一边看着她走开一边想,少有妓女能如此典雅高贵。她肯定把自己当做了某种女祭司。也许秘密就在于此:我们做什么并不重要,重要是我们为何而做。这念头略略令他心安。

有几个恩客斜眼瞟他。上次他冒险出来,竟有人吐他口水……呵,应该说是试图吐他口水,结果却吐在了波隆身上。将来就只能用无牙的嘴吐口水了。

"大人,可觉得自己缺少爱怜?"丹晰悄悄滑到他膝上,轻咬他的耳朵。"我最会治疗这种病哦。"

提利昂微笑着摇头,"亲爱的,你真是美得难以形容,但只怕我对爱拉雅雅的疗法上瘾了呢。"

"那是因为你从没试过我的。大人每次都选雅雅。她很棒,但是我更棒,您不想试试么?"

"或许……下次吧。"提利昂相信她在怀里是个精力充沛的小东西。她长着狮子鼻,几颗雀斑,一头齐腰的浓密红发,身体富于弹性。但他有了雪伊,她正在宅子里等他。

她咯咯笑着,将手伸进他两腿之间,隔着裤子捏他。"我觉得它可等不到下次,"她宣告,"它想出来数数我的雀斑呢。"

"丹晰。"爱拉雅雅站在门口,黝黑的皮肤上罩了层轻薄透明的绿丝衣,她冷静地说,"大人是来找我的。"

提利昂轻轻地挣脱女孩,站起身来。丹晰似乎并不介意,"记得下次哦。"她提醒他,悠闲地将一个指头放进嘴里吮吸。

黑肤女孩领他上了楼梯:"可怜的丹晰,她要是两周之内不能让大人选择她,就得把黑珍珠输给玛丽了。"

玛丽是个沉静、白皙、娇俏的女孩,提利昂注意过她一两次。绿色的眼睛,瓷器般精细的皮肤,又长又直的银发,虽然很可爱,却有些严肃。"真不愿让这可怜的孩子因为我的缘故而输掉珍珠宝贝。"

"那么下次就带她上楼。"

"也许吧。"

她微笑道:"我想您不会的,大人。"

她说得对,提利昂心想,我不会。虽然雪伊只是个妓女,但我仍会以我的方式对她忠诚。

到了角楼房间,当他打开衣柜门时,突然好奇地问爱拉雅雅:"我走之后你都干些什么呢?"

听见这话,她像只养尊处优的黑猫般伸了伸懒腰。"睡觉啊。大人,打从您光顾之后,我的休息充分多了。玛丽最近教我们识字,也许过阵子我可以读书来打发时间。"

"睡觉很好,"他道,"读书更好。"随后他快速地吻了一下她的脸颊,便直下深井,穿过隧道。

当他骑着花斑马离开马厩时,听见楼顶飘来阵阵乐声。看来,纵然在屠杀与饥荒之中,人们也能照样歌唱,想到这里他很愉快。脑海充溢着熟悉的音符,片刻之间,他似乎又听到半生之前,泰莎为他唱的歌，于是他勒马聆听。这曲子其实不太对劲，歌词也听不真切。想必是另一首歌。怎么可能是同一首歌呢？他那天真可爱的泰莎啊，从头到尾都是个骗局，她只是哥哥詹姆雇来的妓女，好让他初验男女之事。

但是，我终于摆脱了泰莎，他想，我半生都活在她的阴影之下，到如今终于可以忘了她，正如我忘了爱拉雅雅，忘了丹晰，忘了玛丽，忘了这些年来数百个跟我同床的妓女。如今我有了雪伊。雪伊。

宅院大门紧闭，从内上闩。提利昂用力敲了半天，华丽的青铜窥眼才"咔嗒"一声打开。"是我！"接待他的是瓦里斯找来的人中相对好看的一个，布拉佛斯人，精于短剑，长着兔唇，目光迟钝。提利昂特地关照不要年轻英俊的守卫一天到晚在雪伊身边晃来晃去。"给我找些又老又丑，脸上有疤的来，阳痿的更好，"他告诉太监，"喜欢男孩，甚至喜欢绵羊的，也行。"瓦里斯没找到喜欢绵羊的守卫，但他收罗了一个太监杀手，以及一对臭烘烘的伊班人——他们只爱斧子和彼此。他雇来的其余人手也很精彩，都像从黑牢里挖出的角色，一个比一个丑陋。当瓦里斯将他们列队带到他跟前时，连提利昂都觉得过分，但雪伊没有出声抱怨。她怎会抱怨呢？她所有的守卫加起来还没有我可怕，而她从没有抱怨过我。或许，她根本不知道什么是丑吧。

其实，提利昂心中想用他的高山原住民来护卫这座宅院；要么用齐拉的黑耳部，要么月人部。比起贪婪的佣兵，他更相信他们铁一般的忠诚与荣誉。然而这太冒险。全君临都知道原住民是他的人，如果他派黑耳部来此，那么御前首相养情妇的绯闻迟早会传得风风雨雨。

那对伊班人之一牵过他的马。"你叫醒她了吗？"

"没有，大人。"

"很好。"

卧室里炉火成烬,但余温仍存。雪伊睡得很熟,踢掉了毯子和褥子。她赤裸地躺在羽床上,壁炉淡淡的火光映在她年轻的胴体上,显出柔和的曲线。提利昂站在门口,看得心醉神迷。她比玛丽年轻,比丹晰可人,比爱拉雅雅美丽,她就是我要的全部,甚至比我梦想的更棒。一个妓女怎可如此清纯而美丽呢?他疑惑地想。

他本不想打搅她的好眠,但只是看着她就让他硬了起来。他把外衣脱在地板上,爬上床,轻轻拨开她的腿,亲吻两股之间。雪伊在睡梦中呢喃了一声。他再次吻她,舔她甜蜜的隐私之处,不停地舔,直至他的胡须和她的下体双双湿润。她颤抖着发出一声低吟,他爬上去,插入她的身体,几乎当即迸射出来。

她睁开眼,微笑着敲敲他的头,低声说:"我刚做了个好美的梦哦,大人。"

提利昂轻咬着她那小而坚挺的乳头,将自己的头依在她肩上。他没有从她体内拔出来;他希望自己永远也不要拔出来。"这不是梦。"他向她保证。这是真的,所有这一切都是真的,他心想,战争,阴谋,壮丽而血腥的游戏,还有处于这一切中心的我……我!一个侏儒,一个怪物,一个他们轻蔑和取笑的对象,凭着我与生俱来的本领,掌握了所有……权力,都城,女人。诸神宽恕我,我爱这一切……

还有她。尤其是她。

艾莉亚

无论黑心赫伦给他的塔楼取过什么名字，都已被时间所磨灭。它们如今分别被称为恐怖塔、寡妇塔、号哭塔、厉鬼塔和焚王塔。艾莉亚睡在号哭塔那巨大拱顶下的小角落里，有一张稻草堆成的床。她随时可以洗澡，还得到了一大块肥皂。干活虽辛苦，却好过日日行军若干里。阿利得找蠕虫和甲虫充饥，但黄鼠狼每天都有面包，还有拌胡萝卜与芜菁碎块的燕麦粥，甚至每隔两周还有一丁点肉。

热派的伙食更好，因为他自得其所，在厨房操起了营生。这里的厨房是一座带拱顶的圆形石屋，自成一格。平日，艾莉亚都跟威斯和他的手下们一起在地下室的搁板桌上吃饭，但有时她会被派去厨房拿食物，这样就可以偷得片刻时间跟热派说话。他老忘记她现在是黄鼠狼，明知她是个女孩，还一直叫她阿利。有一次，他想悄悄塞给她一块热苹果派，但太过笨手笨脚，让两个厨子看见。好事没做成，反吃一顿大木勺。

詹德利去了铸炉工作，艾莉亚很少见到他。至于跟她一起干活的人，她甚至连名字都不想问。知道名字又怎样？如果他们死了，那只会让她更难受。他们大多年纪比她大，也乐得由她一人独处。

赫伦堡巨大宽广，许多地方几近腐朽凋敝。河安伯爵夫人曾以徒利家族封臣的身份掌管城堡，但她只动用了五座塔里的两座，且每座塔只用下面三层，任由其他部分毁坏崩溃。如今她避战而逃，留下的一小群仆人自然无法照顾泰温大人麾下的大批骑士、领主和贵族囚犯，因此兰尼斯特家除了打家劫舍，搜刮钱粮，还得多抓人手来充当仆役。据说泰温大人打算恢复赫伦堡往日的荣耀，一旦战

争结束便将其作为新的居城。

威斯会安排艾莉亚做些奔走送信、打水、拿食物之类的工作，有时也叫她去军械库上方的兵营大厅侍奉士兵们餐饮。但她主要的工作是打扫清洗。号哭塔的底层如今被当做储藏室和粮仓，再上面两层住着一部分守城军士，但其他楼层已经空置了八十年。泰温大人下令，要把它们收拾得适合人居。这样，就有无数的地板需要清洗，无数的窗户需要擦拭，无数的破椅烂床需要修理。塔楼顶层是河安家族家徽上那种黑蝠的巢穴，地下室则居住着好多老鼠……据说还闹鬼，黑心赫伦和他儿子们的鬼魂就在那里出没。

艾莉亚觉得这种说法很笨。赫伦父子死在焚王塔里——那座塔正是因此而得名——他们干吗大老远穿过庭院来吓她呢？号哭塔每当北风刮来时才会号哭，而那不过是因为空气吹过石头缝隙，这些石头当年曾因高热而裂开。总而言之，即便赫伦堡闹鬼，它们也从来没骚扰过她。另一方面，她觉得活人比死人可怕多了，她害怕威斯和格雷果·克里冈爵士，更害怕住在焚王塔里的泰温·兰尼斯特公爵。那座塔尽管经历了当年的烈火，在融化变形的岩石重压下倾向一侧，看上去活像一根巨大而半融化的黑蜡烛，但仍然是全城最高最雄伟的塔楼。

她不知道如果直接跑到泰温公爵面前，坦白自己是艾莉亚·史塔克，他会怎么做，但她知道自己根本没有近身的机会，更别提说话了。而且不管怎样，即使她说了，他也决不会相信，事后威斯还会狠狠揍她。

威斯虽然地位低贱，又极自负，却差不多跟格雷果爵士一样可怕。魔山杀人就跟拍苍蝇一样随便，但多半时间他并不在乎苍蝇。可威斯总是知道你在哪儿，知道你在干吗，甚至知道你在想什么，哪怕露出一丝半点反抗之意，他就要你好看。他有一条丑陋的斑点母狗，几乎跟他一样坏，而且气味比艾莉亚见过的任何一条狗都难闻。有一次，一个扫厕所的男孩把他惹火了，他便放狗对付男孩。母狗撕下男孩小腿上一大块肉，威斯则哈哈大笑。

仅仅花了三天，他就在她的夜晚祷词中赢得一席之地。"威斯，"她把他放在荣誉的首席，"邓森，奇斯威克，波利佛，'甜嘴'拉夫。记事本和猎狗。格雷果爵士，亚摩利爵士，伊林爵士，马林爵士，乔佛里国王，瑟曦太后。"她不能允许自己忘记其中任何一人，否则将来要怎么去找他们报仇，把他们杀掉呢？

在来时的路上，艾莉亚感觉自己像头绵羊，到了赫伦堡之后，她觉得自己变成了老鼠。她不但穿着凌乱的羊毛裙，像老鼠一样灰扑扑的，她也始终像老鼠一样在城堡的裂缝与黑洞之间求生存，随时得留心闪避，以免冒犯有权有势的大人们。

有时候她觉得大家都是困在厚厚围墙里的老鼠，即使骑士和领主们也一样，因为这城堡的规模让格雷果·克里冈都显得渺小。赫伦堡占地是临冬城的三倍，两地建筑物的体积更有天渊之别。它的马厩能容纳一千匹马，它的神木林足有二十亩，它的厨房仿若临冬城的大厅，而它本身的大厅则堂皇地冠以"百炉厅"的名号，虽然有些言过其实（艾莉亚曾努力数过壁炉，但一次结果是三十三，另一次是三十五），但的确宽阔空旷，足够泰温公爵宴请一支军队，虽然他从没这么干过。不论墙壁、门窗、厅堂、阶梯，所有的一切都只能以巨大来形容，简直不像是给人类建造的，这让艾莉亚不禁想起老奶妈的故事里生活在长城之外的巨人。

老爷和夫人们从不留意脚底的小灰鼠，于是艾莉亚在奔走东西执行任务期间，只需竖起耳朵，便能听到各种秘密。比如储藏室里那"小美人"皮雅其实是个荡妇，跟城堡内每个骑士几乎都有一腿；狱卒的老婆怀了孕，但孩子真正的爹不是埃林·斯脱克皮爵士，就是名叫"白色微笑"渥特的歌手；莱佛德伯爵在餐桌上对闹鬼之说大肆嘲笑，睡觉时却总在床边点一根蜡烛；杜纳佛爵士的侍

从乔吉睡觉时会尿床；厨子们都鄙视哈瑞斯·史威佛爵士，并往他的食物里啐唾沫。有一次，她甚至偷听到托斯谬学士的侍女向哥哥诉说，乔佛里原来是个私生子，根本不是正统的国王。"泰温大人告诉师傅把信烧掉，再不准提起这桩丑闻。"女孩低声道。

她还听说劳勃国王的两个弟弟史坦尼斯和蓝礼都加入了战事。"他俩自立为王，"威斯道，"这年头，国王比城堡里的老鼠还多。"如今，就连兰尼斯特的人也开始怀疑乔佛里到底可以在铁王座上坐多久。"这小鬼除了那群没用的金袍子之外根本没有一兵一卒，帮他管事的还是太监、侏儒和女人！"她听见某个小领主在杯盏间自言自语，"真正打起仗来，这些个家伙管什么用？"不时有人谈及贝里·唐德利恩。一个胖胖的弓箭手说他已被"血戏班"杀了，但其他人只是哈哈大笑。"他被洛奇在急流瀑杀过一次，被魔山宰过两次。我赌一个银鹿，这次他也死得不安分。"

艾莉亚不知道"血戏班"是谁，直到两周之后，这群人回到赫伦堡。他们是她迄今所见最为怪异的人。在血角黑山羊旗下，辫扎铃铛、古铜皮肤的人骑马行进；枪骑兵跨着黑白斑纹马；弓手们脸上抹着脂粉；矮胖多毛的人手拿毛茸茸的盾牌；黑皮肤的人穿着鸟羽织成的袍子；一个纤瘦的小丑穿着绿粉格子相间的戏服；剑士们留着染成绿色、紫色和银色的奇异八字胡；长枪兵脸上满是五彩的刺青；一个体形瘦长的人身着修士的袍子，一个面带慈祥的人穿了学士的灰衣，另一位面露病容的人则披着边沿用长长的金发装饰的皮革斗篷。

走在最前的是一位瘦得像竹竿的高个子，又黑又粗的胡子几乎从他下巴直长到腰间，使他憔悴的长脸看上去更长了。他的坐骑也是那种奇怪的黑白斑纹马，鞍角上挂着一顶黑铁制成、打造成山羊头形状的头盔。他颈上则围了一条链子，由大小、形状和材料各不相同的钱币串成。

"你不会喜欢这帮家伙的,黄鼠狼。"威斯见她目不转睛地瞧着那山羊头盔的主人,便出声道。他的两个酒友跟他在一起,两人都是莱佛德伯爵手下的士兵。

"他们是谁呀?"她问。

一个士兵笑道:"他们?'剁足者'呗,小妹妹。他们是山羊的脚趾头,泰温大人的'血戏班'。"

"嗨,你给我放聪明点!要是害她缺脚断手,你就负责去擦那些该死的楼梯。"威斯说,"他们是佣兵,黄鼠狼小妹妹。他们自称'勇士团',当着他们的面,你可千万别用其他名字,否则他们会狠狠地折磨你。那个山羊头盔是他们的头儿,瓦格·赫特[1]大人。"

"放屁,他算哪门子大人,"第二个士兵说,"我听亚摩利爵士说,他不过是个唾沫横飞、自视甚高的流浪佣兵而已。"

"好啦,"威斯说,"如果你不想被大卸八块,最好叫他大人。"

艾莉亚又看了看瓦格·赫特。泰温公爵到底养了多少怪物呀?

"勇士团"住在寡妇塔,艾莉亚不用服侍他们,对此她深感庆幸。他们抵达当晚,就和兰尼斯特的人起了冲突。哈瑞斯·史威佛爵士的侍从被刺死,两个"血戏班"的人受了伤。第二天早上,泰温公爵把他俩连同一个莱顿家的弓箭手一起吊死在城门楼上。威斯说那个弓箭手是始作俑者,正是他拿贝里·唐德利恩来嘲笑佣兵,才引发了所有的麻烦。上吊的人停止蹬腿后,瓦格·赫特与哈瑞斯爵士在泰温公爵的注视下拥抱亲吻,发誓永远互敬互爱。艾莉亚觉得瓦格·赫特说起话来口齿不清、唾沫横飞的样子很可笑,但她没有笨到笑出来。

---

[1]GOAT在英语中意为山羊。

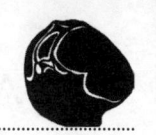

"血戏班"在赫伦堡没逗留几天,但这期间,艾莉亚曾听他们中的一员提起,卢斯·波顿手下的北方军队占领了三叉戟河上的红宝石滩。"他要是敢渡河,泰温大人会像上次在绿叉河一样,打得他落花流水,"一个兰尼斯特弓箭手说,但他的同伴们不以为然,"波顿这老滑头现在可不会渡河,他要等小狼崽子带着那群野蛮的北方人和一整窝狼从奔流城出发,才会行动呢。"

艾莉亚这才知道哥哥竟然离得不远!奔流城可比临冬城近多了,虽然她不确定它位于赫伦堡的哪个方向。我一定能查出来,我知道我可以,我一定要逃离这儿。想起能再见罗柏的脸,艾莉亚不由得咬紧了嘴唇。我也好想见琼恩,还有布兰和瑞肯,还有母亲,甚至珊莎……到时候,我会像个真正的淑女一样,亲吻她,请求她原谅。她会喜欢的。

早先,她就在院子里听人闲话得知,恐怖塔顶住着三四十个俘虏,都是绿叉河一役中抓来的。他们中的大部分人被准许在城堡内自由活动,只要发誓不逃。他们发誓自己不逃,艾莉亚告诉自己,可没说不能帮我逃走呢。

俘虏们也在百炉厅用餐——只是座位与旁人隔开——平常也都能随意走动。有四兄弟每天都在流石庭院里用棍子和木盾练习打斗。其中三人属于河渡口的佛雷家,另一个也是那里的私生子。但他们待得不久,某天早晨,他们家来了两个兄弟,打着和平的旗帜,带来一箱金币,从俘虏他们的骑士手中将他们赎了回去。六个佛雷一起离开。

没人来赎北方人。热派告诉她,一个胖胖的贵族常来厨房逡巡,总想找点吃的。他胡子十分浓密,把嘴都遮住了,他的披风扣是白银和蓝宝石做的三叉戟。他是泰温公爵本人的俘虏,而另一个留胡子的凶悍青年则是某个雇佣骑士的财产——这骑士正想靠他发笔小财呢。这面带凶相的青年喜欢独自在城墙上行走,身穿一件漆黑披风，上印白色日芒图案。珊莎一定知道他和那胖子是谁，但艾莉亚对头衔和纹章向来不感兴趣。每当茉丹修女讲述贵族家庭的历史时，她就神游天外，一心期盼下课。

她只记得赛文伯爵。他的领地离临冬城很近，因此他和他儿子克雷经常来访。可命运弄人，他偏偏是唯一一个从不露面的俘虏。他一直在塔上的小屋卧床养伤，艾莉亚成天盘算着如何偷偷溜过门卫去见他。若是他能认出她来，出于荣誉，想必会帮助她。身为伯爵大人，他肯定很有钱，领主不都是有钱人吗？也许他可以买通泰温公爵手下的佣兵，让他们送她去奔流城。父亲常说，佣兵多半是只认钱不认人的。

然而某天早上，她偶然瞧见三个身穿静默修女那种兜帽灰袍的女人将一具尸体搬上马车。尸体缝在一件饰有战斧纹章的精致丝披风里。艾莉亚询问死者是谁，一个卫兵告诉她赛文大人死了。这句话，活像在她肚子上踢了一脚。反正他也救不了你，她眼看着姐妹们赶着马车出了城门，心里想，他连自己都救不了。你这只笨老鼠，别做梦了。

从此以后，她又恢复到整天清洁擦洗，来回送信，以及在门后偷听的生活。大家众说纷纭，有人说泰温大人很快就要开往奔流城，有人说他要挥军南下、出其不意地奇袭高庭，更有人对前两种说法嗤之以鼻，因为史坦尼斯才是最大的威胁，公爵大人想必会去保卫君临。小道消息还有很多，比如大人派出格雷果·克里冈和瓦格·赫特去消灭如芒刺在背的卢斯·波顿啦；大人派渡鸦送信去鹰巢城，打算迎娶莱莎·艾林夫人，以赢得谷地支持啦；大人买了一吨银子来铸造可以杀掉史塔克家狼灵的魔法剑啦；大人写信给史塔克夫人恳求和解，所以弑君者很快就会被释放啦等等。

信鸦每天来来去去，泰温大人却几乎足不出户，忙着召开军事会议。艾莉亚远远地瞥见过他几次——一次他在城墙上行走，由三

个学士和那个长着浓密胡须的胖俘虏陪同。一次他跟属下诸侯一起骑马出城，视察营地。但通常他会站在拱顶的楼台中，注视下方流石庭院里操练的人们。他站在那儿，双手紧扣剑柄上的黄金圆球。据说泰温大人酷爱黄金，她听一个侍从开玩笑道，公爵拉出的屎里都有金子。作为一个老人而言，兰尼斯特公爵看起来很强壮，虽然谢了顶，却有着厚实僵直的金胡须。不知怎的，他的脸庞让她想起了父亲，尽管他们长得一点也不像。没什么大不了啦，他就是戴了张公爵的面具而已，她告诉自己。记得某次母亲也曾关照父亲带上公爵的面具，好去处理什么事情，父亲听了哈哈大笑。但她无法想象泰温大人会为什么事情发笑。

有一天下午，她正在井边排队等候打水，却听见东城门的绞链吱嘎作响。一大群人骑马从铁闸门下穿过。当她窥见领头之人盾牌上的狮身蝎尾兽图案，一股恨意猛然袭向全身。

在青天白日下，亚摩利·洛奇爵士看来不若火光中那么可怕，但那双猪眼仍和她记忆中一模一样。井边有个女人说，他带着部下沿湖追逐贝里·唐德利恩，搜捕反叛者。我们才不是反叛者，艾莉亚心想，我们是守夜人，守夜人是不偏不倚的。亚摩利爵士的手下比她记忆中少了一些，其中许多人还受了伤。但愿他们伤口化脓！但愿他们通通死光！

接着，她看到了走在队伍末尾的三个人。

罗尔杰戴了一顶黑色半盔，宽宽的铁护鼻让人很难看出他没有鼻子。笨重的尖牙骑在他身旁，胯下那可怜的战马看来随时都可能被压垮。尖牙浑身都是愈合中的灼伤，模样比以前更为丑陋可怕。

贾昆·赫加尔依然面露微笑，仍旧穿着那身破旧肮脏的外衣，只是头发清洗梳理过。半红半白的长发披到肩上，闪着光泽，艾莉亚听见女孩们羡慕地互相嬉笑称奇。

早知道，我就让大火烧死他们。詹德利说得对，我真该听他的。若她没把斧子抛过去,他们早就没了命。片刻之间,她好害怕被认出来,可他们骑马经过时对她并没有一丝一毫的关注。唯有贾昆·赫加尔大致朝她站的方向瞥了一眼,目光直直地越过了她。他也认不出我,她心想,这难怪,阿利是个拿短剑的凶狠男孩,而我只是个提水桶的灰老鼠。

这天剩下的时间,她都在刷洗号哭塔的台阶。等到黄昏,当她将水桶拖回地窖时,手上已经破皮流血,胳膊酸得直打颤。艾莉亚累得连饭都吃不下,于是向威斯请求之后,直接爬回稻草堆里睡觉。"威斯,"她打着哈欠,"邓森,奇斯威克,波利佛,'甜嘴'拉夫。记事本和猎狗。格雷果爵士,亚摩利爵士,伊林爵士,马林爵士,乔佛里国王,瑟曦太后。"她觉得也许该在祷词里再加三个名字,但她今晚实在太累,无法做出决定。

她梦见群狼在森林里狂野地奔驰,突然有一只强壮的手捂住了她的嘴,就像光滑、温暖而坚实的岩石。她立即醒来,蠕动着要挣脱。"女孩什么都别说,"有个人贴着她的耳朵悄声道,"女孩闭紧嘴巴,没有人听得到,朋友之间说说悄悄话,好不好?"

艾莉亚的心咚咚直跳,她勉强点点头。

贾昆·赫加尔将手拿开。地下室里一片漆黑,虽然他的脸只有数寸之遥,她也看不清。然而她能闻到他,他的皮肤闻起来很清新,有股肥皂味道,他的头发上洒了香料。"小子变做女孩。"他喃喃道。

"我本来就是女孩。我还以为你没认出我。"

"某人的眼睛会看。某人洞察真相。"

她想起自己应该恨他的。"你吓着我了。你现在跟他们一伙,早知道我就让你烧死算了。你来这儿干吗?走开,否则我喊威斯!"

"某人要还债。某人欠三条。"

"三条?"

"红神是债主,可爱的女孩,唯有死亡方能换取生命。女孩取走三条本属于他的命。女孩就得拿出三条来偿还。女孩说名字,某人去办事。"

原来他想帮我,艾莉亚想,心中陡然升起一线希望,简直令她晕眩。"带我去奔流城吧!那里并不远,我们偷两匹马,然后——"

他举起一根手指,放在她嘴唇上。"你有三条命,不多也不少。三条之后,我们两清。女孩必须想清楚。"他轻轻吻了吻她的头发,"但不要太久。"

等艾莉亚燃起她那截蜡烛头,空气中只剩一点淡淡的余味,那是一丝生姜和丁香的味道。睡在另一角落的女人在草堆里翻了个身,抱怨起亮光来,她只好把蜡烛吹熄。闭上眼睛,她眼前浮现出一张张脸庞:乔佛里和他母亲,伊林·派恩爵士,马林·特兰爵士和桑铎·克里冈……但他们远在千里之外的君临,而格雷果爵士只逗留了几晚,便又带着拉夫、奇斯威克和记事本他们一起外出掠夺。亚摩利·洛奇爵士倒是刚回来,她几乎一样恨他,不是吗?她不大肯定,还有排头的威斯呢。

第二天早上她决定将威斯列为优先考虑——只因睡眠不足,她打了个哈欠,便被威斯逮住不放。"黄鼠狼,"威斯咕哝道,"下次再让我看见你这样懒洋洋地张着嘴巴,就把你舌头拔出来喂母狗。"他揪住她耳朵,使劲一拧,以确保她印象深刻,然后叫她回去擦台阶,黄昏之前要擦到三层。

艾莉亚一边干活,一边考虑她的死亡名单。她假装他们的脸都印在台阶上,这样就能鼓起干劲努力擦洗。如今史塔克家和兰尼斯特家在打仗,而她是史塔克家的人,因此她应该尽可能多地杀死兰尼斯特家的人,打仗就是这么回事。可她觉得自己不该委托贾昆,而该亲自杀了他们。父亲判人死刑后,总会提起寒冰,亲自操刀。

"如果你要取人性命,至少应该注视他的双眼,聆听他的临终遗言。"她曾听父亲这么告诉罗柏和琼恩。

于是第二天她刻意避开贾昆·赫加尔,再往后一天也是。这并不困难。她个子太小,赫伦堡则太大,四处可容老鼠藏身。

接着格雷果爵士就回来了,比预期中要早。这次他的队伍没赶着绵羊般的俘虏,而是赶着一群真的绵羊。听说他在贝里伯爵的夜袭中损失了四个手下,只可惜艾莉亚憎恨的那几个都毫发未伤。他们住在号哭塔二层,由威斯负责供应酒水。"这帮家伙怎么都喝不够,"他抱怨,"黄鼠狼,上去问问他们有没有衣服需要缝补,我找女人来负责。"

艾莉亚沿着被她擦洗干净的楼梯跑上去,进门时根本无人注意。奇斯威克手拿麦酒,坐在炉火旁,正在吹嘘他的那些趣闻。她不敢打断,唯恐又被打裂嘴唇。

"那时候,首相的比武大会刚结束,战争却还没来,"奇斯威克正说着,"我们七个跟着格雷果爵士返回西境。当时拉夫也在,还有小乔斯·斯提伍德,他在比武会中替爵士当侍从。嗯,我们遇上一条臭水沟,由于下雨,水涨得老高,没法蹚过去,好在附近有个酒馆,因此就去歇了会儿。爵士叫来那酿酒的家伙,告诉他,水退之前,我们的杯子得一直满满的。吓!你没来瞅瞅他那对猪眼睛,看到银币就闪闪发光!他连忙把麦酒端出来,还叫上女儿帮忙。那酒稀得可怜,跟黄黄的尿差不多,这让我不大痛快,爵士也不大痛快。这酿酒的家伙啰里啰唆,一直在拜谢我们,因为大雨的关系,他最近的生意很不好。蠢蛋!他也不瞧瞧爵士的神色,告诉你,从头到尾,爵士一个字也没说,只把嘴唇抿得紧紧的。大伙儿都知道他还在琢磨那个小花骑士的阴损招数,因此也就没接话,只有这个酿酒的高谈阔论,居然还问起大人在比武会中的表现。于是,爵士就这么狠狠瞪了他一眼。"奇斯威克咯咯笑道,将麦酒一

饮而尽,用手背抹去泡沫。"与此同时呢,他女儿正给我们端酒倒酒,那是个胖嘟嘟的小东西,大约十八岁——"

"我看是十三岁吧。""甜嘴"拉夫懒洋洋地说。

"哦?随便随便,反正长得一塌糊涂。埃耿喝多了,摸了她两把,或许我自己也摸了两下,拉夫这伙计则怂恿小斯提伍德,叫他把女孩拖到楼上,完成自己的成年礼。说到最后,乔斯终于把手伸进她裙下,她尖声大叫,扔掉酒壶,跑进了厨房。嗯,事情本该就此打住,只怪那老笨蛋偏偏跑到爵士那儿去告状,要我们别碰他女儿,还提醒爵士他是个涂过圣油的骑士。"

"格雷果爵士本来没有理会我们找乐子,这下他注意到了,你知道他怎么做?他命令把那个女孩带到他面前。于是那老家伙把她从厨房里拽了出来,嗨,这能怨谁呢?只能怨他自己!爵士看了看她,然后说:'就她,她就是你关心的婊子?'那老糊涂蛋还直冲着格雷果爵士道:'请原谅,我的蕾娜不是婊……,爵士。'爵士连眼睛都没眨一下,只说:'她现在是了。'接着便丢给老头一枚银币,撕下小姐的裙子,当着她爹的面,就在桌子上把她办了。她像只兔子一样挣扎扭动,还吵吵闹闹。当时那老头脸上的表情,把我笑得连酒都从鼻子里喷了出来。最后有个男孩听见声音,从地窖里冲出,大概是他儿子,拉夫只好动手,往他肚子钉了把匕首。这时爵士已经完事,回去继续喝酒,便由大伙儿轮着上。托伯特——你知道他什么德行——把她翻过来从后面进。轮到我的时候,女孩已经不再挣扎,呵呵,或许她终于发现这样还挺舒服的,不过说老实话,我宁愿女人多扭扭。最精彩的部分在后面:大家都完事之后,爵士要老头找钱,因为他女儿不值一枚银币……哈哈,他说'你这老东西要识相,赶紧找把铜板过来,恳求老爷的原谅,并感谢我们照顾生意,大驾光顾!'"

众人哄然狂笑,其中声音最大的就是奇斯威克自己,他似乎很满意自己的故事,连鼻涕都滴了下来,淌进乱糟糟的灰胡子里。艾莉亚站在楼梯间的阴影中,注视着他,一声不吭。最后,她蹑手蹑脚地回到地下室,威斯发现她没有询问衣服的事,便扒下她的裤子,用藤条鞭打,打得她大腿鲜血淋漓。艾莉亚闭紧眼睛,默念着西利欧教她的口诀,忘却了所有痛楚。

两天之后,威斯派她去兵营大厅侍奉晚餐。她拿酒壶帮兵士们倒酒时,一眼瞥见贾昆·赫加尔就在走道对面,就着托盘用餐。艾莉亚咬着嘴唇,小心翼翼地四处张望了一下,以确定威斯不在附近。恐惧比利剑更伤人,她告诉自己。

她向前踏出一步,又一步,一步又一步,逐渐觉得自己不再像只老鼠。她沿着长凳走下去,把桌上的酒杯一一倒满。罗尔杰坐在贾昆右边,已经喝得烂醉,因此没有注意到她。艾莉亚俯身靠近,凑到贾昆耳边轻声说:"奇斯威克。"罗拉斯人不动声色,似乎根本没听见。

酒壶不知不觉间就空了,艾莉亚赶紧跑回地下室,用酒桶重新灌满,然后迅速返回。这短短的时间里,没人渴死,也没人注意她的离开。

第二天,什么事都没有发生,再往后一天也一样,只是到了第四天,当艾莉亚跟威斯一起去厨房取晚餐时,听见威斯和厨子的对话。"知道么?魔山有个手下昨晚在城墙上散步时摔了下去,摔断了他的蠢脖子。"他说。

"醉酒了?"那女人问。

"他们哪天不是醉醺醺的!可有些疑神疑鬼的家伙非说他给赫伦的鬼魂扔了下去!"他哼了一声,以示全然不信。

不是赫伦干的,艾莉亚想说,是我。只用一句耳语,她就杀死了奇斯威克,接下来还有两条性命。我就是赫伦堡的鬼魂,她心想。那天晚上,憎恨的名字少了一个。

134

凯特琳

谈判地点乃是一片点缀着灰白蘑菇和新伐树桩的青绿草地。

"我们来得最早,夫人。"当他们骑行到树桩之间,孤立于两军当中时,哈里斯·莫兰评论道。史塔克家族的冰原狼旗帜在他紧握的长枪顶端飞舞雀跃。从这里,凯特琳望不到大海,但她清楚地感觉到大海的存在。晨风中弥漫着浊重的海盐味,从东方不绝而来。

史坦尼斯·拜拉席恩的部下把树木砍倒以搭建攻城塔和投石机。十几年一个轮回,凯特琳不禁思量这片树林究竟长了多高,不知奈德南下解风息堡之围时是否也在此观望。那天,他赢得了一次伟大的胜利,一场不流血的胜利。

但愿诸神保佑,我也能获得同样的成功,凯特琳默默地祷告。她手下的人都以为她疯了。"这场战争和我们无关,夫人,"文德尔·曼德勒说,"我更明白,国王陛下不希望自己的母亲去亲身冒险。"

"我们一直在冒险,"她告诉他,或许语气尖刻了些,"你以为我想来这里吗,爵士?"我属于奔流城垂死的老父,我属于临冬城幼弱的儿子。"罗柏既然派我到南方来为他发言,那我就要实实在在地负起发言的责任。"凯特琳深知,要在两弟兄间打造和平几乎是不可能完成的任务,但为了王国的未来,她必须一试。

越过细雨浸染的田野和多石崎岖的山冈,她遥遥望见巨大的风息堡屹立于苍天,完全遮蔽了其后的汪洋。在那些浅灰色的巨石下,史坦尼斯·拜拉席恩公爵的军队看起来如此渺小和无助,活像举着旗帜的老鼠。

歌谣相传，风息堡乃是古代第一位风暴国王杜伦所建，他赢得了美丽的依妮的爱情，而她是海神和风之女神爱的结晶。在他们新婚之夜，依妮将她的贞节献给了一位凡人，从此便须像凡人一样承受生老病死。她的双亲对女儿的决定悲愤无比，将怒火发泄于杜伦的城郭。他们招来狂风和巨浪。那一夜，他的朋友、兄弟和婚宴宾客统统被卷走，要么砸死在城墙，要么淹没于汪洋，只有依妮用她的双臂勇敢地护卫着杜伦，保护他免遭伤害。最后，天亮了，风暴终于停息，这时杜伦向神灵们宣战，他发誓要重建城堡。

他的城堡重建了五次，一次比一次高大，一次比一次坚固，但当那呼啸的狂风和滔天的巨浪从破船湾中咆哮而出时，城墙都被一一粉碎。他的封臣纷纷恳求他迁到内地筑城；他的牧师告诉他为了安抚神灵的怒气应把依妮归还于大海；甚至他的属民百姓也请求他别再斗争。杜伦通通置之不理。他终于建成了第七座城堡，最雄伟的城堡。传说中这座城堡乃是由森林之子帮助修建，巨石中充溢着他们的魔法；另一种说法是城堡的筑法得自于一位小男孩之口——这个孩子就是日后的筑城者布兰登。不过无论故事的说法怎样，结局总是相同：尽管愤怒的神灵一次又一次将风暴投掷到那第七座城堡，它依旧巍然耸立，被神憎恨的杜伦和美丽的依妮幸福地生活在一起，直到他们终归尘土。

神灵没有宽恕他，千钧的狂风依旧时时从狭海吹来。风息堡日复一日地承受着风暴，几个纪元几十个世纪转瞬而过，而这城堡纹丝不动。它那伟岸的外墙足足有百尺之高，其上既无箭孔亦无暗门，巨石之间镶嵌精巧，处处浑圆一体，弯曲平滑，无角无缝，风雨难侵。外墙最窄的地方据说是四十尺厚，而临海一面将近有八十尺，城墙由内外两层巨石夹着中间的沙砾和碎石。在这伟岸的城墙之内，不论厨房、马厩还是庭院都不会受到一丝一毫风暴和波涛的

影响。至于塔楼，这座城只有独一无二的一座，一座巨型的钟鼓楼。它临海的一面没有窗户，整个塔把风息堡的谷仓、兵营、宴会厅以及贵族居所都装在里面，令人惊叹于它的庞大。厚实的城垛环绕着它的顶部，远远看去，犹如一只擎天巨臂上张开的无数手指。

"夫人。"哈尔·莫兰喊道。在城堡下那整齐而渺小的营垒外出现了两个骑手，他们缓步而来。"那应该是史坦尼斯国王。"

"不错。"凯特琳打量着他们。那肯定是史坦尼斯，不过旗号却不是拜拉席恩家族的徽章。那是嫩黄，而非蓝礼营中的金黄，尤其是上面的图案，似乎是红的，凯特琳看不清它的形状。

蓝礼铁定会最后到来。她动身前他便告知她：他要等老哥出发后才会上马，因为早到的将等待晚到的，而他蓝礼决不当那个等待者。这是国王之间玩的又一种游戏，她告诉自己。好在她自己不是国王，所以她可以摆脱这些游戏。而对于等待，凯特琳早已习以为常。

直等他走近，她才看清史坦尼斯戴着一顶赤金的王冠，边缘刻意弄成火焰的形状。他的腰带上镶着石榴石和黄玉，一颗四四方方的大红宝石嵌在他的佩剑柄上。他身上的其他装束却很朴素：棉上衣外罩镶钉皮背心，一双磨旧的靴子，织工粗糙的棕色马裤。他那艳阳般色泽的旗帜上，画了一颗火红之心，由一圈橙色火焰所环绕。宝冠雄鹿的标记也还在上面，还在……不过却大大缩小，并被勾勒在火心之中。更奇怪的是，他挑选的掌旗官不仅是个女的，还一身火红装束，面容隐藏在猩红色的兜帽里不得而知。似乎是域外的红袍女祭司，凯特琳好奇地想。这个教派分支繁多，根深叶茂，不过一直都在自由贸易城邦和遥远的东方活动，向来不大涉足七大王国。

"史塔克夫人。"史坦尼斯勒住坐骑，带着冷冷的礼数打了声招呼。他微微点头，头发比她记忆中更少了。

"史坦尼斯大人。"她回应。

在齐整的胡须下,他那巨大的下巴收紧起来,不过他并未在头衔问题上当即发难。对此她相当感激。"没想到能在风息堡遇见你。"

"我也没想到自己会来这儿。"

他那双深陷的眼睛瞧得她不自在。这不是一个谈吐优雅,风度翩翩的人。"对于你丈夫的死我很遗憾,"他说,"虽然艾德·史塔克并不是我的朋友。"

"他也从来不是您的敌人,大人。当您被提利尔大人和雷德温大人困在这座城堡,饥饿待毙时,正是艾德·史塔克为您解除了危机。"

"那是由于我哥哥的命令,并非出于对我的爱护,"史坦尼斯答道,"史塔克公爵履行了他的职责,这点我不否认。可我做的难道就不够吗?成为劳勃首相的本该是我。"

"那是您哥哥的意思。奈德从未贪图荣华。"

"可他仍旧接受了。而那应当是我的。即便如此,我还是向你保证,我会为这次谋杀主持正义。"

这些想当国王的人,多喜欢拿人头来做承诺啊。"您弟弟也向我作了同样的承诺。但说实话,我只想要回我的女儿,而把正义和公道留给不朽的神灵去主宰。我的珊莎还在瑟曦手中,而自劳勃驾崩那天起,我便再没听到关于艾莉亚的只字片语。"

"倘若我拿下都城之后找着你的女儿,我会立刻把她们送还于你。"不论死活,这一句他倒没说出口。

"那要等到什么时候,史坦尼斯大人?君临和您的龙石岛近在咫尺,可我发现您偏偏来了这里。"

"你很坦率,史塔克夫人,这再好不过,让我也坦率地回答你。要拿下都城,我需要原野对面那些强大的南方诸侯的兵力。眼

下他们追随着我弟弟,因此我必须从他手中夺过来。"

"大人,天下的律法是,人们要对自己的封君效忠。这些贵族宣誓效忠的对象是劳勃和拜拉席恩家族。如果您和您弟弟之间能停止争执——"

"我和蓝礼之间不存在争执,而是他如何表示忠顺的问题。我是他的兄长,也是他的国王。我要的只是根据权利属于我的东西。蓝礼理应忠顺于我、服从于我。我要的只有这个。当然,不仅是他,还包括其他各路诸侯。"史坦尼斯审视着她的面孔。"夫人,你又为何而来?难道说史塔克家族已经把自己拴在了我弟弟的马车上,是吗?"

此人绝不会妥协让步,她想,但她依旧不能放弃努力。太多的东西关系于此。"在贵族和平民的共同拥戴下,我儿已加冕为北境之王。他不会向任何人臣服,但愿意向所有人伸出友谊之手。"

"国王没有朋友,"史坦尼斯直截了当地宣称,"只有臣民和敌人。"

"还有兄弟嘛,"一个欢快的声音从她身后传来。凯特琳回头看去,只见蓝礼漂亮的母马在树桩之间悠闲地挑选路径。年轻的拜拉席恩身穿绿天鹅绒上衣,披着镶松鼠皮的绸缎披风,看起来十分光鲜。装点着金玫瑰的王冠戴在他头上,前额处有头碧玉的雄鹿,他长长的黑发则披散于王冠之下。他的剑鞘上镶点了无数磨工精巧的大块黑钻石,一条翡翠金项链挂在颈项。

蓝礼也选择了一位女性来为他掌旗,不过身穿重甲的布蕾妮掩盖了面容和身段,无从透露性别。在她手中十二尺的长枪上,黑色的宝冠雄鹿腾跃于金色的面底,海上吹来的风划出无垠的波纹。

对他,他哥哥的问候也同样简洁。"蓝礼公爵。"

"蓝礼国王啦。这东西真是你的旗,史坦尼斯?"

史坦尼斯皱起眉头。"不然还是谁?"

蓝礼慵懒地耸耸肩。"远远看见，我还不大确定呢。你到底打着哪家的旗号？"

"我自己的。"

红袍女开了口："国王陛下的徽章乃是真主光之王的烈焰红心。"

蓝礼似乎觉得很有趣。"我举双手赞成。如果咱俩打着同样的旗帜，打起来不弄混才怪。"

凯特琳适时插话："仗还是别打的好。我们三方应该好好研究如何对付共同的敌人，否则它要把我们大家全部摧毁。"

史坦尼斯再次审视她的面孔，依旧一点笑意也无。"按照律法，铁王座属于我。否认这点的都是我的敌人。"

"全国都在否认你啊，老哥，"蓝礼说，"糟老头子临死时念叨着否认，未出生的婴儿在妈妈肚子里踢闹着否认。多恩人否认你，长城上的人否认你。没有一个人想让你当他的国王。非常遗憾。"

史坦尼斯咬紧下巴，面孔格外紧绷。"我曾发誓，只要你还戴着那顶叛逆的冠冕，我就绝不和你打交道。我早该遵守誓言。"

"这一切是多么可笑啊，"凯特琳尖锐地指出，"泰温公爵率领两万大军屯驻在赫伦堡，弑君者的残部在金牙城重整旗鼓，而在凯岩城的阴影下，兰尼斯特正加紧编制新军，同时瑟曦和她儿子还占有着君临以及你们那宝贝的铁椅子。你们都自称为王，眼下王国正分崩流血，除了我儿子，难道就没人肯拔剑而出、捍卫王国了么？"

蓝礼耸肩，"您儿子赢了几场战斗。我将赢得整个战争。一步一步来，到时候我自然会处理兰尼斯特。"

"你有什么建议，赶快提出来，"史坦尼斯唐突地喊道，"不然我马上离开。"

"非常好,"蓝礼道,"我建议你立刻下马,单膝跪下,宣誓效忠。"

史坦尼斯强抑怒火。"你永远得不到。"

"你既然可以为劳勃效劳,为什么对我就不行?"

"劳勃是我长兄。你不过是我的小弟。"

"是啊,我比你年轻,勇敢,标致……"

"……小偷!篡夺者!"

蓝礼又耸耸肩。"坦格利安家也管劳勃叫篡夺者,不过这指责对他毫无影响。所以我也无所谓。"

这样是不行的。"听听你们说的话!如果你们是我儿子,我要把你们两个的头狠狠撞在一起,然后锁进一间卧室,直到你们认清彼此是兄弟为止。"

史坦尼斯朝她皱眉。"你假设得太过火了,史塔克夫人。我是合法的国王,而你儿子和我弟弟一样都只是叛徒。他也有末日来临的那一天。"

这赤裸裸的威胁煽起了她的怒火。"大人,您有这个自由去随意指称别人为'叛徒'或'篡夺',可瞧瞧您自己有什么区别?您说您是合法的国王,但我还没忘记劳勃留下两个儿子。不论依照七国上下何处的律法,乔佛里王子才是他的法定继承人,其后是托曼……我们都是叛徒,不管各家有什么好理由。"

蓝礼笑道:"你得原谅史塔克夫人哦,史坦尼斯。她从奔流城这么一路长途跋涉,大半时间都在马背上,恐怕来不及收看你那小小的信件哟。"

"乔佛里不是我哥哥的种,"史坦尼斯开门见山地说,"托曼也不是。他们都是私生子,包括那女孩在内,三个都是乱伦产下的孽种。"

瑟曦真的如此疯狂?凯特琳一时语塞。

"这故事可精彩，夫人？"蓝礼笑问。"我在角陵扎营时，塔利大人正好收到信，我承认，看得我大为赞叹啊。"他对着哥哥笑。"我从来不知道，你还会这么聪明的法门，史坦尼斯。如果这个能当真，你就是劳勃合法的继承人喽。"

"如果当真？难道你怀疑我说谎？"

"你有任何证据来证明这个神话吗？"

史坦尼斯咬紧了牙关。

或许连劳勃自己都不知道，凯特琳想，不然瑟曦早就脑袋搬家了。"史坦尼斯大人，"她询问，"您既已得知王后犯下滔天罪行，为何一直保持缄默？"

"我并没有保持缄默，"史坦尼斯道，"我将自己的怀疑告诉了琼恩·艾林。"

"而非告诉自己的兄长？"

"我哥哥对我的要求除了忠诚尽责再没有其他，"史坦尼斯说，"何况从我的角度，这样的指控只可能显得自私和不妥，别人会以为我的目的是想把自己放到继承顺序的首位。我相信劳勃会更倾向于听取艾林公爵的意见，因为他敬爱艾林公爵。"

"啊哈，"蓝礼道，"所以我们的证据在一个死人的嘴里。"

"你以为他真是偶然病逝？你这不长眼睛的蠢货，瑟曦毒死了他！唯恐他揭发她的丑行。琼恩大人已经搜集到确凿的证据，那些证据无疑——"

"——和他一起进了棺材。你瞧，多为难呀。"

凯特琳开始明白了，她试着将碎片拼凑起来。"我妹妹莱莎在一封送到临冬城的密信里指控王后谋杀了她丈夫，"她承认，"其后，在鹰巢城，她又把这项指控转嫁到王后的弟弟提利昂身上。"

史坦尼斯哼了一声，"若你掉进毒蛇窝，被哪条先咬到有什么区别？"

"这些毒蛇呀乱伦呀都挺有趣,但什么也改变不了。说到底,你的要求的确更合理合法,史坦尼斯,不过我的军队却多得多。"蓝礼把手伸进披风下。史坦尼斯见状立刻握紧剑柄,不过在拔剑之前他弟弟却拿出了……一颗桃子。"要来一个吗,老哥?"蓝礼一脸笑意地发问,"高庭产的哦,我保证,你从没尝过这么可口的东西。"他咬了一口,汁液从嘴角流下。

"我不是来吃水果的。"史坦尼斯怒不可遏。

"大人们!"凯特琳高喊,"我们应该协力打造联盟,而不是恶言相交啊。"

"一个人实在不该拒绝品尝新桃子,"蓝礼边扔掉果核边评论,"谁知道以后还有没有机会?人生苦短啊,史坦尼斯。知道史塔克家怎么说吗?凛冬将至啊。"他用手背擦掉嘴边的果汁。

"我也不是来听你威胁的。"

"我可没威胁你,"蓝礼反击,"如果发出威胁,我会堂堂正正。说真的,我从来没有喜欢过你,史坦尼斯,可你毕竟是我的手足,我一点也不想伤害你。所以啦,如果你要的是风息堡,就拿去吧……权当兄弟之间的馈赠。就像劳勃当初赐予我一样,如今我将它赐予你。"

"轮不到你来赐予。照权利它本就属于我。"

蓝礼叹了口气,微微转身,"我要拿这个老哥怎么办呢,布蕾妮?他拒绝了我的桃子,拒绝了我的城堡,甚至还不肯来参加我的婚礼……"

"好了,你我都心知肚明,你那婚礼不过是出拙劣的闹剧。一年前你还计划让那女孩变成劳勃的又一个婊子。"

"一年前我计划让那女孩成为劳勃的王后,"蓝礼说,"可这有什么关系?野猪带走了劳勃而我带走了玛格丽。她嫁给我时还是个处女,你该替我高兴才是。"

"和你同床,她宁肯选择劳勃的下场。"

"啊,是吗,跟你说,我期望和她今年便来个胖小子哦。天哪,你有几个儿子,史坦尼斯?啊,不错——一个也没有。"蓝礼无邪地笑道。"至于你女儿的事嘛,我其实挺理解的。如果我老婆长得跟你老婆一样丑,那我也宁可叫个弄臣去服侍她。"

"够了!"史坦尼斯咆哮起来,"我绝不允许谁当面侮辱我,你听清楚了没?我绝不允许!"他猛然抽出长剑。在苍白的日光下,剑身闪着诡异的光芒,一会儿红,一会儿黄,又一会儿变成炽烈的白芒。就连周遭的空气也似乎感应到剑刃四射的热力,跟着变换发光。

凯特琳的坐骑嘶叫着退开一步。布蕾妮则策马插进兄弟之间,拔剑在手,"把剑放下!"她呼喝史坦尼斯。

只怕瑟曦要笑得喘不过气来,凯特琳无力地想。

史坦尼斯提起闪亮的宝剑,指着他的弟弟。"我不是个严酷寡恩的人,"这个以严酷寡恩举世著称的人大吼,"我也不想用亲兄弟的鲜血来玷污'光明使者'的剑刃。为着哺育我们的母亲的缘故,今晚上我就给你最后一次机会反省你的过错,蓝礼。降下叛旗,在天亮之前投效于我,我将封你为风息堡公爵,并保留你在御前会议中的重臣席位,甚至在我儿子出生前,我仍旧把你指定为我的继承人。你若不照办,别怪我不客气。"

蓝礼大笑,"史坦尼斯,你这宝剑可真漂亮,我很羡慕你,不过我怀疑这玩意儿的光芒是不是影响你的视力。你仔细看看前方的平原,老哥。看到那些旗帜了吗?"

"你以为几根裹着毛料的杆子就能让你称王?"

"提利尔的宝剑能让我称王。罗宛、塔利和卡伦能让我称王,用的是他们的战斧、槌杖和战锤。塔斯的弓箭和庞洛斯的长枪能让我称王。佛索威家族,库伊家族,穆伦道尔家族,伊斯蒙家族,塞尔弥家族、海塔尔家族、奥克赫特家族、克连恩家族、卡斯威尔家族、布莱巴尔家族、梅里维勒家族、毕斯柏里家族、希梅家族、杜恩家族、傅德利家族……甚至佛罗伦家族，你老婆的娘家，他们通通支持我称王。整个南方的骑士都随我而来，而这还只是我麾下大军中较少的一部分。我的步兵还在后面，整整十万拿剑提枪端矛的大兵。你说要对我不客气?凭什么，凭嘴巴祈祷?凭城墙下那群乱七八糟的乌合之众?给你点面子，我也顶多说那有五千人。什么鳕鱼大人、洋葱骑士和流浪佣兵凑在一块儿，至少有一半仗一开打就要往我这边跑。我的斥候告诉我，你的骑兵还不满四百——何况你我都知道，穿皮甲的自由骑手在重甲长枪的冲击下根本不堪一击。我不管你自以为多么身经百战、骁勇无敌，史坦尼斯，事实摆在眼前——只待我的前锋刚一冲击，你的部队就得全部完蛋。"

"我们走着瞧，弟弟。"当史坦尼斯收剑入鞘时，天地间似乎失去了几许光辉，"天明之时，我们走着瞧。"

"我只希望你的新神慈悲为怀，老哥。"

史坦尼斯鼻子一哼，绝尘而去，神色间充满了轻蔑。红袍女逗留了一会儿。"记住你自己的罪孽，蓝礼大人。"她驱策坐骑，边绕圈子边说。

之后，凯特琳随蓝礼回到营区，蓝礼的大军和凯特琳的小队伍正等着他们。"那玩意儿挺有趣，弄不好还真有些价值，"他评论，"不知上哪儿弄得到那种剑来玩玩?是了，等仗一打完，洛拉斯铁定会把它当礼物献给我。哎，宝物居然从此得来，我倒是有点悲哀啊。"

"你悲哀的方式倒也蛮开朗。"凯特琳说，她自己的苦恼已然无法隐藏。

"是么?"蓝礼耸肩，"大概是吧。我得承认，史坦尼斯在我们兄弟之间向来不大讨喜欢。嘿，你觉得他那个故事有没有可能?如果乔佛里是弑君者的——"

"——你哥哥就是法定继承人。"

"如果他活着,"蓝礼承认,"这算哪门子傻瓜律法,你不这么认为么?为什么要选最老的,而不是最好的?王冠正适合我,正如它从未适合劳勃,更不会适合史坦尼斯。我能当个伟大的国王,强大而慷慨,聪明,公正又勤勉,对我的朋友我无比忠诚,对我的敌人我决不宽恕,我有宽大的胸怀,耐心——"

"——以及谦逊?"凯特琳补充。

蓝礼哈哈大笑:"你总得允许国王有几个缺点嘛,好夫人。"

凯特琳疲倦得无以复加。最终我还是一事无成。这对拜拉席恩兄弟即将骨肉相残,她儿子仍旧只能孤军面对兰尼斯特,而她什么也劝说不了,怎么也阻止不住。是我返回奔流城为爸爸阖眼的时候了,她心想,至少我能做到这个。我也许是个糟糕的使节,但我能当个挺好的悼亡人,诸神保佑我。

他们的营地精心构建在一条南北走向、低矮多石的山冈上。营区虽然只有曼德河畔那座大营的四分之一左右,却要整齐有序得多。当蓝礼得知哥哥突袭风息堡的消息之后,立刻将部队分开,正如罗柏当日在李河城下之所为。他把庞大的步兵军团留在苦桥保护他的王后、车辆、辎重、牲畜,以及那堆笨重的攻城机器,然后率领手下的骑士和自由骑手星夜挥师东进。

他的举手投足多像他哥哥劳勃啊,连行为方式也那么相似……只是劳勃有奈德伴随左右,每每以谨慎调和他的冲动。如果今天在这里的是劳勃和奈德,奈德一定会坚持把整个大军尽数遣来,包围史坦尼斯,围攻围攻者。可蓝礼轻率地否定了这一选择,急急忙忙跑来对付他的哥哥。他完全不顾补给,把食物和草料,还有他全部的货车,骡子和驮牛统统抛在身后。现在他要么速战速决,要么就只有饥饿溃散。

凯特琳吩咐哈尔·莫兰照顾马匹,自己跟随蓝礼回到营地中央的王家大帐。在那高耸的绿丝绸帐篷内,他麾下的将领和诸侯正等着谈判的消息。"我哥还是老样子,"他们年轻的国王道,同时布蕾妮为他解掉披风,自他额头除下金玉王冠。"城堡和礼貌他都置之不理,他只要流血。那好,我很乐意替他达成愿望。"

"陛下,我以为不必在此作战,"马图斯·罗宛伯爵插话,"这座城堡固若金汤,供应充足,科塔奈爵士更是身经百战的老战士,何况全天下有什么地方造得出足以击垮风息堡城壁的投石机?史坦尼斯大人想围就任他围,没他好果子吃。而当他又饥又冷地待在这里无所事事时,我们早已拿下君临。"

"要我从此背上惧怕史坦尼斯的骂名?"

"只有不懂事的傻瓜才这么说。"马图斯伯爵争辩。

蓝礼望向其他人。"你们也这么以为?"

"我认为史坦尼斯对您是一大威胁,"蓝道·塔利伯爵宣称,"让他不受伤害地留在这里,只能让他的势力增强,而您的兵力将在接连的战斗中逐次削弱。兰尼斯特可不是一朝一夕就能打败的,等您终于击败了他们,说不定史坦尼斯大人已经变得和您一样……或许还更强。"

其他人纷纷附和。国王看来很满意。"那么,我们就开战吧。"

正如当初我让奈德失望,而今我也让罗柏失望了,凯特琳心想。"大人,"她朗声道,"如果您决意开战,我的使命就已告终。请准许我返回奔流城。"

"哎,眼下您不能走。"蓝礼找张折椅坐下。

她愣住了。"我带着打造和平的愿望而来,大人,并非前来助阵。"

蓝礼耸耸肩,"我敢说,不仰仗您那二十五个伴当,我们也能获胜。夫人，我不需要您参战，只想要您在一旁观看。"

"吆语森林之役我就在场，大人。我已经看够了屠戮。我身为使节而来——"

"也将作为使节离开，"蓝礼说，"而且比来时更明智。您将用自己的眼睛好好看看叛徒是什么下场，如此令郎才能听您亲口转述。千万别害怕，我们会保护您绝对安全。"他转过身去下达部署。"马图斯大人，你指挥中央部队。布莱斯，你指挥左翼。右翼由我亲自指挥。伊斯蒙大人，后备部队交给你。"

"陛下，我不会让您失望。"伊斯蒙伯爵应道。

马图斯伯爵再次开口："谁指挥前锋？"

"陛下，"琼恩·佛索威爵士喊，"我请求这一荣誉。"

"尽管去请求，"绿衣卫古德说，"依惯例，应由七卫之一来打头阵。"

"冲垮长长的盾墙靠张可爱的披风可办不到，"蓝道·塔利伯爵宣告，"你小子吃奶的时候我就是梅斯·提利尔大人的先锋官了，古德。"

叫嚷声霎时充满整个营帐，形形色色的人都争相宣布自己的请求。好一群夏天的骑士，凯特琳想。蓝礼举起一只手，"好了，大人们。如果我能封的话，我很乐意把你们全都封为先锋官，但最伟大的荣耀理当属于最伟大的骑士。先锋部队将由洛拉斯·提利尔爵士统率。"

"陛下，此刻我怀着无比感激的心情。"百花骑士在国王面前单膝跪下，"祝福我吧，君王，并赐予我一个骑士，在我身边执掌您的旗帜，让雄鹿和玫瑰并肩作战。"

蓝礼扫视一眼。"布蕾妮。"

"陛下？"她还穿着那身蓝甲，不过已经脱去了头盔。人头攒动的帐篷内相当闷热，汗水使她柔和的黄发打了卷儿，搭在宽大平庸的脸庞上。"我的职责是在您身边保护您。我是誓言守护您的……"

"七卫之一,"国王提醒她,"别担心,你的四位同僚将在战斗中随侍我左右。"

布蕾妮猛地跪下。"陛下,如果我真的必须和您分别,就请您给予我在战斗前为您穿戴盔甲的荣誉吧。"

凯特琳听见身后有人窃笑。她爱他,可怜的人,她悲伤地想,她扮演侍从就为了能碰碰他,丝毫不在意在别人眼底她是个多么可笑的傻瓜。

"我准了,"蓝礼说,"现在解散吧,全体解散。国王在打仗前也是需要休息的。"

"大人,"凯特琳道,"我们来时经过的最后一个村庄有间小小的圣堂。如果您不准我返回奔流城,就请您准许我到那里去祷告吧。"

"如您所愿。罗拔爵士,请把史塔克夫人平安地护送到那间圣堂……并在黎明前将她带回来。"

"您自己也应该祷告。"凯特琳补充道。

"为了胜利?"

"为了理智。"

蓝礼大笑:"洛拉斯,请先留下,帮我作祷告。很久没祈祷,恐怕都忘记该怎么说喽。至于其他人,我要求你们在第一缕晨光出现之时准备就绪,穿戴盔甲,拿好武器,翻身上马。明早将成为史坦尼斯永生难忘的一个清晨。"

凯特琳离开大帐时,日头已降下大半。罗拔·罗伊斯爵士和她并辔而行。他的身世她略微有些了解——青铜约恩的儿子之一,总体来看长得还算不错,在各地比武会里是个小有名气的角色。蓝礼赐予他彩虹披风和一套血红铠甲,封他为彩虹护卫之一。"你离开谷地很远了呢，爵士。"她告诉他。

"您自己离开临冬城不也很远么，夫人。"

"我知道自己来此所为何事，那么你呢?这不是你的战争，正如它不是我的。"

"从我承认蓝礼是我的国王那一刻起，这已经是我的战争。"

"罗伊斯家族可是艾林家族的封臣。"

"我的父亲大人固然该向莱莎夫人效忠，他的继承人亦然。然而，他的次子却必须去别处追寻荣誉。"罗拔爵士耸耸肩，"我只是厌倦了比武会。"

他最多只有二十一二岁，凯特琳暗想，和他的国王一般大……不过她的国王，她的罗柏，虽只弱冠十五，却比眼前这个年轻人懂事得多。至少她如此祈祷。

在凯特琳的小小营区内，夏德正往罐里削萝卜，哈尔·莫兰和三个临冬城的兵丁赌骰子，而卢卡斯·布莱伍德坐着磨匕首。"史塔克夫人，"卢卡斯一见她便喊，"莫兰说天亮时便要开战?"

"哈尔说的没错。"她答道。我倒忘了，他实在是个多嘴的家伙。

"我们是打还是走?"

"我们祈祷，卢卡斯，"她回答他，"我们祈祷。"

珊莎

"你让他等得越久，对你越没好处。"桑铎·克里冈警告她。

珊莎想加快速度，但指头就是不听话，纽扣和绳结一直系不好。她已经习惯了猎狗粗哑的话音，但今天他看她的眼神却令她恐惧。难道她和唐托斯爵士见面的事被乔佛里发现了？千万不要，她一边梳头一边想。唐托斯爵士是她唯一的希望。我要打扮得漂漂亮亮的，小乔喜欢我漂漂亮亮的，每次我穿这件裙服他都喜欢，他喜欢这个颜色。她抚平衣服，发现胸部有些紧。

一路上，珊莎走在猎狗右边，远离他灼伤的半边脸。"告诉我，我做错了什么？"

"不是你。是你的国王哥哥。"

"罗柏是个叛徒。"她机械地背诵道，"我和他没有任何关系。"诸神保佑，千万别是弑君者出了事。如果罗柏杀了詹姆·兰尼斯特，她肯定性命不保。她眼前浮现出伊林爵士的面容，那张憔悴的麻子脸上，可怕的苍白眼珠冷酷地瞪着她。

猎狗嗤之以鼻，"小小鸟，他们把你训练得真不错。"他领她走到下层庭院，靶场中聚集了一群人。一见他俩，人们忙不迭地让路。她听到盖尔斯伯爵的咳嗽声，发现游荡的马夫们无礼地看着她，但霍拉斯·雷德温爵士在她经过时别开了脸，而他弟弟霍伯则假装没看到她。一只垂死的黄猫躺在地上，被弩箭穿透了肋骨，可怜地喵喵叫。珊莎绕开它，感到一阵恶心。

唐托斯爵士骑着扫帚马过来，在比武会上，他由于醉酒无法上马，国王便下令从此之后他再也不许下马。"勇敢些。"他捏捏她的胳膊,轻声说。

乔佛里站在人群中央,正给一把华丽的十字弓上弦。柏洛斯爵士和马林爵士站在他身旁,看到他们,她的肠子绞成一团。

"陛下。"她跪下来。

"下跪也救不了你,"国王说,"起来。你哥哥又有新的叛国罪行,我要惩罚你。"

"陛下,我跟我那叛徒哥哥一点关系都没有。您是知道的,求求您,请——"

"拉她起来!"

猎狗不紧不慢地把她拉起来。

"蓝赛尔爵士,"小乔道,"告诉她,她哥哥做了什么好事。"

珊莎一直认为蓝赛尔·兰尼斯特长相清秀,谈吐文雅,但他的眼神里却没有丝毫同情和善意。"史戴佛·兰尼斯特爵士屯军于兰尼斯港外三日骑程之处,而你哥哥以卑鄙的巫术控制成群恶狼攻击他。数千壮士在睡梦中横遭屠戮,甚至没有举剑还击的机会。屠杀之后,北方人用被害者的血肉大开筵席。"

恐惧如冰冷的手,箍住了珊莎的喉咙。

"你没话说了吧?"乔佛里问。

"陛下,这可怜的孩子给吓傻了。"唐托斯爵士低声道。

"闭嘴,小丑。"乔佛里抬起十字弓,瞄准她的脸。"你们史塔克家的人就跟你们的狼一样残忍。我可没忘记你那头怪物是如何攻击我的。"

"那是艾莉亚的狼,"她说,"淑女从没伤害过你,但你却杀了她。"

"不是我,是你父亲干的。"小乔道,"但我杀了你父亲,只可惜没能亲自动手。昨晚我杀掉的人比你父亲还高大。他们来到城门口,大叫我的名字,喊着要面包,好像我是个面包师傅似的!所以我好好教训了他们一番,我瞄准那个叫得最响的家伙,射穿了他的喉咙。"

"他死了?"丑陋的铁箭头正对着自己的脸,她想不出该说什么。

"他当然死了,我一发命中呢。有个女人朝我扔石头,我也射了她,可惜只射中手臂。"他皱皱眉头,垂下十字弓。"我该把你也射死,但母亲说这样的话,他们会杀死詹姆舅舅,所以我只能惩罚你。我们会给你哥哥送信,告诉他要是不投降,你会有怎样的下场。狗,揍她!"

"让我来打她!"唐托斯爵士挤到前面,锡制盔甲叮当作响。他手拿流星锤,顶端却是个甜瓜。我的佛罗理安。她满心感激,直想亲吻他满是污斑和琐碎血管的丑陋脸庞。他骑着扫帚,围着她打转,口中高喊"叛徒,叛徒",并用甜瓜砸她脑袋。珊莎举手遮挡,每当甜瓜砸到身上,便跟着摇晃,砸了两下,她的头发已经黏乎乎的了。人们哈哈大笑。最后甜瓜裂成碎片,飞散开来。你笑啊,乔佛里,她祈祷着,果汁流下她的脸,流下她美丽的蓝色裙服,你就笑个够,然后放过我吧。

可惜乔佛里一丝笑意也无,"柏洛斯!马林!"

马林·特兰爵士抓住唐托斯的胳膊,粗暴地将他甩出去。红脸小丑摔了个四脚朝天,扫帚和甜瓜散落一地。柏洛斯爵士抓住了珊莎。

"不要打脸,"乔佛里命令,"我要她漂漂亮亮。"

柏洛斯一拳打在珊莎肚子上,令她一阵窒息。等她弯腰,骑士便抓住她的头发,拔出剑来,在那恐怖的瞬间,她以为他肯定要割她喉咙,但他只用剑面敲打她的大腿,重击之下,她觉得自己的腿要断了。珊莎大声尖叫,眼泪夺眶而出。很快就会过去的。不久之后，她已不知挨了多少打。

"够了。"她听见猎狗粗哑的声音。

"不，还不够，"国王回答，"柏洛斯，扒光她的衣服。"

柏洛斯粗壮的手伸进珊莎的胸衣前襟，猛力一撕。丝绸碎裂，她一直裸到腰际。珊莎忙用双手护住胸口，耳边尽是残忍的窃笑。"狠狠地揍她，"乔佛里说，"给他哥哥瞧瞧——"

"你要干什么？"

小恶魔的声音如长鞭破空，抓住珊莎的手立时松开。她跌跌撞撞地跪下来，双臂交叉在胸，气喘吁吁。"这就是你的骑士精神，柏洛斯爵士？"提利昂·兰尼斯特愤怒地质问。他的心腹佣兵站在他旁边，此外那个一只眼的野蛮人也在。"哪门子骑士会殴打无助的少女？"

"为国王效命的骑士，小恶魔。"柏洛斯爵士举起剑，马林爵士也"刷"的一声拔出剑，跨上一步与他并肩。

"你们招子放亮点，"侏儒的佣兵警告，"否则这身漂亮白袍就要沾血了。"

"谁给这女孩找点东西遮体？"小恶魔问。桑铎·克里冈解下自己的披风丢过去。珊莎用它牢牢裹住胸膛，白羊毛料下拳头紧握。粗糙的织物磨得肌肤又刺又痒，却是她穿过最舒适的衣服。

"这女孩是你未来的王后，"小恶魔告诉乔佛里，"你就不在乎她的名誉？"

"我在惩罚她。"

"为什么？她和她哥哥的战斗毫无瓜葛。"

"她有狼的血统。"

"你有鹅的脑瓜。"

"你不能这样跟我说话！我是国王，想干什么就干什么！"

"伊里斯·坦格利安想干什么就干什么。你母亲有没有告诉你他的下场?"

柏洛斯·布劳恩爵士哼了一声,"没人敢在御林铁卫面前威胁国王陛下。"

提利昂·兰尼斯特扬起一边眉毛。"我不是在威胁国王,爵士,我是在教育外甥。波隆,提魅,柏洛斯爵士再张嘴,就宰了他。"侏儒微笑,"这才叫威胁,爵士,知道区别了吗?"

柏洛斯爵士的脸色涨成暗红,"这件事太后一定会知道!"

"毫无疑问。还等什么呢?乔佛里,我们这就派人去请你母亲?"

国王脸红了。

"没话说了,陛下?"做舅舅的续道,"很好。学着多张耳朵少张嘴巴,否则你的王朝会比我的个头更短。任性残暴无法赢得人民爱戴……甚至得不到太后的欢心。"

"不对,母亲说,宁叫他们怕你,也不要他们爱你。"乔佛里指着珊莎道,"她就很怕我。"

小恶魔长叹一声。"是啊,这我知道。只可惜史坦尼斯和蓝礼都不是十二岁的小女孩。波隆,提魅,带她走。"

珊莎觉得自己浑如梦游。她以为小恶魔的手下会把她送回梅葛楼的卧室,却不料他们领她去了首相塔。自父亲失势之日起,她头一次踏进这个地方,再度爬上那些阶梯,令她头晕目眩。

负责照顾她的女仆们说着一些毫无意义的安慰话语,试图让她停止颤抖。其中一位脱去她身上残留的裙服和内衣,另一位为她沐浴,洗去她满头满脸黏黏的瓜汁。她们用肥皂替她搓洗,用温水冲淋她的头,但此时此刻她眼中所见唯有靶场上那些脸。骑士立誓帮助弱小,保护妇女,为正义而战,可他们一样也没做到。伸出援手的只有唐托斯爵士,但他已不再是骑士,小恶魔也不是,猎狗也不是……记得猎狗最恨骑士……我也恨他们,珊莎心想,因为他们不是真正的骑士,他们都不是。

待她清洗干净,一头姜黄色头发、身材胖胖的法兰肯学士过来照料她。他让她脸朝下趴在床垫上,随后用药膏涂抹她腿背上那些红肿的伤痕,并为她调配了一剂安眠酒,其中加入一点蜂蜜,以利下咽。"好好睡会儿,孩子。等你醒来,你会发现一切都只是个噩梦。"

不,不会,才不会,你这个蠢笨的家伙,珊莎心想,但她还是喝下安眠酒,然后睡着了。

等她再次醒来,天已全黑,屋子既熟悉又陌生,令她不知身在何处。她站起身,一阵刺痛立刻贯穿双腿,带回所有的记忆,泪水又涌了上来。床边有为她准备的袍子。珊莎滑进长袍中,然后打开门。门外赫然站着一个面色严峻的女人,她棕黑色的皮肤像皮革一般,细瘦的脖子上围了三条项链。一条金,一条银,还有一条竟是人耳穿成!"她想去哪里?"那女人倚在一支高高的长矛上问。

"神木林。"她必须找到唐托斯爵士,求他现在就带她回家,她实在受不了了。

"半人说她不能离开,"女人说,"她就在这儿祈祷,神听得到。"

珊莎乖乖垂下视线,退回房里。她忽然意识到自己为什么对这里如此熟悉。原来他们把我安置在艾莉亚从前的房间,那时父亲还是首相。她的东西都被清理过,家具也移了位置,但的确是同一个房间……

没过多久,一个女仆端着托盘进来,盘里盛有奶酪、面包和橄榄,以及一壶凉水。"拿走。"珊莎命令,但那女孩还是将食物留在了桌上。她发现自己真的口渴,只好忍痛走到屋子对面取水,每走一步大腿都像刀扎一般。她刚喝下两杯,正咬起一颗橄榄时,有人敲门。

她紧张地转身，抚平长袍上的皱褶。"请进。"

门开了，提利昂·兰尼斯特走进来。"小姐。我没打扰到你吧？"

"我是您的囚犯吗？"

"你是我的客人。"他戴着首相项链，一条金手串成的链子，"我想我们得谈谈。"

"遵命。"珊莎发现自己很难不去看他的脸：他的面容实在太丑，竟让她觉得有股奇特的吸引力。

"食物和衣服都还满意？"他问，"需要什么，你尽管开口。"

"您真是太仁慈了。今天下午……感谢您救了我。"

"乔佛里如此恼怒是有原因的。六天之前，你哥哥袭击了我舅舅史戴佛，他当时驻军在一个叫牛津的村子，离凯岩城三日骑程。你们北方人赢得了压倒性胜利。我们今早才接到消息。"

罗柏会把你们通通杀死，她欣喜地想。"这……这真可怕，大人。我哥哥是个可恶的叛徒。"

侏儒无力地微笑，"嗯，他不是个毛头小鬼，这点毋庸置疑。"

"蓝赛尔爵士说罗柏带着一群恶狼……"

小恶魔轻蔑地大笑。"蓝赛尔爵士是咱们的酒袋战士，多半连恶狼和恶瘤都分不清。你哥哥带着他的冰原狼，我想仅此而已。北方人潜入我舅舅的营地，割断系马的绳索，随后史塔克大人放狼进去。如此一来，训练有素的战马发了疯，许多骑士被踩死在帐篷里，其余的乌合之众惊醒之后四散奔逃，为了赶路，连武器也不顾。史戴佛爵士在追马时被瑞卡德·卡史塔克伯爵当胸刺死。卢伯特·布拉克斯爵士、莱蒙·维卡瑞爵士、克雷赫伯爵和贾斯特伯爵据传也都战死。五十多名贵族被俘，其中包括贾斯特的几个儿子和我侄子马丁·兰尼斯特。侥幸逃过一劫的人到处胡说八道，说什么北方的旧神跟你哥哥一起参战。"

"那……没有什么巫术喽？"

兰尼斯特嗤之以鼻。"巫术是笨蛋掩盖无能的借口，粉饰失利的佐料。看来我那没脑子的舅舅甚至没安排好岗哨，他的军队又都是新手——学徒、矿工、农民、渔夫，兰尼斯港里的垃圾。唯一的谜团是你哥哥如何能突袭他们？我军仍然控制着坚固的金牙城，他们发誓他没经过那里。"侏儒焦躁地耸耸肩，"总之呢，罗柏·史塔克是我父亲的心病，乔佛里则是我的心病。告诉我，你觉得我那当国王的外甥怎样？"

"我全心全意爱着他。"珊莎立刻答道。

"真的？"他并不信服，"现在也是？"

"我对陛下的爱更胜以往。"

小恶魔纵声大笑，"好好好，总算你有个好老师，说谎学得不错，或许将来有一天，你会为此心怀感激哟。孩子……哦，你还是个孩子，对吗？还是你已经来了初潮？"

珊莎脸红了。这是个无礼的问题，但比起在半个城堡的人面前被扒光衣服，这点羞耻又算不上什么。"没有，大人。"

"那最好。听着，我不想让你嫁给乔佛里，希望这算是一点安慰。发生了这么多事，只怕联姻已无法令史塔克家族和兰尼斯特家族和解。真可惜，这桩婚事是劳勃国王少有的明智之举，却被乔佛里搞砸了。"

她知道自己该说些什么才对，但言辞卡在了喉咙里。

"你很安静，"提利昂·兰尼斯特评论，"你得遂心愿了吗？你希望终止婚约吗？"

"我……"珊莎不知该说什么才好。这莫非是个陷阱？如果我说出真话，他会不会惩罚我？她凝视着侏儒凶恶而突出的额头，凝视

着他冷冷的黑眼珠和狡黠的绿眼珠,还有弯曲的牙齿和金属丝般的胡子。"我只想乖巧忠诚。"

"乖巧忠诚,"矮子若有所思地说,"并远离兰尼斯特家的人。真难为了你,我在你这个年纪的时候,也这么想。"他笑了笑。"他们告诉我,你天天造访神木林。你都祈祷些什么,珊莎?"

我祈祷罗柏的胜利和乔佛里的死亡……我为家乡,为临冬城祈祷。"我祈祷战争早日结束。"

"快了,孩子。你哥哥罗柏和我父亲大人之间很快会爆发决战,由此解决一切争端。"

罗柏会打败他,珊莎心想。他打败了你叔叔和你哥哥詹姆。他也会打败你父亲。

侏儒似乎把她的脸当成了一本打开的书,将她的心思看得一清二楚。"别太看重牛津之战,小姐,"他客气地告诉她,"一场战斗无法决定战争的胜负,而我那史戴佛叔叔完全不能与我父亲大人同日而语。下次去神木林,就祈祷你哥哥能明智地屈膝臣服吧。一旦北方归顺国王的统治,我就送你回家。"他跳下窗边坐椅,"你今晚就睡这儿。我会派我的人为你把守,请放心,石鸦部的人——"

"不。"珊莎惊慌地夺口而出。如果她被锁在首相塔里,日夜由侏儒的手下看守,唐托斯爵士又如何能救她自由呢?

"你喜欢黑耳部?如果女人在身边你觉得自在些,我就把齐拉留给你。"

"不不,求求您不要,大人,我害怕这些野蛮人。"

他咧嘴笑笑,"我也一样。但关键在于,他们能吓住乔佛里和那窝称之为御林铁卫的毒蛇和马屁精。有齐拉和提魅在旁,没人敢加害于你。"

"可我宁愿睡自己的床,"一个谎言出现在脑海,如此恰如其分，她当即脱口而出，"这座塔是我父亲的部下被残杀的地方，他们的鬼魂留在这里，会让我做噩梦的。我不管往哪里看，都能看到他们的血。"

提利昂·兰尼斯特端详着她的脸。"我对噩梦并不陌生，珊莎。也许你比我想象的更明智。那好吧，至少允许我将你安全地护送回去。"

凯特琳

走到村庄之前,天便已全黑。凯特琳默默地思量,不知这村子是否有名字。就算曾经有过,也早已被逃难的人群所带走。他们带走了每一件东西,甚至没放过圣堂的蜡烛。文德尔爵士点起一根火把,领她穿过低矮的门楣。

圣堂之内,七面高墙皆已破碎倾塌。我们的上帝独一无二,但他有七种位态,正如我们的圣堂是一座建筑,却有着七面高墙。她还是个小女孩时,奥密德修士便如此教诲她。大城市里那些繁华的圣堂中七神总有各自的雕像,而每一位都有专门的祭坛。在临冬城,柴尔修士只在每面墙上悬挂不同的雕刻面具。在此地,凯特琳只看得到粗糙的素描画。文德尔爵士把火把插进门边的壁台,退回门外去陪伴罗拔·罗伊斯。

凯特琳仔细端详那些面孔。和别处一样,天父留着胡须。圣母笑意不减,慈祥和蔼。战士擎着巨剑。铁匠拿着锤子。少女青春又美丽。老妪枯瘦而睿智。

而那第七张脸……陌客的脸孔分辨不出男女,更像两者同体。他是从遥远之地来的流浪人,天边永恒的放逐者,既像人又不像人,不被了解更无从了解。在此地,他的脸被画成一个黑色的椭圆,黑影之中加上两点星光权作眼睛。这张面庞让凯特琳不安。从陌客那里她无法寻求安慰。

于是她在圣母面前跪下。"夫人啊,请用您慈母的眼光来看护这场战争。他们都是您的子孙,每个人都是。求您眷顾他们,眷顾我的儿子。求您看护罗柏、布兰和瑞肯,一如我在他们身旁。"

圣母的左眼上横贯着一道裂痕，看来好似哭泣。凯特琳听见文德尔爵士的大嗓门，时不时还有罗拔爵士低声的回答，他们应在谈论即将来临的战斗。舍此之外，夜晚一片沉寂，连蟋蟀的声音都听不到。诸神保持沉默。奈德呀，你的远古诸神回应过你吗？她不禁想，当你跪在心树之下，它们真的在倾听你的话语吗？

火炬发出的摇曳光芒在墙壁上舞蹈，那些脸庞似乎被赋予了生命，火光扭曲着它们，改变着它们。城市里大圣堂中的塑像总能留下石匠雕工的心机，然而此处的木炭图画却粗拙得没有特点。天父的脸让她想起了自己的父亲，此刻正在奔流城卧床不起，奄奄一息。战士让她想起了蓝礼和史坦尼斯，罗柏和劳勃，詹姆·兰尼斯特和琼恩·雪诺。恍惚之间，在那些线条中她甚至看见了艾莉亚的神色。一阵风穿过门槛，火炬噼啪摇荡，这种意象便随之而去，湮没在橘红色的光辉中。

火炬散发的烟尘熏得她眼睛隐隐作痛。她用伤残的手掌努力擦拭。当她再度抬眼凝视圣母时，却看见了自己的母亲。米妮莎·徒利夫人因难产过世，当时是为给霍斯特公爵产下次子。孩子和她一同离去，父亲的一部分也随她走了。她总那么沉静，凯特琳想着，想着母亲柔和的手臂，温暖的笑意。如果她还在世上，我们的生活将变得多么不同啊。她不知米妮莎夫人是否了解她的长女，这个跪在她面前的女人的心境。呵，我跋涉了千山万水，为了什么？我到底是为了谁？我失去了自己的女儿们，罗柏不要我，布兰和瑞肯想必认为我是个冷酷无情的母亲。甚至奈德临终时，我到底在哪儿……

她的头脑开始发晕，整个圣堂在身旁旋转。四周暗影摇晃轮换，诡异的禽兽在破碎的白墙上奔波。凯特琳整天没有进食。这并不明智。她对自己无力地分辩说都是因为没有时间，然而她又深知，在失去了奈德的世界里一切都没了滋味。他们砍下他的头颅，一次杀了两人。

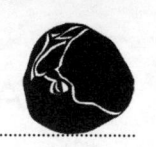

身后的火炬突然迸发出一阵亮光，朦胧之间，圣母呈现妹妹的容貌，只是那对眼睛比回忆之中的更加刚硬，不太像莱莎，更像是瑟曦。是啊，瑟曦也是位母亲。不管孩子的生父是谁，是她怀胎十月，任他们在体内踢打，混合着痛苦与鲜血把他们带到这个世界。如果他们真是詹姆的……

"瑟曦也向您祈祷吗，夫人？"凯特琳询问圣母。那个高傲、冷酷、美丽的兰尼斯特王后的形象清楚地印在墙上。画像上裂缝犹在，犹如瑟曦在为自己的儿女悲歌。七神七而为一，一中有七，奥密德修士告诉过她。老妪有少女的美，圣母有战士的强，只要她的孩子们身临险境。是啊……

在临冬城和劳勃•拜拉席恩相处的短短时日，她已知国王没有给过乔佛里多少温暖。假如知道那男孩是詹姆的种，想必劳勃会毫不犹豫将他和他母亲一并处死，而对此任何人都无法责难。私生子固然司空见惯，然而乱伦之举却为新旧诸神所不容，由此邪行而生的孩子将在圣堂里或神木林中被公开宣布为孽种。龙王们兄妹通婚，然而他们是古老瓦雷利亚的血统，遵循瓦雷利亚人的习俗。像他们的龙一样，高傲的坦格利安家族从不听从神人的呼唤。

奈德一定已了解这事实，如同在他之前的艾林公爵。难怪王后把他们都杀了。换作是我，会这么做吗？凯特琳握紧拳头，伤残的手指上有从刺客的刀下拯救儿子而留下的伤痕，深可见骨，至今未愈。"布兰也知道。"她轻声说，低下了头。诸神在上，他一定看见或听到了什么，所以他们要把他扼杀于病床。

在失落和疲惫中，凯特琳•史塔克投身于神灵的怀抱。她跪在铁匠面前，因为他负责修复破损的事物，她请求他给予她可爱的甜心布兰以关注和保护；她跪在少女面前，恳求她将她的勇气赐予艾莉亚和珊莎，保护她们的清白之身；在天父面前，她祈求公正，祈求追寻正义的力量和知晓正义的智慧；在战士面前，她祈求他让罗柏变得强壮，护佑他平安地穿越战场。最后，她来到老妪跟前，老妪的形象总是一手擎灯。"指引我吧，睿智的夫人，"她祷告，"指引我该走的路，别让我在前方的黑暗中迷失方向。"

许久之后，脚步声在身后响起，门上传来敲击声。"夫人，"罗拔爵士礼貌地说，"请您原谅，不过我们的时间到了。必须在破晓之前赶回去。"

凯特琳僵硬地起立。膝盖隐隐作痛，她只想要羽床和枕垫。"谢谢你，爵士。我准备好了。"

他们沉默地策马穿越稀疏的树林，高大的树木因海风的吹刮而东倒西歪地侧向海的反面。马群紧张的嘶鸣和铁器叮当的交击是他们天然的向导，指引他们回到蓝礼的营地。在黑暗之中，人和马排列成长长的纵队。他们漆黑无垠，好似"铁匠"将黑夜本身锻造进了钢铁中。她的左边有飘扬的旗帜，右边也是，前方的旗帜更是一排接着一排，然而在黎明前的黑暗之中，看不到一种颜色，分不出一个纹章。这是一支灰色的军队，凯特琳想，灰色的战士骑着灰色的骏马打着灰色的旗号。蓝礼的阴影骑士们高举长枪，静坐在马鞍上等待。她穿过这片由裸露而高大的林木组成的森林，将这些被剥夺了绿叶和生机的大树抛在身后。抬眼望去，风息堡矗立之处是一片更深沉的黑暗，黑色的墙壁无法反射夜晚的星光，隔着原野，只见史坦尼斯公爵扎营之地正有火把来来往往。

蓝礼帐中烛光通明，映得那丝绸帐篷似乎在放光，好似一座雄伟的、发射绿光的魔法城堡。两名彩虹护卫守在大帐门边。碧光奇异地照在帕门爵士紫色的外衣上，并给了覆在埃蒙爵士全身铠甲上的黄釉向日葵以一种病态的色彩。他们头盔上飘着长长的丝羽毛，肩上垂着彩虹披风。

帐内，布蕾妮正为国王穿戴战装，而塔利伯爵和罗宛伯爵在一旁谈论战斗部署。营帐里很温暖，十几个小铁盆里的煤球在燃烧，

散发出热能。"我一定要跟您谈谈，陛下。"她说，这是她第一次给他冠上国王的头衔，无论如何要让他注意到她。

"好的，我马上就好，夫人。"蓝礼答应。布蕾妮正把背甲和胸甲系在他的加垫外衣上。国王的铠甲乃是深绿，是夏日密林里树叶的色彩，绿得深沉，似乎能吸收烛光的焰芒。金色的光辉在铠甲的扣子和饰品上闪烁，如同树林里缥缈的鬼火，随着他的行动而摇曳。"请继续，马图斯大人。"

"陛下，"马图斯·罗宛边说边瞟了凯特琳一眼，"此刻，我军已准备就绪。为何要等天明？吹响号角，让我们进军吧。"

"要人们说我背信而胜，发动毫无骑士精神的偷袭？黎明才是约定的时间。"

"黎明是史坦尼斯选择的时间，"蓝道·塔利指出，"他想背靠初升的太阳冲击我们。而我军则几乎是半盲状态。"

"那最多只能造成片刻的惊骇，"蓝礼自信地说，"洛拉斯爵士将挡住他们。之后将开始混战。"布蕾妮为他系紧绿色的皮带，扣上金色的扣子。"我老哥去世之后，不许任何人侮辱他的尸首。他是我的血亲骨肉，我决不允许谁把他的头颅穿在枪上到处炫耀。"

"假如他投降呢？"塔利伯爵问。

"投降？"罗宛大人大笑，"当年梅斯·提利尔把他困在风息堡，他宁可吃老鼠也不愿献城。"

"那时的状况我记得很清楚。"蓝礼抬起下巴让布蕾妮系好护喉。"到最后山穷水尽，实在支撑不住，加文·威尔德爵士和他手下三个骑士便合谋赚开一道边门开城投降，却不料被史坦尼斯逮个正着。他下令用投石机把他们从城上抛出去。我还记得加文被捆上去时脸上的表情，他一直是我们的教头啊。"

罗宛大人有些迷惑。"没人从城内掷出来啊。我记得很清楚。"

"那是因为克礼森学士劝阻了史坦尼斯,他说既然我们困窘得快要吃同伴的尸体,怎么能把好肉就这么投掷出去呢。"蓝礼把头发拢了拢。布蕾妮用天鹅绒的带子将它系住,并在他耳边装了一顶小垫帽,以减轻头盔的重量。"多亏洋葱骑士,我们才没有堕落到啃食尸体的地步,当时那是迫在眉睫的事了。对加文爵士来说更是如此,他死在牢里。"

"陛下。"凯特琳一直耐心等待,不过时间越来越少。"您答应要听我一言。"

蓝礼点头。"去战斗吧,大人们……呃,如果巴利斯坦·塞尔弥在我老哥的阵营里,千万要活捉他。"

"巴利斯坦爵士自被乔佛里赶走后就没了消息。"罗宛大人质疑。

"我了解那位老人。他需要一位供他守护的国王,不然他算什么?既然他没站到我这边,凯特琳夫人说他也没和奔流城的罗柏·史塔克在一起。那么,除了史坦尼斯,他还能在哪儿呢?"

"如您所愿,陛下。他将不会受到任何伤害。"两位大人深深一鞠躬,转身退出。

"请畅所欲言,史塔克夫人。"蓝礼道。布蕾妮将披风搭上他宽阔的肩膀。披风乃是金线织成,十分沉重,上面有黑玉镶成的拜拉席恩家族的宝冠雄鹿。

"兰尼斯特的人企图加害我儿子布兰,我无数次扪心自问这到底是为了什么。直到那天听了您哥哥的话,我才恍然大悟。他坠楼当天正是狩猎的日子,劳勃、奈德以及大部分人都去追逐野熊,只有詹姆·兰尼斯特留在临冬城内,还有王后。"

蓝礼没有忽略她的暗示。"所以你认为,那孩子看见他们乱伦的……"

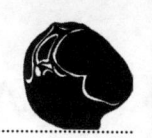

"我求求您，陛下，准许我到您哥哥史坦尼斯那边去，把我的怀疑告知他。"

"目的何在？"

"如果您和您哥哥愿意暂时搁置王冠，罗柏也会。"她嘴上这么说，心中却只能希望儿子会这么做。必要之时，她要确保他这么做，就算罗柏手下的诸侯不肯听从，相信罗柏会听她的话。"你们三人应当协力召开大议会——这个国家已经有上百年没召集过了。我们将派人去临冬城，让布兰讲述他的故事，让全天下的人都知道兰尼斯特家族才是真正的篡夺者。然后，由应召而来的七国上下所有领主来共同决定谁是他们的统治者。"

蓝礼大笑。"告诉我，夫人，你们的冰原狼会为谁当头狼而投票吗？"布蕾妮拿来国王的手套和巨盔。盔上装饰着黄金鹿角，约有一尺半长。"谈判的时间已然过去，如今是比试力量的时刻。"蓝礼把龙虾状、金绿相间的手套穿进左手，布蕾妮则跪在地上替他系腰带，腰带因长剑和匕首的关系而显得沉重。

"以圣母的名义，我恳求您。"凯特琳喊道，忽然一阵风吹开了帐门。她觉得自己似乎看见某个东西移了进来，可当她回过头去，只有国王的影子映照在丝制篷布上，变换摇曳。只听蓝礼说了个笑话，他的影子也随之迁移，提起剑。绿帐浮现黑的阴霾，烛火闪烁颤抖的光。事情变得很奇特，很不对劲，她发现蓝礼的剑还好端端地别在腰间，并未出鞘，而那影子般的剑……

"好冷。"蓝礼用一种细微而迷惘的语调说，半晌之后，护喉处的钢板就如棉布一般被轻轻划开，被一柄并不存在的影子剑划开。他只来得及发出一声细小而粗浊的喘息，喷涌的鲜血便阻塞了喉咙。

"陛——不！"当那邪恶的喷流脱缰而出时，蓝衣卫布蕾妮撕心裂肺地哭嚎起来，和寻常受惊的小女孩无异。国王蹒跚着倒在她怀中,大片的鲜血在盔甲前流淌,暗黑的潮流淹没了绿色与金色。蜡烛纷纷熄灭。蓝礼挣扎着想开口,却被自己的鲜血哽住。他的双腿已然倾颓,全然凭借布蕾妮的力量支撑。她仰起头,放声呼叫,却在极度苦痛中无法吐词。

影子。某种既黑暗又邪恶的事情正在此地发生,她知道,这是一种她所无法了解的事情。那影子不是蓝礼的身影。死亡从门外而来,夺走了他的生命,迅疾一如吹灭烛火的狂风。

数秒之后,罗拔·罗伊斯和埃蒙·库伊便带着两名手执火把的军士闯了进来,然而凯特琳却觉得似乎过了半个夜晚。他们看见倒在布蕾妮怀中的蓝礼,看见她被国王的鲜血浸得通红,罗拔爵士发出惊怖的喊叫。"你这歹毒的女人!"身穿黄釉向日葵铠甲的埃蒙爵士吼道,"放下他,你这可恶的东西!"

"诸神在上,布蕾妮,这到底是为什么?"罗拔爵士质问。

布蕾妮从国王的躯体上抬起头。国王的血不住涌出,肩上的彩虹披风染得血红。"我……我……"

"你会偿命!"埃蒙爵士从门旁的兵器堆里拔出一根长柄战斧。"你要为国王偿命!"

"不要!"凯特琳·史塔克呼喝,她终于找回了自己的声音,但太迟了,他们都因鲜血而变得疯狂,人们喊叫着扑上来,淹没了她无力的话语。

然而说时迟那时快,布蕾妮以凯特琳无法置信的速度行动起来。她的剑并不在手边,因此她抽出蓝礼的佩剑,挡住埃蒙劈下的斧头。钢铁剧烈碰撞,擦出蓝白火花。布蕾妮一跃而起,将国王的躯体粗率地推到一旁。再次扑击而来的埃蒙爵士被尸首绊了一下,一愣之间,布蕾妮的剑便生生斩断了斧柄,断裂的斧头在空中旋转。这时,一名军士手执火把刺向她的背部,然而彩虹披风浸透了血,无法燃烧。布蕾妮回身,挥剑,火把与手臂齐飞,焰火

点燃地毯。残废的军士凄厉地惨叫。埃蒙爵士扔下斧子，拔出自己的佩剑。第二位军士跳上前来，布蕾妮闪身弹开，两剑在空中急速交击、碰撞，发出刺耳的声响。随后埃蒙·库伊加入战团，以一敌二，布蕾妮只能后退，但她竭力和他们保持平手。地上，蓝礼的头颅无力地滚向一边，那道伤口恐怖地张开，血液缓缓地、缓缓地流出来。

罗拔爵士一直没有动手，犹豫不决，现在他也摸向自己的剑柄。"罗拔，别这样，听我说。"凯特琳抓住他的胳膊。"你们弄错了，不是她。救救她吧！听我说，这是史坦尼斯干的。"这个名字想也没想便浮现在嘴边，然而当她说了出来，迅即明白这是事实。"我发誓——你了解我的荣誉——是史坦尼斯害了他。"

年轻的彩虹骑士用苍白而惊恐的眼睛瞪着那正疯狂作战的女人。"史坦尼斯？他怎么做的？"

"我不知道。是巫术，某种黑暗的魔法，那里有道影子，影子。"她自己都听出自己语带癫狂，然而言语却滔滔不绝，一如身后飞速交击的利刃。"有一道拿着利剑的影子，我发誓，我亲眼看见了。你瞎了吗，那女孩爱他啊！快帮帮她吧！"她回头一瞥，只见第二名军士也倒了下去，长剑从他无力的手指中松脱。营帐外人声鼎沸，显然，愤怒的人群随时都可能一拥而入。"她是清白的，罗拔。我向你保证，以我丈夫之名和史塔克家族的荣誉向你保证！"

这句话打动了他。"我会制止他们，"罗拔爵士道，"快把她带走。"他转身走出去。

地毯上的火焰终于燃到了帐幕上，营帐内火势四处蔓延。埃蒙爵士狠狠地攻击布蕾妮，他身穿黄釉钢甲而她只穿着羊毛衣。然而他的不幸在于遗忘了凯特琳。她举起铁炭盆，砸在他的后脑勺上。他戴着头盔，这一击并不致命，但足以让他栽倒在地。"布蕾妮，

"跟我走。"凯特琳命令。女孩立即把握机会,手起剑落,划开绿丝帐篷。她们并肩奔入黎明前的黑暗和寒意中。嘈杂的喧哗从营帐另一头传来。"走这边,"凯特琳指点,"动作放慢。我们不能奔跑,否则会惹人起疑。若无其事地走,就当什么也没发生。"

布蕾妮收剑入鞘,跟在凯特琳身后。夜晚的空中有雨的气息。在她们后方,国王的帐篷完全着了火,飞升的火苗直冲夜空。无人在意她们。人们急匆匆地跑过,嘴里高呼着火灾、谋杀和巫术。还有的人三五成群地聚在一旁,低声议论着什么。只有几个人在祈祷,而凯特琳只发现有一名独一无二的年轻侍从跪倒在地,公然地啜泣。

谣言口耳相传,蓝礼的大军在逐步瓦解。夜晚的篝火渐渐熄灭,东方的旭日晨光下,风息堡硕大无朋的身躯卓然不群,宛如梦幻中的巨崖。苍白的迷雾一丝丝涌动,弥漫整个原野,随后又在太阳的光辉和清风的羽翼下四散逃窜。那是清晨的幽灵啊,老奶妈给她讲过这个典故,那是返回坟墓的灵魂。蓝礼就在里面,一如他的哥哥劳勃,一如她挚爱的奈德。

"我从没抱过他,直到他死去的那一刻。"她们在扩散的混乱中穿梭,布蕾妮静静地说。她的语调听起来似乎随时可能崩溃。"前一刻他还在笑,突然却到处都是血……夫人,我不明白。您看见了吗,您看见……?"

"我看见了一道影子。我起初以为那是蓝礼的影子,然而不是,那是他哥哥的影子。"

"史坦尼斯大人?"

"我能感觉到他。这听起来没什么理由,但我知道……"

对布蕾妮而言,这句话已经足够。"我会杀了他,"这位身材高大、容貌平庸的姑娘斩钉截铁地宣布,"我会亲手杀了他,用我主公的剑替他报仇。我发誓!我发誓!我发誓!"

哈尔·莫兰和她的护卫备好了马等着她。文德尔·曼德勒爵士正急不可耐地四处打听,想弄清到底发生了什么。"夫人,整个营地都好像发了疯!"瞧见她们,他不假思索地喊道。"蓝礼大人,他到底——"他突然住嘴,瞪着浑身浴血的布蕾妮。

"他已去世,但不是我们干的。"

"这场战斗——"哈尔·莫兰接过话头。

"没有战斗了。"凯特琳翻身上马,护卫们在她身边整队集结,文德尔爵士靠到她左边,派温·佛雷爵士在右。"布蕾妮,我们携带了两倍于人数的马匹。你挑一匹,跟我们走吧。"

"夫人,我有马,还有自己的铠甲——"

"那些都不用管。我们必须在他们立意追踪我们之前逃得远远的。国王被杀时我俩都在场,人们不会忘记这个事实。"于是布蕾妮一言不发地转身照办。"出发!"当护卫们全体上马后,凯特琳即刻下令。"若有人阻拦,格杀勿论!"

晨光用修长的指头抚摸着原野,带回世界的色彩。薄雾之下,灰色的战士骑着灰色的骏马举着影影绰绰的枪矛,一万支长枪的尖头闪烁着金色的寒光,一望无垠的飞扬战旗呈现出红粉橙,显示了蓝白棕,照耀着高贵的金黄。那里有风息堡和高庭全部的精锐骑兵啊,一个小时之前还是蓝礼的大军,如今却都属于史坦尼斯,凯特琳明白,虽然他们自己大概还不知道。如果不追随最后的拜拉席恩,他们还能效忠谁呢?史坦尼斯赢了,仅靠一次邪恶的打击便赢得了一切。

我是合法的国王,他宣称,说话时下巴像钢铁一样紧绷,而你儿子和我弟弟一样都只是叛徒。他也有末日来临的那一天。

一阵寒意浸透全身。

A SONG OF ICE AND FIRE

琼恩

山丘自浓密的森林中骤然升起,孤立而突兀,数里之外便能看见强风吹刮的峰顶。游骑兵们都说,野人称它为先民拳峰。它真的像拳头,琼恩心想,它自土地和树林间高高屹立,光秃棕褐的山坡上乱石密布。

他随莫尔蒙司令和高级官员们上了山顶,把白灵留在树荫下。因为他们登山时,冰原狼三次逃开,前两次他勉强服从于琼恩的口哨,等到第三次,司令大人失去了耐心,叫道:"随他去,孩子。我想在日落之前抵达峰顶。你待会儿再去找狼吧。"

上山的路陡峭而崎岖,顶峰环绕着一圈由乱石砌成、及胸高的墙。人们不得不向西绕了一大圈,方才找到一个容马通行的缺口。"这里地势不错,索伦,"登顶之后熊老宣布,"找不到比这更好的地方了,我们就在这里安营扎寨,等待断掌。"语毕总司令翻身下马,他的动作惊扰了肩上的乌鸦。鸟儿高声抱怨几句,飞上了天。

山顶的风光很不错,但真正吸引琼恩的是那道环墙:风化的灰石上爬满片片苍白的地衣,绿色的苔藓轻轻拂动。传说这座拳峰是黎明纪元里先民所修筑的环堡。"地方虽古老,但依然坚固。"索伦·斯莫伍德说。

"古老,"莫尔蒙的乌鸦在他们头顶吵吵闹闹,挥舞翅膀,尖叫着,"古老,古老,古老。"

"闭嘴。"莫尔蒙抬头对鸟儿吼道。熊老向来骄傲,不肯在别人面前示弱,但琼恩也不是那么好骗的,他看得出来,跟着年轻人

走了这么长的路,老人已经疲惫不堪。

"必要的时候,这个高地很容易防守。"索伦一边策马巡视环墙,一边指出,黑貂皮斗篷在风中激荡。

"没错,这地方行。"熊老迎风抬起一只手,乌鸦旋即停上他的前臂,爪子紧紧扒住黑环甲。

"水的问题怎么解决,大人?"琼恩询问。

"在山脚下,我们不是刚涉过一条小溪么。"

"两地之间,有一段很长的攀爬,"琼恩指出,"而且溪流在石头环垒之外。"

索伦开了口:"怎么,懒得不愿爬山了,小子?"

莫尔蒙司令也接口道:"看样子,我们找不到比这更坚固的地方了。我们可以把水先挑上来,确保补给充足。"琼恩知道多说无益,便不再开口。于是命令就此下达,守夜人的弟兄们很快在先民修筑的石墙后搭起了帐篷。黑色的营帐如雨后蘑菇般纷纷浮现,毯子和铺盖卷罩住了光秃的土地。事务官们将驮马排成长长的队列,喂它们草料和清水。林务官们则乘着落日的余晖拿起斧子到树林里砍伐木材,以备夜晚之需。一群工匠着手清理地面,挖掘厕所,并解下捆捆用火淬硬的木桩。"天黑之前,务必把环墙每个开口都挖好壕沟,立起桩子。"熊老下令。

等司令官的营帐搭好,将马匹安顿完毕,琼恩便下山去寻找白灵。冰原狼立刻响应他的召唤,沉默地冲出来:前一刻琼恩还孤身一人,大步走在林间,踏着松果和落叶,边吹口哨边喊叫;下一刻,这头大白狼就已经漫步在他身边,苍白一如晨雾。

可抵达环堡外围时,白灵却又不肯前进。他小心翼翼地跑上前去嗅嗅岩石的缝隙,接着便忙不迭地后退,好像很不喜欢嗅到的气息。琼恩抓住他颈背,打算硬拖他进入环墙,这并不容易——冰原狼几乎和他一般重,无疑还远比他强壮。"白灵,你是哪儿不对劲了?"他从来不会这么违拗啊。最后琼恩只好放弃。"随你便啦,"他告诉狼,"去吧,打猎去吧。"他穿过青苔密布的石墙往回走,那双红色的眼睛一直盯着他。

墙里面应该很安全。居高临下,附近地区都在视野之中,而山坡在北、西两面都非常陡峭,唯在东方稍微舒缓。虽然如此,但随着暮色渐沉,黑暗逐步渗透到林间的空旷中,琼恩心里的惴惴不安却油然而生。这可是鬼影森林啊,他告诉自己,这里或许真的有鬼魂,先民的幽灵在此徘徊不去呢。毕竟这里曾是他们的地盘。

"行了,别孩子气了。"他对自己说。爬上堆叠的乱石,琼恩望向落暮的太阳。乳河蜿蜒着流向南方,河面上闪烁的微光,好似锻冶中的黄金。上游的土地更加崎岖,浓密的森林不复出现,取而代之的是一系列光秃的石丘,它们肆无忌惮地高高耸立,并向着北方和西方延伸。远方的地平线上,山脉好似雄浑的阴影,一片接一片,直至变得灰白模糊。参差的峰峦上终年积雪,纵然遥遥相望,它们依旧那么庞大、冰冷、寂寞而荒凉。

拉近视线,四周完完全全是树的天下。南面和东面,林木直到视野尽头,这是一片无比辽阔、盘根错节的密林,撒下成千上万暗绿的影子,其中点缀着几处红色,那是挤开松树或哨兵树的鱼梁木,偶尔浮现的黄则是几株开始成熟的阔叶烟草。朔风吹起,他听见远比他年迈的枝叶在呻吟叹息。千百片树叶集体舞蹈,一时之间,森林似乎化为深绿的海洋,风暴流转,不得宁息,恒同日月,难以揣测。

白灵怎会喜欢独自待在这种地方?他心想。在这片林海汪洋里,任何移动的事物,即便正朝着环堡扑来,也根本无从窥见。任何事物。真有什么不测我们该怎样防备?他在原地伫立许久,直到太阳消失在锯齿状的山脉后,暗影爬进了森林。

"琼恩?"山姆威尔·塔利喊道,"果然是你。你还好吗?"

"很好。"琼恩跳下墙,"你呢?"

"不错。我觉得不错。真的。"

琼恩不打算用自己的忧虑去烦扰朋友,尤其是面对刚开始找到勇气的山姆威尔·塔利。"熊老打算在这里等候断掌科林以及影子塔的人马。"

"这似乎是个很坚固的地方,"山姆说,"先民的环堡……你觉得这里从前打过仗吗?"

"当然喽。对了,你该把鸟儿准备好。熊老正打算派它送信呢。"

"我真想把它们通通派走。它们讨厌被关进笼子。"

"你要有翅膀,也会这样想。"

"我要有翅膀,早飞回黑城堡吃猪肉馅饼了。"山姆说。

琼恩用灼伤的手掌拍拍对方肩膀,他们并肩回到营地。周围的营火生了起来。头顶,星星也出来了。"莫尔蒙的火炬"那绵长的红尾如明月一般耀眼。还没走到鸦笼,琼恩便听见了它们的尖叫。很多鸟儿正喊着他的名字。对于制造噪声,乌鸦可是孜孜以求,决不害臊。

说不定它们也感觉到了。"我先去照管熊老,"他说,"不把他喂饱,他也会吵吵闹闹。"

熊老正和索伦·斯莫伍德及另外六七个军官讨论军务。"你来了啊,"老人粗声道,"没事的话,给我们端点热酒。今晚上凉得要命。"

"是,大人。"于是琼恩生起篝火,找负责给养的人要了一小桶莫尔蒙最喜欢的红葡萄酒,并将之倒进壶中。随后他将水壶搁在火上,自己跑去取其他材料。熊老对他爱喝的香料热酒是很讲究的:添加的肉桂、豆蔻和蜂蜜都有特定的剂量,不多也不少,此外还要加入葡萄干、坚果和干浆果,但不放柠檬——因为那是来自遥远南方的奢侈品,非常稀罕,熊老只用它来搭配早餐的啤酒。"饮料的第一功用是温暖身体,"司令官如此强调,"但葡萄酒不能煮沸了。"于是琼恩小心翼翼地盯着水壶。

他边工作,边听着帐内的谈话。只听贾曼·布克威尔道:"要进入霜雪之牙,最容易的路是顺着乳河上溯。但假如我们选择这条路,一定会给雷德知道,这和太阳会升起一样确然无疑。"

"那就走巨人梯,"马拉多·洛克爵士说,"说穿了,风声峡也可以考虑。"

葡萄酒冒出蒸气。琼恩连忙把水壶从火上放下,倒满八个杯子,端进帐篷。只见熊老目不转睛地盯着山姆在卡斯特堡垒里绘制的粗糙地图。他从琼恩端的盘子里拿了一个杯子,用力灌下一口,粗率地点头,以示嘉许。他的乌鸦不肯沉默,在他手臂上跳来跳去。"玉米,"它说,"玉米,玉米。"

奥廷·威勒斯爵士挥开酒盘。"我决不进山,"他用细微而疲倦的语气说,"霜雪之牙那地方夏天都冷煞人,而目前……倘若遇上风暴……"

"嗯,除非万不得已,我不打算冒险进入霜雪之牙。"莫尔蒙说,"野人和我们一样,不能靠岩石和积雪过活。甭管他们聚集了多少人,很快便会从大山中出来,而唯一的路径便是顺着乳河河道向下。如此看来,我们在此正好扼住要害。他们绕不开我们。"

"恐怕他们根本就没打算绕开。他们的人成千上万,而我们呢?就算加上断掌的人马,也不过才区区三百。"马拉多爵士接过琼恩盘中的杯子。

"就算要打,也找不到比这里更好的地势。"莫尔蒙宣布,"所以我们得加紧准备,设好刺钉和陷坑,在山坡上布满蒺藜,每个裂口都要修补完整。贾曼,我需要借重你敏锐的观察力,带上你的人,在营地附近和河岸两边布下警戒,让他们藏在树上,一旦发

现不明物接近便立刻报告。我们再来谈水的问题，必须储备大大多于当前需求的水。我命令，立刻着手开挖蓄水池。繁重的劳动眼下会让弟兄们不满，但到头来对我们可是性命攸关。"

"我的游骑兵——"索伦·斯莫伍德开口。

"断掌抵达之前，你的游骑兵只准在河的这一岸巡逻。他到达之后，我们再做决定。我不想失去任何兄弟。"

"那么，曼斯·雷德或许正在离此一日骑程外集结军队，而我们都不知道呢。"斯莫伍德抱怨。

"我们已经知道野人在何处集结，"熊老反驳，"卡斯特告诉了我们。我虽然讨厌他，但我不认为他会在这种事上撒谎。"

"那好吧。"斯莫伍德沉着脸离去。其他人比较礼貌，喝完了酒，才纷纷离开。

"用晚餐吗，大人？"琼恩问。

"玉米。"乌鸦尖叫。莫尔蒙沉默了一会儿，最后才开口："你的狼今天可有猎获？"

"他还没回来呢。"

"他和我们一样，也需要新鲜肉食。"莫尔蒙手伸进口袋，掏出一把玉米喂乌鸦。"你也觉得我不该限制游骑兵的活动？"

"这轮不到我来发表议论，大人。"

"如果我认真地问你呢？"

"如果游骑兵只在拳峰视线之内活动，我不认为他们能找到我叔叔。"琼恩承认。

"他们是找不到的。"乌鸦急切地啄食熊老掌中的玉米粒。"别说是两百人，就算咱们有一万人，这片土地也过于辽阔。"玉米给吃了个干净，莫尔蒙抖了抖手臂。

"您不会放弃搜索吧？"

"伊蒙学士说你是个聪明人。"莫尔蒙把乌鸦让回肩膀。鸟儿歪起脖子，小眼睛闪闪发光。

他把琼恩逼到了死胡同。"这个……这个我觉得让一个人找两百人比让两百人找一个人要容易得多。"

乌鸦发出一阵咯咯的尖叫。透过厚厚的灰胡子，熊老笑了，"我们这群人留下的踪迹就连伊蒙也能跟上。屯在山上，相信我们的营火打霜雪之牙那边都能看到。如果班杨·史塔克还活着，还能自由行动，他一定会找路过来，我向你保证。"

"是的，"琼恩说，"可……如果……"

"……他死了？"莫尔蒙问，声音依旧和善。

琼恩勉力点点头。

"死了，"乌鸦说，"死了。死了。"

"他也许会以别种方式回来，"熊老说，"就像奥瑟，就像杰佛·佛花。琼恩，我的心情跟你一样，但我们必须承认这种可能性。"

"死了，"他的乌鸦还在叫闹，一边抖动翅膀，声调愈加高亢尖锐，"死了。"

莫尔蒙摸摸鸟儿的黑羽，用手背遮住一个突来的呵欠。"我想晚餐就省了吧。休息休息对我更好。记住，天一亮就叫醒我。"

"请您好好休息，大人。"琼恩收起空杯子，走出帐外。远处传来欢笑，还有管笛吹奏的伤感乐曲。营地中央燃起一堆熊熊的篝火，炖肉的香味随风传来。熊老或许不饿，但他可是饥肠辘辘。于是他朝着篝火走去。

戴文正一手拿勺，一边滔滔不绝地说话："我哪，比这世上任何人都要了解这片森林。我告诉你，今晚上决不能一个人出去。你闻不到吗？"

葛兰睁着斗大的眼睛望着他，但接口的是忧郁的艾迪："我只闻到两百匹马的屎尿味，还有这锅肉。说实话，气味都差不多。"

"你少说几句成不成?"哈克轻拍匕首,咕哝了几句,并为琼恩盛了一碗炖肉。

肉汤里有大麦、萝卜和洋葱,以及几片煮得烂熟的咸牛肉。

"你到底闻到什么,戴文?"葛兰问。

林务官已把假牙取了下来,琼恩瞧着他爬满皱纹的脸和老树根一般多瘤的手臂。他吮了吮勺子,方才开口:"我觉得这里闻起来……呃……很冷。"

"敢情你脑子和牙齿一样都是木头做的?"哈克告诉他,"怎么可能闻起来冷呢?"

怎么不可能?琼恩想,随即忆起司令塔那一夜。那是死亡的味道。突然间,他也没了胃口,便把肉汤递给葛兰,他看来正需要额外加餐以温暖身体,对抗寒夜。

离开之际,风吹得强烈。看来到了清晨,大雪便会覆盖土地,帐篷绳将会冻结僵硬。壶底还有些许残留的料酒,琼恩为火堆添进新柴,重新加热水壶。他边等边暖指头,又张又合,直到经脉稍稍舒活。营地四周,值头班夜的弟兄已经上岗。火炬沿着环墙摇曳不定。这是个无月的夜,只有上千颗星星高挂头顶。

黑暗中传来一阵呼嗥,微弱而遥远,但确然无疑——这是狼群的嗥叫。它们的声音起起落落,仿如一首凄迷而寂寥的歌谣,让他汗毛直竖。篝火对面,阴影之中,一对红眼睛凝视着他,就着火光,犹如一对闪烁的宝石。

"白灵,"琼恩惊讶得喘了口粗气,"你终于肯进来了么,呃?"他的白狼平常总是整夜巡猎,他本以为天亮之前没可能再见他。"这里抓不到东西?"他问,"来。到我这儿来,白灵。"

冰原狼围着火堆打转,嗅嗅琼恩,又嗅嗅风,不得宁静。看来他不像是刚饱餐过一顿的样子。当死人开始行走,最先发现的就是白灵,是他叫醒我,警告我。他忽然警惕地起立。"外面是不是有什么东西?白灵,你闻到了什么?"戴文说他闻到了冷。

　　冰原狼跳开一步,停下来,又回头望他。他要我跟他走。于是琼恩拉起斗篷的兜帽,离开营区,离开温暖的篝火,穿过排列整齐的粗毛犁马,朝外走去。白灵经过时,有匹马紧张地嘶叫起来,琼恩停下来摸摸它鼻子,说了几句安抚的话。他们越接近环墙,他便越清晰地听见狂风刮过石缝发出的呼啸。前方有人盘问,琼恩走进火光下。"我去为司令大人取水。"

　　"好的,你去吧,"守卫说,"不过动作快点。"这名男子蜷缩在黑斗篷里,拉起兜帽以对抗寒风,琼恩看不见他的脸,只觉得他像原地不动的木桶。

　　琼恩从两根尖桩间挤过,而白灵则从下方穿出。墙缝里插着一支燃烧的火炬,风声席卷,它也跟着飞扬,发出白橙相间的光芒。琼恩侧身钻过墙间通道,顺手一把取下它。到了外面,白灵立时飞奔而下,琼恩则慢慢跟随,让火炬为自己照亮下山的路。营地的喧哗在身后湮灭。漆黑夜,乱石坡,险恶的山路,只要一时疏忽,便会摔断膝盖……甚至脖子。我到底在干什么?他一边选取路径一边问自己。

　　森林就在下方,宛如装备着硬皮与繁叶的战士,静默地排成队列,等待着攻打山丘的命令。它们的身躯一片漆黑……只有当火光扫过枝干,琼恩才瞥见几许绿影。隐隐约约,他听见岩石间潺潺的流水声。白灵在矮树丛中消失不见,琼恩拼力跟上,一边侧耳倾听小溪的呼唤,以及树叶在风中的叹息。枝条不断攫住他的斗篷,头顶浓厚的树冠密密匝匝,遮蔽了繁星。

　　白灵跑到溪边,啜饮清水。"白灵,"他唤道,"到我这儿来,快。"冰原狼抬起头,两眼通红,目露凶光,清水如垂涎般自他牙关滑落。刹那间,他是如此凶怖可怕。随后他便跑开了,跑过琼恩身边,冲向密林深处。"白灵,等等,站住。"他吼道,但狼

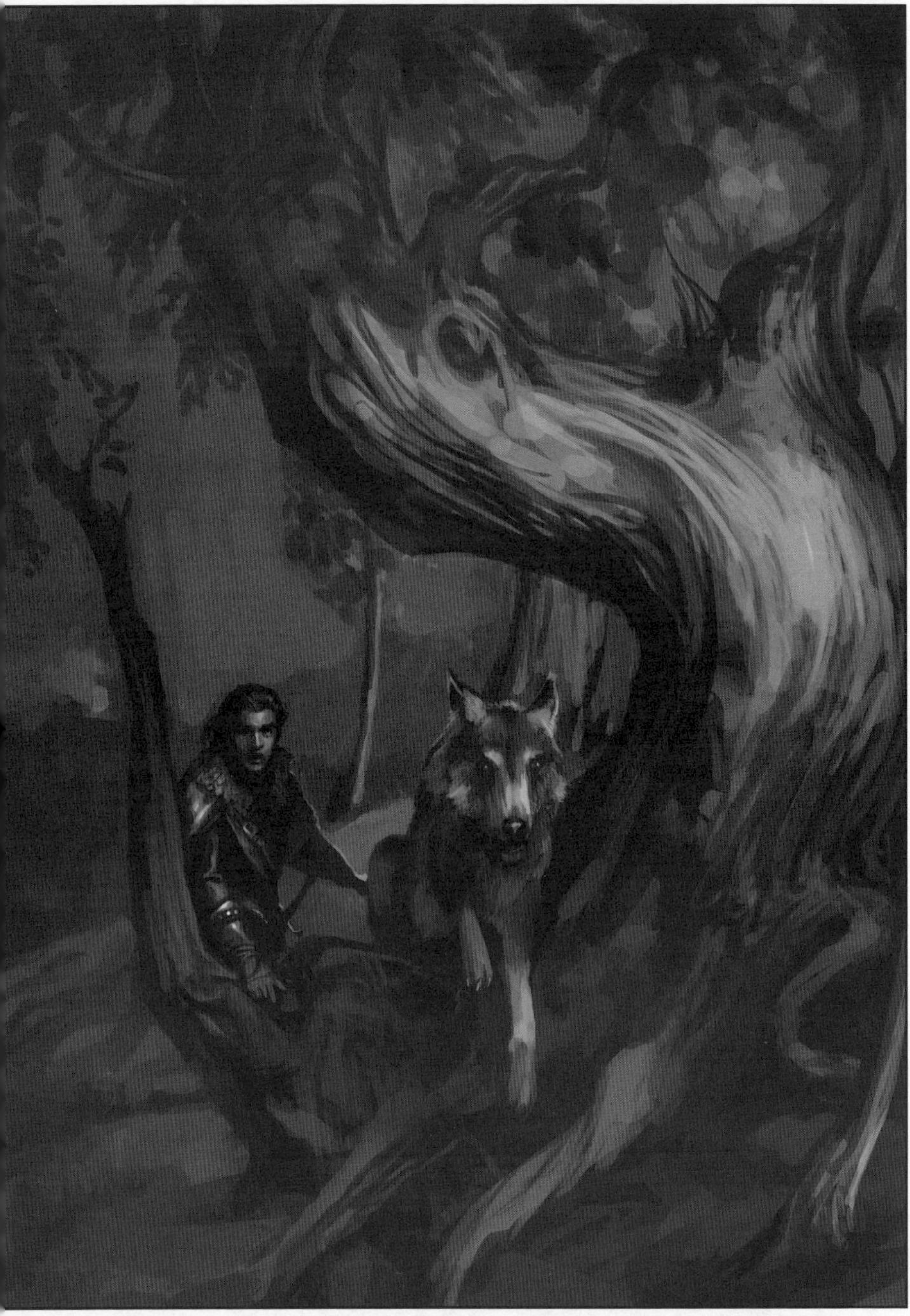

毫无反应。苍白而苗条的形体隐没在无边的黑暗中,琼恩只有两个选择——要么独自爬山返回,要么继续跟随。

他只能跟随,于是他放低火炬,愤愤不平地向前走去,一边小心翼翼地留意可能绊倒人的岩石,可能箍住脚的粗根和可能扭断膝盖的孔洞。每走几步,他就停下来呼唤白灵,但夜风刮过密林的嚎啸淹没了一切。这真是疯了,他愈加深入森林,便愈加这么认为。当他终于打算回头时,忽然瞥见前方有一道白影,闪向右边,朝山丘奔去。他连忙追赶,上气不接下气地咒骂起来。

他们绕着拳峰的山脚跑了大约四分之一,直到他再度跟丢了狼。他累得喘不过气,便在一堆灌木、荆棘和碎石中歇下脚步。火光之外,黑暗从四面八方向他逼近。

这时,一阵轻微的抓刨声引起了他的注意。琼恩朝发声之地移去,在石头和灌木间谨慎地游走。最后,在一棵倾倒的大树下,他终于找到了白灵。冰原狼正疯狂地挖掘着大地,刨起阵阵尘土。

"找到了什么?"琼恩放低火炬,发现眼前是一座松土搭成的圆形土墩。一座坟墓,他心想,是谁的呢?

他跪下来,将火把插进身旁的泥地。土质松软而多沙,琼恩抓起一把,里面既没有石子,也没有根须。不管这里埋了什么,必定为时不长。挖下两尺,指头有了衣物的触觉。他认为这是某具尸首,他恐惧这是某具尸首,但这里……有别种的异样。他挤挤织物,觉出下面有某种细小、坚硬、不能弯曲的东西。这里没有气味,更没有尸虫的迹象。白灵往后退开,蹲下来,盯着他瞧。

琼恩拨开松土,找到一个圆形的包裹,直径几乎有两尺。他将手指伸进土中,用力提出来,随着拖曳,里面发出叮当的响声。莫非是财宝?他心想,但手上感觉不出钱币的形状,仔细一听声音,也不是金属的发音。

一捆磨旧的绳子紧紧绑着包裹。琼恩取出匕首,割断开来,摸索着把织物抖开。包裹翻了个滚,东西落了一地,闪着黑光。他发现十几把小刀,大批树叶形状的矛尖,以及无数的箭头。琼恩拾起一把刀,它轻若鸿毛,闪着黑芒,没有握柄。火炬的辉光在刀锋上跃动,一轮橙色的细线描绘出锐利的锋刃。是龙晶。鲁温师傅称之为黑曜石的事物。难道说白灵找到了森林之子的古老窖室,埋藏于此数千年之久的遗物?先民拳峰是个古老的地方,可是……

龙晶之下还有一个年代久远的号角,牛角制成,边缘镶了青铜。琼恩拍去号角里里外外的尘土,一串箭头也跟着滑落。他任它们落下,随手扯起包裹的一角,用手指揉搓。这是上好的羊毛,厚实,双层织工,虽然受了潮但并未腐朽。它埋藏的时间不可能太久。手边昏黑一团,琼恩牵起毛料,凑近火炬。不是昏黑,是漆黑。

在起身呼喊之前,琼恩已经明白了他所发现的东西:这是誓言效命的守夜人兄弟的黑斗篷。

布兰

酒肚子在锻炉边找到他时,他正帮密肯拉风箱。"学士在塔楼等您,王子殿下。有只鸟刚从国王那边过来。"

"从罗柏那儿?"布兰兴奋起来,他等不及阿多,便让酒肚子背他上楼。酒肚子是个壮汉,但块头没阿多大,力量也差了不少。好不容易到达学士的住所,他已经满脸通红,气喘吁吁。瑞肯已经到了,两个瓦德·佛雷也在。

鲁温师傅遣开酒肚子,关上门。"大人们,"他严峻地说,"我们刚从陛下那里接获消息,其中有好也有坏。他在西境大获全胜,在一个名叫牛津的地方击破兰尼斯特军,随后夺取了很多城堡。他这封信写于烙印城,那里从前是马尔布兰家族的堡垒。"

瑞肯拉拉老师傅的袍子,"罗柏可以回家了?"

"恐怕暂时还不行。还有仗等着他去打呢。"

"不是说他打败泰温公爵了吗?"布兰问。

"并非如此,"学士道,"此次敌军由史戴佛·兰尼斯特爵士率领,此人也在战斗中送了命。"

布兰从未听说过这个史戴佛·兰尼斯特爵士,所以当大瓦德开口时,他发现自己居然赞同对方的话,"那没用,泰温大人才是关键。"

"告诉罗柏我要他回家家,"瑞肯说,"要他把小狼带回来哦,还有爸爸妈妈。"尽管瑞肯知道艾德公爵已死,却常常会忘记……大概是故意的吧,布兰怀疑。他的小弟弟有着四岁小孩所特有的固执。

布兰为罗柏的胜利高兴,却也隐隐有些不安。他还记得哥哥率军离开临冬城那天,欧莎告诉他的话。他走错方向了,女野人如此坚持。

"遗憾的是,胜利总是伴随着牺牲。"鲁温师傅转向瓦德们。"大人们,牛津一役的阵亡将士包括你们的叔叔史提夫伦·佛雷爵士。罗柏信上说,他在战斗中受了点伤,起初人们都以为并不严重,然而三天后他却在熟睡中死于自己的营帐。"

大瓦德耸耸肩:"他太老啦。我想想,该有六十五岁了吧。老头子是打不了仗的。他总说自己累得要命。"

小瓦德大声叫嚣:"等咱们祖父死等得累趴下了,是吧?那么艾蒙爵士是继承人喽?"

"别犯傻,"堂哥说,"长子的儿了的继承权优于次子。莱曼爵士才是下一顺位,接着是艾德温、黑瓦德、疙瘩脸培提尔,再来还有伊耿。"

"莱曼也老了,"小瓦德道,"我敢打赌,他都过了四十,胃又不好。你觉得他将来能继承领地吗?"

"我才会继承领地!谁管他呀。"

鲁温师傅严厉地打断他们,"你们该为自己的话感到羞耻!两位大人,死者是你们的亲叔叔,你们应有的哀悼在哪里?"

"是的,"小瓦德说,"我们非常悲痛。"

不对,他们才没有哩。布兰只觉一阵反胃,他们对到手的食物比你更满意。于是他请求鲁温师傅准他离开。

"好。"学士摇铃呼助。阿多大概在马厩里忙着,所以来了欧莎。她比酒肚子强壮,轻而易举便抱起布兰,背他下楼。

"欧莎,"穿过庭院时布兰开口问,"你知道去北方的路怎么走吗?就是去长城和……更远的地方?"

"找路不难。你只需追寻冰龙座,紧跟骑手之眼那颗蓝色的星。"她用背抵开门,走上螺旋梯。

"那里有巨人吗?以及……其他的……异鬼?森林之子?"

"我亲眼见过巨人,还听过森林之子的事迹,说到白鬼……你干吗问这个?"

"你见过三只眼睛的乌鸦没?"

"没有。"她笑道,"我也不想见。"欧莎踢开卧室门,把他放在窗边座椅上,他在那里可以俯瞰下方的大院。

她离开没多久,房门又开了,玖健·黎德未经邀请便走进来,身边跟着姐姐梅拉。"鸟儿带信的事你听说了?"布兰问。对面的男孩点点头。"可那不是你说的晚餐,只是罗柏写的一封信,我们又没吃信,而且——"

"绿色之梦会以奇特的方式反映现实,"玖健承认,"它们的真相并不容易理解。"

"给我讲讲你做的梦,"布兰道,"讲讲临冬城会有什么遭遇。"

"王子殿下肯相信我了么?您愿意信我的话,不管听起来多奇特了么?"

布兰点头。

"大海正涌来。"

"大海?"

"我梦见一片汪洋包围了临冬城。我看见黑色的浪涛击碎城门和塔楼,盐水灌进墙内,淹没了城堡。院子里到处是淹死的人。在灰水望,当我第一次做这个梦的时候,我还不认得那些面孔,现在我知道了,这里边有酒肚子,就是丰收宴会时为我们唱名的卫士。您的修士也在其中。还有铁匠师傅。"

"密肯?"布兰不但惊慌,还有些糊涂了,"可是大海和临冬城之间隔着千山万水,就算涨潮,城墙这么高,它怎么过得来呢?"

"在漆黑的夜里，盐水漫过了城墙，"玖健道，"我看见尸体，浮肿溺毙的人。"

"我们必须告诉他们，"布兰说，"告诉酒肚子，密肯和柴尔修士。让他们注意别被淹死。"

"这没有用。"绿衣男孩道。

梅拉来到窗边，把手放在他肩上，"他们不会相信的，布兰。就连你也不信。"

玖健坐上布兰的床。"告诉我你的梦。"

纵然梦境已过了许久，他仍旧很害怕，可他发了誓要相信他们，临冬城的史塔克必须遵守诺言的。"和你的梦不一样，"他缓缓地说，"有些是狼梦，狼梦还不算恐怖。我在梦中奔跑巡猎，杀戮松鼠。有的梦中乌鸦出现叫我飞。有的梦中大树呼叫我的名字，把我吓坏了。最吓人的是我经常梦见自己摔下去。"他望向庭院，感到很无助。"我以前从不失手。我喜欢爬，哪里都去过，上屋顶，登城墙，残塔上面喂乌鸦。母亲老是担心我摔下来，可我知道我不会。结果我真的摔了下来，现在连做梦都在不停地坠啊坠。"

梅拉捏捏他肩膀，"就这些？"

"差不多吧。"

"狼灵。"玖健·黎德道。

布兰睁大眼睛瞪着他，"什么？"

"狼灵。易形者。凶兽。假如你的狼梦被别人知道，别人便会如此称呼你。"

这些名字让他又害怕起来。"谁会这样叫我？"

"恐怕会是你自己的子民。很多人一旦知道你的真面目就会仇恨你，甚至来杀你。"

老奶妈经常讲起关于凶兽和易形者的可怕故事。故事里它们都是坏人。"我和它们不一样，"布兰道，"我才不是它们。那只是梦。"

"狼梦并非真正的梦。当你清醒时眼睛紧闭不开,当你入眠后灵魂却不由自主地搜寻它的另一半。布兰,你体内的能量非常强大。"

"我不要什么能量。我想当骑士。"

"骑士是你想当的,狼灵是你成为的。你改变不了事实,布兰,你既不能否认它也不能赶走它。你是长翅膀的奔狼,却不能飞翔。"玖健起身踱到窗前。"除非你睁开眼睛。"他并拢双指,用力戳布兰的前额。

布兰摸摸额头,却只有平滑无奇的皮肤。那里没有眼睛,那里根本不可能有闭着的眼睛。"我连它的存在都感觉不到,又怎么能睁开它呢?"

"布兰,你不能用手指来发现它,你必须以心灵去寻求它。"玖健奇异的绿眼审视着布兰的脸庞。"你在害怕?"

"鲁温师傅说,梦中没什么可让男子汉害怕。"

"有。"玖健道。

"有什么?"

"有过去。有未来。有真相。"

他们走后,布兰更加烦乱。乘独处之际,他试着打开第三只眼睛,却不知该怎么做。不管怎么皱额头,怎么用力戳,都不起作用。接下来的几天,他拿玖健提到的事去警告别人,可结果却和他的想象大相径庭。密肯觉得很可笑。"大海,是吗?说真的,我早想见识大海,可从来没机会。所以说它要自己来找我了,是吗?赞美诸神,为可怜的铁匠达成小小的愿望。"

"当我的时刻来临,诸神自会带走我,"柴尔修士平静地说,"可我不认为自己会被淹死。你知道,布兰,我是在白刃河畔长大的,游泳是我的拿手好戏。"

酒肚子是唯一一把警告当回事的人。他跑去见了玖健，之后便不再洗浴，也拒绝靠近水井。最后他变得臭气熏天，以至于六位同僚不得不合力将他强行按进热水盆，他们一边替他擦洗，他一边惨叫呼救，说他们要像青蛙男孩讲的那样把他淹死。洗澡事件后，酒肚子看见布兰或玖健就皱紧眉头，低声咕哝。

这之后没几天，罗德利克爵士带着俘虏回到临冬城，此人是个肥胖的青年男子，嘴唇丰厚润湿，头发长长的。他闻起来有茅坑的味道，比前阵子的酒肚子还糟糕。"大家叫他'臭佬'，"布兰问起姓名，稻草头回答，"我没听过他的真名，只听说他为波顿的私生子卖命，帮他谋害了霍伍德伯爵夫人。"

私生子本人已丧命，布兰在晚宴上得知这个消息。罗德利克爵士的部下在霍伍德家领地里逮到他时，他正干些可怕的事情（布兰弄不清到底是什么，只知道这些事似乎等人死了才能干）。他试图逃跑，结果被射杀。然而，人们来得太晚，已来不及拯救可怜的霍伍德伯爵夫人。结婚之后，私生子把她锁在塔里，还不给吃的。布兰听人说，当罗德利克爵士劈门进去时，发现她满嘴鲜血，指头全给生生咬断。

"这怪物给咱们系了个棘手的死结，"老骑士对鲁温师傅说，"不管是否情愿，霍伍德伯爵夫人从法理上说都是他的妻子。他让她在圣堂里和心树下发了婚誓，当晚还在众目睽睽之下跟她上床。她更签下遗嘱，声明这该死的杂种为她的继承人，上面封了她家族的蜡印。"

"在刀剑威逼之下所发的誓毫无效力可言。"学士争辩。

"卢斯·波顿可不会这么看，毕竟这关系到一大片领地的归属。"罗德利克爵士有些闷闷不乐，"所以我不得不暂时留这狗奴才一命，照说他跟他主人一般该死。我得留着他，直到罗柏结束战争返回北境，因为他是唯一一个目睹那杂种罪行的证人。但愿波顿大人听过他的证词后,会自动放弃领土要求。眼下,曼德勒家的骑士和波顿的部队已经在霍伍德森林里真刀真枪地干了起来,我却无力制止。"老骑士转过身,严厉地望着布兰,"我走之后你干了些什么,王子殿下?叫我的守卫别洗澡?你打算让他们闻起来都像那个臭佬,是吗?"

"大海正朝这里涌来,"布兰说,"这是玖健在绿色之梦里的所见。他说酒肚子会被淹死。"

鲁温师傅拉拉颈链。"黎德家的男孩相信自己能从梦中预见未来,罗德利克爵士。我给布兰讲过,这样的预言是不可靠的,然而实话实说,磐石海岸的确出了点麻烦。长船载着掠夺者前来,洗劫渔村,奸淫烧杀,干尽坏事。兰巴德·陶哈已派侄子本福德前去处理,但我估计他们只要发现我方人马出现便会立刻上船,逃得无影无踪。"

"是啊,然后又去别处打家劫舍。异鬼把这群懦夫抓走吧!若非我们的军队千里迢迢去了南方,波顿家的私生子,还有这些家伙,怎敢如此妄为!"罗德利克爵士瞧向布兰,"那小子还说了什么?"

"他说大水会淹过城墙。他不仅看见酒肚子淹死,还包括密肯和柴尔修士。"

罗德利克爵士皱起眉头。"看来,非得我亲自出马去对付这群强盗不可,就让酒肚子留下好了。他没见我淹死吧,对吗?没有?好极了。"

这话令布兰很振奋。或许他们不会被淹死了,他心想,不让他们靠近海就好。

当晚梅拉也这么想,她和玖健来到布兰的房间,陪他玩三方瓦片棋。但她弟弟不住摇头:"我在绿色之梦中看到的事实无法改变。"

姐姐被他的话惹恼了。"如果我们对即将发生的事既无法留意也无法改变,那神灵干吗还送来警告?"

"我不知道。"玖健悲伤地说。

"换成你是酒肚子,大概会直接跳进水井去实现预言吧!可人家会战斗到底,布兰也会。"

"我?"布兰突然很恐慌。"我要和谁战斗?我也会淹死吗?"

梅拉负疚地望着他。"我不该说……"

他知道她还隐瞒了什么。"在绿色之梦里你看见我了吗?"他紧张地问玖健,"我也淹死了吗?"

"并非淹死。"玖健道,字字句句都无比沉痛,"我梦到今日进城的那个男子,人称臭佬的那位。你和你弟弟死在他脚下,他用一把细长而血红的剑剥下你们的脸皮。"

梅拉霍地起身。"我现在就去地牢,拿矛戳他个透心凉!看他死了还怎么去谋害布兰!"

"狱卒会阻止你,"玖健说,"附近还有守卫。就算你把杀他的理由告诉他们,他们也绝不会相信。"

"可我身边也有守卫啊,"布兰提醒他们,"有酒肚子,麻脸提姆,稻草头,好多人呢……"

玖健青苔色的眼睛里充满同情。"他们都不能制止他,布兰。我不知道原因,但我看到了结局。我看见你和瑞肯躺在你们的墓窖里,无穷无尽的黑暗中只有死去的国王和石制冰原狼与你们为伴。"

不要,布兰想,不要。"如果我现在逃走……去灰水望,去找乌鸦,去某个他们找不着的地方……"

"没有用的,布兰。梦乃是绿色,绿色之梦一定会成真。"

提利昂

瓦里斯站在火盆边，烘烤着柔软的手。"蓝礼居然在大军之中被人极其可怕地谋杀，真令人不敢相信。那把利刃就像切奶酪一样穿过钢铁和骨头，把他喉咙从左耳根割到右耳根。"

"到底谁干的？"瑟曦质问。

"哎，问题是，太多答案就等于没有答案。国王骤然身亡，谣言像阴暗处的蘑菇一样滋生，而我的情报并不总如我们所愿的那样担任要职。一个马夫说，蓝礼被彩虹护卫之一所害；一个洗衣妇声称，史坦尼斯带着他的魔剑，潜进弟弟的大营之中；一些士兵相信是位女人干的，却无法就哪个女人达成一致。其中一个认为凶手是遭蓝礼抛弃的少女，另一个说是战斗前夜服侍国王的营妓，第三个则斗胆猜测凯特琳·史塔克夫人是真凶。"

太后很不高兴，"你非得拿这些笨蛋津津乐道的闲言碎语来浪费我们的时间？"

"您为这些闲言碎语付了丰厚的报酬呀，我仁慈的太后陛下。"

"我们付酬是为了真相，瓦里斯大人。请你记住，否则这小小的会议只怕会变得更小。"

瓦里斯神经质地吃吃笑道："哎，您和您尊贵的弟弟这样攀比下去，国王陛下就没有御前会议了。"

"依我看，朝廷精简几个重臣倒也无妨。"小指头微笑道。

"最最亲爱的培提尔，"瓦里斯说，"您就不担心自己是首相黑名册里的下一个吗？"

"排在你之前,瓦里斯?我做梦也不会这么想。"

"或许咱俩会在长城上当兄弟呢,你和我。"瓦里斯又咯咯笑。

"快了,太监,你再不吐出点有用的东西,就离长城不远了。"瑟曦恶狠狠地瞪着他,好似想将他再阉割一遍。

"这会不会是个花招?"小指头问。

"倘若如此,那实在玩得高明,"瓦里斯说,"连我也上了当。"

提利昂听够了。"只怕小乔要失望了,"他说,"他为蓝礼的脑袋准备了那么锋利的长枪。总之呢,不管谁下的手,幕后策划都该是史坦尼斯。事情很明显,他是得益者。"这实在不是个好消息,他原指望拜拉席恩兄弟血战一场,两败俱伤。肘部从前被流星锤砸中的地方隐隐作痛,每当天气潮湿,就会这样犯病。他一边徒劳地揉搓,一边问,"蓝礼的军队呢?"

"他把大队步兵留在苦桥。"瓦里斯离开火盆,坐回议事桌边的座位。"但那些跟随蓝礼大人星夜奔赴风息堡的领主们,大都降旗投靠了史坦尼斯,请注意,这几乎代表着全南境的骑兵。"

"我敢打赌,是佛罗伦家带的头。"小指头说。

瓦里斯皮笑肉不笑地道:"你赢了,大人。率先倒戈的确是艾利斯特伯爵。许多诸侯随后跟进。"

"许多,"提利昂强调,"不是全部?"

"不是全部,"太监确认。"不包括洛拉斯·提利尔,不包括蓝道·塔利,也不包括马图斯·罗宛。此外,风息堡的守军没有投降,科塔奈·庞洛斯爵士以蓝礼之名坚守城堡,拒绝相信主君已死。他坚持要亲眼目睹遗体方肯打开城门,但蓝礼的尸体竟莫名其妙失踪了,很可能被谁藏了起来。蓝礼麾下的骑士约有五分之一跟洛拉斯爵士一同离开,不愿效忠史坦尼斯。据说百花骑士一见国王的尸体就发了疯,盛怒之下连斩三名蓝礼的护卫,其中包括埃蒙·库伊和罗拔·罗伊斯。"

可惜,他才杀三个就住了手,提利昂心想。

"洛拉斯爵士应是往苦桥去了,"瓦里斯续道,"他的妹妹——蓝礼的王后——还留在那里。现在的情况是,留在当地的众多士兵突然失去了国王,不知何去何从。他们所侍奉的领主有不少在风息堡投靠了史坦尼斯。而这些小卒该怎么走?他们自己也不明白。"

提利昂倾身向前,"依我看,这正是我们的机会。只需把洛拉斯·提利尔争取过来,就有机会吸纳梅斯·提利尔和高庭的势力。他们或许暂时倾向史坦尼斯,但不可能喜欢那个人,否则从一开始就追随他了。"

"难道他们比较喜欢我们?"瑟曦反问。

"不大可能,"提利昂说,"很明显,他们爱戴的是蓝礼。但蓝礼已死,或许我们能提供一些充分的证据,来显示乔佛里和史坦尼斯之间的区别……而且要赶快。"

"你打算提供什么证据?"

"金钱证据。"小指头立即提议。

瓦里斯喷喷两声,"亲爱的培提尔,你不会以为这些强大的诸侯和高贵的骑士能像市场里的鸡那样随意买卖吧。"

"你最近上市场吗,瓦里斯大人?"小指头问,"我敢说,买个诸侯绝对比买只鸡容易。当然了,诸侯的叫声比鸡高傲,而且你要是像商人一样直接标价做买卖,他们会很反感,但对于到手的礼物……以及荣誉,土地,城堡等等……他们可是却之不恭。"

"贿赂或能动摇部分小诸侯,"提利昂道,"但不可能买下整个高庭。"

"没错,"小指头承认,"关键是百花骑士。梅斯·提利尔有三个儿子,而幼子洛拉斯是他的最爱。把他争取过来,高庭的力量就是你的。"

不谋而合,提利昂心想。"我认为,已故的蓝礼大人给我们好好上了一课,应该像他一样利用联姻争取提利尔的同盟。"

瓦里斯立刻明白弦外之音,"您要乔佛里国王迎娶玛格丽·提利尔?"

"对。"他依稀记得蓝礼的年轻王后不过十五六岁……比乔佛里稍大,但也就大几岁,况且她是那么美丽迷人。

"乔佛里已跟珊莎·史塔克订婚。"瑟曦反对。

"婚约可以解除。让国王跟一个已死叛徒的女儿成婚有什么好处?"

小指头发话了:"你可以提醒国王陛下,提利尔家比史塔克家有钱,玛格丽更是可爱……可爱到能同床共枕了。"

"没错,"提利昂说,"小乔很关心这点。"

"胡说,我儿子还小,怎会关心这种事?"

"你以为?"提利昂回敬,"瑟曦呀,他都十三岁了,当年我就是这个年龄结的婚。"

"你那可笑的故事让大家集体蒙羞!乔佛里的本质比你高贵得多。"

"高贵到让柏洛斯爵士去扒珊莎的衣服?"

"他在生她的气。"

"昨晚厨房小弟把汤洒掉的时候他也很生气,却没有扒光他的衣服。"

"这不是洒汤的问题——"

对,是乳房的问题。经过庭院里发生的那件事,提利昂和瓦里斯商议,或许该安排乔佛里去莎塔雅的妓院走走。希望这孩子尝过一点甜蜜之后会变得温和一些,甚至因此心怀感激,诸神保佑,这样提利昂就能在君主的支持下自由行动。当然，关键是保密，难处在于如何将猎狗支开。"那条狗老跟在主人脚边，"他对瓦里斯评述，"但人总要睡觉，也免不了赌博、嫖妓或酗酒之事。"

"不用怀疑，猎狗对这些样样精通。"

"你别兜圈子了，"提利昂说，"我的问题是，他何时去做这些事？"

瓦里斯把一根指头放在脸颊，神秘地微笑。"大人，疑神疑鬼的人会认为你想趁桑铎·克里冈不在乔佛里陛下身边保护的时机，好加害那孩子呢。"

"你肯定不会误会，瓦里斯大人，"提利昂说，"啊，我所做的一切不都为了讨他喜欢么？"

太监答应留心这件事。但眼下战争自有其需求，乔佛里的成年礼还得搁一搁。"你对自己儿子的了解当然比我深，"他勉强自己说出违心之论，"但无论如何，跟提利尔联姻值得一试，因为这或许是唯一可让乔佛里活到婚礼当晚的方法。"

小指头表示同意："史塔克家的女孩固然甜蜜，可除了以身相许，对乔佛里一点用也没有；玛格丽·提利尔不同，她有五万大军和高庭的全部势力做嫁妆。"

"此言有理啊。"瓦里斯把一只柔软的手搭上太后的袖子。"陛下，您有慈母的胸怀，我也明白国王陛下很爱他的小甜心。但我们这些冒昧为政的人，凡事必须以全国百姓福祉为优先考虑，而暂时搁置自身欲望。依我看呀，这门婚事势在必行。"

太后抽开胳膊，摆脱太监的手。"你是女人就不会这么讲了。随你们怎么说，大人们，但乔佛里生性骄傲，他决不会满足于蓝礼的残羹剩饭，决不会答应这门婚事。"

提利昂耸耸肩，"三年之后陛下成年，到时方可自行理事，在此之前，你是他的摄政，我是他的首相，我们让他娶谁，他就得娶谁。残羹剩饭也只能将就将就。"

瑟曦还在作无谓挣扎："你们就提亲去吧，此事若惹恼小乔，你们就得求诸神保佑了。"

"很高兴大家达成共识，"提利昂说，"那么，我们之中谁去苦桥呢？我们的价码得赶在洛拉斯爵士冷静下来之前传达给他。"

"你打算派御前会议的成员去？"

"我很难指望百花骑士跟波隆或夏嘎打交道，对不？提利尔家一向高傲。"

姐姐不浪费任何可趁之机，"杰斯林·拜瓦特爵士出身高贵，我们派他去。"

提利昂摇摇头，"我们要的不是传声筒，派出的使者必须能代表国王和御前会议发言，并把事情迅速办妥。"

"首相正是国王的代言人。"烛光在瑟曦眼中如碧绿的野火一样燃烧，"我们该派你去，提利昂，如此便和乔佛里亲临没有分别。哪里有更好的人选呢？你说话就跟詹姆使剑一般厉害。"

你就这么急着要把我赶出都城，瑟曦？"真是过誉，姐姐，其实依我看，替孩子安排婚事，母亲比舅舅合适。况且你有交朋友的天赋，我则望尘莫及。"

她的眼睛眯成一线，"小乔身边需要我。"

"太后陛下，首相大人，"小指头说，"国王身边需要您们两位，就让我代您们前去吧。"

"你？"你从中发现了什么好处？提利昂寻思。

"我虽是御前会议的成员，却非国王的血亲，因此当人质价值不大。洛拉斯爵士在朝中时，我跟他还算熟，他没有理由拒绝我。此外，据我所知，梅斯·提利尔对我也没有敌意，并且——容我大言不惭地说一句——我对谈判之道略通一二。"

他能说服我们。提利昂不信任培提尔·贝里席，不想让他离开

视线范围，但他有别的选择吗?此事非他自己或小指头出面不可，而他完全清楚，只要他踏出君临，不论时间长短，所有的苦心全得半途而废。"此去苦桥路途凶险，"他谨慎地说，"可以肯定，史坦尼斯公爵会放出自己的牧羊犬来接管弟弟手下任性的羔羊。"

"我不怕牧羊犬，我只在意那群羔羊。当然，卫队少不了。"

"我能匀出一百名金袍卫士。"提利昂说。

"五百。"

"三百。"

"三百四十——再加二十名骑士及同等数目的侍从。我得拖上一帮可观的队伍，提利尔家才会看重我。"

相当正确。"同意。"

"队伍中必须包括恐怖爵士和流口水爵士，我得将他们送回父亲大人身边，以示善意。派克斯特·雷德温不仅是梅斯·提利尔的老朋友，本身也很有势力，我们需要他的支持。"

"他是个叛徒，"太后回绝，"若不是我拿雷德温的小崽子威胁他，青亭岛早就跟风投靠蓝礼了。"

"蓝礼已死，陛下。"小指头指出，"而史坦尼斯和派克斯特伯爵都不会忘记，当年风息堡之围，正是雷德温的舰队封锁了海洋。送回他的双胞胎，我们或能赢得雷德温的青睐。"

瑟曦不肯服输，"异鬼才要他的青睐！我只要他的军队和船只，扣住这对双胞胎，他才会乖乖听话。"

提利昂来打圆场，"那就把霍伯爵士送回去，留下霍拉斯爵士。我想派克斯特伯爵够聪明，参得透其中意味。"

这提议无人反对，但小指头还没说完，"我们还要马，强壮迅捷的好马。一路战乱频仍，更换坐骑恐怕很难。此外，必须提供充足的金钱，用于采买我们先前提到的礼物。"

"要多少拿多少。反正都城若是不保，再多的钱也得教史坦尼斯取走。"

"最后,我需要一份书面委任状。这份文件不仅要让梅斯·提利尔消除对我权限的质疑,更重要的是,赋予我全权谈判的权力,由我协商婚约及其相关的一切安排,并以国王之名订立誓约。这张纸上要有乔佛里和所有重臣的签名,并盖上大家的印章。"

提利昂不安地挪了挪,"一言为定。就这些了吧?我可提醒你,由此到苦桥的路长着呢。"

"破晓前我就出发。"小指头起身,"相信回来之时,国王当心存感激,犒劳我英勇地为国效力?"

瓦里斯咯咯笑道:"咱们乔佛里是个知恩图报的君王,您就放心地去吧,我英勇的好大人。"

太后说话直接:"你想要什么,培提尔?"

小指头挂着狡猾的微笑,瞥了提利昂一眼,"让我好好想想,总会想到的。"他施施然鞠了一躬,转身就走,轻松得像出发去逛自家妓院。

提利昂望向窗外。雾很浓,隔着庭院看不到外墙,一片灰暗之中依稀闪烁着几点昏黄的光。今日的天气真不适合出门,他心想,所幸要走的是培提尔·贝里席。"开始起草文件吧。瓦里斯大人,派人去取羊皮纸和鹅毛笔,并把乔佛里叫醒。"

当会议终于结束时,天色依旧晦涩黑暗。瓦里斯独自匆匆离开,柔软的拖鞋擦地无声。兰尼斯特姐弟在门口逗留了片刻。"你的链子打得怎样,弟弟?"太后一边问话,普列斯顿爵士一边将镶松鼠皮的银色斗篷系上她肩膀。

"一环一环,逐渐增长。我们该感谢诸神,科塔奈·庞洛斯爵士竟如此固执。史坦尼斯是个谨慎的人,风息堡一日不攻下,他决不会北进。"

"提利昂,尽管我们的意见常常不合,但我想我从前对你的看

法似乎有些偏颇。你不像我想的那样是个蠢蛋,事实上,你帮了我很大的忙。我感谢你,假如从前对你说了什么难听的话,请你千万原谅。"

"千万原谅?"他耸耸肩,朝她微笑,"亲爱的姐姐,你没说什么需要原谅的话呀。"

"你是指今天吧?"他俩齐声大笑……随后瑟曦俯身,在他额头迅速地轻吻了一下。

提利昂吃惊得说不出话来,只能眼看着她在普列斯顿爵士的护送下迈步离开大厅。"我疯了吗?我姐姐刚才吻了我?"当她离开后,他问波隆。

"这个吻有那么甜蜜?"

"不是甜蜜……而是意外。"瑟曦最近行为古怪,提利昂有些不安。"我在回忆她上次吻我是什么时候。我想那时我才六七岁吧,还是詹姆挑唆她干的。"

"看来你长这么大,这女人终于发现你的魅力了。"

"不对,"提利昂说,"不对,这女人在酝酿什么。赶紧想办法查出来,波隆,你知道,我最讨厌意外。"

席恩

席恩用手背抹去脸颊上的唾沫。"葛雷乔伊,罗柏会剜了你的心!"本福德·陶哈高喊,"他会拿你这变色龙的心肺去喂他的狼,羊屎渣滓!"

如利剑切割奶酪,湿发伊伦出声制止侮辱,"杀了他。"

"我得先问问题。"席恩道。

"操你妈的问题!"本福德被斯提吉和魏拉格两人提在中间,血流满面,奄奄一息,"让你的鬼问题呛死你吧!懦夫!变色龙!"

伊伦叔叔冷酷地续道:"他吐你口水,就是吐我们大家。他胆敢向神圣的淹神吐唾沫。杀无赦。"

"父亲让我指挥,叔叔。"

"并让我辅佐你。"

来监视我的吧。席恩不敢开罪叔叔。不错,指挥权在他手里,但他的部下信奉淹神却并不信奉他,他们都害怕湿发伊伦。要利用他们,就得顺着他们。

"你会人头落地的,葛雷乔伊。乌鸦将啄掉你的烂眼泡。"本福德企图再吐唾沫,却只喷出几缕血丝。"异鬼抓去你阴湿的臭神!"

陶哈,这下你可把命给吐没了,席恩想。"斯提吉,干掉他。"他说。

他们把本福德强按在地。魏拉格扯下他的兔皮腰带,硬塞进他嘴中止住叫喊。斯提吉抡起斧子。

"不行,"湿发伊伦宣布,"必须将他献给淹神。遵循古道。"

有何区别?横竖一死。"好,我把他给你。"

"你也要来。你是这里的指挥官,依照古道,应该由你来奉献牺牲。"

这席恩可受不了。"你是牧师,叔叔,我把神灵的事务都交给你。你也发发善心让我只管作战吧。"他挥挥手,斯提吉和魏拉格便把俘虏拖向海滩。湿发伊伦给了侄儿一个责难的目光,回头跟去。他们将走下鹅卵石的滩头,把本福德·陶哈溺死在盐水里。这是古道。

或许这算是发善心吧,席恩转身直直地走开,边走边想。斯提吉不是个利索的刽子手,而本福德的颈项粗得像猪脖子,又肥又胖。我还拿这个取笑过他,就为了逗他生气,席恩回忆着。呵,那是什么时候的事啦?三年前吧?当年艾德·史塔克前去托伦方城拜访赫曼爵士,席恩也跟去了,跟本福德做了两个星期的伙伴。

他听见大路转弯处传来粗鲁的欢呼声,那里是战斗进行的地方⋯⋯如果这也算战斗的话。事实上,根本就是屠杀绵羊。穿铁衣的绵羊,还是绵羊。

席恩爬上一座乱石冈,俯瞰下方的尸体和死马。马的待遇比较好,泰莫兄弟把战斗中未受伤的马都聚集起来,乌兹和黑罗伦则把伤势过重的马匹一一砍杀。他的其他部下在尸体上掠夺战利品。吉文·哈尔洛跪在死人胸前锯对方指头,以攫取戒指。这就是付铁钱,这就是父亲赞许的方式。席恩盘算着前去搜刮自己杀的那两人,看看有什么值钱东西好拿,但一念及此,嘴边却油然滋生一抹淡淡的苦味。他仿佛能听到艾德·史塔克的评语。这种想象让他非常生气。史塔克死了烂掉了,他什么也不是,席恩反复提醒自己。

老波特里,人称"鱼胡子",阴沉地坐在他那堆小山般的战利品上，三个儿子将搜刮的东西不断拿过来。其中一个和肥胖的托德利克推搡起来。托德利克一手握角杯一手执斧头，在死人堆上晃荡，穿戴的白色狐皮披风迎风招展，纯白的皮料上只沾染了几滴故主的血液。他醉了，席恩明白，看他吼叫的模样。传说古代铁民上战场前要豪饮鲜血，由此带来的狂暴将让他们不觉痛苦、无所畏惧，但眼前这人只是麦酒喝过了头。

"威克斯，弓箭给我。"男孩跑过来递上弓。席恩弯弓搭箭，静静地看着托德利克击倒波特里的孩子，并把酒泼进他的眼睛。鱼胡子咒骂着扑上去，但席恩更快。他的目标是握角杯的手，好让他们坐下来谈判，可他出手时，托德利克摇晃着滑了一跤。不偏不倚，利箭穿膛而过。

所有人都停下来瞪着他。席恩放低弓箭，"我说过，我不要酒鬼，不许为战利品争执。"托德利克跪倒在地，发出垂死的惨嚎。"波特里，干掉他。"鱼胡子和他的儿子们即刻上前，压制住托德利克无力的踢打，割开他的喉咙，在人断气之前便活活剥下了斗篷、戒指和武器。

现在他们知道我言出必践。虽然巴隆大王给了他指挥权，可席恩明白在他的部下们眼里他不过是来自青绿之地的柔弱小子。"还有谁想试试？"无人应答。"很好。"他一脚踢开本福德倾倒的旌旗，掌旗官仍用冰冷的手掌紧紧抓着旗杆。旗下绑有一片兔皮。干吗绑兔皮？他原本想问，不过被吐唾沫让他忘记了这回事。他把弓箭丢回给威克斯，大步走开，回想着呓语森林之役后自己得意的模样，不禁奇怪为何这次高兴不起来。陶哈，你这愚蠢而自傲的白痴，居然一个斥候都不派。

他们来时欢声笑语，甚至放声歌唱，陶哈家的三树旗帜高高飘扬，长矛上绑着可笑的兔皮。然而，金雀花丛后一阵箭雨，弓箭手们打断了欢歌，接着席恩亲率步兵冲上去用匕首、斧头和战锤完成

了屠杀。他下令只留敌人头目，以审问情报。

不料敌人头目竟是本福德·陶哈。

席恩走向他的海婊子号，那具肿胀的躯体正被海浪卷上滩头。麾下的长船沿着鹅卵石岸一线排开，桅杆笔直地立于苍穹。渔村什么也没剩下，只余一片将在雨季发臭的冰冷灰烬。男人被尽数捕杀，唯有几个活口被席恩刻意放过，用以把消息传回托伦方城。他们的妻女被占为盐妾，当然，这是那些年轻漂亮的幸运儿的待遇，老妪和丑女操完后便干掉了，除非她们又听话又有手艺，那样还可以留作奴隶。

这次偷袭也是席恩的计划。是他，冒着黎明前刺骨的寒冷率领长船在海滩登陆；是他，手握长柄战斧第一个从船首跳下，指引部众杀向沉睡的村庄。他不喜欢这一切，可他有选择吗？

此刻，他那挨千刀的姐姐正驾驶黑风号北上，将为自己赢取一座城堡。她的胜算极大，巴隆大王没让铁群岛集结军队的消息走漏半点风声，而他席恩在磐石海岸干的这些龌龊勾当无疑将使人们以为这只是古老海盗们的又一次掠夺行动。北方人不会意识到真正的危险所在，直到深林堡和卡林湾被一一占领。但到了那时，一切都结束了，我们赢了，人们将永远歌颂婊子阿莎，而我的事迹无人铭记。假如我就这样碌碌无为，事情的结局就是如此。

裂颚达格摩站在他的长船豪饮号高大精雕的船首上。席恩给他分配的工作是看护船只：否则别人会把今天的胜利称之为达格摩的胜利，而不是席恩的胜利。换一个敏感的人或许会将席恩的安排视为轻侮，但达格摩只笑了笑。

"今天是胜利之日，"达格摩从高处喊，"可你脸上却没有笑容，小子。活着的人理应欢笑，因为死者无法做到。"为了示范，他自己笑了笑。可怕极了。在雪白披散的长发下，裂颚达格摩有席恩这辈子所见最为心惊的伤疤。据说达格摩小时候差点被长斧砍死,那一击粉碎了下巴,打掉了前齿,所以常人是两片唇,他则成了四片。杂乱的胡须覆盖了他的脸庞和颈项,只有那伤痕附近,什么也不长,唯有一道又皱又亮的疤痕,翻卷着脸上的皮肉,如同冰川上撕裂的峡谷。"我在这里都能听见他们唱歌,"老战士说,"唱得不错,唱得勇猛。"

"唱的比做的好。他们应该拿竖琴而不是提长枪。"

"死了几个?"

"我们?"席恩耸耸肩,"只有托德利克。他酗酒,为战利品还动手伤人,我宰了他。"

"有的人生来便是该杀。"别人或许会顾忌把如此可怖的笑容展现人前,不过达格摩即使当着巴隆大王的面也是无所畏惧,笑口常开。

笑容虽丑,却牵起席恩无数的回忆。幼童时代,这笑容伴随着他,每当他驱策小马跨过生苔的矮墙,每当他掷出飞斧击中竖立的靶标,每当他挡下达格摩的攻击,每当他射中海鸥的翅膀,每当他操纵舵柄指引长船穿过纠结的暗礁,这笑容总是不离左右。他给我的笑,比父亲、比艾德·史塔克给的都多,甚至比罗柏……那天他从野人手中拯救布兰,本该赢得微笑,结果却是责骂,仿佛他才是始作俑者。

"我们得谈谈,叔叔。"席恩说。其实达格摩不是他亲叔叔,只是父亲的部属,四五代前似乎有那么一点葛雷乔伊的血统,还是从私通苟合中得来。虽然如此,席恩仍旧一直喊他叔叔。

"好,那就上我的甲板吧。"从达格摩口中,你别想听到大人老爷的称呼,尤其是他踩在自己甲板上的时候。铁群岛的传统历来如此,每个船长都是自己船上的国王。

他跳上厚木板,来到豪饮号四跨宽的甲板上,达格摩领他去狭窄的船尾舱室,给自己和席恩分别倒了一角杯酸麦酒。席恩谢绝

了,"我们没有逮到足够的马。抓到几匹,可是……好吧,我想也只能将就着用了。人越少,分享的光荣就越大。"

"我们拿马来做什么?"和大多数铁民一样,达格摩更欣赏徒步作战或在甲板上战斗,"马只会在船上拉屎拉尿,碍手碍脚。"

"没错,在船上航行当然是这样,"席恩承认,"但我另有计划。"他小心翼翼地盯着对方,盘算和盘托出的时机。争取不到裂颚,他就成不了事。不管他是不是指挥官,如果遭到伊伦和达格摩的共同反对,恐怕连一个人也指挥不动,而他显然无法赢取那阴沉牧师的欢心。

"你父亲大人命令我们抢掠海岸,仅此而已。"杂乱的白眉下,那双淡如海沫的苍白眼珠回望着席恩。他看见的是否认,还是一抹充满兴致的火花?是后者,他想……希望如此……

"你是我父亲的人。"

"他手下最棒的人,从来都是。"

骄傲,席恩想,他很骄傲,我必须利用这点,他的骄傲是成败的关键。"不错,在铁群岛,论起使剑挥矛,无人及得上你那纯熟的技艺。"

"你离开得太久,小子。你走的时候,的确是这样,但我在年复一年为巴隆大王效命的生涯中逐渐衰老啦。歌手们都说,如今的强者是阿德利克,他们叫他'不苟言笑的"阿德利克"。那家伙是个巨人,效力于老威克岛的卓鼓头领。黑罗伦和'少女'科尔也只比他稍逊半筹。"

"这阿德利克或许是个好战士,但人们决不会像畏惧你一般惧怕他。"

"啊,说得没错。"达格摩道。他握角杯的指头上戴满沉重的戒指,金银青铜样样俱全,镶嵌着蓝宝石、红宝石和龙晶。每一枚都付铁钱而来,席恩知道。

"如果我手下有您这样的人才,我决不浪费他去干这些烧啊抢的小儿科的工作。这种事怎能让巴隆大王手下最棒的人去……"

达格摩哈哈大笑,扭曲的嘴唇翻出焦黄的牙齿。"也不该给他亲儿子做?"他嘲骂道,"我太了解你了,席恩。我亲眼看着你学会走路,亲手教会你搭箭弯弓。的确是很浪费,我也为你惋惜啊。"

"按照权利,我姐姐的任务本该给我。"他承认,同时不安地意识到自己的声音有几分暴躁。

"你想太多了,小子,这一切只是因为你父亲大人还不太了解你。自打你的哥哥们尽数逝去,而你被群狼掳走,你姐姐便成了他唯一的慰藉。他不得不学着依靠她,而她也从未让他失望。"

"我也没有!史塔克家知道我的价值。我是黑鱼布兰登麾下的精锐斥候之一,在呓语森林我冲锋在最前线,差这么一点便要和弑君者正面交手。"席恩用手比画出两尺的距离,"然而戴林恩·霍伍德冲到我们之间,随后成了刀下鬼。"

"你告诉我这些做什么?"达格摩问,"正是我把你这辈子第一把剑交到你手中。我知道你不是懦夫。"

"我父亲也知道?"

头发灰白的老战士面露苦色,活像咬到什么难受的食物。"这只是……席恩,那个少狼主是你的朋友,史塔克家把你留了十年。"

"我不是史塔克。"艾德公爵凝视着他,"我是葛雷乔伊,我想成为父亲的传人。如果我不干出几番大事业,证明给别人看看,又怎么做得到呢?"

"你还年轻,战争的机会多的是,满可以立下很多功业。然而这次,我们的任务只是抢掠磐石海岸啊。"

"这任务让伊伦叔叔负责就好。除了豪饮和海婊子,我把剩下的六条船都拨给他。他可以为着他那神灵的欲望随意烧杀淹溺。"

"但任务是交给你的,不是给湿发伊伦。"

"达到抢掠骚扰的目的就行,谁执行有什么区别?牧师想不到我打算的事,更办不了我想请您办的事。我有一个任务,只有裂颚达格摩这样的人方能完成。"

达格摩举起角杯,深吸一口。"告诉我。"

他被打动了,席恩心想,他和我一样对这强盗的勾当没兴趣。"如果说我姐姐能拿下一座城堡,那么我也能。"

"阿莎的人手是我们的四五倍。"

席恩狡黠地笑道:"而我们有四倍于她的机智,五倍于她的勇气。"

"你父亲——"

"——会感谢我,当我把一整个王国拱手献上时。我所计划的行动将让歌手们传唱千年。"

他料到这句话会让达格摩踌躇。一个歌手曾写过一首关于他粉碎的下巴和斧头的歌,老人很爱听。每当喝得酩酊大醉,他便呼喝着高唱古代掠夺者们的歌谣——那些喧吵激烈,歌颂逝去的英雄和蛮荒的勇武的曲谣。他的头发或许已白,牙齿或许松动,但对荣耀的欲念却丝毫未减。

"我在你的计划中将扮演什么角色,小子?"在漫长的沉默之后,裂颚达格摩开口。席恩明白自己赢了。

"要让敌人心中充满恐惧,唯有你的名讳方能办到。你将率领大部人马攻向托伦方城。赫曼·陶哈把手下精锐都带去了南方,而本福德和那些人的儿子也死在了这里。城堡应由本福德的叔叔兰巴德据守,但估计他身边只剩一支小小的卫队。"如果我能审问本福德,就知道到底有多少了。"一路不用隐藏行踪。喜欢唱什么战歌就唱。我希望他们早早关门据守。"

"这托伦方城坚固么?"

"非常坚固。城墙乃是石砌,三十尺高,四角各有一座方塔,中央还有一座方形碉堡。"

"石墙不能用火烧,我们怎么打?哪怕是对付一座最简陋的城堡,我们的人手也不够。"

"你只管在城外扎营就好,并着手修建投石机和攻城器。"

"这不是古道!你莫非忘了?铁民用剑和斧去当面作战,不靠丢石块。而饿死敌人有何光荣可言?"

"不知道这个的是兰巴德。这老不死的看见你们修建攻城塔,便会浑身发凉,四处请求援助。把你的弓箭手管好,叔叔,让那些信鸦飞出去。临冬城的守备是个勇敢的人,但他老了,岁月像迟缓他的躯体一样磨钝了他的智慧。当他听说自己国王麾下的封臣正被可怕的裂颚达格摩围困,一定会召集兵力,前来援救。这是他的职责。罗德利克爵士唯一的信条便是忠于职守。"

"他召集的军队无论如何也大大超过我方。"达格摩说,"而打起仗来这些老骑士比你想象的要狡猾得多,不然他们根本活不到长出灰发。你将把我们拖进一场无法取胜的战斗中,席恩。这个托伦方城是拿不下的。"

席恩笑了,"我的目标不是托伦方城。"

艾莉亚

城堡里铿锵作响,一片混乱。人们站在马车上,把一桶桶葡萄酒,一袋袋面粉,以及一捆捆新上羽毛的箭往上搬。铁匠们则忙着将剑修平整,将铠甲上的凹痕打掉,并给战马和载货的骡子上蹄铁。锁甲扔进沙桶,沿着流石庭院凹凸不平的地面滚动,好将它们摩擦干净。威斯手下的女人分到二十件斗篷的缝补任务,还要清洗一百多件。城内,不论贵族还是士兵,都一股脑儿挤进圣堂去祈祷;而在城墙之外,大小帐篷纷纷拆除,侍从们提起水桶,将营火浇灭,士兵们则取出磨石,在上阵之前最后一次仔细磨刀。马匹嘶鸣喘息,领主发号施令,士兵互相咒骂,营妓争吵斗嘴,噪音如同潮汐高涨,达到顶点。

泰温·兰尼斯特公爵终于要出发了。

亚当·马尔布兰爵士最先离城,比别人早一天动身。他生得英姿飒爽,胯下一匹精神抖擞的红马,红铜色的鬃毛与亚当爵士披肩长发的色调一致,马饰也染成青铜色,纹饰着燃烧之树的家徽,以配合骑手的披风。城里好些女人目送他离开,泣不成声。威斯说他精于骑术与剑术,是泰温公爵麾下最厉害的军官。

希望他一命呜呼,艾莉亚一边看他骑出城门,心里一边想。他的部下在他身后排成两列,鱼贯而出。希望他们统统死掉。他们是去跟罗柏打仗,她知道的。最近,艾莉亚四处走动,干活时常听人们谈论,似乎罗柏在西境打了个大胜仗。有人说他烧了兰尼斯港,有人说他只是打算要烧。有人说他夺下凯岩城,处死了所有居民,又有人说他正在围攻金牙城，众说纷纭……但确实有事发生，这点毋庸置疑。

从早到晚，威斯一直派她奔走送信，有时甚至要她离开城堡，去那泥泞而狂乱的营区。我可以逃跑，看着载货马车隆隆驶过身边，她心想，我可以跳上马车躲起来，或者混进营妓里，没人会阻止我。假如没有威斯，她大概就这么做了。可他不止一次地警告他们，谁想从他这儿逃跑，就给谁好看，"我不会揍你，哦，不会，我一根指头都不会碰你。我只把你关起来，然后交给科霍尔人，对，我要把你留给那个喜欢残废人的家伙。他叫瓦格·赫特，等他回来，便会剁掉你的脚。"或许威斯死了，我就能……艾莉亚心想，但现在还不行。他只需看看你，就能嗅出来你在想什么，他总这么说。

然而威斯根本料不到她识字，因此从不费神封信。于是艾莉亚偷看了所有的内容，却找不到有用的东西，全是诸如将这辆车送去谷仓，那辆车送去军械库之类的蠢笨事。曾有一封信是索要赌债，但收信的骑士不识字，她只好把信的内容说了出来，他一听出手便打，却被艾莉亚猫腰躲过，还顺手从他马鞍上抓了一只镶银角杯，拔腿就跑。骑士咆哮着追她，但她身手敏捷，先是从两辆车之间溜过，接着钻过一群弓箭手，跃过一个便池。而他穿着锁甲，根本追不上。当她将角杯交给威斯，他夸奖她，说像她这么聪明的小黄鼠狼值得奖励，"我瞅准一只肥嘟嘟的公鸡，今晚就把它弄来当晚饭。我们分了它，我和你，你会喜欢的。"

不管走到哪里，她都在寻找贾昆·赫加尔，只想赶在她憎恨的人全部远离之前，低声告诉他又一个名字。但在一片杂乱无序中，实在找不着这个罗拉斯佣兵。他还欠她两条命，她担心如果他跟别人一样上了战场，就再也没机会兑现了。最后，她鼓起勇气向一个城门守卫打听。"他是洛奇的人，是吗？"那人说，"那他不会走。"

公爵大人已任命亚摩利爵士为赫伦堡代理城主,他手下那帮人全得留在这儿守城。'血戏班'也奉命留下,负责征收粮秣。嘿,瓦格·赫特那山羊又该气得啐唾沫骂娘了,他跟洛奇从来不和。"

但魔山要跟随泰温公爵离开,他被任命指挥先锋部队,这意味着邓森、波利佛和拉夫都将从她指间溜走。除非及时找到贾昆,让他赶在他们离开前杀死其中一个。

"黄鼠狼,"那天下午,威斯对她说,"去军械库找卢坎,莱昂诺爵士练习时崩凹了剑,要换把新的。这是他的凭据。"他递给她一张四方的单子。"搞快点!他马上要跟凯冯·兰尼斯特爵士一起出发。"

艾莉亚接过单子,跑了出去。军械库跟铁匠房毗邻,那铁匠房是一栋长条状的建筑,高高的屋顶,墙里嵌了二十个火炉,还有长长的石水槽,用来给钢铁淬火。她进去时,一半火炉都在运作。墙壁间回响着铁锤的敲打声,发出共鸣。魁梧结实的人们围着皮裙,俯身站在风箱和铁砧前,在滞闷的热气中挥汗如雨。她斜眼瞥见詹德利,他裸露的胸膛因汗水而显得光亮平滑,浓密黑发下的蓝眼睛仍有记忆中的固执。都是因为他,他们才全部被抓,艾莉亚不确定自己是否还想跟他说话。"哪位是卢坎?"她将纸递出去,"我要为莱昂诺爵士取一把新剑。"

"先别管莱昂诺爵士。"詹德利拽着她的手,拉到一旁,"昨晚热派问我来着,他说当初咱们在庄园墙上并肩作战时,你是不是喊了'临冬城万岁'?"

"我没有喊!"

"可你的确喊过。我也听见的。"

"当时每个人都在叫喊,"艾莉亚防御性地说,"热派还拼命喊'热派'呢!至少喊了一百次。"

"重要的是你喊了什么。反正我告诉热派,要他把耳垢清干净,你明明喊的是'下地狱!'如果他问起你,记得不要说错话。"

"好吧,"她说,尽管她觉得"下地狱"喊起来实在很笨,但她不敢向热派透露自己的真实身份。或许我该把热派这名字告诉贾昆。

"我把卢坎找来。"詹德利说。

卢坎对着那些字迹咕哝了一声(艾莉亚认为他其实不识字),随后取下一把沉重的长剑。"那蠢货不配这把好剑,你告诉他,这是我说的。"他边说边把剑递给她。

"好的。"她撒谎道。假如她真这么说,威斯铁定把她揍得皮开肉绽,卢坎也会亲自来教训她。

长剑比缝衣针沉重许多,但艾莉亚喜欢它的手感。手中钢铁的分量让她觉得自己再度变得强大。我也许算不上水舞者,但决不是老鼠。老鼠不会用剑,可我会。城门大开,士兵们进进出出,马车空空地驶进,满载着出去,吱吱嘎嘎直摇晃。她好想去马厩,告诉他们莱昂诺爵士要一匹新马。她手里有单子,而马夫和卢坎一样都不识字。我可以骑马提剑直接出城。卫兵若是拦我,我就给他们看单子,说我正把东西给莱昂诺爵士送去。可是,她既不知道莱昂诺爵士的长相,也不知道他住在哪里。如果他们问她,一定会露馅的,然后威斯……威斯……

正当她咬紧嘴唇,努力不去想剁掉双脚是什么滋味时,一群穿皮甲戴铁盔的弓箭手走过来,他们的弓斜挎在肩头。艾莉亚听见一些琐碎的谈话。

"……巨人,我告诉你,他从长城外带来二十尺高的巨人,像狗一样跟着他……"

"……真是可怕,大黑夜的,突然出来袭击。他根本像狼不像人,史塔克家的人都这样……"

"……去你的狼和巨人吧,那小兔崽子假如知道我们要来,非吓得尿裤子不可。他不是个男人,没胆往赫伦堡来,对不?他往反方向去了,对不?他要是识时务,现在就该夹着尾巴逃跑喽。"

"随你怎么说,但我觉得那小子知道某些咱们不知道的东西,或许该跑的是我们……"

没错,艾莉亚心想,没错,该跑的是你们,还有泰温公爵,还有魔山,还有亚当爵士,还有亚摩利爵士,还有那个不知是谁的笨蛋莱昂诺爵士,你们最好逃得远远的,否则我哥哥一定把你们全杀掉。他是史塔克家的人,像狼不像人,我也是。

"黄鼠狼。"威斯的声音像鞭子破空。她根本没注意他是从哪儿冒出来的,但突然之间就到了跟前。"剑给我!去这么久!"他从她指间夺过剑,还反手给了她火辣辣的一巴掌。"下次给我快点!"

片刻之前,她重新变做了一匹狼,但威斯的巴掌又将一切都打消了,只留下嘴里的血腥味。被打时,她咬到了舌头。她恨他。

"怎么?欠打?"威斯问。"你少给我装出这副傲慢无礼的样子!不然少不了你的!去,去酿酒房告诉特佛贝利,我这儿有两打木桶给他,但要他自己派小子们来拿,不然我就给别人了。"艾莉亚转身离开,威斯嫌她不够快。"今晚还想不想吃饭?给我跑!"他大声喊,先前许诺的肥鸡忘得一干二净。"这次不许游荡,否则瞧我怎么揍你!"

你不会,艾莉亚心想,你再也不会了。但她还是奔跑起来。北方的古老诸神指引着她的脚步。去酿酒房的半路上,当她从连接寡妇塔和焚王塔的石拱桥下经过时,听见刺耳的嚎笑。罗尔杰跟另外三人从拐角转出来,他们胸前都缝有亚摩利爵士的狮身蝎尾兽徽章。他一见她,便止了步,朝她咧嘴笑,用来掩盖脸上空洞的护鼻底下,露出满口弯曲棕黄的牙齿。"尤伦的小骚货,"他叫她,

"这下我们终于明白那黑衣杂种干吗带你去长城了,对不对?"他大笑起来,其他人也跟着一起笑。"你那根棍子呢?"罗尔杰突然问,笑容刹时消失,"记得我说过要拿它活活干死你。"他走近一步。艾莉亚慢慢后退。"我没链子拴着,你这小王八蛋就吓破了胆,对吗?"

"我救了你的命。"她努力跟他们保持距离,准备在他出手抓她之前逃走,迅如蛇。

"哦,为表示感谢我该多干你一次。说,尤伦是干你下面,还是喜欢你紧绷绷的小屁眼?"

"我在找贾昆,"她说,"有口信给他。"

罗尔杰突然顿住。他眼中……该不会他害怕贾昆·赫加尔吧?"在澡堂!别挡道!"

艾莉亚赶紧转身跑开,疾如鹿,她的双脚掠过鹅卵石面,一路朝澡堂飞奔。贾昆泡在浴盆里,女仆从他头上冲淋热水,蒸汽在周围升腾。他一边红一边白的长发披散在肩,湿漉而沉重。

她蹑手蹑脚走上前,静如影,但他还是睁开了眼睛。"女孩像小老鼠一样偷偷摸摸,但某人还是听见了。"他说。他怎么能听见呢?她疑惑地想,而他似乎连思想都听得到。"对某人而言,皮革摩擦石头就跟吹号一般响亮。聪明的女孩不穿鞋。"

"我有个口信。"艾莉亚迟疑地看了看女仆,她似乎不打算回避。于是她俯身靠过去,嘴巴凑着他的耳朵。"威斯。"她轻声说。

贾昆·赫加尔的眼睛再度合上,他懒洋洋地泡在水里,似乎快睡着了。"告诉大人,某人随叫随到。"他的手突然一抖,把热水朝她泼来,艾莉亚赶紧跳开,才没淋成落汤鸡。

接着她把威斯的话告诉特佛贝利,酿酒师气得破口大骂:"你去告诉威斯,我的小子们都不是闲人,你告诉他,告诉这个满脸疖

子的混蛋,七层地狱结冰之前,他别想再喝我一杯麦酒。一个小时之内,他不把木桶送来,我就报告泰温大人,等着瞧吧!"

当然,艾莉亚回报时省略了"满脸疖子"这部分,但威斯依旧气得发疯。他怒气冲冲,骂骂咧咧,但最终还是找来六个人,嘟嘟囔囔地命他们把桶送去酿酒房。

当天的晚饭是加了洋葱和胡萝卜的稀麦粥,还有一块不太新鲜的黑面包。有个女人被叫去和威斯上床,所以多得了一块成熟的蓝奶酪和一只鸡翅——从威斯早上提到的那只鸡上撕下来的。其余部分他一人独享,油脂闪着光亮,流淌过他嘴角化脓的疖子。鸡快吃完时,他才从盘子里抬头,发现艾莉亚正盯着他看。"黄鼠狼,过来。"

一条鸡腿上还连着几口焦黑的肉。原来他忘了,到现在才想起来,艾莉亚心想,也许她不该叫贾昆杀他。她难过地离开板凳,朝桌子前方走去。

"你在看我,我看见了。"威斯在她衣服前襟擦擦手指,然后一手掐住她脖子,一手扇了她一巴掌。"我跟你是怎么说的?"他反手又是一巴掌。"不许东张西望!否则我抠你眼睛出来喂母狗!"她被推倒在地,倒下时衣服边缘挂住木凳裂缝上的钉子,勾破了。"不把它补好,今晚你就别睡!"威斯宣布,一边扯下最后一点鸡肉。吃得精光之后,他响亮地吮吸手指,并把骨头丢给他那条丑陋的斑点狗。

"威斯,"那天晚上,艾莉亚一边俯身补裙子,一边低声说,"邓森,波利佛,'甜嘴'拉夫,"骨针缝过褪色的羊毛布一次,她就念出一个名字,"记事本和猎狗。格雷果爵士,亚摩利爵士,伊林爵士,马林爵士,乔佛里国王,瑟曦太后。"她不知威斯还会在她的祷词里停留多久,真希望明天一早醒来,他已经死去,她想啊想,最后昏沉睡去。

一切照旧,第二天将她唤醒的仍是威斯的靴子尖。吃燕麦饼早餐时,他告诉他们,泰温公爵的主力部队将在今天出发。"千万别以为兰尼斯特大人离开后,你们就可以轻松,"他警告,"我保证,城堡不会变小,只有做事的人在变少。我要让你们这群懒虫了解什么是真正的工作,走着瞧吧。"

你才不会,艾莉亚边掰燕麦饼边想。威斯朝她皱皱眉,仿佛嗅到她的秘密,吓得她赶紧低下视线,盯着自己的食物,再也不敢抬头。

当淡淡的曙光射进庭院时,泰温·兰尼斯特公爵离开了赫伦堡。艾莉亚爬到号哭塔上一个拱窗边观察。他的战马披一袭猩红的釉彩鳞片甲,戴着镀金的护颈和头套,泰温公爵自己则身披一件厚重的貂皮斗篷。他的弟弟凯冯爵士骑在他身旁,同样雍容华贵。四个掌旗官走在他们前面,高举深红大旗,怒吼雄狮迎风招展。兰尼斯特兄弟之后,跟着领主和军官们,旗帜飞扬,炫丽多彩:有红色的公牛,金色的山峰,紫色的独角兽和矮脚公鸡,斑纹野猪和獾,银色的雪貂和五彩艺人,以及星星,太阳,孔雀,黑豹,尖角,匕首,黑色的兜帽,蓝色的甲虫和绿色的箭支。

格雷果·克里冈爵士走在最后,他身穿灰色的钢板甲,骑着跟他一样坏脾气的马。波利佛骑在他旁边,手擎黑狗旗帜,头戴詹德利的角盔。他是个高个儿,但走在主人的阴影里,看上去却像个半大孩子。

艾莉亚眼看着他们从赫伦堡巨大的铁闸门下列队走出,一阵战栗爬上背脊。突然间,她明白自己犯了个天大的错误。我真笨,她想,威斯算什么?齐斯威克算什么?这些人才是重要人物,我该把他们杀掉才对。昨晚若不是威斯打她,骗她烤鸡的事,使她气晕了头,她本该向贾昆耳语他们中任何一个的名字。泰温公爵,我干吗不说泰温公爵?

改变主意或许还不晚！威斯还没死！如果她找到贾昆，告诉他……

艾莉亚放下手中的工作，沿着弯曲的楼梯，飞奔而下。她一边跑一边听见铁链哗哗作响，闸门缓缓放下，底部的尖刺插入地面……最后是一声尖叫，充满痛苦，充满恐惧。

十几个人比她先赶到现场，但谁都不敢靠近。艾莉亚在人群中蠕动，钻到前面。只见威斯蜷在鹅卵石地上，喉咙血肉模糊，眼睛则往上翻，目瞪口呆地盯着一片灰色的云。他那条丑陋的斑点母狗正在他胸口舔食从脖子里涌出的血，不时还从死者脸上撕下一块肉来。

眼看威斯的耳朵就要不保，终于有人拿来一把十字弓，射死了母狗。

"可恶的东西，"她听见有人说，"他从小把它养大的。"

"这地方受了诅咒。"拿十字弓的人说。

"是赫伦的鬼魂干的！是的！"埃玛贝尔太太说，"我发誓再也不在这儿睡了！一晚也不行！"

艾莉亚将视线从死人和死狗上抬开，只见贾昆·赫加尔靠在号哭塔的墙上。他看见她，便把手搭在脸颊，两根指头若无其事地伸出来。

凯特琳

离奔流城还差两日骑程时,他们在一条多泥的溪边饮马之际被斥候发现。看到佛雷家的双塔纹章,凯特琳从未如此欣慰。

当要求此人带他们面见她叔叔时,他说:"黑鱼大人跟随国王陛下前去西征,夫人。现由马丁·河文接替他的职务,指挥侦察部队。"

"我明白了。"在李河城,她见过这个河文:瓦德·佛雷侯爵的私生子之一,派温爵士的同父异母兄弟。对于罗柏领军击向兰尼斯特家根据地的行为,她并不惊讶,很明显早在送她去蓝礼那边谈判之前,他已有了通盘考虑。"河文人在哪里?"

"他的营地离此有两小时骑程,夫人。"

"带我们去见他。"她下令。布蕾妮扶她上马,众人立刻出发。

"您从苦桥回来吗,夫人?"途中,这名斥候问。

"不是。"她不敢这样做。蓝礼死后,凯特琳不确定他的年轻遗孀和她的保护者们会如何看待自己。于是她故意改变回程路线,冒险穿越作战区。她目睹肥沃的河间地在兰尼斯特的怒吼下变成灰黑焦土,每一晚斥候带回的故事都让她难以入眠。"蓝礼公爵被杀了。"她补充。

"我们还希望这是兰尼斯特造的谣,或者——"

"可惜不是。如今奔流城由我弟弟掌管?"

"是的,夫人。陛下令艾德慕爵士留守奔流城,保卫后方。"

愿诸神赐予他完成使命的力量,凯特琳心想,以及相应的智慧。"西境可有罗柏的消息传来?"

"您还没听说哪?"他一脸惊奇。"陛下在牛津大获全胜,兰尼斯特被打得溃不成军,敌军主将史戴佛·兰尼斯特爵士也被击毙。"

文德尔·曼德勒爵士发出一阵欢快的呐喊,但凯特琳只点点头。明天的考验比昨天的胜利更教她关切。

马丁·河文扎营在一个坍塌的庄园内,旁边有一个无顶的马厩和上百座新坟。凯特琳下马时,他上前单腿跪下行礼。"幸会,夫人。您哥哥指示我们密切注意,随时恭候您的到来,并叫我们一旦找到您,不得拖延,立刻全速护送您返回奔流城。"

凯特琳心里一紧。"我父亲出事了?"

"不,夫人,霍斯特公爵的病情没有变化。"河文是个气色红润的男子,和他的同父异母兄弟们没有多少相似之处。"我们只是担心您在不经意间遭遇兰尼斯特的斥候。泰温公爵已经离开赫伦堡,率领麾下所有部队向西挺进。"

"请起。"她告诉河文,皱紧了眉头。诸神保佑,幸亏史坦尼斯·拜拉席恩不久也该进军了。"泰温大人离我们还有多远?"

"三天,或是四天骑程,很难说。每条道上我们都有眼线,但此地的确不宜久留。"

他们没有逗留。河文当即下令拔营,上马护送凯特琳出发。他手下有近五十人,头顶飘扬着冰原奔狼、孪河双塔与腾跃鳟鱼的旗帜。

她的护卫急切地打听有关罗柏牛津大捷的消息,河文也答个不停:"奔流城里来了个歌手,自称'打油诗人'雷蒙德,他为这场战斗谱了首歌。您一定要好好听这曲子,夫人。雷蒙德为歌取名《黑夜的奔狼》。"他继续讲述史戴佛爵士的残兵如何缩回兰尼斯港。由于缺乏攻城机械,少狼主一时难以攻下凯岩城,但他让兰尼斯特为在河间地的大肆踩躏付出了代价。卡史塔克大人和葛洛佛大人奔袭海岸,莫尔蒙伯爵夫人则逮住成千上万的牲畜,准备将它们驱回奔流城,大琼恩更占领了位于卡斯特梅、努恩堡和彭德瑞丘陵等地的金矿。文德尔爵士哈哈大笑,"金子没了,兰尼斯特这下可得手忙脚乱啰。"

"陛下如何攻下金牙城的呢?"派温·佛雷爵士询问他的私生子哥哥。"此城固若金汤,又正好扼住山口要道。"

"陛下并没有硬攻,而是摸黑绕了过去。听说是冰原狼带的路,就是他那只灰风。这猛兽嗅出一条山羊走的小道,藏在山脊背后,翻过隘口。小路曲折多石,仅容单骑行走,但等全军通过,瞭望塔里的兰尼斯特军也毫无知觉。"河文压低声音。"据说,战斗结束后,陛下亲手挖出史戴佛·兰尼斯特的心脏,犒劳他的狼咧。"

"无稽之谈,我决不相信,"凯特琳尖锐地说,"我儿可不是野蛮人。"

"夫人说得是。不过,即便是真的,这猛兽也受之无愧。灰风可不是普通的狼啊。有人曾听大琼恩说起,正是北方的旧神把这些冰原狼赐予您儿子的。"

凯特琳忆起孩子们在夏末的初雪中发现小狼的那一天。一共五只,三只公的,两只母的,正好搭配史塔克家族的五位嫡子……而那第六只狼,白色的毛皮,红色的眼睛,是为奈德的私生子琼恩·雪诺所准备。他们不是普通的狼,她想,的确不是。

当晚,他们安营扎寨后,布蕾妮来到她的营房。"夫人,您已经平安无恙地回到了自己人中间,离您弟弟的城堡也只剩一日骑程。就请允许我向您告辞吧。"

凯特琳并不惊讶。这位其貌不扬的少女一路上都不与人来往,她把大部分时间花在照料马匹上,替它们刷毛,清理蹄铁上的碎石。她还帮夏德做饭打扫，也跟其他人一起狩猎。无论凯特琳有何吩咐，布蕾妮都用心完成，没有任何抱怨；无论凯特琳询问什么，她都礼貌地回答，从不多嘴，从不哭泣，也从无欢笑。每一天，她都跟他们一起走，每一夜，她都同他们一起睡，然而，她从来没有成为他们中的一员。

在蓝礼那边，她不也一样？凯特琳想，宴会中，武场上，甚至同身为她弟兄的彩虹护卫们一起守在蓝礼营帐的时候……她为自己构筑的深墙比临冬城的城郭还要高。

"离开了我们，你要去哪里？"凯特琳问她。

"回去，"布蕾妮说，"回风息堡。"

"独自一人。"这并非提问。

那张宽大的脸庞犹如一泓波澜不惊的池水，无从泄露深处的秘密。"是。"

"你想杀史坦尼斯。"

布蕾妮用厚实、多茧的手指紧紧握住剑柄，那原本是"他"的剑。"我发过誓，一共发了三次。您也听到了。"

"是的。"凯特琳承认。她知道，这女孩扔掉了所有染血的衣物，唯独不肯抛弃那件彩虹披风。当初走得匆忙，布蕾妮的物品都不及带走，而今，她只能借穿文德尔爵士的衣服，看起来十分古怪，然而这群人中除了文德尔谁也没这么大的衣服。"誓言必须遵守，这点我同意，可眼下史坦尼斯军容强盛，他身边无疑有许多誓言守护他的侍卫。"

"我不怕他们。我和他们一样强。我当初就不该退缩。"

"你烦恼的就是这个，怕哪个傻瓜叫你胆小鬼？"她叹口气。"蓝礼之死不是你的错，你曾忠勇地为他服务。但如今你想追随他于地下，这对任何人都没好处。"她伸出手，试图给对方安慰。

"我明白，这很难——"

布蕾妮挥开她。"没人明白。"

"你错了，"凯特琳尖锐地说，"每天清晨，当我醒来，头一件想到的事就是奈德已经离我而去。我不会舞刀弄剑，但我做梦都渴望自己能驱马狂奔，冲进君临，用双手紧紧掐住瑟曦的白脖子，用力用力，要她气绝身亡。"

"美人"抬起眼睛，那是她全身上下唯一称得上美丽的部位。"如果您也做这种梦，为什么还要阻止我？莫非因为史坦尼斯在谈判时揭露的那些事？"

是吗？凯特琳的目光扫过营区。两个士兵正手握长矛，来回放哨。"从小，人们便教导我：在这个世界上，好人应当挺身而出，对抗邪恶。而蓝礼之死毫无疑问是件非常邪恶的事。可是，人们也告诉我，君权神授，并非武力所能强求。如果史坦尼斯真是我们合法的国王——"

"他不是，就连劳勃也不是，这话蓝礼陛下不是说了么？詹姆·兰尼斯特谋害了真正的国王，而劳勃在三叉戟河杀掉了他的合法后嗣。当他们这样干的时候，诸神在哪里？诸神并不在乎凡人，就像国王从不关心农民。"

"一个好国王会关心。"

"蓝礼大人……陛下，他……他本可成为最好的国王，夫人，他那么善良，他……"

"他已离我们而去，布蕾妮，"她说，用上最温柔的语调，"只有史坦尼斯和乔佛里留下来……还有我的儿子。"

"他不会……您不会与史坦尼斯讲和吧，是吧？向他屈膝？您不会的……"

"说实话，布蕾妮，我真的不知道。我儿子或许想当国王，但我却当不了什么太后……我只想做个好母亲，看着自己的孩子平平安安，不管付出任何代价。"

"我生来便不是做母亲的料。我要战斗。"

"那么就去战斗吧……然则要为生者,而非死人。记住,蓝礼的敌人也是罗柏的敌人。"

布蕾妮盯着地面,缓缓踱步。"我不认得您的儿子,夫人。"她抬起头,"但我愿意为您效劳,如果您接受的话。"

凯特琳吃了一惊。"我?为什么?"

她的问题让布蕾妮有些困扰。"您帮助过我,在蓝礼的大帐里……当他们以为是我……是我……"

"你本就是清白的。"

"话虽如此,您当时却不需要那么做。您可以让他们杀了我。我对您来说根本不重要。"

或许,我只是不愿成为黑暗真相的唯一见证人,凯特琳心想。"布蕾妮,这些年来我曾把许多贵妇人带在身边,但她们和你都不一样。你得明白,我对作战一窍不通。"

"是的,但您并不缺乏勇气。也许,那不是浴血沙场的勇气,然而……我不知道……我想那是种女人特有的勇气。而且我明白,当时机来临,您一定不会强留我。请答应我这个条件吧,答应我不阻止我向史坦尼斯复仇。"

凯特琳耳畔回响起史坦尼斯的话,他也有末日来临的那一天,这感觉就如一道冷风钻过颈背。"当时机来临时,我决不阻止你向史坦尼斯复仇。"

高大的女孩笨拙地跪下,拔出蓝礼的长剑,放在凯特琳脚边。"我是您的人了,夫人。我是您忠诚的卫士,或是……您让我担任的任何角色。我会保护您的安全,听从您的指示。危难之际,我愿奉献我的生命。以新旧诸神之名,我郑重起誓。"

"我起誓,你将永远在我的壁炉边占有一席之地,你将和我同桌喝酒,同餐吃肉。我誓言永不让你的服务蒙上不誉的污名。以新旧诸神之名,我郑重起誓。起来吧。"她将另一位女人的手掌紧紧握在自己手中,不可遏抑地欢笑起来。有多少次,我看着艾德接受别人的宣誓效忠?她不禁想:不知他看见我今天的一幕,又该说些什么呢?

翌日,他们渡过了红叉河。此处在奔流城的上游,河道拐了个大弯,使得河水泥泞而浅薄。渡口由一群弓箭手和长矛兵组成的混合部队把守,胸前有梅利斯特家族的飞鹰纹章。他们瞧见凯特琳的旗号,便从削尖木桩后现身,派一人从对岸过来引导她的团队渡河。"慢一点,小心些。来,夫人,"士兵伸手抓住她的马缰,一边告诫,"我们在水底埋了铁钉,您看看,还有这些石头旁全是蒺藜。每个渡口都这样安排。这是您弟弟的命令。"

艾德慕想在这里打仗。想到这里,她肠胃打结,但什么也没说。

在红叉河和腾石河之间,他们遭遇了大批前往奔流城避难的平民。有的吆喝牲畜,有的拉着板车,当凯特琳经过时,人们纷纷让路,一边朝她欢呼:"徒利万岁!"或"史塔克万岁!"离城堡还差半里路时,他们穿过一片辽阔的营区,上面飘扬着布莱伍德家族的猩红大旗。卢卡斯向她辞行,前去同父亲泰陀斯伯爵会合。其他人继续前进。

凯特琳发现腾石河北岸也有一座巨大的营寨,熟悉的旗帜在风中招展——马柯·派柏的舞蹈少女旗,戴瑞家族的农人旗,培吉家族的红白双蛇旗。他们都是父亲的封臣,都是三河流域的诸侯。在她离开奔流城之前,他们皆已四散开去,各自保卫自己的领地。如今他们又聚在一起,只可能有一个原因——艾德慕召集了他们。诸神啊,救救我们吧,他是打算跟泰温大人正面决战啊。

从远处,凯特琳便看见某种黑黑的事物在奔流城的墙垒上晃荡,走近后,她才看清那是城垛上吊着的死人,于长索尽头无力地抖动。麻绳缠绕颈项,面容肿胀乌黑,尽管躯体排满了乌鸦,但深红的斗篷在砂岩城墙上依旧十分醒目。

"他们吊死了不少兰尼斯特。"哈尔·莫兰评论。

"多美的风景。"文德尔·曼德勒爵士愉快地说。

"朋友们等不及我们便开动啦。"派温·佛雷开起了玩笑。其他人跟着笑了,只有布蕾妮除外,她目不转睛地盯着那排尸体,没有开口,也没有笑。

如果他们杀掉弑君者,就等于判了我女儿的死刑。凯特琳一踢马肚,奔跑起来。哈尔·莫伦和罗宾·佛林特策马从她身边驰过,向着城门楼高叫。然而守卫们一定早早发现了她的旗帜,等他俩接近时闸门已然升起。

艾德慕从城堡里骑马出来会她,身旁陪着三位父亲的部属——挺着大肚子的教头戴斯蒙·格瑞尔爵士,总管乌瑟莱斯·韦恩,以及侍卫队长罗宾·莱格爵士,后者是个大光头。他们三人都和霍斯特公爵一般年纪,他们都将自己的一生献给了她父亲。他们都老了,凯特琳意识到。

艾德慕披着红蓝披风,外衣上绣着银鱼纹章。从他的面容看来,似乎自她南下后就没修过胡子,火红的胡须长满了下巴。"凯特,你平安归来真是太好了。当我们听说蓝礼死讯时,着实为你的安危担忧。眼下,泰温公爵也开始了行动。"

"我听说了。父亲情况如何?"

"时好时坏,反复无常……"他摇摇头。"他在找你。我不知怎么跟他解释。"

"我立刻去见他,"她保证,"蓝礼死后,风息堡方面有消息传来吗?苦桥那边呢?"渡鸦难以送信给路上的旅人,而凯特琳急着想知道走后到底发生了什么。

"苦桥那边没有消息。风息堡的代理城主,科塔奈·庞洛斯爵士,倒是一连派了三只鸟过来,全是恳求援助的呼吁。史坦尼斯已从陆地和海洋上把他团团包围。庞洛斯宣称无论哪个国王,只要帮他打破围攻,他就投效于谁。他信里说,他害怕史坦尼斯会对孩子不利。到底是什么孩子,你知道吗?"

"艾德瑞克·风暴,"布蕾妮告诉他们,"劳勃的私生子。"

艾德慕好奇地回望她。"史坦尼斯已经担保,只要守备队在两周内献出城堡,并将孩子交到他手中,他就既往不咎,准许他们自由离开。但看来科塔奈爵士不会接受。"

为一个并非自身血脉的私生男孩,他竟甘愿做这一切,凯特琳想。"你给他回复了吗?"

艾德慕再次摇头。"怎么给?依目前的情形,我们帮不了他,也给不了他任何希望。再说,史坦尼斯也不是咱们的敌人。"

罗宾·莱格爵士开口:"夫人,您能否告知蓝礼大人死亡的真相?我们听到各种离奇的谣传。"

"凯特,"弟弟说,"有人说你杀了蓝礼,还有人说下手的是某个南方女人。"他的目光停在布蕾妮身上。

"我的国王的确遭到谋杀,"女孩平静地答道,"但并非为凯特琳夫人所害。我以我宝剑之名起誓,请新旧诸神作证。"

"这位是塔斯的布蕾妮,暮之星塞尔温伯爵的女儿,曾是蓝礼的彩虹护卫之一。"凯特琳告诉他们。"布蕾妮,我很荣幸地向你引见我的弟弟艾德慕·徒利爵士,奔流城的继承人。这位是他的总管乌瑟莱斯·韦恩。这两位分别是罗宾·莱格爵士和戴斯蒙·格瑞尔爵士。"

"非常荣幸。"戴斯蒙爵士应道,其他人也打了招呼。女孩羞红了脸,这平凡的礼仪也让她困窘不安。如果艾德慕以为她是个奇女子,至少他还有礼貌管住嘴巴。

"蓝礼身亡之时,布蕾妮正好在他身边,我也一样,"凯特琳续道,"但他的死和我们没有任何关系。"她还不敢谈论影子的事,尤其是在公开场合,许多人在场的情况下,所以她指指城墙上的悬尸。"你们吊死了谁?"

艾德慕抬头,不安地望着那些尸首。"克里奥爵士的随从,他带着太后对我们的答复赶回来。"

凯特琳无比震惊。"你把使节杀了?"

"他们哪是什么使节,"艾德慕声明,"他们保证会遵守和平,同时交出了武器,所以我允许他们在城堡内自由活动。前三个晚上,他们高高兴兴地同我们吃肉喝酒,我还陪那个克里奥爵士畅谈了一番,谁知到第四天夜里,这些人竟去营救弑君者,"他愤愤地说,"那个人高马大的畜生赤手空拳格杀了两个守卫,他用胳膊扣住他们的喉咙,把他们脑袋撞个粉碎。随后他身边那个瘦骨伶仃的小猴子用半截金属线打开兰尼斯特的牢门,诸神诅咒他。那边那个不知打哪儿来的挨千刀的戏子,居然扮出我的声音去命令守卫打开水门。恩格、德普和长人卢三个都发誓是这样。你瞧,我就不信有人的声音能和我一样,只怪这些呆子还是开了闸门。"

这是小恶魔的把戏,凯特琳揣测,早在鹰巢城时他便显出同样的狡黠。她一度以为提利昂是最不构成威胁的一个兰尼斯特,如今可没那么确定。"你怎么抓住他们的?"

"喔,事情发生时,我恰巧不在城里。我去腾石河对面……喔……"

"混妓院还是去偷情?继续刚才的故事。"

艾德慕的脸变得跟胡子一般红。"那天我回来得早,天亮前一个小时便从外面赶回。长人卢远远看到我的船,认出我的面容,终于开始怀疑昨晚到底是谁在城下发号施令,便发出警报。"

"告诉我,你没有让弑君者跑掉。"

"没有,但我们付出了巨大的代价。詹姆有剑,他杀了保罗·彭福德和戴斯蒙爵士的侍从米斯，重伤德普，韦曼师傅说他也活不了几天了。真是血战一场。打斗之中，许多红袍卫士跑来加入战团，有的空手，有的带了武器。我把他们和那四个奸细一起吊死，余人打入地牢。詹姆也被关了进去。我们不会再让他逃掉了，这一次，他被关进黑牢，戴上手铐脚镣，拴在墙上。"

"克里奥·佛雷呢？"

"他发誓一点也不知情。谁知道？他一半是兰尼斯特，一半是佛雷，两者都是骗子。我把他关进詹姆以前在塔里的囚室。"

"你不是说他带着和平条件归来吗？"

"如果你能称其为'和平条件'的话。我敢保证，你会和我一样对之深恶痛绝。"

"我们不能指望任何来自南方的援助了么，史塔克夫人？"父亲的总管乌瑟莱斯·韦恩问。"关于乱伦的指控……泰温公爵连最微小的侮辱都不会容忍，他一定会寻求用控告者的血来洗清女儿所受的玷污。史坦尼斯公爵应该看得很清楚才对。他别无选择，只能和我们达成协议。"

他和一种更强大更黑暗的势力达成了协议。"这个问题我们以后再谈。"她策马跑过吊桥，不再注视那令人毛骨悚然的尸首。弟弟紧跟在后。他们奔进奔流城的上层庭院，只见四处一片杂乱。一个赤裸身子的男孩跑过前方，凯特琳连忙用力拉缰，以免撞到他。她惊慌地四处打量，成百上千的平民获准躲进城堡，在城墙边搭起陋室暂居。小孩子到处嬉闹，中庭挤满了牛、羊和鸡。"这都是些什么人？"

"他们是我的子民，凯特，"艾德慕回答，"他们很害怕。"

围城在即，只有我这可爱的傻弟弟才会收罗一堆无用的嘴巴。凯特琳知道艾德慕心肠软，有时她甚至觉得他头脑更软。说实话，她喜欢他的正是这点，可眼下……

"能否用信鸦联络罗柏?"

"陛下正在野外行军,夫人,"戴斯蒙爵士回答,"鸟儿无法找到他。"

乌瑟莱斯·韦恩咳嗽一声。"史塔克夫人,年轻的国王陛下启程之前,指示我们等您归来后,即刻送您去孪河城。他请您去预先了解瓦德大人的女儿们,一旦时机成熟,便可为他挑选新娘。"

"我们将为你提供上好的骏马和充足的供应,"弟弟保证,"离开之前,你要好好准——"

"我要留下,"凯特琳道,说罢翻身下马。她可不愿丢下奔流城和垂死的父亲,只为了去挑选罗柏未来的妻子。罗柏想保我平安,我不能责怪他,只是他的借口也太俗套。"孩子。"她唤道,一个小顽童从马厩奔出来接过她的缰绳。

艾德慕也一跃下马。他比她高了足足一头,但永远是她的小弟弟。"凯特,"他不高兴地说,"泰温公爵正——"

"他正率军西进,前去保卫自己的领地。我们只需紧闭城门,好好地把守城池,应该就能相安无事。"

"这里是徒利的土地,"艾德慕宣布,"泰温·兰尼斯特若想肆无忌惮地穿过去,我就要好好给他上一课。"

就像你给他儿子上的课?一旦触及自尊,弟弟会变得跟河石一般顽固。他们彼此都清楚上次艾德慕邀战时,他的军队是如何被詹姆爵士撕成了血淋淋的碎片。"在战场上面对泰温公爵,赢,我们得不到什么,输,却要失去一切。"凯特琳改变了策略。

"院子不是讨论作战计划的地方。"

"对,我们该去哪儿讨论?"

弟弟的脸沉了下来。一时间她还以为他控制不住脾气了,不过最后他突然道,"去神木林。如果你坚持要谈的话。"

她随他走过长廊,来到神木林的入口。艾德慕发火时总是阴沉着脸，闷闷不乐。凯特琳为自己伤害到他感到很抱歉，但如今事态严重，也顾不得他的自尊了。当林木间只剩下姐弟俩，艾德慕回头看她。

"你没有和泰温大人正面对阵的兵力。"她直率地说。

"我聚集了我家所有的势力，一共八千步兵，三千马队。"艾德慕道。

"这意味着泰温大人的军队几乎是你的两倍。"

"罗柏在更艰苦的情况下尚能赢得胜利，"艾德慕回答，"而我有周密的计划。你忘了我们还有卢斯·波顿，泰温公爵在绿叉河畔打败了他，却没乘胜追击。现在，当泰温公爵离开赫伦堡后，波顿重新占领了红宝石滩和十字路口。他手中有一万士兵。我已给赫曼·陶哈下令，让他带着罗柏留驻李河城的部队南下会合——"

"艾德慕，罗柏让这些人留守李河城，确保瓦德大人不生二心。"

"他没有二心，"艾德慕固执地说，"在呓语森林，佛雷家的人英勇奋战，我们还听说，老爵士史提夫伦在牛津战死疆场。莱曼爵士、黑瓦德及其他人随罗柏西征，马丁留在这里，出色地完成斥候任务，而派温爵士又护送你平安地去了蓝礼那边。诸神在上，我们还能要求他们什么？罗柏已和瓦德大人的女儿订了婚，听说卢斯·波顿也娶了一个。对了，你不是还收他两个孙子在临冬城当养子么？"

"必要时，养子就是人质。"她还不知史提夫伦爵士的死讯，也不知波顿的婚事。

"那我们有了两个，这不更保险了？听我说，凯特，波顿需要佛雷的人马，也需要赫曼爵士的人。我已明令他进军夺回赫伦堡。"

"这任务可不简单。"

"没错,但只要此城陷落,泰温公爵便无处可退。我自己的军队将在红叉河的渡口顽强抗击他的渡河企图。他若打算强渡,下场将和当年三叉戟河畔的雷加一样。他若退回去,则被夹在奔流城和赫伦堡之间进退维谷,只等罗柏回师,我们便能干净彻底地消灭他。"

弟弟的声音里有无比的自信,但凯特琳是多么希望罗柏没把布林登叔叔也带走啊。黑鱼一生经历大小数十场战斗,艾德慕只经历过一次,这唯一的一次还是一败涂地。

"这是个很棒的计划,"他总结,"泰陀斯大人这么说,杰诺斯大人也这么说。你想想,布莱伍德和布雷肯什么时候就不确定的事达成过一致呢?"

"该怎样就怎样吧。"她突然觉得很疲惫。或许她不该反对他,或许这真是个了不起的计划,而她怀有的不过是妇人之虑。她只希望奈德能在这里,或是布林登叔叔,或是……"你问过父亲的意见吗?"

"父亲现在的情形,怎能操劳这些战略问题?两天之前,他还计划让你嫁给布兰登·史塔克呢!你不信就自己去瞧瞧。这计划会奏效的,凯特,你等着瞧。"

"我希望如此,艾德慕。我真心希望。"她吻了弟弟,让他了解她的心意,接着便去找父亲。

霍斯特·徒利公爵和她离他南下那天没什么差别——卧病在床,形容枯槁,皮肤苍白黏湿。屋里充满疾病的味道,这股气息混合着病人的尿汗和药品的气味,令人作呕。她拉开床幔,父亲发出一声低吟,颤抖着张开眼睛。他久久凝视她,仿佛弄不懂她是谁,或是怀疑她要干什么。

"爸爸。"她亲吻他,"我回来了。"

他似乎记起她来。"你走了啊。"他喃喃地说,嘴唇几乎不能移动。

"是的,"她说,"罗柏派我去了南方,不过我很快便回来了。"

"南方……哪儿……是南方的鹰巢城吧,亲爱的?我记不得了……噢,我的心肝宝贝,我害怕……你原谅我了吗,孩子?"老人的泪水静静地从脸颊滑落。

"你没做什么需要我原谅的事,爸爸。"她把他软塌的白发向后一拢,抚摸他的额头。不管学士用了多少药,他体内仍有高热燃烧。

"这安排再好不过,"父亲低语,"琼恩是个好人,好人……强壮,善良……照顾你……他会好好照顾……况且他出声高贵,听我说,你一定要去,我是你的父亲……你的父亲……你要和凯特一起结婚,是的,你要和……"

他以为我是莱莎,凯特琳意识到。诸神慈悲,他说起话来当我俩都还没结婚。

父亲用双手紧紧攥住她的手,颤抖的手掌活像一对受惊的白鸽。"那小子……无耻之徒……不准再提那个名字,你的责任……你的母亲,她若在世……"一阵疼痛的痉挛突然穿透全身,霍斯特大人不禁叫喊起来。"噢,诸神饶恕我吧,饶恕我,饶恕我。我的药……"

韦曼师傅当下便闪进门内,端着杯子给他灌药。霍斯特公爵像个吃奶的婴儿一般急切地吮吸稠白的饮料。宁静终于回到他的身躯。"他马上就会睡着了,夫人。"药杯喝干之后,学士对她说。残存的罂粟奶汁在父亲唇边围成又黏又白的圆圈,韦曼师傅用衣袖替他擦拭。

凯特琳看不下去了。霍斯特·徒利曾是个多么坚强而骄傲的人,如今变成这副模样,真让她心中隐隐作痛。她走出去,站在阳台上。下方的庭院挤满难民，人来人往，十分嘈杂；但城墙之外，大河悠悠，纯粹不染，亘古长流。这是他的大河，再过不久，它们将送他踏上最后一段旅程，领他回归于它们之中。

韦曼学士随她出来。"夫人，"他轻柔地说，"我已尽了全力，但只怕他撑不了多久。派信使通知他弟弟吧，叫布林登爵士回来。"

"好的。"凯特琳说，声音因悲伤而粗浊。

"是不是把莱莎夫人也请来？"

"莱莎不会来。"

"如果您给她写封亲笔信，也许……"

"唉，你认为有效，我就写吧。"她不禁揣测莱莎的那个"无耻小子"到底是谁。大概是某个年轻侍从或雇佣骑士……不过从父亲这么激烈的反应看来，也许只是个商人之子或低贱的学徒一类，甚至是个歌手。莱莎最喜欢歌手。我不想责怪她，不管琼恩·艾林有多高贵，毕竟他比父亲都还整整大出二十岁。

弟弟把她与莱莎在少女时代同居的塔楼清扫出来给她住。想到能再睡上那张羽毛床，这感觉实在是太好了。壁炉必定早早燃起温暖的火焰，躺上那床，整个世界便不再黯淡。

然而在卧室门口等她的却是乌瑟莱斯·韦恩，在他身边还有两个灰衣女人，面容藏在兜帽之内，只露出两只眼睛。凯特琳当下便明白过来。"奈德？"

静默修女们垂下目光。乌瑟莱斯道，"克里奥爵士把他从君临带回来了，夫人。"

"带我去见他。"她命令。

他们让他躺在一张搁板桌上，用一面旗帜覆盖他的身躯，那是史塔克家族的白底灰色冰原奔狼旗。"我想看看他。"凯特琳说。

"只有骨骸存留了，夫人。"

"我想看看他。"她重复。

一名静默修女掀开旗帜。

骨骼,凯特琳想,这不是奈德,这不是她深爱的男人,不是她孩子的父亲。他的双手在胸前交握,枯骨的指头扣着一柄长剑,然而那并非奈德的手,那双无比强壮充满生机的手。他们给骨骼穿上奈德的衣服,做工精细的白天鹅绒外套,在心脏部位绣着冰原狼纹章,然而衣料之下却没有丝毫温暖的血肉,她枕着度过多少夜晚的血肉和胳膊啊。头颅用上好的银线缝在躯体上,但所有的头骨看起来都一样,从空洞的深窝里,她找不到丈夫深灰眼眸的一丝片影,那双眼眸像薄雾一般轻柔同磐石一样坚强。他们让乌鸦吃掉了他的眼睛,她知道。

凯特琳转身。"这不是他的剑。"

"'寒冰'尚未归还,夫人,"乌瑟莱斯道,"只有艾德大人的遗骨回了家。"

"即使这样,我还是该答谢太后。"

"答谢小恶魔吧,夫人。这是他的命令。"

总有一天我要好好答谢他们所有人。"我很感激你们所做的一切,姐妹们。"凯特琳说,"然而我不得不托付你们另一项任务。艾德公爵是史塔克家族的人,他的遗骨应当安息在临冬城下。"将来他们会为他造好雕像,一尊和他容颜相仿的石头静坐在黑暗之中,脚边靠着冰原狼,膝上放有宝剑。"务必为姐妹们准备脚力上好的马,提供路途所需的一切事物,"她告诉乌瑟莱斯·韦恩,"此去临冬城,由哈尔·莫兰负责护送,身为临冬城侍卫队长,这是他的职责。"她回头凝望那堆骨骼,那是她的夫君和挚爱仅存的一切。"现在走吧,都走吧。今晚我要好好陪陪奈德。"

灰衣女人朝她鞠躬敬礼。据说,静默姐妹们从不和活人交谈,凯特琳迟钝地忆起,她们只与死者对话。现在,她好嫉妒啊……

丹妮莉丝

帘幔挡住了街道的灰尘与暑气,却挡不住失望。丹妮疲倦地爬进车内,庆幸得以避开魁尔斯人眼睛的海洋。"让路!"乔戈在马背上一边对群众大吼,一边抽打鞭子,"让路!给龙之母让路!"

札罗·赞旺·达梭斯斜倚在凉爽的绸缎垫子上,将红宝石般的葡萄酒倒进一对相配的翡翠黄金高脚杯里,尽管舆车摇摇晃晃,他的手却很稳健。"我的爱之光啊,看到您脸上写着深深的悲哀,"他递给她一只杯子,"是否在为失落的梦想而难过呢?"

"延迟的梦想,仅此而已。"紧紧套在脖子上的银项圈磨得她生疼,她把它解开,放到一边。项圈上嵌着一颗魔力紫水晶,札罗保证它能保护她百毒不侵。"王族"名声不佳,常把毒酒赐给那些他们认为危险的人,但他们连杯水也没给丹妮。他们压根儿没把我看做女王,她苦涩地想,我不过是午后的余兴节目,一个带着古怪宠物的马族女孩。

当丹妮伸手去接葡萄酒时,雷哥发出嘶嘶的叫声,尖利的黑爪子嵌入她赤裸的肩膀。她只好缩手,并将它移到另一个肩膀,这样它就只能扒着衣服扒不着皮肤。札罗警告过她,风雅的王族决不会听多斯拉克人说话,因此她按照魁尔斯风格穿着:一袭飘荡的绿绸缎,露出半边酥胸,脚套银色凉鞋,腰围黑白珍珠腰带。早知这根本没用,我还不如光着身子去。也许我正该这么做。她喝了一大口酒。

王族是古魁尔斯国王与女王的后裔,他们号令着市民卫队和一支豪华舰队,控制着连接不同海域的海峡。丹妮莉丝·坦格利安想要那支舰队，即使只是一部分也好，她还想要一些士兵。为此，她向"记忆的神殿"奉献传统的牺牲，向"名册保管员"送上传统的贡品，向 "门之开启者"赠予传统的柿子，最后终于收到传统的蓝丝拖鞋，传唤她前往"千座之殿"。

王族们高坐在先祖的巨大木座椅上听取她的请愿。木椅排成弧形，自大理石地板呈阶梯状逐层向上，直达高高的圆形天顶，天顶上绘着魁尔斯夕日的辉煌景象。那些椅子不但巨大，而且雕工奇异，镀金的表面明亮辉煌，镶嵌着琥珀、玛瑙、玉石和翡翠，每张椅子各不相同，彼此争奇斗妍。只是坐在上面的人们看起来个个无精打采，昏昏欲睡。他们在听，却没有听进去，也不在乎听到的是什么，她想，他们才是真正的"奶人"，根本就不想帮我。他们纯粹是因为好奇和无聊才来的，对我肩头的龙比对我本人更感兴趣。

"告诉我，王族都说了些什么，"札罗·赞旺·达梭斯询问，"告诉我，他们说了什么，令我心中的女王如此忧伤。"

"他们说'不'。"这酒有石榴和夏日的味道。"当然，说得谦恭婉转，但在那些动听的言辞底下，仍然是不。"

"您赞美他们了吗？"

"我厚颜地恭维。"

"您哭了吗？"

"真龙不会哭。"她烦躁地说。

札罗叹了口气。"您应该哭的。"魁尔斯人动不动就掉眼泪，落泪被视为文明人的标志。"我们收买的那些人怎么说？"

"马索斯什么也没说。温德罗称赞我说话的方式。'优雅的艾耿'跟其他人一起拒绝我，但他事后却哭了。"

"唉，这几个魁尔斯人真无信用。"札罗本身并非王族，但他告诉她该向谁行贿，每人该送多少。"哭泣吧，哭泣吧，为了人类的背信弃义而哭泣吧。"

丹妮宁愿为自己的金子哭泣。那些她用来向马索斯·马拉若文、温德罗·卡尔·狄斯和"优雅的"艾耿·艾摩若行贿的钱足够买一艘船，或雇二十来个佣兵。"我能不能派乔拉爵士去把礼物要回来？"她问。

"这样的话，只怕某天晚上'遗憾客'会潜进我的宫殿，趁您熟睡时谋害您哦。"札罗说。"遗憾客"是一个教团性质的古老杀手公会，他们在杀死受害者之前总是轻声说"我很遗憾"，故而得名。魁尔斯人最大的特点就是彬彬有礼。"俗话说得好，从王族那儿要钱，比给法罗斯的石牛挤奶还难。"

丹妮不知法罗斯在哪里，但对她而言魁尔斯遍地都是石牛。凭借海外贸易发财致富的巨商们分为三个相互猜忌的派系：香料古公会、碧玺兄弟会以及十三巨子。札罗属于后者。三个集团为了夺取贸易主导权而互相竞争，同时又和王族争斗不休。男巫们则在一旁虎视眈眈，他们有蓝色的嘴唇和可怕的力量，鲜少露面但令人敬畏。

没有札罗，丹妮早就不知所措了。她浪费在开启"千座之殿"大门上的钱财多半来自于商人的慷慨与机智。世间还有真龙这一消息传遍了东方，越来越多的寻龙者前来探访——札罗·赞旺·达梭斯规定大家不论尊卑，都得向龙之母献礼。

由他开启的涓涓细流很快汇成汹涌的洪潮。商船船长们带来密尔的蕾丝、一箱箱产自夷地的藏红花、亚夏的琥珀与龙晶；行路商人们献上一袋袋钱币；银匠送来指环和项链；笛手为她吹笛；演员表演杂技；艺人玩弄戏法；染织业者送她彩布，丰富的色彩是她前所未见。两个鸠格斯奈人给了她一匹斑马，黑白相间，性情凶猛。甚至有一个寡妇献上丈夫的干尸，表面覆着一层银叶，据说这样的尸体法力极其强大，尤其因为死者是个男巫，更为有效。碧玺兄弟会坚持送她一顶三头龙形状的王冠：魔龙蜷曲的躯体是黄金，翅膀是白银，三个头则分别由翡翠、象牙和玛瑙雕成。

王冠是她唯一留下的礼物，其余的都卖掉了，以筹集那笔浪费在王族身上的钱。札罗要她把王冠也卖掉——十三巨子会给她一顶更精良的王冠，他指天发誓——但丹妮坚决不允。"韦赛里斯卖掉了我母后的王冠，因此人们称他为乞丐。我要留着王冠，人们才会当我是女王。"她留下了它，尽管它的重量令她脖子酸痛。

即便戴着王冠，我仍旧是个乞丐，丹妮心想，我是世间最为闪亮耀眼的乞丐，但终究是个乞丐。她痛恨这事实，想必哥哥当年也感同身受。他这么多年来，在篡夺者的杀手追杀下，从一座城市逃到另一座城市，一边向各位总督、大君和商界巨贾乞求援助，甚至靠谄媚奉承换取食物。他一定知道他们是如何瞧不起他，难怪会变得如此暴躁，如此难以亲近，最后终于被逼疯了。假如我放任自流，也会是这个下场。她内心的一部分只想带她的人民回到维斯·托罗若，重建那座死城。不，那等于失败。我有韦赛里斯所不具备的东西。我有龙。有了龙，一切皆已改变。

她抚摸着雷哥。绿龙并拢嘴巴，使劲咬住她的手。车外，巨大的城市鼓噪沸腾骚动，无数声响汇合成一个低沉的合音，仿佛汹涌的海涛。"让路！你们这些奶人！给龙之母让路！"乔戈大喊，魁尔斯人移向两边，其实只是要避开拉车的牛，而非因为他的喊叫。透过摇曳的帘幔，丹妮瞥见乔戈跨着灰色战马，不时扬起她送他的银柄长鞭抽打牛。阿戈守在舆车一边，拉卡洛则在队伍后面骑行，负责查看人群，预防危险。今天，她把乔拉爵士留在住处，守卫其余的龙；被放逐的骑士打从一开始便反对这个愚蠢的计划。他不信任任何人，她寻思，不无道理。

丹妮举起高脚杯喝酒，雷哥嗅了嗅酒，将头缩回来，嘶嘶叫喊。"您的龙鼻子不错。"札罗抹抹嘴唇。"这酒很普通。据说在玉海对面，有一种金色葡萄酒，口味之佳，只需呷上一小口，其他

的酒喝起来便像醋一样。让我们乘坐我的豪华游艇去寻访吧,就我们俩。"

"世上最好的葡萄酒产自青亭岛。"丹妮宣布。她记得雷德温伯爵曾为父亲跟篡夺者战斗,属于少数到最后仍保持忠诚的人。他也会为我而战吗?许多年过去了,什么都无法确定。"和我一起去青亭岛吧,札罗,去尝尝最美妙的佳酿。但我们得坐战舰去,而不是游艇。"

"我没有战舰。战争对贸易不利。我告诉过您许多次了,札罗·赞旺·达梭斯是个和平主义者。"

札罗·赞旺·达梭斯是个拜金主义者,她想,但他的金钱可以为我买到需要的船只和战士。"我又没让你拿剑,只是想借你的船。"

他微微一笑。"没错,商船我现在是有几条,但谁能说清明天又有多少呢?或许此刻就有一艘船遭遇夏日之海的暴风雨,正在沉没呢。等到明天,另一艘也许会撞上海盗,因而葬身海底。再下一天呢,我的某位船长或许会觊觎舱中的财富,起了'这些都属于我'的念头。这些哪,都是做生意的风险。您瞧瞧,我们聊得越久,我拥有的船就可能逐渐减少。我每时每刻都在变穷。"

"把船借给我,我保证让你连本带利地收回来。"

"嫁给我吧,璀璨之光,扬起我心中的风帆。我想着您的美,夜夜无眠。"

丹妮微笑。札罗动人的感情宣言令她感到有趣,但他的言行并不一致。乔拉爵士扶她上车时,视线几乎无法从她裸露的一侧胸脯移开,但札罗即便在如此狭窄的空间里,也根本不在意她的身体。她还发现无数的漂亮男孩聚集在这位巨商身边,穿着薄薄的丝绸在他的宫殿里来来去去。"你说得真动听,札罗,但我听出你的言外之意又是一个'不'字。"

"您说的铁椅子听起来又冷又硬,简直是个怪物,一想到那些参差不齐的尖刺划破您可爱的肌肤,我就心疼得无法忍受。"札罗鼻子上的珠宝让他看上去像只光彩夺目的怪鸟。他摆了摆修长雅致的手指,以示否定。"就把这里当做您的王国吧,最最高贵的王后,让我成为您的国王。如果您喜欢,我会送你一个纯金的王座。如果您厌倦了魁尔斯,我们可以周游玉海,去夷地旅行,寻找诗人口中的梦中之城,用死人的头颅啜饮智慧的美酒。"

"我要航向维斯特洛,用篡夺者的头颅啜饮复仇之酒。"她挠挠雷哥的眼袋,它翠绿的翅膀稍稍展开,搅动了舆车里静止的空气。

一滴晶莹的泪珠从札罗·赞旺·达梭斯脸上滑落。"没有什么可以改变您的狂热吗?"

"没有,"她说,希望自己有听起来那么坚定,"如果十三巨子每位借给我十艘船——"

"您就会有一百三十艘船,却没有驾驶的船员。您的正义对魁尔斯人而言毫无意义,我的水手们凭什么要关心在世界边缘的某个王国,由谁坐上王座呢?"

"我会付钱让他们关心。"

"哪儿来的钱?我可爱的天堂之星?"

"用寻访者送的钱。"

"您可以试试,"札罗承认,"但您需要买到许多关心,代价可是不菲。再说了,我慷慨的程度已经让整个魁尔斯笑话我败家了,而您需要的钱将远远多于当下的支出。"

"如果十三巨子不肯帮我,或许我该请求香料公会或者碧玺兄弟会?"

札罗懒洋洋地耸耸肩。"除了恭维和谎言,他们什么也不会给您。香料公会由伪君子和吹牛大王当家,而兄弟会里全是海盗。"

"看来，我不得不听从俳雅·菩厉，去找男巫们帮忙了。"

巨商猛地坐直身子。"俳雅·菩厉是个蓝嘴唇的家伙！蓝嘴唇只吐得出谎言，这句俗话千真万确，请相信爱您的人吧！男巫是一群难以相处的怪物，他们从尘土和阴影中摄取养分。他们能给您的只有虚无，因为他们一无所有。"

"如果我的朋友札罗·赞旺·达梭斯能满足我的需求，我怎会想到寻求男巫的帮助呢？"

"我已经把我的家和我的心都给了您，难道您都不在意么？我给了您香水和石榴，翻筋斗的猴子和吐信的蛇，神像的头颅和恶魔的脚，还有来自失落的瓦雷利亚的卷轴。我还送了您这顶黑檀木与黄金制成的舆车，外加一对相匹配的公牛。它们一头白如象牙，一头黑如乌玉，犄角上都镶嵌着珠宝。"

"不错，"丹妮道，"但我想要的是船只和士兵。"

"绝代佳人呀，我不是给了您一支军队吗？一千名骑士，每一个都穿着闪亮的铠甲。"

铠甲由金银制成，骑士则是翡翠、绿宝石、玛瑙、碧玺、琥珀、蛋白石和紫水晶，每一个都有她小指头那么高。"一千名可爱的骑士，"她说，"却不能让敌人畏惧。公牛也无法载我渡海，我——为何停下？"公牛放慢了脚步。

舆车猛地停下。"卡丽熙。"阿戈隔着帘子喊。丹妮单肘支撑，斜倚着探出头。他们已在集市边沿，前方的道路被一堵厚实的人墙挡住。"他们在看什么？"

乔戈骑回到她面前。"一个火法师，卡丽熙。"

"我也想看。"

"没问题。"多斯拉克人向下伸出手让她握住，随即将她拉上自己的马，并让她坐在前面，如此她的视线就能越过人群。只见火法师凭空召唤出一道火梯，不断摇曳盘旋的橙红火梯直直地伸向高处格子状的天花板,底下却没有任何支撑。

她注意到大多数观众都不是本城人:下船的水手,旅行商队的商人,来自红色荒原满身尘土的人们,四处流浪的士兵、手艺人和奴隶贩子。乔戈将一只手滑到她腰间,他把身子贴近。"奶人都刻意避着他,卡丽熙,看到那个戴毡帽的女孩吗?就在那儿,那个胖祭司后面,她是个——"

"——扒手。"丹妮替他说完。她可不是娇生惯养、没见过世面的贵族小姐。随着哥哥为躲避篡夺者雇来的杀手而四处流亡的岁月里,她曾在自由贸易城邦的街道上见过许多扒手。

法师不断比画,双臂大幅度摆动,催促火焰越升越高。观众们都伸长了脖子抬起头,扒手们则在人群中挤来挤去,掌中暗藏小刀。他们一只手麻利地窃走大量钱财,而另一只手向上指指点点。

等剧烈燃烧的梯子达到四十尺高,魔法师往前一跃,像猴子一样沿着它两手交替地迅捷攀爬,每跨过一阶,那一阶就在脚后消散,只余一缕银色的烟。当他爬到顶端,人和梯都消失得无影无踪。

"不错的把戏。"乔戈忍不住赞叹。

"不是把戏。"一个女人用通用语说。

丹妮之前没注意到魁晰在人群中,但她就站在那儿,水汪汪的眼睛在一成不变的红漆面具下闪动。"您这话什么意思,夫人?"

"半年之前,此人连用龙晶生火都不行,只会一些火药和野火的雕虫小技,充其量能吸引几个无知愚人围观,好让他的扒手们有活可干。他可以走过炽热的炭,或是让燃烧的玫瑰在空中盛开,但绝不会期望攀上一条火梯,就像普通渔民不会期望在网中捕到海怪。"

丹妮不安地望向刚才梯子所在的地方。现在连烟都消失了,人群正在散去,各忙各的去。当然,不久之后许多人就会发现自己的

钱包已经空空如也。"那现在呢?"

"现在他的力量增强,卡丽熙,这是因为你的缘故。"

"我?"她大笑起来。"怎么可能?"

那女人走过来,两根手指搭在丹妮手腕上。"你是龙之母,不是吗?"

"她当然是,黯影之子不可碰她。"乔戈用鞭柄将魁晰的手指拨开。

那女人后退一步。"你必须赶快离开这座城市,丹妮莉丝·坦格利安,否则就走不了了。"

手腕上魁晰碰过的地方有些刺痛。"你要我去哪里?"她问。

"要去北方,你必须南行。要达西境,你必须往东。若要前进,你必须后退。若要光明,你必须通过阴影。"

亚夏,丹妮心想,她要我去亚夏。"亚夏人会给我军队吗?"她问。"在亚夏我能得到金钱吗?那儿有船吗?亚夏有什么东西是我在魁尔斯找不到的?"

"真相。"戴面具的女人回答,接着她鞠了一躬,消失在人群中。

拉卡洛从他下垂的黑胡子后面轻蔑地哼了一声,"卡丽熙,一个人宁肯吞下蝎子也好过相信黯影之子。他们不敢在日光下现出自己的脸。大家都知道。"

"大家都知道。"阿戈赞同。

札罗·赞旺·达梭斯靠在垫子上把他们的整个对话都看在眼里。等丹妮爬回舆车、坐到他身边时,他说:"你的野蛮人有他们所不自知的智慧。亚夏人所能提供的'真相'会让你哭笑不得。"他又塞给她一杯酒,一路上谈论爱情与欲望之类的无聊话题,直到回到他的宅邸。

丹妮回到套房,总算得到了安静。她脱下华丽的服装,换上一件宽松的紫丝袍。她的龙都饿了,因此她切碎一条蛇,将一块块肉放在火盆上烧烤。它们在成长,她一边看着它们狼吞虎咽、互相争夺焦黑的肉,一边想。它们比在维斯·托罗若时重了一倍,即使如此,恐怕还要许多年它们才能长到上战场的地步。在此之前,它们还必须接受训练,否则会把我的王国化为废墟。丹妮莉丝尽管有坦格利安家的真龙血统,却丝毫不懂如何驯龙。

太阳西沉时,乔拉·莫尔蒙爵士来找她。"王族拒绝了您?"

"和你预测的一模一样。来,坐下,我想听听你的建议。"丹妮让他坐到自己身边的垫子上,姬琪送上一碗紫橄榄和泡在葡萄酒中的洋葱。

"您在这座城市得不到帮助,卡丽熙。"乔拉爵士用拇指和食指夹起一颗洋葱。"我一天比一天更肯定。王族们的眼光越不过魁尔斯的城墙,而札罗……"

"他又向我求婚。"

"是的,我知道他打的什么主意。"骑士皱眉时,两条浓密的黑眉毛在他深陷的眼睛上方纠成一团。

"他想着我的美,夜夜无眠。"她大笑起来。

"恕我无礼,女王陛下,他想的是你的龙。"

"札罗向我保证,在魁尔斯,夫妻婚后可以保有各自的财产。龙是我的。"她微笑道,卓耿在大理石地板上一边跳一边拍打翅膀跑过来,想爬上她身边的垫子。

"他说的没错,只是有一点故意隐瞒。魁尔斯人有个奇特的婚俗,我的女王,在婚礼当天,妻子可以向丈夫要求一件爱的信物,不管她要求世间何物,他都必须答应。而他也有权对她提出同样的要求,虽然只能要一件东西,但不管是什么都不能拒绝。"

"一件东西,"她重复,"不能拒绝?"

"只要一条龙,札罗·赞旺·达梭斯就能统治这座城市,但一

艘船给我们的帮助却相当有限。"

丹妮一点一点地咬洋葱,悲哀地反思着男人的无信。"我们从千座之殿回来时,经过集市,"她告诉乔拉爵士,"我遇到了魁晰。"她告诉他火法师和火梯的事,还有戴红漆面具的女人说的话。

"我打心眼里盼望离开这座城市,"待她说完,骑士道,"但不是去亚夏。"

"那去哪里?"

"东方。"他说。

"此地离我的王国已有半个世界那么远。如果再往东,我也许永远也回不了维斯特洛。"

"如果您往西,就是拿自己的生命去冒险。"

"坦格利安家族在自由贸易城邦有朋友,"她提醒他,"比扎罗和王族更忠实的朋友。"

"如果您指的伊利里欧·摩帕提斯,我相当怀疑。只要能得到足够的利益,伊利里欧会毫不犹豫地把你卖掉,就跟卖奴隶一样。"

"我和哥哥在伊利里欧的宅子里做了半年宾客。如果他有心出卖我们,早就动手了。"

"他的确出卖了你们,"乔拉爵士说,"他把您卖给了卓戈卡奥。"

丹妮涨红了脸。他说的是事实,但她受不了他尖刻的直白。"伊利里欧保护我们免遭篡夺者伤害,他相信哥哥的理想。"

"伊利里欧除了伊利里欧什么都不信。贪食的人必然贪婪,这是一条定律,而掌权者又总是生性狡猾。伊利里欧·摩帕提斯两样都占了。您真正了解他吗?"

"他给了我龙蛋。"

他嗤之以鼻。"如果他知道它们能孵化，早坐在上面亲自孵啦！"

她情不自禁地笑了。"噢，这点我毫不怀疑，爵士。我对伊利里欧的了解比你想象的要多。当我离开他在潘托斯的宅邸，嫁给我的日和星时，的确还是个孩子，但我不聋也不瞎。而我现在也不再是孩子了。"

"就算伊利里欧如您想象，算个朋友，"骑士固执地说，"他也不够强大，无法靠一己之力助您登上王座，否则您哥哥当初也不会落得如此下场。"

"但他很富有，"她说，"也许不如札罗，却足够为我雇佣船只和人手。"

"佣兵有他们的用场，"乔拉爵士承认，"但您无法依靠自由贸易城邦的那些渣滓来赢回父亲的王座。没有什么比一支入侵的军队更能捏合一个分裂的国家。"

"我是他们真正的女王。"丹妮抗议。

"您是个陌生人，还意图带着一支连通用语也不会讲的外籍军团登上他们的海岸。维斯特洛的诸侯都不认识你，他们反而有充分的理由畏惧你、怀疑你。因此，在您启航之前，必须赢得他们的拥戴，多多少少都好。"

"对啊，如果我照你的建议去东方，又如何能赢得他们的拥戴呢？"

他吃下一颗橄榄，把果核吐到手心。"我不知道，陛下，"他承认。"但我知道您在一个地方待得越久，就越容易被敌人发现。坦格利安这个姓氏仍然让他们惧怕，以至于听说您怀了孩子，就派人来谋杀。如果他们得知您有了龙，又会怎么做呢？"

卓耿蜷缩在她的手臂下，像一块在烈日下暴晒整天的石头那么烫。雷哥和韦赛利昂正为了一块肉而争斗，用翅膀互相击打，烟雾

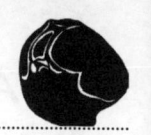

嘶嘶地从鼻孔喷出。我桀骜不驯的孩子们,她心想,它们决不能受伤害。"彗星把我领到魁尔斯,必有其目的。我本希望在这里找到我的军队,但那似乎并不可能。我不禁自问,还会有什么呢?"我很恐惧,她意识到,但我必须勇敢。"明天,你去找俳雅·菩厉。"

提利昂

这女孩从来不哭。弥赛菈·拜拉席恩虽然小小年纪,但天生就是个公主。她是兰尼斯特家的人,尽管她没这个姓,提利昂提醒自己,她流着兰尼斯特的血液,瑟曦和詹姆的血液。

当她的兄弟们在"海捷号"甲板上向她告别时,她的微笑中有一丝战栗,但这女孩知道如何应对,她的话勇敢而有尊严。到了分别时刻,哭泣的是托曼王子,安慰他的是弥赛菈。

提利昂站在"劳勃国王之锤"号高耸的甲板上,俯视着告别仪式。劳勃国王之锤号是一艘四百桨的巨型战舰,桨手们将她简称为"劳勃之锤",她是为弥赛菈此行护航的主力。此外,狮星号、烈风号和莱安娜小姐号也将同行。

王家舰队中有好些船当年随史坦尼斯公爵攻打龙石岛,再也没有回来,由是海军一直元气不足。而今又要分出一部分,提利昂深感不安,但瑟曦决不允许减少护卫。或许她比我明智。若是公主在抵达阳戟城前被俘,与多恩的联盟就会顷刻间土崩瓦解。到目前为止,道朗·马泰尔只是召集诸侯。一旦弥赛菈平安抵达布拉佛斯,他允诺将军队向隘口移动,由此威胁边疆地的领主,动摇他们的忠诚,并减缓史坦尼斯北进的速度。其实这只是虚张声势。除非多恩本土遭到攻击,否则马泰尔家决不会真正参战,而史坦尼斯当然不会蠢到那种地步。不过或许能刺激他旗下的诸侯做出蠢事,提利昂心想,我该把这种可能列入考量。

他清了清嗓子。"清楚命令了吧,船长?"

"是的,大人。我们沿着海岸行驶,保持陆地在视线范围内,

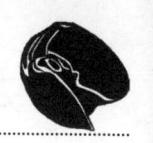

直到抵达蟹爪半岛。从那里,我们横穿狭海,航向布拉佛斯,途中绝不能驶进龙石岛视野之内。"

"若偶遇敌人,该当如何?"

"若对方只有一艘船,我们主动将其赶走或击沉。若对方出动船队,就由烈风号贴紧海捷号保护,其他舰船组织战斗。"

提利昂点点头。就算情况不妙,小巧的海捷号也应当能摆脱追逐。她帆大船小,比当前任何一艘战舰都快——至少她的船长如此声称。只要弥赛菈抵达布拉佛斯,想必能确保安全。他派亚历斯·奥克赫特爵士做她的贴身护卫,又请布拉佛斯人护送她前去阳戟城。布拉佛斯是自由贸易城邦里最强大最有势力的一个,史坦尼斯也不能不买它的账。从君临到多恩,经由布拉佛斯虽不是最短路径,却是最安全的……至少他如此期望。

若史坦尼斯得到这次护航的情报,不趁此机会来攻打君临,更待何时。他不禁回望向黑水河注入海湾的河口,天边一条绿线,丝毫不见帆影,他方才感到安心。最新情报显示,由于科塔奈·庞洛斯爵士继续以故去的蓝礼之名坚守城池,拜拉席恩舰队依然在围困风息堡。与此同时,提利昂的绞盘塔业已完成了四分之三。此时此刻,人们正将一块块沉重的石头吊上去,放置就位,无疑正边做边骂,诅咒他让他们在节庆时间工作。随他们骂。再有两个星期,史坦尼斯,我只要你再给我两个星期。半个月后就一切就绪。

提利昂看着外甥女跪在总主教面前,接受祝福,保佑旅途平安。阳光透过水晶冠冕,散射出七彩虹光,照在弥赛菈仰起的脸上。岸边的喧闹使他听不清祷词,只得希望诸神的耳朵比他灵敏。总主教胖得像座房子,比派席尔还会装腔作势、滔滔不绝。够了,老家伙,结束吧,提利昂恼火地想。诸神听够了你的唠叨,还有重要事做,我也是。

好不容易待他絮絮叨叨结束,提利昂便跟劳勃国王之锤号的船长道别。"把我外甥女平安送抵布拉佛斯,回头你就是骑士。"他许诺。

提利昂沿着倾斜的木板走向码头,感觉到四周投来不善的目光。舰身轻轻摇晃,使他蹒跚得比以前更厉害。我打赌他们想笑。只是没人敢,至少没人敢公开嘲笑,但他听到小声的嘀咕,夹在木板绳索的吱嘎声和河流冲刷木桩的声音里。他们不喜欢我,他心想。好吧,这也难怪。我吃得饱,长得丑,而他们正饿着肚子。

波隆护卫他穿过人群,来到姐姐和外甥们身边。瑟曦只当没他这号人,更加热烈地向堂弟展示微笑。他看着她朝蓝赛尔频送秋波,那双眼睛绿得和她白皙脖子上的翡翠项链一般,他自己会心地笑了。我知道你的秘密,瑟曦,他心想。姐姐最近常拜访总主教,以求在与史坦尼斯即将来临的斗争中,诸神能够保佑他们……或者说她希望他如此相信。实际上,每当短暂造访贝勒大圣堂后,瑟曦便会换上普通的棕色旅行斗篷,溜出去密会某个雇佣骑士,那骑士似乎名叫奥斯蒙·凯特布莱克爵士,他还有两个跟他一丘之貉的弟弟——奥斯尼和奥斯佛利。这一切蓝赛尔一五一十地告诉了他,瑟曦是打算利用凯特布莱克兄弟来收买一群自己的佣兵。

好啊,就让她享受密谋的快感吧。每当她以为自己胜过他一筹,就会变得比较可爱。凯特布莱克兄弟会讨她喜欢,收她的钱,承诺她一切要求,何乐而不为呢?因为波隆会给出相同的价格,一分不差。这三兄弟外表亲切和蔼,实际却是些无赖,对于行骗远比作战要擅长。瑟曦等于替自己买到三面大鼓;要敲多响有多响,里面却空无一物。提利昂觉得有趣极了。

号角响起,狮星号和莱安娜小姐号驶出堤岸,顺流而下,为海捷号开道。岸边的人群发出几声稀落的欢呼,如空中的流云一般零星。弥赛菈站在甲板上微笑着挥手。亚历斯·奥克赫特爵士站在她身后,他的白袍随风飘动。船长下令松开缆绳,船桨推动海捷号驶入

黑水河的急流中，背风张帆——普通的白帆，而非兰尼斯特的深红布料，提利昂坚持这么安排。托曼王子啜泣起来。"你哭得像个吃奶的婴儿，"他哥哥嘶声对他说，"做王子的不该哭。"

"龙骑士伊蒙王子在奈丽诗公主嫁给他哥哥伊耿那天就哭了，"珊莎·史塔克说，"孪生兄弟伊利克爵士和亚历克爵士在互相给予对方致命一击之后，也双双掉下了眼泪。"

"安静，否则我叫马林爵士给你致命一击。"乔佛里告诉他的未婚妻。提利昂瞥了一眼姐姐，瑟曦正全神贯注地听巴隆·史文说话。她真的盲目到看不清他是个什么东西吗？他疑惑地想。

河面上，烈风号紧随海捷号下桨，顺游滑行。殿后的是劳勃国王之锤号，王家舰队的脊梁……尤其在去年又有不少船只随史坦尼斯去了龙石岛之后，它愈发显得宝贵。这五艘护航舰由提利昂仔细挑选过，依照瓦里斯的情报，刻意回避了那些忠诚堪虞的船长……不过瓦里斯自身的忠诚也值得怀疑，他仍旧有些担忧。我太依赖瓦里斯了，他反思，我需要自己的情报来源。但无论是谁，我都不会信任。信任会惹来杀身之祸。

他再度想起小指头。培提尔·贝里席一去苦桥，音讯全无。这也许没什么意义——又或许事关重大。连瓦里斯也搞不清事实。太监猜想，小指头也许在路上遭遇不测，甚至可能被杀。提利昂对此嗤之以鼻，"小指头是死人，那我就是巨人。"比较现实的可能性是，提利尔家正在刻意推延联姻谈判，以待局势明朗。这招提利昂早已料到。如果我是梅斯·提利尔，大概宁要乔佛里的头挑在枪尖，也不要他那玩意儿插进自己女儿身体呢。

待小舰队深入海湾，瑟曦便指令回城。波隆牵来提利昂的坐骑，扶他上马。这本是波德瑞克·派恩的任务，但他将波德留在了红堡。在公众场合，有这个瘦长的佣兵侍候，更加令人放心。

狭窄的街道上，两边罗列着都城守备队，他们用长矛挡住人群。杰斯林·拜瓦特爵士当先领路,带着一队黑锁甲金袍子的枪骑兵。在他之后是艾伦·桑塔加爵士和巴隆·史文爵士,高举国王的旗帜,一边是兰尼斯特的怒吼雄狮,一边是拜拉席恩的宝冠雄鹿。

乔佛里国王骑一匹高大灰马跟在后面,金色鬈发上戴着一顶金冠。珊莎·史塔克骑一匹栗色母马,走在他身边,目不斜视,浓密的赤褐色秀发罩着月长石发网,披散在肩。两名御林铁卫在他们两侧保卫:猎狗位于国王右边,曼登·穆尔爵士位于史塔克女孩左边。

接下来是仍在抽泣的托曼,白袍白甲的普列斯顿·格林菲尔爵士跟随着他,然后是瑟曦,由兰赛尔爵士陪伴,负责保护的是马林·特兰爵士和柏洛斯·布劳恩爵士。提利昂跟随着姐姐。在他们后面是坐轿子的总主教和一长串廷臣——霍拉斯·雷德温爵士,坦妲伯爵夫人和她的女儿,贾拉巴·梭尔、盖尔斯·罗斯比伯爵及其他人。最后由两列卫兵殿后。

在那两排长矛后面,肮脏邋遢、不修边幅的民众用充满恨意的目光阴沉地凝视着骑马的人们。我一点也不喜欢这情景,提利昂想。他已命波隆派出二十个佣兵混进人群,预防有事故发生。或许瑟曦对她的凯特布莱克兄弟也作了类似部署。但提利昂觉得这起不了大作用。假如火势太猛,即使抓把葡萄干撒进锅,布丁依旧会烤焦。

他们穿过渔民广场,沿着烂泥道骑行,然后拐到狭窄弯曲的钩巷,开始攀登伊耿高丘。年轻的国王经过时,有些人高呼"乔佛里万岁!万岁!万岁!",但保持沉默的人占了百分之九十九。这群兰尼斯特家人穿越了衣衫褴褛、饥饿难耐的人海,面对着一片阴郁压抑的怒潮。在他面前,瑟曦正和兰赛尔纵声说笑,但他怀疑她的愉悦是装出来的。姐姐不可能忽略周围气氛的诡异不安,只是向来喜欢逞强而已。

刚爬到一半，只见一名妇女哀嚎着从两名守卫间挤过来，冲到街道中央，将一具死婴高举过头，挡住国王和他的同伴们。尸体肿胀淤青，形状怪异，然而最恐怖的却是这个母亲的眼睛。一开始乔佛里似乎打算驱马将她踩倒，但珊莎·史塔克靠过去跟他说了些什么。于是国王在钱包里摸索，最后将一枚银鹿币朝女人丢去。银币在孩子身上弹开，滚过金袍卫士脚下，落入人群中，立时掀起一阵撕打争夺。可那母亲连眼睛都没眨一下，骨瘦如柴的手臂似乎很难支撑儿子的尸体，正不住颤抖。

"走吧，陛下，"瑟曦朝国王喊，"可怜的东西，我们帮不了她。"

她的话教那母亲听到了。不知怎的，太后的声音摧毁了她仅存的理智。她原本呆滞的脸因厌恶而扭曲。"婊子！"她尖叫，"弑君者的婊子！乱伦！"她指向瑟曦，将死婴像面粉袋一样投过去。"乱伦！乱伦！乱伦！"

提利昂的注意力全在前方，没看见那坨粪是谁扔的，只听珊莎倒抽一口气，乔佛里便咆哮着咒骂开来。他转过头，国王正在擦脸上的棕色污秽，金发上也黏了不少，还有些溅到珊莎腿上。

"谁扔的？"乔佛里尖声喊叫。他把头发往后拢，甩掉一把粪，满脸狂怒。"给我抓出来！"他大喊，"谁把他交出来，悬赏一百金龙！"

"在上面！"人丛中有人喊。国王策马绕了一圈，审视上方的屋顶和阳台。人群在互相指点、推挤、咒骂，咒骂彼此也咒骂国王。

"求求您，陛下，就放过他吧。"珊莎恳求。

国王不理她。"把扔脏东西的人抓出来！"乔佛里命令，"他不给我舔干净，我就要他的脑袋！狗，你去抓！"

桑铎·克里冈听命纵身下马，但他无法穿过血肉构成的重重人墙,更别说上屋顶了。近处的人蠕动推搡着让路,远处的人却想挤近来看热闹。提利昂嗅出灾难的味道。"克里冈!停下!那人早跑了。"

"我要抓他!"乔佛里指向屋顶。"就在上面!狗,砍出一条路,把他带——"

他的话淹没在一阵骚动中,愤怒、恐惧与憎恨构成的响雷从四面八方滚滚而来,将他们吞没。"杂种!"有人对乔佛里尖叫,"杂种!禽兽!"另一些人朝太后大喊"婊子!","乱伦!",提利昂则受到"怪胎!"和"半人!"的攻击。谩骂中还混杂着一些呼声,如"主持正义!","罗柏万岁!罗柏国王万岁!少狼主万岁!","史坦尼斯万岁!",甚至"蓝礼万岁!"。街道两侧均是人群涌动,挤向矛杆,金袍卫士们拼力维持防线,石块、粪便及各种污物从头顶嗖嗖飞过。"给我们吃的!"一个女人高呼。"面包!"她后面一个男人大叫。"我们要面包,杂种!"一瞬之间,上千个声音一起呼喝。乔佛里国王、罗柏国王和史坦尼斯国王都被放在一旁,只有面包国王统治天下。"面包,"他们不断叫嚷,"面包!面包!"

提利昂一踢马刺,奔到姐姐身边,高喊:"回城堡。快。"瑟曦略一点头,蓝赛尔爵士拔出剑来。队列前端,杰斯林·拜瓦特正大吼着发令,骑兵们旋即挺枪排成楔形队列。国王焦急地骑马兜圈,无数只手越过金袍卫士的防线,朝他抓去。有一只手成功地抓住了腿,但只有一刹那,曼登爵士手起剑落,那只手齐腕而断。"快跑!"提利昂对外甥喊,并狠狠地在他马屁股上拍了一掌。那马后腿人立,仰天嘶鸣,跟随骑兵队,往前冲去,人潮在前面散开。

提利昂紧跟国王的马,闯入这一缝隙,波隆提剑相随。策马飞奔之际,一块凹凸的石头擦着他头皮飞过,一颗腐烂的白菜砸到

曼登爵士的盾牌上,四散飞溅。在他们左侧,三名金袍卫士被汹涌的人潮挤倒,接着人群踩过躯体,涌向前来。猎狗的马仍在跟随队伍,但其主人已不见踪影。提利昂看见艾伦·桑塔加从马鞍上被拽了下来,手中拜拉席恩家的黑金旗帜也被扯掉。巴隆·史文爵士则扔下兰尼斯特的狮子旗,拔出长剑。他左劈右斩的当口,落下的旗帜被人群撕开,千百块褴褛的碎片如暴风中的红叶一般旋转飞舞,顷刻间便归于无形。有个人跌跌撞撞地出现在乔佛里马前,国王驱马踏过。只听蹄下一声惨叫,提利昂辨不清这是男人、女人还是小孩。乔佛里脸色苍白,只管向前狂奔,曼登·穆尔爵士伴随在左,犹如一道白影。

突然之间,那个疯狂的世界已被抛在身后,他们"嗒嗒"地穿越城堡前的鹅卵石广场。一列长枪兵守卫着大门。杰斯林爵士正重整枪骑兵,准备再次冲锋,长枪兵队列则向两边分开,放国王一行人通过铁闸门。淡红色的城墙高矗于头顶,其上挤满十字弓手,令人安心。

提利昂不记得自己如何下的马。只见曼登爵士把颤抖的国王扶下来,瑟曦、托曼和兰赛尔也骑过大门,马林爵士和柏洛斯爵士紧随其后。柏洛斯的剑上血迹斑斑,而马林后背的白袍已被撕掉。巴隆·史文爵士的头盔不见了,他的坐骑大汗淋漓,口吐鲜血。霍拉斯·雷德温护着坦妲伯爵夫人回来,可她女儿洛丽丝被撞下马去,没能逃脱,她急得快要发疯。盖尔斯伯爵的脸色比平日更灰白,他结结巴巴地讲述总主教如何从轿子里跌出来,人群一拥而上,而他尖声祈祷。贾拉巴·梭尔似乎看到御林铁卫的普列斯顿·格林菲尔爵士冲回总主教倾覆的轿子边,但他不能肯定。

提利昂隐约意识到有个学士正在询问他是否受伤。他二话不说,推开庭院里的人丛,来到外甥面前。外甥的王冠歪在一边,上面凝结着粪便。"叛徒!"乔佛里正激动地嚷嚷,"把他们的头通通砍掉！我要——"

侏儒朝乔佛里泛红的脸上重重一巴掌，打飞了王冠。接着他一把将其推倒在地，扬腿便踢，"你这瞎了眼的大蠢货！"

"他们是叛徒！"乔佛里在地上嘶喊。"他们辱骂我，攻击我！"

"那是因为你放你的狗去对付他们！你以为他们会怎样?乖乖跪下来任猎狗宰割?你这个被宠坏的小屁孩，一点头脑都没有，除了克里冈，天知道还有多少人给你害死，而你居然逃掉了，毫发无伤！你这该死的！"他用力踢他。这感觉真过瘾，他想多踢两下，但乔佛里大声哀嚎，曼登·穆尔爵士便将提利昂拉开，随后波隆将他一把抱住。瑟曦将蓝赛尔丢给巴隆·史文爵士，自己跪倒在儿子身旁。提利昂甩开波隆的手，"还有多少人在外面?"他大吼，也不知是在对谁说。

"我女儿！"坦妲伯爵夫人哭诉。"求求你们！得有谁去救洛丽丝……"

"普列斯顿爵士没回来，"柏洛斯·布劳恩爵士汇报，"艾伦·桑塔加也没有。"

"'保姆'也没回来。"霍拉斯·雷德温爵士说。那是众侍从给小提瑞克·兰尼斯特取的绰号。

提利昂环顾庭院。"史塔克家的女孩呢?"

一时全场静默。最后乔佛里开口："她一开始骑在我旁边，之后我就不知道她去哪儿了。"

提利昂用麻木的手指按住隐隐作痛的太阳穴。若是珊莎·史塔克有个三长两短，詹姆难逃一死。"曼登爵士，你是她的护卫。"

曼登·穆尔爵士不为所动，"当他们开始围攻猎狗，我首先想到的是国王。"

"正该如此，"瑟曦插嘴，"柏洛斯，马林，回去找那女

孩。"

"还有我女儿，"坦妲夫人啜泣道，"求求你们了，爵士们……"

柏洛斯爵士看来并不想离开城堡这安全之地。"陛下，"他告诉太后，"只恐我们身上的白袍会激怒暴民。"

提利昂受够了，"异鬼把你那操他妈的袍子拿去吧！不敢穿就给我脱掉！你这该死的笨蛋……但你得把珊莎找回来，否则我发誓，我要让夏嘎把你的丑脑袋劈成两半，看看里面除了黑糊糊的糨糊还有没有别的东西！"

柏洛斯爵士气得脸色紫红，"你说我丑，就你？"他举起那把血淋淋的剑，用戴护甲的手紧紧握住。波隆一把将提利昂推到身后。

"住手！"瑟曦厉声喝道。"柏洛斯，你给我遵命行事，否则这身袍子我们就给别人。记住你的誓言——"

"她在那儿！"乔佛里指着大喊。

桑铎·克里冈骑着珊莎的栗色坐骑精神抖擞地一路跑进城门。女孩坐在他身后，双臂紧紧环抱在猎狗前胸。

提利昂朝她大喊："你有没有受伤，珊莎小姐？"

她头皮中有道深深的伤口，鲜血顺着额头滴下来。"他们……他们扔东西……石头，垃圾，鸡蛋……我一直跟他们说，我没有面包。可有个男人还是想把我拉下来。猎狗杀了他，似乎……他的胳膊……"她瞪大双眼，捂住嘴巴。"他把他胳膊砍了！"

克里冈将她托到地上。他的白袍破破烂烂，沾染污渍，血从左手袖子上一道参差不齐的裂缝中渗出。"小小鸟在流血。来人！谁把她带回笼子治伤啊。"法兰肯学士赶紧上前。"桑塔加死了，"猎狗续道，"四个人将他拖倒，轮流用鹅卵石砸他脑袋。我宰了一个，却救不了艾伦爵士。"

坦妲伯爵夫人走近来,"我女儿——"

"压根儿没见着。"猎狗皱着眉头环顾庭院。"我的马呢?要是那马有个三长两短,我非找人算账不可!"

"它跟着我们跑了一段,"提利昂说,"但不知后来怎样。"

"火!"城墙上一声尖叫。"大人们,城里失火了!跳蚤窝燃起来了!"

提利昂已经极度疲倦,然而现在不是自暴自弃的时候。"波隆,带足人手,务必确保水车的安全,"诸神保佑,野火!如果有一丁点火星溅上那些……"情非得已的话,可以放弃跳蚤窝,但决不能让火势蔓延到炼金术士公会大厅,明白吗?克里冈,你跟他一起去。"

片刻之间,提利昂在猎狗阴郁的眼睛里似乎瞥到了恐惧。火,他想起来,异鬼抓走我吧,他痛恨火,他尝够了那滋味。但克里冈恐惧的眼神转瞬即逝,被熟悉的阴沉表情所代替。"去就去,"他说,"但不是奉你的命。我要去找马。"

提利昂转向剩下的三名御林铁卫。"你们每人护送一个传令官到城里去宣令,叫民众都回家。待最后一响暮钟敲完,谁还留在街上,格杀勿论。"

"我们职责所在,理当守护国王。"马林爵士乖巧地说。

瑟曦暴跳如雷。"执行我弟弟的命令才是你的职责!"她恶狠狠地叫道,"首相是国王的代言人,胆敢抗命即是反叛!"

柏洛斯和马林互换一个眼色。"我们要穿着白袍去吗,太后陛下?"柏洛斯爵士问。

"光着身子也无所谓!那样倒好,可以提醒暴民你们还是男人。看到你们在街上的表现,只怕大家都忘了!"

提利昂任由姐姐大发雷霆。他的头阵阵刺痛,他觉得自己闻到了烟味,但大概是由于神经过于紧张。

两名石鸦部民守着首相塔的门。"去把提魅之子提魅找来。"

"石鸦部的人才不会追着灼人部的人呱呱叫。"一个原住民傲慢地告诉他。

提利昂竟忘了自己在跟什么人打交道,"那就叫夏嘎。"

"夏嘎在睡觉。"

他好不容易才克制住大声吼叫的冲动。"把他叫醒。"

"叫醒多夫之子夏嘎可不简单,"那人抱怨,"他的火气可吓人了。"他嘟囔着走开。

夏嘎一边打着呵欠,一边伸着懒腰晃悠过来。"半个城市在暴乱,另一半着了火,而夏嘎居然躺着打呼噜。"提利昂说。

"夏嘎不爱喝你们这儿的泥巴水,只好喝淡啤酒和酸葡萄酒,喝了就头痛。"

"我把雪伊安置在钢铁门附近富人区的一个大宅里。我要你立刻去那里保护她,不管发生什么事,都要确保她的安全。"

大个子笑了,乱蓬蓬的胡子裂开一条缝,露出参差不齐的黄牙齿。"夏嘎把她接过来。"

"不,只要保她不受伤害就好。告诉她我会尽快赶去看她。或许就在今晚,不然明天一定去。"

然而当夜幕降临时,城里依然一片混乱。虽然根据波隆的汇报,火势已经扑灭,多数游荡的暴民也被驱散,但提利昂心里有数,不管自己多么渴望雪伊双臂的抚慰,今晚哪儿也去不了。

杰斯林·拜瓦特爵士送来遇难者名单时,他正在阴暗的书房中吃冷鸡和烤面包。天色已由黄昏转为黑夜,仆人们进来点亮蜡烛,并为壁炉生火,却被提利昂吼叫着赶走。他的情绪就跟这间屋子一样阴暗,拜瓦特带来的消息更是雪上加霜。

名单首位是总主教,他一边尖叫着乞求诸神大发慈悲,一边被民众撕成了碎片。对饥饿的人们而言,胖得走不动的修士正是最佳目标,提利昂心想。

　　普列斯顿爵士的尸体一开始被忽略了——因为金袍卫士们找的是白甲骑士,而他被无数人连戳带砍,从头到脚成了红棕色。

　　艾伦·桑塔加爵士躺在阴沟里,头盔被砸扁,脑袋成了一团红泥。

　　坦妲伯爵夫人的女儿在某家制革店后面把贞操献给了数十个粗俗的男人。金袍卫士们发现她时,她正赤裸身子在腌肉街上游荡。

　　提瑞克不见踪影,总主教的水晶冠也下落不明。九个金袍卫士被杀,四十人受伤。至于暴民死了多少,无人关心。

　　"死活不论,你必须把提瑞克找到,"拜瓦特报告完后,提利昂简略地说,"他还是个孩子,而他父亲是我过世的提盖特叔叔,对我一向很好。"

　　"我们会找到他,以及总主教的冠冕。"

　　"让异鬼用总主教的冠冕互相干吧!我才不管。"

　　"当你任命我为都城守备队的司令官时,曾告诉我你只要真相。"

　　"我有预感,不管你打算说什么,我都不会喜欢。"提利昂阴郁地说。

　　"直到今天为止,都城依然在我掌控中,但是大人,我无法担保明天的情况。壶里的水就要煮开锅,盗贼和杀人犯在市内横行,人人自危。此外,该死的瘟疫在臭水湾的贫民区蔓延,铜板和银币都已经搞不到食物。从前只在跳蚤窝暗地流传的叛国言论,而今已在会馆和市场内公开宣讲。"

　　"你要增加人手?"

　　"现今的手下尚有半数我信不过。史林特当初一口气将守备队扩充了三倍,但不是穿上金袍就能当守卫的。毋庸置疑,新兵里也有品格高尚的好人,但更多的是暴徒、醉鬼、懦夫和叛徒,多得出乎你意料。这些家伙训练不足,缺乏纪律,更无忠诚可言——他们只忠于自己那身臭皮囊。一旦发生战争,恐怕顶不住。"

"没这个奢望,"提利昂说,"一旦城墙被突破,我们就完了,这道理打一开始我就明白。"

"此外,我必须指出,我的部下多半是平民出身。从前,他们和今天的这些暴徒一起在街上行走,在酒馆喝酒,甚至在食堂同喝'褐汤'。不用我提醒,你的太监应该告诉过你,兰尼斯特家在君临不受欢迎。当年伊里斯开城之后,你父亲大人血洗君临的故事,有许多人记忆犹新。大家私下流传,如今诸神降罚,天怒人怨,全因你们家族罄竹难书的罪孽——你哥哥谋杀了伊里斯国王,你父亲屠戮了雷加的孩子们,还有你外甥乔佛里处死艾德·史塔克、日常施行野蛮审判。有人公开怀念劳勃国王当政时期,并且暗示如果让史坦尼斯坐上王座,好日子就会重新到来。这些话,你在食堂、在酒馆、在妓院,随处可以听到——恕我直言,恐怕在兵营和守卫厅里也一样。"

"你想告诉我,他们恨我的家族?"

"是的……导火线一旦点燃,便一发不可收拾。"

"他们对我呢?"

"去问你的太监。"

"我在问你。"

拜瓦特深陷的眼睛对上侏儒大小不一的双眼,一眨也不眨。"他们最恨的就是你,大人。"

"最恨我?"颠倒黑白!他差点窒息。"要他们享用死尸的是乔佛里,放狗对付他们的也是乔佛里。他们怎能怪到我头上呢?"

"陛下还是个孩子,街头传言都是奸臣祸国。太后向来不为平民所爱,'蜘蛛'瓦里斯更不用说……但他们最怨恨的是你,因为在劳勃国王时代——他们口中的黄金时代——你姐姐和太监就已经在这儿了，但你不在。他们指责你让狂妄自大的佣兵和肮脏粗鲁的野蛮人进了城，目无王法，予取予夺，搅得都城乌烟瘴气；他们指责你放逐杰诺斯·史林特，因为嫉恨他的坦率正直；他们指责你将睿智温和的派席尔打进地牢，因为他敢直言进谏。有人甚至说你居心不良，打算攫取铁王座。"

"是是是，除此之外，我还是个丑陋畸形的怪物，千万别忘了。"他握指成拳。"够了！我们都有工作要处理。你下去吧。"

这些年来父亲大人一直瞧不起我，或许他是对的。我尽了全力，却只落得这番下场，提利昂孤独地想。他瞪着吃剩的晚餐，冷冰冰油腻腻的鸡让他反胃，便厌恶地将之推开，大声呼唤波德，派那孩子去找瓦里斯和波隆。瞧瞧吧，我信赖的顾问，一个是太监，一个是佣兵，而我的情人是个妓女。这说明什么呢？

波隆一进门就抱怨光线昏暗，坚持要在壁炉生火。所以当瓦里斯到来时，屋里已经炉火熊熊。"你去哪里了？"提利昂责问。

"替国王办事呢，我亲爱的大人。"

"啊，是的，替国王办事，"提利昂咕哝着，"我外甥连马桶都坐不稳，还坐铁王座！"

瓦里斯耸耸肩，"学徒嘛，总是要先学一学。"

"我瞧在烟雾巷里随便抓个学徒来统治都比你家国王称职。"波隆径自坐到桌边，撕下一根鸡翅。

提利昂已经习惯了佣兵的无礼，但今晚却按捺不住。"我允许你替我吃晚餐了吗？"

"反正你也不打算再吃了嘛，"波隆嘴里塞满鸡肉，"全城都在挨饿，糟蹋食物就是犯罪。有酒吗？"

接下来就该让我斟酒了，提利昂闷闷不乐地想。"你太放肆了。"他警告。

"是你太保守啦。"波隆随手将鸡骨头丢到草席上。"你有没有想过,假如出生的顺序调个个儿,大家的日子就好过多了?"他将手指伸进鸡里,撕下一把胸脯肉。"我指的是那个哭哭啼啼的托曼。看样子,似乎别人让他做什么他就做什么,这才像个好国王。"

提利昂意识到佣兵的暗示,一阵寒意爬上脊梁。假如托曼是国王……

只有一种方法可以让托曼称王。不,这种方法他连想也不愿想。乔佛里是他的外甥,是瑟曦的儿子,詹姆的儿子。"凭这些话,我就该砍你脑袋。"他告诉波隆,佣兵却哈哈大笑。

"朋友们,"瓦里斯说,"斗嘴无益。我请求两位,将心掏出来,协力办事啊。"

"掏谁的心?"提利昂酸溜溜地说。他想到几个颇有诱惑力的候选人。

A SONG OF ICE AND FIRE

戴佛斯

科塔奈·庞洛斯爵士没穿盔甲，骑着一匹栗色骏马，他的掌旗官骑的则是深灰斑点马。在他们头顶，高高飘扬着拜拉席恩的宝冠雄鹿旗和庞洛斯家的褐底白羽旗，那白羽乃是两根交叉的翎毛。科塔奈爵士铁铲状的胡须也是褐色，而他已完全谢顶。国王浩大壮观的队伍包围了他，然而在那张饱经风霜的脸上，却看不到一丝一毫的气馁和惊慌。

大队人马跑动时链甲、板甲哐当作响。戴佛斯本人也穿了盔甲，只觉得很不适应：肩膀和后背正因这不习惯的重量而酸痛不堪。他认定自己看起来一定累赘又愚蠢，不禁又一次怀疑来此的必要性。我不该质疑国王的命令，可……

这群人里的每一个都比戴佛斯·席渥斯出身高贵，地位优越。朝阳下，南方的大诸侯们闪闪发光。他们穿着镀金镀银的铠甲，战盔上装饰着丝羽、翎毛或做成家徽形状、眼睛镶嵌宝石的雕像。在这群富贵荣华的队伍中，你一眼就能认出史坦尼斯，和戴佛斯一样，国王着装朴素，只穿了羊毛衣和皮甲，只有头顶的赤金王冠分外夺目。国王走动时，阳光洒在火焰形状的冠沿上，映出璀璨光辉。

自黑贝莎号返航并加入封锁风息堡的舰队以来，整整八天过去了，但此刻竟是戴佛斯和自己的国王靠得最近的一次。刚一抵达，他便要求面见国王，却被告知国王很忙。国王最近一直很忙，这点戴佛斯从儿子戴冯那里了解到了，儿子是王家侍从之一。如今史坦尼斯·拜拉席恩的权势大大增强，贵族诸侯们便成天围着他，嗡嗡唧唧，活像尸体上的苍蝇。他看起来的确像半具尸体啊，和我离开龙石岛那时相比，苍老了许多。戴冯说最近国王几乎不能入睡。"蓝礼大人死后，他就为噩梦所困扰，"男孩向父亲倾诉，"连学士的药也不管用。只有梅丽珊卓夫人有办法安抚他入眠。"

这就是她和他同住大帐的原因吗？戴佛斯纳闷。一起祈祷？还是用别的法子安抚他入眠？这问题不仅逾越，而且他也不敢问，即使问自己儿子也不妥。戴冯是个好孩子，但他的上衣上骄傲地绣着烈焰红心，某日黄昏，父亲也见他在篝火前祈祷，恳求真主光之王赐予黎明。他是国王的侍从，他告诉自己，理当好好侍奉国王的神灵。

戴佛斯几乎遗忘了风息堡的墙垒是多么高大雄伟，直到如今它们重新逼近他的眼帘，他方才再度感叹于此地的气势。史坦尼斯国王在高墙下停住，离科塔奈爵士及其掌旗官数尺之遥。"爵士先生。"他带着僵硬的礼貌开口，没有下马的意思。

"大人。"对方的语气不那么有礼，回答也正如所料。

"遵照正式礼仪，面见国王应该尊称陛下。"佛罗伦伯爵朗声宣布。他的胸甲上刻了一条光彩夺目的红金狐狸，旁边围着一圈天青石花。这位亮水城伯爵高大、尊严、富贵，在蓝礼的部属中头一个倒向史坦尼斯，也是头一位公开宣布弃绝旧神，改信光之王的南境诸侯。史坦尼斯把王后和她叔叔亚赛尔爵士留在龙石岛，但后党的势力却不减反增，不论成员还是权势都变得空前庞大，这其中艾利斯特·佛罗伦自然居功至伟。

科塔奈爵士不理会他，径自和史坦尼斯交谈："陪你来的都是些大人物呢。高贵的伊斯蒙大人、埃洛尔大人和瓦尔纳大人。绿苹果佛索威家的琼恩爵士和红苹果佛索威家的布赖恩爵士，蓝礼国王的两名彩虹护卫——卡伦爵爷和古德爵士……当然啦，少不了咱们尊贵高尚的亮水城伯爵艾利斯特·佛罗伦老爷。后面那个是你的洋葱骑士？幸会，戴佛斯爵士。至于这位女士，抱歉，只怕我还不认

267

识。"

"我名叫梅丽珊卓，爵士。"一行人中唯有她毫无武装，一身平滑红袍，喉头的大红宝石啜饮日光。"侍奉你的国王和光之王。"

"祝你工作顺利，夫人，"科塔奈爵士回答，"但我侍奉着别的神灵，效忠于另一位王。"

"只有一个真神，只有一个真王。"佛罗伦伯爵宣布。

"我们是来这里争论神学理论的?大人，若您肯事先通报，我定会带上修士前来。"

"你很清楚我们来此的目的，"史坦尼斯说，"我给了你两个星期时间考虑我的条件，你也派了信鸦去讨救兵，结果没人来帮你，以后也不会有。风息堡只能孤军作战，而我的耐心已到了极限。我给你最后一次机会，爵士，我命令你打开城门，把按照权利属于我的财产交还于我。"

"条件?"科塔奈爵士问。

"不变，"史坦尼斯说，"我赦免了你面前这些领主老爷，我也会饶恕你的叛逆罪行。你手下的士兵可以自行选择加入我军或是回家。他们可以保留自己的武器，以及本人能带走的私人财物。不过，我要征用所有的马匹和牲口。"

"艾德瑞克·风暴呢?"

"我哥哥的私生子必须交到我手中。"

"那么我的回答依旧是：不，大人。"

国王咬紧下巴。一言不发。

梅丽珊卓替他回话："身处黑暗蒙昧中的俗人啊，愿真主光之王保护你，科塔奈爵士。"

"愿异鬼鸡奸你的光之王，"庞洛斯啐了一口，"干完再用你这身烂布揩它的屁股。"

艾利斯特·佛罗伦伯爵清清喉咙。"科塔奈爵士,请注意你的言行。国王陛下无意伤害孩子。这孩子不仅是他的亲生血脉,也是我的血亲。众所周知,他母亲就是我的亲侄女狄丽娜。就算你信不过国王陛下,你也该信得过我。你了解我,我向来讲求荣誉——"

"你向来贪恋权位!"科塔奈爵士打断他。"换神灵换国王就跟我换靴子一般随便!你和我面前这堆变色龙毫无二致。"

国王周围传出一阵恼怒的喧哗。他所说的与事实相距不远,戴佛斯心想。不久之前,佛索威家族、古德·莫里根、卡伦伯爵,瓦尔纳伯爵,埃洛尔伯爵以及伊斯蒙伯爵还都是蓝礼的部下,坐在他的大帐里,帮他制订作战计划,谋划如何推翻史坦尼斯。这位佛罗伦大人也在其列——他虽是赛丽丝王后的伯父,但当蓝礼的星宿冉冉上升时,亲情根本无法阻止亮水城伯爵向蓝礼屈膝。

布莱斯·卡伦驱马上前几步,海湾吹来的风抽打着他长长的彩虹披风。"这里没有人是什么'变色龙',爵士先生。我的忠诚乃是献给风息堡,如今史坦尼斯国王才是此地的合法主人……更是我们真正的国王。他是拜拉席恩家族最后的血脉,劳勃和蓝礼的继承人。"

"如你所言不虚,为何百花骑士没有随你前来?马图斯·罗宛在哪里?蓝道·塔利又在哪里?奥克赫特伯爵夫人呢?这些最拥护蓝礼的人为何不肯前来?我再问你,塔斯的布蕾妮在何处?"

"她?"古德·莫里根大笑。"她早溜了,动作倒挺快。谋害蓝礼国王的正是她呀。"

"撒谎。"科塔奈爵士说,"当年在暮临厅,布蕾妮还是个在父亲脚边跑来玩去的小女孩时我就认得她了。后来暮之星把她送来风息堡,我对她更是知根知底。瞎子都能看出,她对蓝礼一见钟情。"

"正是,"佛罗伦伯爵说,"最毒不过妇人心,有多少纯情少女因为感情遭拒，就狠心谋杀倾心的男子？不过依我看，杀害国王的应是史塔克夫人。她千里迢迢从奔流城赶到这儿来缔结联盟，却被蓝礼一口回绝。想必她把他视为儿子的一大威胁，所以除掉了他。"

"是布蕾妮干的，"卡伦伯爵坚持，"埃蒙·库伊爵士临死前为此发过誓。我也对您发誓，我说的是实情，科塔奈爵士。"

科塔奈爵士语带极度轻蔑："你发的誓值几个钱？你看看你，居然还穿着这身彩虹披风。这不就是你誓言守护蓝礼陛下那天他给你的吗？现在他人已经死了，你呢？你活得倒自在！"他转而叱骂古德·莫里根，"我也要问你同样的问题，爵士先生。你是绿衣卫古德，对不对？你是不是彩虹护卫的一员？你有没有宣誓将自己的生命献给国王？如果我有这件披风，可没那么厚的脸皮穿出来招摇现世！"

莫里根勃然大怒："庞洛斯，你该庆幸这是和平谈判，否则你这么口出狂言，我割了你舌头！"

"就像你阉自己命根子那样？你也算条汉子？"

"够了！"史坦尼斯道，"我弟弟因谋逆大罪而遭身亡这是光之王的意愿。谁下手都一样。"

"对你这种人而言，或许如此，"科塔奈爵士说，"我已经听过了你的提议，史坦尼斯大人。现在请听听我的。"他拔下手套，投掷出去，正中国王面门。"一对一决斗。剑、枪或任何你提出的武器都行。假如你害怕拿你的魔法剑与贵体去和一位老人犯险的话，尽可指名代理骑士。无论是谁，我来者不拒。"他严厉地看了古德·莫里根和布莱斯·卡伦一眼。"照我看，这些小畜生可都跃跃欲试哪。"

古德·莫里根爵士的脸气得发黑。"求陛下恩准，我来料理他。"

"我也愿意。"布莱斯·卡伦望向史坦尼斯。

国王咬紧牙关。"我不接受你的挑战。"

科塔奈爵士似乎并不惊讶。"大人,你如此退缩是嫌决斗不公平?怕自己力有未逮,举不动武器?还是怕我尿在那把烧火棍上,把它浇灭了?"

"你当我是大傻瓜,爵士?"史坦尼斯反问。"我手下有两万大军,而你被海陆两面团团包围。当最后的胜利毫无疑问属于我时,凭什么要选择单打独斗?"国王伸手指着对方。"我给你一个严正警告。假如你强迫我动用武力,那你们将得不到任何宽待。我军会像暴风一样席卷此城,城陷之日,你和你所有的部下只有被作为叛徒吊死一条路。"

"你来吧,这正是诸神的意愿。卷你的风暴,大人——然而,如果你还有脑子,请记得这座城堡的名字。"科塔奈爵士一拉缰绳,朝城门飞驰而去。

史坦尼斯一言不发,静静地调过马头,开始回营。其他人跟随行动。"这样的工事,如果强攻,只怕会损失好几千人。"年迈的伊斯蒙伯爵发愁地说,以母亲那方的血缘而论,他算是国王的外公。"依我看,只拿一条生命冒险会不会比较妥当?我们的要求正当,天上诸神一定会祝福您的代理骑士,保佑他获得胜利。"

是真主,没有诸神了,戴佛斯想。你忘了吗,老先生?我们如今只有一位独一无二的神灵,那就是梅丽珊卓的光之王啊。

琼恩·佛索威爵士说:"纵然我的剑法尚不及卡伦大人和古德爵士的一半,但我也很乐意代您出战。陛下,请您放心,科塔奈找不到代理骑士,因为蓝礼并未在风息堡留下任何像样的武士,城里的守军不是老头就是刚入伍的小孩。"

卡伦伯爵也表赞同:"毫无疑问,这是一次唾手可得的胜利,而且充满了光荣。想想看,用美妙的一击赢下雄伟的风息堡!"

史坦尼斯一眼扫过众人。"你们叽叽喳喳活像枝头的喜鹊，而且比它更没脑子。我要自己静一静。"国王盯住戴佛斯。"爵士，跟我来。"他一踢马刺，远远抛开他的随从团，只有梅丽珊卓继续跟随。她举着一幅巨大的烈焰红心旗，宝冠雄鹿绣在心的内部，似乎已被完全吞噬。

戴佛斯骑过贵族领主们身边跟上国王，看到人们面面相觑。这些人可不是洋葱骑士，他们来自久负盛名的尊贵家族，骄傲而有势力。不知怎的，他意识到蓝礼从不会如此斥骂他们。那位年轻的拜拉席恩天生便适合宫廷交际，而他的兄长却很令人悲哀地一点都不会。

马儿快跑到国王身边，他放慢速度。"陛下。"从近观之，史坦尼斯的气色比刚才所见还要糟糕。他形容枯槁，眼旁有着深深的黑眼圈。

"走私者应该很能察言观色，"国王说，"你来评价科塔奈·庞洛斯爵士如何？"

"他很顽固。"戴佛斯小心翼翼地说。

"依我看，只怕是想死想得发疯，居然敢当面拒绝我的宽恕。好啊，这下他不但葬送掉自己的性命，还给全城的人都判了死刑。决斗？"国王不屑地一哼。"毫无疑问，他当我是劳勃！"

"我认为他只是想孤注一掷。他哪里有别的指望呢？"

"当然没有。城堡一定会陷落。但如何能加快进程？"史坦尼斯陷入沉思，透过马蹄有节律的"嘚嘚——嘚嘚"声，戴佛斯听见国王磨牙的细微响动。"艾利斯特大人力主把老庞洛斯爵爷带来。他是科塔奈爵士的父亲，你认识他，对不对？"

"当我以您信使的身份遍访南境诸侯时，庞洛斯大人待我最为客气有礼。"戴佛斯说，"但他已经老朽不堪，陛下，他虚弱无力，疾病缠身。"

"佛罗伦的意思就是要在大庭广众之中展示他的虚弱。比方说,在他亲生儿子面前,给他脖子套上绳索。"

反对后党是危险的举动,但戴佛斯发誓要对国王永远忠实。"我以为此举很不妥当,国王陛下。就算科塔奈爵士看着父亲死在面前,以他的操守,也决不会负人所托。这样的行为对我们毫无益处,徒然为我们的事业蒙上污名罢了。"

"污名?"史坦尼斯恼火地说,"莫非你要我饶恕叛国者的性命?"

"您不就饶恕了后面这群老爷?"

"你在指责我,走私者?"

"我没资格责备陛下。"戴佛斯唯恐自己说得太多。

国王不依不饶。"你对这位庞洛斯的评价比对我帐下诸侯的评价还要高。为什么?"

"因为他坚持信念。"

"坚持对一位死了的篡夺者的信念。"

"不错,"戴佛斯同意,"然而终究,他能坚持。"

"而我们后面这群人做不到?"

戴佛斯已经在史坦尼斯面前说了太多,此时再不能假装腼腆。"去年他们是劳勃的人。一个月之前是蓝礼的部下。今早上却又都成了您的忠臣。那么明天,他们会倒向谁呢?"

听罢此言,史坦尼斯哈哈大笑。笑声犹如一场突兀的风,声调粗鲁,满是嘲弄。"我不是给你说了吗,梅丽珊卓?"他对红袍女道,"我的洋葱骑士总能对我实言相告。"

"您的确很了解他,陛下。"红袍女说。

"戴佛斯,我一直很想念你。"国王说,"你说得没错,在我后面,跟了一大群叛国贼,我的鼻子不会欺骗我,这帮封臣爵爷们在犯上作乱期间尚且反复无常!我是需要他们,但你要知道:我

273

曾因更轻微的罪行惩罚过比他们高贵的人，如今却不得不欣然饶恕他们的罪孽，心里是很难受的。你完全有理由责备我，戴佛斯爵士。"

"您自责的程度比我想说的还要深刻，陛下。不用过虑，您需要这些大诸侯为您的王位而——"

"他们只是我的指头，如此而已。"史坦尼斯露齿而笑。

戴佛斯本能把手伸向脖子上的皮袋，感觉到内里的指骨。幸运符。

国王察觉了他的反应。"你还把它们留着，洋葱骑士？你还念着它们？"

"不。"

"那为什么留着？我一直很奇怪。"

"因为它们能提醒我，我自己是个什么样的人，我从哪里来，以及您的公正无私，陛下。"

"这的确是公正，"史坦尼斯道，"善行并不能抵消恶行，恶行也不能掩盖善行，行为各有其报应处置。你既是英雄也是走私者。"他回头瞥了瞥佛罗伦伯爵等人，那些彩虹护卫和新近投靠的领主正在远处跟随。"被宽恕的老爷们最好想清楚这一点。优秀的人、真诚的人因为错误地相信乔佛里是真正的国王，故而为他奋战；北方人在罗柏·史塔克麾下或许也抱有同样的情怀；但这些倒向我弟弟的人明知他是在篡位。他们将合法的国王弃于不顾，为了什么？不就是做着权力与荣耀的迷梦么，而我将永远记得他们的行径。是的，我饶恕了他们，原谅了他们，但我并未遗忘。"他沉默片刻，思考着自己的公正，然后又突然开口，"百姓对蓝礼之死怎么看？"

"他们为他哀悼。您弟弟颇得民心，受人爱戴。"

"傻瓜爱傻瓜，"史坦尼斯抱怨，"虽然我也很伤感，但我哀悼的是小时候那个他,而非长大后的这个人。"他又沉默了一会儿,接着说,"百姓对瑟曦乱伦的消息又有什么议论?"

"我在场时,他们自然高呼拥护史坦尼斯国王。然而当我的船离开后,他们的态度就很难说了。"

"换言之,你的意思是他们不相信?"

"我干走私行当的时候,学到一个教训:有些人什么都会相信,而有些人什么都不信。世上的人中这两种居多。您知道,还有另一个版本的传言在——"

"是的,"史坦尼斯咬牙切齿地道,"有人说赛丽丝背着我出轨,喜欢上一个满头铃铛的傻瓜,说我女儿的生父其实是个弱智弄臣!荒谬绝伦,无耻至极。我和蓝礼会面时他居然还拿这个来损我。只有补丁脸一样的疯子才会相信如此的谎话。"

"话是这么说,陛下……可不论心里相不相信,老百姓们总喜欢传来传去。"很多地方这谣言甚至比他的船还先到,让他带来的事实的可信度大打折扣。

"劳勃就算尿在杯子里让人喝,很多人也会心甘情愿地说那是美酒。我给他们纯净的凉水,他们却要眯起眼睛疑神疑鬼,喝完还会窃窃私语水的味道不对劲!"史坦尼斯咬紧牙关。"哪天要是有人造谣,说杀死劳勃的那头猪被我施法附了体,我看他们八成也会信。"

"天下悠悠众口,您是防不住的,陛下,"戴佛斯说,"但您只要揪出杀害您哥哥们的真凶,为他们报仇雪恨,所有的谎言就不攻自破了。"

对他的话,史坦尼斯似乎只在意一半。"我毫不怀疑瑟曦与劳勃之死脱不了干系。我会为他讨回公道,嗯,也会还奈德·史塔克和琼恩·艾林一个公道。"

"那蓝礼呢?"戴佛斯不及考虑,这句话便冲口而出。

275

国王沉默许久，最后才轻声说："我梦见很多次，梦见蓝礼的死。那是一座绿色的帐篷，有蜡烛，尖叫的女人，还有血。"史坦尼斯低头看着自己的手。"他死的时候我还在睡觉，你的戴冯可以作证。当时他努力想摇醒我。黎明已近，我的封臣们正在外面焦急万分地等候。蓝礼将在破晓之时发动进攻，我早该穿戴整齐，披挂上马，却不知怎地，竟然还躺在床上。戴冯说我当时手脚挥打、大声哭喊着醒来，但那有什么关系？不过是梦而已。蓝礼死的时候我好端端地待在自己的营帐，醒来之时双手干干净净。"

戴佛斯·席渥斯爵士感觉到不存在的指尖正在发痒。这里一定有什么蹊跷，前走私者心想，但他还是点点头，说："是的。"

"谈判时，蓝礼想送我一个桃子。他嘲笑我，挑衅我，威胁我，最后想送我一个桃子。我本以为他是要拔剑，所以按住了自己的剑。难道这就是他的意图，想让我显示内心的恐惧？这是他的又一个无聊玩笑？又或当他说起桃子多么可口时，其实别有深意？"国王用力摇头，活像一只咬住兔脖子摇晃的狗。"只有蓝礼，才能用一颗水果烦我如此。他的谋逆导致了他的毁灭，但我的确爱他，戴佛斯，如今我明白了。我发誓，直到进坟墓的那一天，我都会记得弟弟的桃子。"

此时，他们到了营地，穿过排列整齐的帐篷、随风飘舞的旗帜和堆叠有序的武器。空气中马粪的臭气十分浓重，混合着燃木的烟尘和炖肉的香味。史坦尼斯勒住马缰，直接解散了佛罗伦伯爵和其他贵族，命令他们一小时后再来大帐参加作战会议。人们鞠躬后便四散而去，只留戴佛斯和梅丽珊卓陪国王前去中军大帐。

大帐是名副其实的大帐，如此才能供他和诸侯们开会；然而里面却十分朴素。和普通士兵的营帐一样，它是用帆布缝成，金色的染料早已褪成暗黄。只有帐篷顶那面高高飘扬的旗帜方才指示出这是国王的帐篷。当然，醒目的还有帐外的卫兵：后党的人拄着长矛,烈焰红心缝在他们原本的家徽位置上。

马夫们跑来扶他们下马。一名守卫接过梅丽珊卓手中笨重的旗帜,深深地插进松软的泥土里。戴冯站在门边,等着为国王掀帐门,年长的拜兰·法林也在旁边。史坦尼斯摘下王冠,交给戴冯。"拿两杯冷水。戴佛斯,跟我来。夫人,需要您时我会派人来请。"

"谨遵陛下吩咐。"梅丽珊卓鞠躬告退。

和原野上的明媚清晨相比,帐内显得又暗又凉。史坦尼斯挑了一把简朴的木折凳坐下,示意戴佛斯也照做。"总有一天,我会封你个伯爵做做,走私者。想想看,赛提加或佛罗伦他们该多么恼火啊。不过,我知道你自己是不会因此而感谢我的,因为从此以后,你就不得不列席这些没完没了的会议,还要假装对驴叫表示兴趣。"

"如果没用,那您召开会议做什么呢?"

"还能为什么?驴子喜欢听自己叫呗,况且我也需要他们为我拉车。啊,没错,偶尔也会有一些好主意冒出来。然而今天的情形嘛,我想——哈,你儿子把水拿来了。"

戴冯将托盘放到桌上,里面有两个盛满水的泥杯。国王在饮水之前先撒了把盐;戴佛斯则直截了当地举起杯子,心里将它幻想成葡萄酒。"您提到作战会议?"

"让我告诉你会议将怎么进行吧。瓦列利安大人会力主明日破晓即行攻城,用抓钩和云梯去对抗弓箭与热油。年轻一点的驴子对此将极力赞成。伊斯蒙大人则希望扎营下来专事封锁,用饥饿作武器逼他们投降,正如从前提利尔和雷德温对付我的那一套。这或许需要一年,然而老驴子们有的是耐性。至于卡伦大人和那帮热血沸腾的家伙呢,他们个个都渴望捡起科塔奈爵士的手套,一战决胜负。每个人都幻想成为我的代理骑士,为自己赢得不朽的名声。"

国王喝干杯中的水。"你的意见呢,走私者?"

戴佛斯考虑了一会儿方才回答:"立刻进军君临。"

国王不以为然。"难道把风息堡留在身后?"

"科塔奈爵士没有危害您的实力,兰尼斯特家则不同。围城所需的时间太长,决斗太冒险,而强攻势必伤亡惨重,还不见得能拿下。这一切都是不必要的。只待您废黜乔佛里,这座城堡,还有整个天下便将顺理成章地归顺于您。我在军营里听说,泰温·兰尼斯特公爵为从渴望复仇的北方人手中拯救兰尼斯港,业已挥师西返……"

"你有个头脑清醒的父亲,戴冯。"国王告诉站在身边的男孩。"他让我觉得,我手下倒该多几个走私者,少几个诸侯领主。但你还是想错了利害关系,戴佛斯,拿下此城绝对必要。如果我听凭风息堡就这么不受损害地留在后面,人们就会议论,就会认为我吃了败仗,而这一点我决不能允许。人们并不像爱我那两位兄弟一般爱我,他们追随我只是因为怕我……而失败是畏惧的毒药。此城必须拿下。"他磨着牙。"是的,而且要快。道朗·马泰尔已经征集封臣,蓄势待发。他不但着手加固山口工事,而且多恩大军正向边疆地缓慢行进。高庭的势力并未受到多大折损,我弟弟把军队主力留在苦桥,有将近六万步兵。我派我妻子的兄弟埃伦爵士以及帕门·克连恩爵士前去接管,但至今没有回音。我怀疑洛拉斯·提利尔爵士抢在他们之前赶到苦桥,掌控了兵权。"

"这一切都在敦促我们尽快拿下君临啊。萨拉多·桑恩告诉我——"

"萨拉多·桑恩算计的只有黄金!"史坦尼斯爆发了。"他满脑子幻想的都是红堡底下埋藏的财宝。别再让我听到他的名字,如果哪天我得让里斯海盗来教我打仗,我宁可摘下王冠,穿上黑衣!"国王捏紧拳头。"走私者,你是要为我效劳?还是要跟我作无谓辩论?"

"我是您的人。"戴佛斯说。

"那就乖乖听好。科塔奈爵士的副手是佛索威家族的远亲,梅斗大人,此人虽是位伯爵领主,却还年仅二十,没上过战场。如果庞洛斯不幸身亡,风息堡的指挥权将落入这小子手中,他的佛索威亲戚们向我保证他会接受我的条件,献城投降。"

"我记得在危急关头,风息堡的大权也曾落入另一位小伙子手中。当时他才二十出头。"

"梅斗伯爵没有我这个顽固的石脑袋。"

"他顽固还是懦弱有什么区别?科塔奈·庞洛斯爵士在我看来正是容光焕发,老当益壮。"

"我弟弟当初不也一样,临死前一天还有说有笑。然而长夜黑暗,处处险恶啊,戴佛斯。"

戴佛斯·席渥斯感觉后颈一股寒气直向上冒。"陛下,我不明白您的意思。"

"你不需要明白。你只需遵令办事。科塔奈爵士会在一天之内死去。梅丽珊卓已经在圣火之中预见了他的死亡,不仅知道他的死期,而且知道他的死法。不用说,他并非死于骑士决斗。"史坦尼斯举起杯子,戴冯连忙用水壶倒水。"她的圣火预言从无虚假。从前,她预见过蓝礼的毁灭,早在龙石岛时便见到了,并告诉了赛丽丝。瓦列利安大人和你朋友萨拉多·桑恩一直劝我直取乔佛里,然而梅丽珊卓却说如果我前来风息堡,就将赢得我弟弟麾下大军中的精锐部分。事实证明,她是对的。"

"可——可是,"戴佛斯结结巴巴地说,"蓝礼公爵原本正兵进君临,讨伐兰尼斯特。若不是您围困他的城堡,他根本不会前来此地,他本可以——"

史坦尼斯在座位上挪了挪身子,皱起眉头。"若不是,本可以，这都什么话?他来了就是来了，事实无从更改。他带着他的诸侯和桃子前来此地，迎接他的毁灭……这对我来说可谓一箭双雕。因为梅丽珊卓曾在圣火中看见另一番景象。她看见蓝礼全身绿甲自南方杀来，在君临城下粉碎了我的军队。毫无疑问，如果我在那儿遇上我弟弟，死的就会是我而不是他。"

"你可以和他合兵一处对抗兰尼斯特呀，"戴佛斯辩道，"有何不可?如果她能看见两种未来，那证明……两者皆可能为虚啊。"

国王抬起一根手指。"你错了，洋葱骑士。光的影子不止一个。你站在篝火前面，自己瞧瞧去吧。火焰变化雀跃，从不静止，因而影子也时长时短。普普通通一个人便能映出十几个影子，只是有的影子比其他的隐约罢了。你看，人的未来也是这个道理。但不管他为自己的未来映出了一个还是多个影子，梅丽珊卓都能看见。"

"你不喜欢这女人。我看得出来，戴佛斯，我并不瞎。我手下的诸侯也不喜欢她。伊斯蒙不愿意穿着烈焰红心，他请求为宝冠雄鹿旗而战。古德则说女人不配作我的掌旗官。还有人窃窃私语说她没资格列席作战会议，说我早该把她遣回亚夏，说我把她留在营帐过夜是罪过。你看，他们不停地说闲话……她却一直在为我办事。"

"办什么?"戴佛斯问，心里却很恐惧问题的答案。

"该办的都办了。"国王望着他。"你呢?"

"我……"戴佛斯舔舔嘴唇。"我是您忠诚的仆人。请问您有何差遣?"

"不过是你驾轻就熟的事。在漆黑的夜里，神不知鬼不觉，让一条船在城堡下登陆。办得到吗?"

"是。就在今夜?"

国王略一点头，"你只需带条小船就成，用不着黑贝丝号。但此事必须绝对保密,不能让任何人知晓。"

戴佛斯想抗议。他现在是骑士,不再是走私者,更不想当刺客。但当他张嘴,却说不出话来。这可是史坦尼斯啊,他公正的君王,他今日拥有的一切都是国王所赐予。再说,他还得为儿子们着想。诸神在上,她到底对他做了什么?

"你很沉默。"史坦尼斯评论。

我应当保持沉默,戴佛斯提醒自己,但他管不住嘴巴:"陛下,您必须拿下此城,我现在明白了,可还有别的办法。更干净的办法。就让科塔奈爵士保有那私生男孩吧,如此,他一定会投降。"

"我非留下孩子不可,戴佛斯。非留不可。这关系着梅丽珊卓在圣火中看到的另一番情景。"

戴佛斯不放弃:"说实话,风息堡里的骑士没一个敌得过古德爵士或卡伦大人,您手下还有另外上百名出色的骑士。这次决斗提议……会不会是科塔奈爵士打算以某种荣誉的方式投降呢?通过牺牲自己的生命?"

国王脸上掠过一丝烦乱的神情,好似席卷的风暴。"只怕他想耍什么花招。总而言之,不会有决斗。科塔奈爵士早在扔出手套前就注定一死。圣火之中没有谎言,戴佛斯。"

虽然如此,却需假手于我来让它实现,他心想。戴佛斯·席渥斯已经很久很久没有这么悲哀了。

于是,他再一次在熟悉的黑夜里穿越破船湾的洋面,驾着一条黑帆小船。天还是一样的天,海还是一样的海,空气中是同样的盐味,连流水敲打船壳的声响也一如既往。城堡四周,包围着上千堆闪烁的营火。此情此景,和十六年前提利尔与雷德温围城时何其相似,然而区别又可谓天差地远。

上次我来风息堡,带来洋葱,带来了生命;这一次,我带来亚夏的梅丽珊卓，带来的是死亡。记得十六年前，在紊乱的海风吹拂下，船帆噼啪作响、噪声不止，最后他只得下令降帆，依靠大家沉静地摇桨，偷偷摸摸靠近，心提到了嗓子眼。好在雷德温的舰队因为无仗可打，早已松懈下来，他们才得以如柔顺的黑缎般摸过警戒线。而这一次，放眼四望，所有的船只都属于史坦尼斯，唯一的危险是城上的哨兵。即使如此，戴佛斯依然紧张得像拉满的弓弦。

梅丽珊卓蜷缩在横板上，从头到脚罩着一件暗红色斗篷，兜帽遮掩下的脸庞一片苍白。戴佛斯喜欢流水：每当躺在摇晃的甲板上，他便容易入眠，而海风刮在索具上发出的叹息，在他听来远比歌手在琴弦上拨出的曲调甜美。然而，今夜连大海也无法给他安慰。"我闻到你身上的恐惧，爵士先生。"红袍女轻柔地说。

"那是因为有人刚告诉我，长夜黑暗，处处险恶。此外，今夜我不是骑士，今夜我再度成为了走私者戴佛斯，而您则是我的洋葱。"

她大笑。"你怕的是我？还是我们的差事？"

"这是您的差事。跟我一点关系也没有。"

"不对，帆是你张，舵是你掌。"

戴佛斯默然无语，将注意力移向船只。岸边是团团纠结的岩石，所以他先让船远远地驶入海湾，避开礁石。他在等待潮汛变更，才好转变方向。风息堡在他们身后越缩越小，但红袍女似乎并不在意。"你是好人吗，戴佛斯·席渥斯？"她问。

好人会干这种事？"我是个男人，"他说，"我对我妻子很好，但也结识过别的女人。我努力当个好父亲，为我的孩子们在这个世界争取一席之地。是的，我曾经触犯过诸多律法，但今夜我才首度感觉罪恶。我只能说我是个复杂的人，夫人，我身上有好也有坏。"

"你是个灰色的人，"她说，"既不黑也不白，两者兼而有之。是这样吗，戴佛斯爵士？"

"就算是吧，那又怎样？在我看来，世上大多数人都是如此。"

"如果洋葱有一半腐烂发黑，那便是颗坏洋葱。一个男人要不当好人，那就是恶人。"

身后的篝火已融入夜空之中，成为远方模糊的斑点，陆地几乎要消失不见。回头的时候到了。"当心您的头，夫人。"他推动舵柄，小船顿时转了个圈，掀起一阵黑浪。梅丽珊卓低头避开，一手扶在船舷，冷静如常。木头轻响，帆布摇荡，波浪四溅，发出刺耳的声音，换作别人一定认为城里的人将要听见，但戴佛斯并不慌张。他明白，能穿越风息堡硕大无朋的临海城墙的，唯有千钧浪涛在岩石上永无止境的拍打，即使是如此巨响，传到城内时也几不可闻。

他们朝海岸驶回去，一道分叉的涟漪在船后尾随。"您刚才说到男人和洋葱，"戴佛斯对梅丽珊卓道，"那女人呢？她们不也一样？敢问夫人，您是好人还是坏人？"

这话惹得她咯咯直笑。"噢，问得好。亲爱的爵士先生，从我的角度而言，我也算某种形式的骑士。我是光明与生命的斗士。"

"然而今夜你却要杀人，"他说，"正如你杀了克礼森学士。"

"你家学士自己毒死了自己。是他打算害我，然而我有伟大的力量保护，他却没有。"

"那蓝礼·拜拉席恩呢？谁杀了他？"

她别开头。在兜帽的阴影下，她的双目如浅红的燃烛一般炯炯发亮。"不是我。"

"说谎。"这下他确定了。

梅丽珊卓再度大笑。"戴佛斯爵士啊，你正迷失于黑暗与混乱之中呢。"

"那未尝不是件好事。"戴佛斯指指前方风息堡上缥缈摇曳的亮光。"您感觉到寒风有多凄冷吗?在这样的夜里,卫兵们会挤在火炬边。一点点的温暖,一丝丝的亮光,就是他们所能希求的唯一慰藉。然而火把也令他们盲目,因此他们将不能发现我们的行迹。"希望如此。"暗之神正保护着我们,夫人。保护着您。"

听罢此言,她眼中火光更盛。"千万别提起这个名讳,爵士。别让他黑暗的眼睛注意到我们。他并不保护任何人,我向你保证,他是所有生物的公敌。你自己刚才也说了,隐蔽我们的是那些火炬。火。这是真主光之王明亮的礼物。"

"您怎么理解都好。"

"这不是我的理解,这是真主无上的意旨。"

风向在变,戴佛斯觉察得出,更看见黑帆上的波纹。于是他拉住升降索,"请帮我收帆。剩下的路我划过去。"

他们合力将帆系好,小船则摇个不休。戴佛斯摇起桨来,在起伏的黑浪中前进。须臾,他开口道:"谁送您去蓝礼那儿的?"

"没必要送,"她说,"他根本毫无防护。然而此地……这座风息堡是个古老的地方。巨石之中编织着魔法,影子不能穿过黑墙——是的,这里的力量或许古老,或许被遗忘,然而仍旧留存。"

"影子?"戴佛斯浑身起了鸡皮疙瘩。"影子本就是黑暗的事物。"

"你简直比三岁孩童还无知,爵士先生。黑暗中是没有影子的。影子是光明的仆人,烈焰的子孙。唯有最耀眼的火光,方能映照出最黑暗的阴影。"

戴佛斯皱起眉头,示意她噤声。他们已再次接近陆地,声音很容易被对面听到。他配合波涛的节律,持续划水。风息堡的临海墙

栖息在一片苍白的悬崖上，倾斜而险峻的白垩石壁几乎是外墙的两倍高。山崖低部有个口子，那里正是戴佛斯的目的地，一如他十六年前之所为。这个隧道直通向城堡下的洞穴，那是古代列位风暴之王的码头。

这条路很难走，只在潮水高涨时才可航行，即使如此，其中也是危险重重。然而他在走私生涯中学来的技巧仍旧不减当年。戴佛斯在参差不齐的乱石中灵巧地挑选道路，直到洞穴入口笼罩在眼前。他听凭波涛引领入洞。它们环绕着来客，撞击着来客，将小船掀得东倒西歪，把他们全身浸湿。一块礁石如忽隐忽现的手指，在阴沉的暗流中浮现，白沫纠结，然而戴佛斯用桨灵巧一拨，避开了危机。

然后他们便进了洞，被黑暗所吞没，连流水也沉静。

小船慢下来，缓缓打转。他们的呼吸声在洞中回荡，直到将他们完全包围。戴佛斯没想到这么黑。上次来时，整个隧道插满燃烧的火把，饥饿的人们从顶上的杀人洞目不转睛地瞅着下面。他记得，闸门就在前方某处，于是用桨放慢船速，桨边的水流出奇地温柔。

"除非您有内应开门，否则我们只能到这儿了。"他的低语声在水面掠过，划开一波纹路，犹如一只幼鼠伸出粉红色的小脚，在水中疾步奔跑。

"我们已在墙内了吗？"

"是的。我们在城堡下方，但无法继续前进。前方的闸门从天顶一直插到水底，门上的铁条十分紧密，就连小孩子也挤不过。"

没有回答，只有一阵轻柔的瑟瑟声。突然之间，黑暗中出现了一道光芒。

戴佛斯伸手遮眼，喘不过气。梅丽珊卓掀开兜帽，抖掉一身紧密的斗篷。原来她什么也没有穿，由于怀了孩子，肚腹鼓胀。肿胀的乳房沉甸甸地悬在胸前，肚子大得像要爆裂。"诸神保佑。"他呢喃道，随即听到她浅笑着回应，声音低沉而沙哑。她的眼睛如火红的煤炭，皮肤上斑斑点点的汗珠好似能自我发光。哦，整个梅丽珊卓通体放光。

她喘着粗气，蹲下来，分开双腿。血液不住从她股间涌出，却黑如墨汁。她哭喊，说不出是痛苦还是狂热，又或兼而有之。不一会儿，戴佛斯看见戴王冠的小孩头颅自她体内挣扎挤出，接着是两只手，它们扭动、抓握，黑色的手指紧紧攫住梅丽珊卓血流不止的大腿，推，推，直到整个影子都进入到这个世界。他站起来，比戴佛斯还高，几乎触到隧道的顶部，好似小船上的一座巨塔。在他离开之前，戴佛斯只来得及看上一眼——阴影从闸门的铁条间穿出，朝前方的水面飞奔而去——然而这一眼，对他来说，已经绰绰有余。

他认得这影子，认得映出影子的那个人。

琼恩

　　漆黑的夜色中传来悠长的呼唤。琼恩撑起身子，下意识地握住长爪。四周，整个营地也因之沸腾。唤醒眠者的号角，他想。

　　这绵延低沉的声音停留在听觉边缘。环墙上的哨兵们一动不动地站定，转头向西，呼吸结雾。当号声退去，连狂风也停止了呼啸。人们卷好毯子，拿起枪矛和长剑，沉默地换位，侧耳倾听。一匹马嘶鸣开来，旋即又被安抚。刹那间，似乎整个森林都屏住了呼吸。守夜人军团的弟兄们等待着第二声号角，却又暗自祈祷不要听到，恐惧即将来临的答案。

　　这令人不堪忍受的无尽静默延续了许久，人们终于明白再没有第二声，于是彼此羞怯地笑笑，意图否认之前的紧张。琼恩挑出几把柴火扔进篝火，扣好剑带，套上靴子，抖掉斗篷上的泥土与露水，将之系上肩膀。火苗在身旁越烧越旺，他穿戴整齐，一任舒适的热气灼烤自己脸庞。熊老在帐里有动静，果不其然，片刻之后莫尔蒙便掀开帐门。"一声？"他的乌鸦停在他肩上，羽毛杂乱，沉寂不语，看起来楚楚可怜。

　　"一声，大人，"琼恩确定，"兄弟归来。"

　　莫尔蒙移向火堆。"是断掌。他迟到了。"随着时日逐渐累积，熊老变得愈加暴躁，再等下去，只怕就要犯小孩子脾气了。"快去安排，让弟兄们吃上热食，马儿喂饱草料。还有，我要立刻接见科林。"

　　"我马上把他找来，大人。"影子塔的人马早该抵达，却一直不曾现身，兄弟们不禁都起了疑心。平日琼恩在篝火边聚会时听过各种版本的阴郁联想——当然，并不都是忧郁的艾迪的杰作。官员中，奥廷·威勒斯爵士主张尽快撤回黑城堡；马拉多·洛克爵士希望调头向影子塔前进，沿途搜索科林的踪迹，以确定到底发生了什么；而索伦·斯莫伍德打算突入群山。"曼斯·雷德很清楚自己必须与守夜人一战，"索伦宣布，"但他绝不会料到我们会深入极北。如果咱们顺着乳河主动出击，定能出其不意，攻其不备，彻底粉碎他的军队。"

"你别忘了，咱们众寡悬殊，"奥廷爵士反对，"卡斯特说过，他正集结一支庞大的军队，成千上万。而不算科林的人，我们才两百。"

"爵士先生，让两百头狼和一万只绵羊打，你瞧会是什么结果。"斯莫伍德坚定地说。

"这群绵羊里也有不好对付的山羊，索伦，"贾曼·布克威尔告诫，"瞧，说不定还有几头狮子。'叮当衫'，'狗头'哈玛，'猎鸦'阿夫因……"

"我和你一样清楚他们的存在，布克威尔，"索伦·斯莫伍德不等对方说完，"但这次我能砍下他们的脑袋，砍下他们每个人的脑袋。想想看，他们都是野人，不是军人，就算有几个了得人物，这会儿只怕也喝得醉醺醺，带着一大窝女人、小孩和奴隶赶路呢。我们能扫荡他们，让他们嚎闹着滚回烂茅屋去！"

他们争执多时，却没有达成任何一致。熊老执意不肯撤退，也不愿轻率地踏上乳河的征途，贸然求战。最后，大家只同意再等些时日，看影子塔的队伍能否出现，之后再做商议。

如今他们来了，这意味着作决定的时刻已经到来。不管别人怎么想，至少琼恩甚感欣慰。如果非与曼斯·雷德一战不可，就让它快快到来吧。

忧郁的艾迪坐在营火边，抱怨别的家伙真是太不贴心，非要深

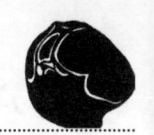

更半夜在树林里吹号,闹得他失眠。琼恩带来的命令给了他新的抱怨题材。他们一同唤醒哈克,将司令大人的指示下达给他。对方嘴里唠叨不休,但手脚也没闲着,很快叫来十几个兄弟挖菜根煮汤。

琼恩穿越营区时,山姆打着呵欠迎上来,漆黑的兜帽下,他苍白的圆脸活像一轮满月。"我听到号声。是你叔叔回来了吗?"

"这是影子塔的队伍。"班杨·史塔克归来的希望越来越渺茫。琼恩在拳峰之下找到的那件斗篷很可能属于叔叔或他的手下,这点就连熊老也不否认,不过,对于斗篷为何埋在此地,还裹着龙晶器物,没有人知道。"山姆,我得走了。"

环墙边,守卫们正从半冻的土地里拔出尖桩,以清出通道。很快,影子塔来的兄弟们登上了山坡,他们都穿着皮革和毛衣,身上发出钢铁或青铜的反光,粗厚的胡须遮盖了坚毅消瘦的面容,使他们看起来和胯下的马匹一样毛发蓬乱。琼恩惊讶地发现很多马乃是两人共骑。当他们走得更近,他更清楚地看见人群中有不少人负伤。看来他们在路上遇到了麻烦。

虽然彼此素未谋面,但他第一眼便认出了断掌科林。这位高大的游骑兵是守夜人军团的传奇人物,他语调缓慢,却行动迅捷,生得像枪矛一样又高又直,四肢颀长,神情肃穆。他的外貌与手下们迥然不同,脸庞修得干干净净,披霜的长发扎成一个大辫子垂下头盔,而身上的黑衣因天长日久已褪成灰色。他握缰的手只有拇指和食指——其余的指头当年为了格挡野人的战斧对头颅的致命一击已然尽数失去。据说挡下那一记之后,他用伤残的拳头痛击挥斧的敌人,鲜血喷进野人的眼睛里,使得对方完全盲目,最后反被科林击毙。从那天起,长城外的野人便把他当做最值得敬畏的对手。

琼恩朝他致意:"莫尔蒙司令大人希望能立刻会见您。请让我来为您指引通往他营帐的路。"

科林翻身下马,"我的人都饿了,我们的马需要关照。"

"大人，都已经备妥了。"

游骑兵将坐骑交给他的手下，跟上来。"你是琼恩·雪诺。你继承了父亲的容貌。"

"您认识他，大人？"

"我不是大人，只是守夜人军团的弟兄。是的，我认得艾德公爵，也认得他父亲。"

琼恩发现自己不得不加快行进才能跟上科林的大步。"瑞卡德大人在我出生之前就过世了。"

"他是守夜人军团的盟友。"科林的视线扫向一旁。"听说你有个冰原狼伙伴。"

"白灵要天亮才会回来。他总是晚上打猎。"

走到帐前，只见忧郁的艾迪正煎着培根，并用搁在篝火上的壶煮一堆鸡蛋。莫尔蒙端坐在他那张木头与皮革制成的折椅上。"我都快为你担心了。有麻烦？"

"我们碰上'猎鸦'阿夫因。曼斯派他沿长城打探巡逻，折返时正好撞上我们。"科林摘下头盔。"阿夫因再不能祸害王国，可他有不少手下逃了出去。我们已尽力追捕，但仍有少数人遁入群山之中。"

"代价是？"

"死了四个兄弟，伤了十来个。敌人的损失是我们的三倍。我们还抓到了俘虏，其中一个伤势太重很快没了命，另一个活得比较久，套出些情报。"

"这话最好进来谈。先让琼恩帮你打啤酒？或者，香料热酒怎么样？"

"一杯热水就好。再来点培根、一只鸡蛋。"

"好吧。"莫尔蒙拉起帐门，断掌科林俯身进入。

艾迪站在壶边，用勺子搅拌鸡蛋。"我羡慕这些蛋，"他说，

"如果我能这么热腾腾的就好了。对了,壶子得再大点,好让我跳进去。哎,里面煮的是酒才好呢,有什么比暖暖和和、醉意朦胧更好的死法呢?从前我认识的一个兄弟便是被酒淹死的,可那酒好差劲,他尸体的味道更是火上浇油。"

"你把酒喝了?"

"碰上兄弟过世是件触霉头的事儿。换做你也会灌几口的,雪诺大人。"艾迪搅搅壶子,加入一撮豆蔻。

琼恩不安地在火边蹲下来,拿棍子拨火。他听见帐篷里传来熊老的嗓门,不时还间杂着乌鸦的控诉和断掌科林平静的语调,但他分辨不清到底在说什么。他们击毙了猎鸦阿夫因,这是个好消息。此人是最为残忍嗜血的野人土匪之一,这个"猎鸦"的外号便得自于他捕杀了大批黑衣兄弟。按说,科林取得了一场重大胜利,为何他的脸色却如此黯淡?

琼恩希望影子塔队伍的到来能平息营地里诡异的气氛。就昨晚上,当他摸黑小解回来时,还听见五六个人围坐在篝火的余烬边悄声对话。他听见齐特低声抱怨队伍早该回头,于是驻足倾听。"这次巡逻愚蠢之极,完全是老东西在犯傻。"他听见对方说,"在这片荒山野岭里,除了进坟墓,什么也找不到!"

"我听说,霜雪之牙上有巨人,有狼灵,还有更可怕的东西呢。"姐妹男拉克道。

"我跟你保证,我决不去那里。"

"熊老可不会随你的愿。"

"也许我们也不会随他的愿。"齐特说。

这时,一只狗抬起头,大声咆哮,琼恩连忙赶在被发现之前,快步离开。我不是故意窃听的,他心想。他本打算把这番情形知会莫尔蒙,但良心使他不愿背着兄弟私下告密,即使是齐特和姐妹男那样的兄弟。不过是闲来空谈罢了,他宽慰自己。他们又冷又害怕，我们大家不都如此？居住在森林上方的光秃石峰，日复一日地等待，每天都在恐惧明日的遭遇，实在非常难熬。看不见的敌人才是最可怕的敌人。

琼恩拔出他的新匕首，在火上把玩，看着焰苗舔噬闪亮的黑玻璃。前几天他自己削了个木柄，缠上旧麻绳替刀做了个握把，看上去虽然丑陋，不过却很实用。忧郁的艾迪认为玻璃匕首的功用不比骑士胸甲上的饰环大，但琼恩不以为然。龙晶武器虽然易碎，但锋刃比钢铁还锐利。

此外，它们埋在此地应该是有理由的。

他替葛兰做了一把同样的匕首，后来还送了司令大人一把。战号他给了山姆。经过仔细审查，号角内部已然碎裂，不管他怎么清理其中的尘土，依旧吹不出声音。号角的铜边也有缺口，好在山姆喜爱古物，连这业已无用的东西也视若珍宝。"你还是改装一下，拿它盛酒喝吧。"琼恩歉然地说，"这样，每当你饮酒时便会记得自己曾经深入长城之外巡逻，抵达过先民拳峰。"他还给了山姆一个矛尖和十来个箭头，剩下的他也当幸运符分给了其他朋友。

熊老似乎挺欣赏这种匕首，但琼恩发现，他挎在腰间的还是钢刀。莫尔蒙也不明白究竟有谁会把斗篷埋在此处，或是其中代表的含义。或许科林知道？断掌在荒野中的经历无人能及。

"烧好了，你去，还是我去？"

琼恩收起匕首。"还是我来吧。"他正想借机听听他们的谈话。

艾迪从一轮不太新鲜的燕麦面包上切下三大片，装进木盘，再铺上培根和培根油，另盛了一碗煮熟的鸡蛋。琼恩一手端碗一手拿盘回到司令官的营帐中。

科林盘腿坐地，脊梁直得像长矛。说话的时候，烛光在他坚毅平坦的脸颊上舞蹈。"……叮当衫，哭泣者，所有这些大大小小的

首领都在，"他滔滔不绝地说着，"他们还有狼灵和长毛象，集结的力量之强超乎我们想象。至少他这么供认。我不能保证他的话全部是真，伊班认为此人东拉西扯是为了能苟延性命。"

"不管是真是假，都必须警告长城，"琼恩将盘子放在两人之间，熊老开口道。"还有国王。"

"哪个国王？"

"所有的国王。咱们甭管他是真是假，他们既然宣称领有王国，就得先保护它。"

断掌拿起一只鸡蛋，放在碗边敲破。"这群国王只会瞎忙乎自个儿的事，"他一边剥壳一边说，"哪管得了咱们？咱们应该寄希望于临冬城，史塔克家族是北境的栋梁。"

"是的，说得没错。"熊老展开一张地图，皱眉参看，旋即扔到一边，又展开另一张。他正在估量野人们可能突击的地点，琼恩看得出来。绝境长城沿线上百里格，守夜人军团曾经据有十九座城堡，但随着人数凋零，这些堡垒一个接一个被放弃。到如今，只有三座城仍有守卫，而曼斯·雷德和他们一样对这情况了然于胸。"我们可以指望艾里莎·索恩爵士从君临带点新手回来。眼下咱们不妨从影子塔派人防守灰卫堡，从东海望调人进驻长车楼……"

"灰卫堡已接近完全坍塌，若匀得出人手，不如把守石门寨。照我的印象，冰痕城和深湖居也可一用。除此之外，要每日派巡逻队沿城视察。"

"要巡逻，对，咱们得尽量做到一天两次。好在长城本身就是个难以逾越的障碍。就算他们找到疏于防备的地方，墙本身虽不能阻止通过，却可大大迟缓他们的进度。他们人越多，需要的时间就越长。从他们收罗一切的劲头看来，一定带上了所有女人、孩子、牲畜……敢情谁也没见过爬云梯的山羊吧？爬绳子？不可能，他们非得造好阶梯，或者垒个大斜坡……这工程至少需要一个月，甚至更长。看来曼斯最好的办法是从墙下面过去，通过城门，或者……"

"缺口。"

莫尔蒙猛地抬头。"什么？"

"他们既不打算爬墙，也不打算挖洞，大人。他们是要突破它。"

"可长城有七百尺高，根基又厚实，比城上走道宽得多，就算一百个壮汉拿起铲子斧头拼命挖，我看也得花上一年。"

"话虽如此……"

莫尔蒙扯着胡子，皱起眉头。"怎么说？"

"还能怎样？用法术呗。"科林一口咬下半只鸡蛋。"否则怎么解释曼斯将霜雪之牙选做集结地点？那里又冷又荒凉，离长城更有一段漫长艰苦的征途。"

"我以为他选择在山里集合是为了防止被我方游骑兵探知。"

"或许如此，"科林吞下鸡蛋，一边说，"但我觉得，这里一定有更深的玄机。他在这又高又冷的地方找东西，找他需要的东西。"

"什么东西？"听说这话，就连莫尔蒙的乌鸦也抬头打起精神尖叫起来。那声音在密闭的营帐里如尖刀般锐利。

"某种力量。至于是什么，我们的俘虏说不上来。或许我们逼问太急，他没说多少便死了。不过我怀疑他原本就不清楚。"

琼恩听见帐外的风声。狂风颤抖着穿越环墙的石头，使劲拉扯帐篷的绳索，发出凄厉细薄的声音。莫尔蒙若有所思地摸摸嘴唇。"某种力量，"他复诵道，"我必须了解它的确实含义。"

"那你就得尽快派人深入群山。"

"我不愿让弟兄们置身险境。"

"我们无非是一死，想想看，咱们为什么穿上黑衣，不就为了誓死保卫王国安泰吗？依我之见，应即刻派出十五名斥候，分为三

组,每队五人。一组探察乳河沿岸,一组去风声峡,另一组则着手攀登巨人梯。三队人马分别由贾曼·布克威尔,索伦·斯莫伍德和我指挥。我们一定要找出群山之后等待我们的是什么。"

"等待,"乌鸦叫道,"等待。"

莫尔蒙司令官发自肺腑地一声长叹。"也没别的选择,"他勉强让步,"如果你们回不来……"

"终归有人会从霜雪之牙上下来,大人,"游骑兵道,"若是我们,一切正常;倘非如此,那肯定是曼斯·雷德,而你正好扼住咽喉要道。他不可能把你们置之不理,扑往南方,因为这样他的后卫和辎重就不得安宁。他必须强攻,而此地恰好易守难攻。"

"这里没那么坚固。"莫尔蒙道。

"我们最多集体殉职。但我们的死能为长城上的弟兄们赢得必要的时间。为他们赢得据守空堡、封锁城门的时间;为他们赢得寻求国王和领主们援助的时间;为他们赢得擦亮斧头、修理弩炮的时间。我们牺牲性命是值得的。"

"殉职,"乌鸦咕哝道,一边在熊老肩膀上走来走去,"殉职,殉职,殉职,殉职。"熊老消沉而静默地坐着,好似无力承担这番演说所交付的重担。良久,他开口道:"愿诸神宽恕我。你去挑你的人吧。"

断掌科林转头,目光和琼恩交会,彼此对视了很长时间。"很好。我要琼恩·雪诺。"

莫尔蒙眨眨眼。"他还是个孩子啊,也是我的事务官,连游骑兵都不是。"

"有托勒特照顾你应该够了,大人。"科林抬起只剩两根指头的残废手掌。"长城之外,旧神的力量依旧强大。他们是先民的神灵……史塔克家族的神灵。"

莫尔蒙望向琼恩。"你怎么说?"

"我愿意。"他立刻回答。

老人哀伤地笑笑。"果然如此。"

当琼恩和断掌并肩走出营帐时,天色已然破晓。寒风在他们身边呼号,卷起黑斗篷,空中飞舞着从篝火余烬中吹出的淡红细渣。

"咱们正午出发,"游骑兵告诉他,"去找你的狼。"

提利昂

"太后打算把托曼王子送走。"他们跪在沉寂无声的阴暗圣堂里,周围是摇曳的烛光和重重的阴影,即便如此,蓝赛尔爵士还是压低了声音。"盖尔斯伯爵将把他扮成侍从,带到罗斯比藏匿起来。他们计划染黑他的头发,声称这是雇佣骑士之子。"

"她是怕暴民?还是我?"

"都怕。"蓝赛尔说。

"哦。"这计划提利昂事先半点也不知情。难道瓦里斯的小小鸟儿这次辜负了他?看来,蜘蛛也有打盹的时候……或者太监在玩什么更深奥微妙的把戏?"非常感谢你,爵士。"

"您会答应我的请求吗?"

"也许吧。"蓝赛尔想在下一场战役中亲自领军作战。想英年早逝,这倒是个壮烈的办法。这些年轻骑士,总以为自己战无不胜。

堂弟悄悄溜走后,提利昂在圣堂多逗留了一会儿。他在战士的祭坛前,拿起一支蜡烛点燃另一支。守护我哥哥,你这该死的混蛋,他是你的子民。在陌客那里他也点上一支,为了他自己。

当晚,红堡暗下来之后,波隆来到他房里。他正在封信。"把信带给杰斯林·拜瓦特爵士。"侏儒将加热过的金蜡滴到羊皮纸上。

"上面写些什么?"波隆不识字,因此会提出这种无礼问题。

"要他挑五十个最好的剑士,去玫瑰大道巡视。"提利昂在软蜡上盖了自己的印章。

"史坦尼斯会走国王大道。"

"噢,我当然知道。告诉拜瓦特,别理信上说什么,带人往北,在罗斯比路上埋伏。盖尔斯这两天就会动身返回自己的城堡,身边带着十来个士兵、一堆仆人和我外甥。托曼王子会穿得像个侍从。"

"你要把那孩子抢回来,对不对?"

"不对。我要他继续前往罗斯比城。"让这孩子离开君临是姐姐为数不多的好主意之一,提利昂决定将计就计。在罗斯比,托曼不会受暴民的威胁,而让他和他哥哥分开将使史坦尼斯面临棘手的情形:即使攻破君临,处死乔佛里,兰尼斯特家族依然有王位继承人。"盖尔斯伯爵要跑太病弱,要战又太怯懦,一旦被挟持,定会乖乖听命,指示他的代理城主打开城门。进城之后,拜瓦特应立即驱散守卫,确保托曼的安全。替我问问他,拜瓦特伯爵这头衔听起来如何?"

"波隆伯爵听起来更好。抢孩子这种事我也能做。只要能弄个爵位玩玩,要我抱着他唱摇篮曲都行。"

"我这里更需要你。"提利昂道。而且我可不放心把外甥交给你。若乔佛里有个三长两短,兰尼斯特家要保住铁王座就全靠年幼的托曼。杰斯林爵士和他的金袍卫士会保护那孩子;而波隆和他的佣兵则乐于将他出卖给敌人。

"新领主如何处置旧领主呢?"

"随他高兴,只要记得喂饱饭,我不想他死。"提利昂手撑桌子站起来。"我姐姐会派一名御林铁卫保护王子。"

波隆满不在乎:"猎狗是乔佛里的宠物,不会离开他。其他人都不是铁手和金袍子的对手。"

"告诉杰斯林爵士,如果要杀人,不许发生在托曼面前。"提利昂披上一件厚重的深褐色羊毛斗篷。"我外甥心肠软。"

"你确定他是个兰尼斯特?"

"我什么都不确定,只知道冬天和战争就要来了,"他说,"来,我与你同行一段。"

"去莎塔雅那儿?"

"知我者,非你莫属。"

他们从北墙的边门离开。提利昂驱策坐骑,沿着夜影巷"嘚嘚"而行。听到鹅卵石上的马蹄声,几个鬼鬼祟祟的影子慌忙窜进角落,无人敢上前搭讪。御前会议业已延长宵禁时间,暮钟敲响之后,谁还留在街上,就是死罪难逃。这一措施一定程度上恢复了君临的秩序,每天清晨在街市发现的尸体减少到原来的四分之一,然而瓦里斯报告说人们因此而咒骂他。他们应该感激我,是我让他们留着咒骂的力气。经过铜匠巷时,他们遇到两个金袍卫士,当卫士意识到他们的身份后,赶紧为自己的无礼行为向首相致歉,并挥手示意他们继续上路。他们在此分道扬镳,波隆转向南,前往烂泥门。

提利昂本当朝莎塔雅的妓院继续骑行,但耐心却突然弃他而去。他勒马回身,扫视背后的街道。没有跟踪的迹象。窗户要么黑糊糊,要么就是紧紧关闭。除了巷弄里呼啸的风声,什么也听不到。若是今晚瑟曦让人跟踪我,他非扮成老鼠不可。"去他的吧。"他喃喃道。他已经厌倦了提心吊胆的日子,便调过马头,使劲一踢,飞奔而去。如果有人跟踪,就让我们来比试比试骑术。在明亮的月光下,马蹄"嘚嘚"地踏过鹅卵石地面,他快马奔出窄巷小弄,向着爱人奔去。

捶门时,他听见微弱的乐声从插有尖刺的石墙内飘出。那对伊班人之一引他入内。提利昂将马交给他,问:"是谁?"大厅的菱形窗格闪烁着黄色的光,他听到男人的歌声。

伊班人耸耸肩。"大肚子歌手。"

从马厩向屋子走,歌声越来越嘹亮。提利昂向来不喜欢歌手,而这一个虽然尚未谋面,他已预感到比其同类更令人生厌。门一推开,那人立即停住。"首相大人!"他跪下来,喃喃道,"真是荣幸,真是荣幸。"他是个秃头,肚子活像水壶。

"大人。"雪伊一见他便微笑。他喜欢她的微笑,那是一种不假思索自然流露在她漂亮脸庞上的微笑。她穿着紫色丝衣,围了一条银线腰带,正好映衬乌黑的头发和光洁白皙的肌肤。

"亲爱的,"他唤她,"这是谁?"

歌手抬起头。"大家管我叫银舌西蒙,大人。我是个演员,歌手,说书人——"

"还是个大傻瓜,"提利昂替他说完,"我进门时,你叫我什么?"

"叫什么?我是……"西蒙的银舌似乎成了铅舌。"首相大人,我是说,真是荣幸……"

"聪明人就会假装不认识我,这虽然骗不过我,但你总该试试。现在,我该拿你怎么办呢?你知道我可爱的雪伊,你知道她住哪儿,你还知道我会在夜里单独造访。"

"大人!我发誓,决不告诉任何人……"

"至少这点我们有共识。祝你晚安。"说罢,提利昂带雪伊上楼。

"这下我的歌手再也不会唱歌了呢,"她撒娇道,"您把他的声音全吓跑了。"

"一点点恐惧,有助于他酝酿高音。"

她关上卧室门。"您不会伤害他,对不对?"她点燃一支薰香蜡烛,跪下来替他脱鞋。"您不来的晚上,他的歌给我安慰。"

"我当然希望每晚都能来,宝贝。"他一边说,她一边替他按摩脚掌。"他唱得怎样?"

"不好也不坏，算是凑合吧。"

提利昂掀开她的长袍，将脸埋进她的双乳。即便整个城市像猪圈一样发臭，她的胸前却总是芳香。"你喜欢就留着他，但要看紧，不许他在城里乱晃，到酒馆里说三道四。"

"他不会——"她刚开口，嘴巴就被提利昂的唇封住。

今天，话已经说得够多，他只想在雪伊双股之间寻求那简单甜蜜的欢愉。至少在这儿，他受欢迎，他被需要。

事后，他把胳膊从她头下抽出，穿上外衣，走到花园。半个月亮照得果树的叶子银光闪闪，亦倒映在石头浴池的水面上，波光荡漾。提利昂径自在水边坐下，右边某处，一只蟋蟀啾啾鸣叫，此情此景，真令人舒适自在。好平静啊，他心想，但能维持多久呢？

一阵臭气突然袭来，他转过头。雪伊站在门边，穿着他送的银袍。我爱上一位白如冬雪的少女，月光映在她的耳鬓。在她身后，有一个胖胖的乞丐，穿着打补丁的肮脏袍子，光脚上裹了层泥，脖子上用皮绳挂了个碗，就像修士佩戴水晶一样。他身上的味道足以呛死一只老鼠。

"瓦里斯大人来见你。"雪伊宣布。

乞丐朝她惊愕地眨眨眼。提利昂大笑，"真想不到，连我都没认出，你怎么知道的？"

她耸耸肩，"他还是他。只是穿着不同。"

"不止如此，模样、气味、走路方式通通都不一样，"提利昂道，"大多数男人都会上当。"

"或许大多数女人也会，但妓女不同。身为妓女，得学会认人不认衣服，否则迟早会横死街头。"

瓦里斯脚上的伤疤是假的，脸上受伤的表情却不是伪装。提利昂不禁咯咯笑道："雪伊，给我们拿点红酒好吗？"他恐怕得喝一杯，太监深更半夜来访，准没什么好事。

"深夜打扰,个中缘由我简直不敢相告,大人,"等雪伊离开后,瓦里斯开口,"我带来了可怕的消息。"

"你以后改穿黑羽大衣得了,瓦里斯,你跟乌鸦一样不是好兆头。"提利昂笨拙地起身,有些不敢往下问。"是詹姆?"如果他们伤害了他,我决不放过他们。

"不,大人,是另一件事。科塔奈·庞洛斯爵士死了。风息堡已向史坦尼斯·拜拉席恩打开了大门。"

沮丧驱散了提利昂脑中所有思绪。雪伊拿着红酒回来,他啜了一口,反手便将杯子掷出,摔在房墙上爆裂开来。她举手遮挡碎片。红酒沿着石墙流淌,好似许多长长的指头,在月光下呈现黑色。"他混蛋!"提利昂破口大骂。

瓦里斯微微一笑,露出满嘴烂牙。"谁混蛋,大人?科塔奈爵士还是史坦尼斯大人?"

"他们俩都是。"风息堡固若金汤,原本估计可坚守半年甚至更长……让父亲有足够的时间对付罗柏·史塔克。"这到底怎么回事?"

瓦里斯瞥了雪伊一眼。"大人,我们非得拿这种恐怖血腥的故事来打扰您可爱的小姐睡眠么?"

"贵族小姐会害怕,"雪伊说,"可我不会。"

"你应该害怕,"提利昂告诉她,"风息堡一旦陷落,史坦尼斯将立刻进军君临。"他现在后悔把酒摔出去了。"瓦里斯大人,给我们一点时间,我马上随你骑回城堡。"

"我在马厩等您。"他鞠了一躬,脚步沉重地离开。

提利昂将雪伊拉过来,坐到身旁。"你在这儿不安全。"

"我有围墙,还有您给的卫兵。"

"他们是佣兵,"提利昂说,"他们喜欢我的金子,却不会以死相报;至于这些围墙,一个人踩在另一个人肩上,转眼之间就能翻过来。上次暴乱,有一座跟这里十分相像的宅邸被烧,宅子的主人是个金匠,只因为存了粮食就被他们大卸八块。他们还把总主教撕成碎片,强暴了洛丽丝几十次,砸扁了艾伦爵士的头。你想想,倘若他们抓到首相的情人,会怎么做?"

"您是说首相的妓女吧?"她用那双无畏的大眼睛看着他。"哦,我真希望成为您的情人,大人。我要穿上您给我的所有漂亮衣服,丝绸、锦绣、金缕……戴上您给我的珠宝,牵着您的手,在晚宴中陪在您身旁。我能给您生儿子,我知道我行……我知道我决不会让您丢脸。"

我对你的爱就已经让我丢脸了。"这是一个甜美的梦,雪伊。但是,亲爱的,请把它撇开吧,我求求你,那是永远不可能实现的。"

"因为太后?我不怕她。"

"可我怕。"

"那就杀掉她,一了百了。你们之间又没什么感情。"

提利昂叹了口气。"她是我的亲姐姐,谋害血亲将惹来人神共愤,遭到永恒的诅咒。此外,不管你我对瑟曦有什么看法,她毕竟深得我父亲和哥哥的宠爱。感谢诸神,我的智略足以对付七大王国里任何一人,但面对手执利剑的詹姆,我只能一筹莫展。"

"那个少狼主和史坦尼斯大人手中也有剑,可他们都吓不倒您。"

我亲爱的,对这个世界,你真是一知半解。"和他们作战,我有整个兰尼斯特家族为后盾;与詹姆或父亲为敌,我就只剩驼背和短腿。"

"您还有我。"雪伊扑过来亲吻他,双手搂住他的脖子。

她的亲吻向来能激起他的欲望,这次也不例外,但提利昂轻轻地挣脱。"现在不行,真的,亲爱的,我有一个……嗯,姑且称为萌芽状态的计划吧。我在想,或许可以让你混进城堡的厨房。"

雪伊的脸僵住了。"厨房?"

"对。此事交给瓦里斯办的话,应该会不露痕迹。"

她咯咯笑道:"大人,我会毒死您的。从前,每个尝过我厨艺的人都告诉我:你真是个货真价实的妓女。"

"红堡有的是好厨子,屠夫和面包师傅也不缺。我要你扮成帮厨。"

"扮成洗碗小妹,"她说,"穿着乱七八糟的棕布衫。大人想看我这个样子?"

"大人想让你活下去,"提利昂道,"你总不能穿着丝绸和天鹅绒洗锅碗吧?"

"大人厌倦我了吗?"她伸手到他的衣裤里,找到他的阳具。快速两下抚摸,它就硬了。"他还要我。"她微笑道,"您喜欢跟厨娘做爱吗,大人?你可以在我身上撒面粉,再从我的奶头吸肉汤,或是……"

"别说了。"她的表现让他想起为赢得赌约使尽浑身解数的丹晰。他将她的手拉开,阻止她进一步淘气。"现在不是床上运动的时候,雪伊。你的人身安全岌岌可危。"

她的笑容消失了。"我不是故意要惹大人生气,只是……您不能给我更多卫兵吗?"

提利昂长叹一口气。她年纪还轻,不懂事,他提醒自己。他执起她的手。"珠宝可以买新的,衣服可以再做,比旧的漂亮一倍。对我而言,这座宅子里只有你最珍贵。虽然红堡也不安全,但至少比这儿好。我要你过去。"

"在厨房里,"她淡淡地说,"洗碗擦锅。"

"暂时而已。"

"我父亲逼我当他的厨娘,"她咬牙切齿地说,"所以我逃了。"

"你不是说逃跑因为你父亲要把你占为己有么?"他提醒她。

"那也没错。我不喜欢洗碗擦锅,也不喜欢他那玩意儿在我身体里。"她甩甩头。"您为什么不能把我收留进您的塔?朝中一半的老爷都有情妇暖床。"

"我被明令禁止带你进宫。"

"都是你那笨蛋老爸害的。"雪伊撅起嘴。"你已经长大了,想养多少妓女是你的事,他还当你是嘴上无毛的孩子哪?他能拿你怎样,打屁股?"

他打了她一巴掌。不是很重,却也不轻。"你混蛋,"他说,"你混蛋。不许嘲笑我。你不可以。"

好一阵子,雪伊没有说话,四下只听见蟋蟀啾鸣。"请原谅,大人,"最后,她用低沉木然的声音道,"我不是故意放肆。"

我也不是故意要打你。诸神慈悲,我快变成瑟曦了吗?"很抱歉,"他说,"我们都有错。可是,雪伊,你不明白。"那些他不想提起的话滔滔不绝地从嘴里涌出,就如一匹马在低声沉吟。"我十三岁那年,跟一个农夫的女儿结了婚,或者说我以为她是农夫之女。我被爱情冲昏了头脑,盲目地爱着她,还认为她对我也有相同的感觉,是我父亲逼我看清了真相。原来我的新娘是詹姆雇的妓女,他找她来让我初验男女之事。"而我居然对这一切深信不疑,真是个无可救药的大傻瓜。"为了让教训更彻底,泰温公爵将我妻子交给整营的卫兵,让他们随意享用,并命令我全程观看。"等所有人完事之后,他要我跟她再做一次,最后一次,抹去所有爱恋和温柔的记忆。"这样你才能记住真正的她,"他说,我本该违抗他的,但我的老二却背叛了我,于是我照做不误。"在那之后,父亲解除了婚约。修士们也说,这桩婚事等于从未发生。"他用力捏了捏她的手。"求求你,就别再提首相塔了,我只要你在厨房稍作逗留。一旦打败史坦尼斯,我会送你一栋新宅子,还有许多像你的手这么柔软的丝衣裳。"

雪伊的眼睛瞪得老大,但他读不出其中的含义。"如果我的手整天洗灶擦盘,就再也不会这么柔软了。等它们让热水和碱皂弄得又红又糙,起了裂纹,您还会需要它们的抚摸吗?"

"会更需要,"他说,"每当看到它们,我就会想起你的勇气。"

他看不出她是否相信。她只是垂下眼睛。"我听从您吩咐,大人。"

显而易见,这是她今晚所能承受的最大限度。他在她被打的脸颊上吻了一下,试图消去她的痛楚。"我会派人接你。"

瓦里斯如约等在马厩。他的马看上去不仅有些跛,而且半死不活。提利昂也骑上马,一名佣兵打开大门,他们默默地骑出去。诸神救我,我干吗告诉她泰莎的事?他质问自己,突然觉得有些害怕。有些秘密永远不该提起,有些耻辱一个男人应该将其带入坟墓。他想从她那里得到什么?原谅?她那样看他又意味着什么?她是真的痛恨擦洗锅子,还是受不了他的坦白?听了我这些话,她怎么可能还爱我呢?他体内的一部分如是说,而另一部分则嘲笑道:愚蠢的侏儒,那婊子当然爱你,她爱你的黄金和珠宝。

手肘的旧伤隐隐作痛,随着马蹄的起落阵阵抽动。他几乎幻想着听到了里面骨头摩擦的声音,也许该去找个学士看看,弄点药来镇痛……但自从派席尔的真面目被揭穿后,提利昂·兰尼斯特便不再信任学士。只有诸神才知道他们跟谁密谋,在你的药里添加了什么。"瓦里斯,"他说,"我要瞒着瑟曦将雪伊带进城堡。"他简明扼要地叙述了他的厨房计划。

听他说完,太监咯咯笑道:"当然啰,我会照大人的意思去办……但我必须警告您,厨房里耳目众多。即便那女孩没有可疑之处,也会遭到上千个问题的盘问:出生在哪儿?父母是谁?如何来到君临?实话既然不能说,她就必须撒谎,撒谎,再撒谎。"他瞥了瞥提利昂。"而且,如此一个年轻漂亮的姑娘在厨房会激起的可不止是好奇而已。她会被摸,被捏,被拍,被抚弄。刷锅的小弟会摸黑爬进她的毯子。寂寞的厨师会想讨她作老婆。而面包师傅会用沾满面粉的手捏她的胸。"

"我宁愿她被抚弄,也不要她受伤害。"提利昂说。

瓦里斯又往前骑了几步,突然说:"也许还有一个法子。很凑巧,服侍坦妲伯爵夫人女儿的那个女仆一直在窃取她的珠宝,如果我把这番情形告知坦妲伯爵夫人,她会立刻把她打发走。然后,她女儿就需要一个新女仆。"

"我明白了。"这的确可行,提利昂立即看出。小姐使女的穿着比厨娘好上千万倍,甚至能戴一两件首饰。雪伊会高兴的。而且在瑟曦眼中,坦妲伯爵夫人乏味又歇斯底里,洛丽丝则迟钝得像头牛。她不爱跟她们打交道。

"洛丽丝胆小羞怯,也不多疑,"瓦里斯说,"别人说什么故事她都会相信。自从被暴民夺走了贞操,她连房门都不大出,因此雪伊不会引人注目……而在您需要安慰时,她又不至于离得太远。"

"首相塔一直受到监视,你跟我一样心里有数。如果洛丽丝的女仆老是往我这儿跑,瑟曦不起疑才怪。"

"也许,我有办法将那孩子神不知鬼不觉地送进您的房间。有密门的可不止莎塔雅那一家。"

"密门?到我的房间?"提利昂恼怒更甚于吃惊。当然是这样,否则"残酷的梅葛"为何处死所有建造城堡的工人?定是为了保密。"是,我猜也是。告诉我,门在哪里?在书房?在卧室?"

"我的朋友,你不会忍心要我把所有的小秘密都说出来,对吧?"

"从今往后,把它们当做我们的小秘密,瓦里斯。"提利昂抬头看看太监,他还穿着那件臭哄哄的服装。"假如你站在我这边的话……"

"这有什么可怀疑的呢?"

"是啊,我完全信任你。"一阵苦笑回荡在紧闭的窗户之间。"说真的,我当你是我的血亲骨肉一般地信赖。好吧,告诉我,科塔奈·庞洛斯是怎么死的?"

"据说他跳楼自尽。"

"跳楼自尽?不可能,我不相信!"

"他的卫兵没见人进他房间,之后也没在里面找到任何人。"

"或许杀手事先便躲在屋里,藏在床底下。"提利昂设想,"又或者从屋顶上通过绳子爬进去。再或者正是卫兵在说谎,谁知道是不是他们自己干的呢?"

"无疑您是对的,大人。"

他自鸣得意的语气明摆着不以为然。"你不这么认为?这到底是怎么回事?"

瓦里斯很久都没有说话。唯一的声音只是马蹄踏在鹅卵石上那庄严肃穆的嗒嗒声。最后,太监清了清嗓子:"大人,您相信古老的力量吗?"

"你是指魔法?"提利昂不耐烦地说。"血魔法,诅咒,易形术……诸如此类?"他哼了一声。"你在暗示,科塔奈爵士死于魔法?"

"科塔奈爵士在去世的当天早上还向史坦尼斯大人提出挑战。请问,绝望之人会做出这样的举动吗?之前,蓝礼大人意外地遭受神秘谋杀一事也很奇怪,当时,他的战阵已经结成,正准备出发与哥哥一决雌雄。"太监停顿片刻。"大人,你曾经问我,我是如何被阉的。"

"我记得,"提利昂说,"当时你不愿谈。"

"现在也不愿,但是……"这次的停顿比刚才更长,当瓦里斯再度开口时,声音和平时不大一样。"我是个孤儿,从小在一个巡演戏班里当学徒。我们老板有条小货船,载着大家往来狭海,在各个自由贸易城邦表演,有时也去旧镇和君临。"

"有一天,我们在密尔演出,戏班来了个陌生男子,表演完毕之后,他向老板提出要把我买下来。他开的价太诱人,老板无法拒绝。我曾听说男人会怎么享用小男孩,担心那人也有如此打算,因此很害怕。谁知我全身上下他唯一要的是我的阳具。他让我喝下一剂药,动弹不得也说不出话,但所有的知觉都清清楚楚。接着,他用一把长长的弯刀,将我的命根子连根带茎切下,一边还念念有词。我看着他将我的男根放进火盆烧毁。火焰转为蓝色,我听见有个声音在回应他的召唤,尽管我不懂它的语言。"

"他处理我的同时,我的戏班扬帆离去,这之后我对他已没了利用价值,他便赶我走。当时我问他,我该怎么办?他回答说,他建议我去死。我恨他,所以决定活下去。我乞讨,偷窃,出卖自己残存的身躯,不择手段地赚钱,很快就成为密尔有名的窃贼。随着年纪渐长,我更发现窃取人们信件中的内容,往往比钱袋中的内容更有价值。"

"但那晚的情形依然在我梦中萦绕。大人,我梦见的不是那巫师,不是他的刀,甚至不是我的男根在火焰中枯萎的样子,而是那个声音。火焰中的声音。那到底是神灵?是恶魔?还是魔术师的伎俩?……不,所有的伎俩我都精通,只有这种我全然不知。我唯一能肯定的是,他召唤了'它',而'它'作出了回应,从那天起,我便痛恨魔法及所有操行魔法的人。如果史坦尼斯是其中之一,我就要他死。"

他说完之后,他们默默骑行了一段时间。最后提利昂道:"一个悲惨的故事。我很遗憾。"

太监叹了口气。"你很遗憾,但你并不相信。不,大人,不必道歉。当时我喝了药,又痛得厉害,况且那也是很久很久以前、在远隔重洋的地方发生的事。我上千次地告诉自己,那声音只是噩梦中的幻觉。"

"我相信刀剑,相信金钱,相信人的智慧,"提利昂说,"我还相信曾经有龙存在。毕竟我见过它们的颅骨。"

"但愿那是您此生所见最为糟糕的东西吧,大人。"

"对此我们意见一致。"提利昂微笑道,"至于科塔奈爵士之死,嗯,史坦尼斯不是在自由贸易城邦雇了些船吗?也许他还替自己买了个老练的刺客。"

"一个非常老练的刺客。"

"这类人的确存在。我经常幻想自己有一天能富裕到雇无面者去刺杀我亲爱的姐姐。"

"且不论科塔奈爵士死因如何,"瓦里斯道,"他人已死,城堡也告陷落,从此,史坦尼斯可以自由行动。"

"我们有无机会说服多恩人攻击边疆地?"提利昂问。

"没有。"

"真是遗憾。那好吧,至少他们能牵制边疆地的领主。我父亲那边有什么消息?"

"我没有接到泰温大人胜利渡过红叉河的消息。如果他不加紧行动,恐怕会遭到两面夹击。奥克赫特家的橡树叶旗和罗宛家的金树旗皆已在曼德河北岸出现。"

"小指头没有消息?"

"也许他根本没有到达苦桥,也许他死在了那里。我只知道塔利伯爵掌管了蓝礼的军队,处决了许多人,主要是佛罗伦家的。而卡斯威男爵把自己关进城堡。"

提利昂仰头大笑。

瓦里斯不知所措地勒住马。"大人？"

"你看不出其中的讽刺吗，瓦里斯大人？"提利昂向着那些紧闭的窗户，向着整个沉睡的城市招手。"风息堡已经陷落，史坦尼斯即将带着火与剑，带着那些天知道是什么的黑暗力量杀向君临。咱们的好百姓们却没有人保护，没有詹姆，没有劳勃，没有蓝礼，没有雷加，没有他们宠爱的百花骑士，只有我，只有这个他们痛恨的家伙。"他再度大笑。"这个侏儒，这个奸臣，这个畸形小魔猴。在这片混乱中只有我一柱擎天。"

凯特琳

"告诉爸爸，我会让他为我而骄傲。"弟弟翻身上马，一副明亮的铠甲，身后飞扬着长长的披风——上面是红泥与河流的色彩——颇有领主气势。他的头盔顶有一尾银色鳟鱼，和盾牌上雕刻的那尾遥相呼应。

"他一直都为你骄傲，艾德慕。他一直都非常非常爱你，请你相信。"

"那么，除了是他儿子，我会给他一个更好的理由。"他策动战马，举起一只手臂。喇叭奏响，战鼓雷鸣，顷刻之间吊桥轰然放下。艾德慕·徒利爵士带着人马浩浩荡荡离开奔流城，长枪高举，旗帜飘飘。

我统辖的军队比你率领的这支更庞大，凯特琳目送他们离去，心里不禁想。我统辖着怀疑与恐惧的大军。

布蕾妮在她身边，苦恼触目可知。凯特琳叫裁缝比照她的尺寸、出身和性别缝制了新衣服，但她喜欢穿的，还是那身锁甲和熟皮衣，腰系剑带。毫无疑问，她想和艾德慕一起上战场，但奔流城再坚固也需要人守卫。弟弟已将每一位适龄男子都带去打仗，留下一支戴斯蒙·格瑞尔爵士领导的，由老弱伤兵、几名侍从和未经训练，甚至尚未成年的农村孩子组成的守备队。满城妇孺就靠他们保护。

艾德慕手下最后一个步兵消失在闸门之下后，布蕾妮开口问："我们现在该做什么，夫人？"

"我们有我们的责任。"凯特琳面色沉重地穿过庭院。我总是在履行自己的责任,她心想,也许这就是爸爸把我当成他最宝贝的孩子的原因吧。她的两位兄长在幼年时代不幸夭折,所以艾德慕出生之前,霍斯特公爵一直把她当儿子看待。不久,母亲过世,父亲嘱咐她成为奔流城的主妇,而她也出色地扮演了这一角色。再后来,当霍斯特公爵告诉她,她已被许配给布兰登·史塔克时,她感谢他为自己挑选了一个般配的对象。

我把信物给了布兰登,却没给受伤的培提尔任何安慰,甚至爸爸赶走他时,连个道别都没有说。布兰登被谋杀后,父亲要我嫁给他弟弟,我乐于顺从,虽然直到结婚那天,我和奈德连一面都没见。我把自己的贞操献给这个庄重的陌生人,然后送他离开,送他投向他的战争、他的国王和那个替他生下私生子的女人,这一切的一切,只因我总是懂得履行责任。

她信步走到圣堂门前,它矗立在母亲的花园里,由七面砂墙砌成,映照着七色光芒。她们进入时,里面已挤满了人,看来凯特琳并非唯一渴望祈祷的人。她跪在战士的大理石彩绘雕像前,为艾德慕点上一根香烛,为山那边的罗柏也点了一根。请保佑他们平安,帮助他们获得胜利吧,她祷告,并将和平之心带给杀戮的灵魂,让长眠于地下的人们终得安息。

她祈祷之时,圣堂的修士带着香炉和水晶走进来,所以她多待了一会儿参加仪式。她不认得这位修士,他看上去非常虔诚,年纪和艾德慕相仿。他用浑圆愉悦的嗓音祝福七神,工作完成得恰如其分,但凯特琳发现自己在怀念奥密德修士细小颤抖的声调。老修士已过世多年,他若健在,定会耐心地听她倾诉在蓝礼营帐里发生的事,体会她的感受,他一定知道那里到底发生了什么,一定能教她如何摆脱纠缠的梦魇,赶走那不该有的阴影。奥密德,父亲,布林登叔叔,凯姆老师傅,他们总是无所不知,但如今只剩我一人,我却是什么都不懂。我甚至连自己责任所在都不清楚。如果连这都不知道，我该怎么来履行自己的责任呢？

起立之时，凯特琳的膝盖已僵硬不堪，但她并未得到启示。或许今晚该去神木林，向奈德的神灵作同样的祷告。他们比七神更古老。

走到外面，一曲风格奇特的歌谣随风传来。"打油诗人"雷蒙德坐在酿酒房外，四周围了一圈听众。深沉的嗓音婉转嘹亮，他唱的是《德瑞蒙大人在嗜血牧原》：

长剑在手，傲然挺立
戴瑞十人中的最后勇士……

布蕾妮也停下来听了一会儿，她耸起宽阔的肩膀，把粗壮的手臂抱在前胸。一群衣衫褴褛的小孩跑来跑去，拿木棍尖叫着互相打闹。为何孩子都这么喜欢打仗游戏？凯特琳怀疑这场游戏正因雷蒙德而起。歌谣已近尾声，声音愈加高亢。

血红的野草，踏在脚边
血红的旗帜夺目耀眼
血红的光辉，落幕的太阳
沐光的人儿别样红灿
"来啊，来啊，"伟大的战士高声呼告，
"我的长剑饥渴难耐。"
伴随野性的呼喊，
跨过小溪，决斗一番……

"战斗比等待好，"布蕾妮道，"战斗时，你不会觉得如此无助。你有马有剑有斧子。穿起盔甲，任何人都不能轻易伤害你。"

"骑士沙场死。"凯特琳提醒她。

布蕾妮用那双漂亮的蓝眼睛盯着她。"就如贵妇在产床上陨落。但没有哪首歌谣是为她们而唱的。"

"生产小孩是另一种形式的战斗。"凯特琳起步走过庭院。"没有旗帜，没有号角，但激烈程度却分毫不差。从怀孕，到生产……你母亲一定给你讲过那要承受多大的苦痛。"

"我不认得我母亲，"布蕾妮说，"我父亲有许多夫人……几乎年年都换，所……"

"那些不是夫人，"凯特琳道，"布蕾妮，生产难，但更难的在后面，有时候我觉得自己快被撕成几片。若我能分身成五个人该有多好，一人看护一个孩子，保得他们平平安安。"

"谁来保护您呢，夫人？"

她的微笑苍白又无力。"怎么这么问？家族的人会护佑我啊。我母亲大人一直这样说，她告诉我：等你长大了，你的父亲大人，你的兄弟，你的叔舅，你的丈夫，他们都会全力保护你……然而目前他们都不在我身边，我以为你能代替他们呢，布蕾妮。"

布蕾妮低头。"我将尽力而为，夫人。"

当天稍晚，韦曼师傅带着一封信求见。她立刻请他进来，心里暗暗渴望那是罗柏的信，或来自于临冬城的罗德利克爵士，结果却出自于某个叫梅斗的领主之手，他自称风息堡守备队长。信上抬头落的是她父亲，她弟弟，她儿子"或现今奔流城的主事大人"。科塔奈·庞洛斯爵士已死，这人写道，风息堡已开城迎接史坦尼斯·拜拉席恩，拥护他为真正和合法的国王。全体守备队皆已向他宣誓效忠。无人受到伤害。

"除了科塔奈·庞洛斯爵士。"凯特琳低语。她和这位爵士素未谋面，却为他的过世而倍感哀悼。"此事该立刻通知罗柏，"她说，"他现在在哪儿？"

"最后一次联络时，陛下正进军峭岩城，维斯特林家族的城堡，"韦曼学士道，"如果我向烽印城送渡鸦，或许他们能派信使去追他。"

"快去办吧。"

学士离开后，凯特琳展信又读一遍。"梅斗大人对劳勃的私生子只字未提，"她对布蕾妮倾诉，"我猜他把军队和孩子一起献给了史坦尼斯，不过我实在不明白，史坦尼斯为何非要这个小孩不可？"

"或许他害怕他的继承权。"

"一个私生子的继承权？不，一定别有目的……这孩子长什么样？"

"大约十岁出头，相貌清秀，黑头发，明亮的蓝眼睛。来访的人常把他误认作蓝礼陛下的亲儿子。"

"而蓝礼和劳勃就像一个模子打出来的。"凯特琳觉得自己捕捉到一丝解答的光线。"看来，史坦尼斯打算向全国上下展览兄长的私生子，让人们从那孩子脸上看到劳勃的影子，从而怀疑乔佛里的生父。"

"有这么重大的意义？"

"站在史坦尼斯这边的将称其为铁证如山。而支持乔佛里的将说那是无稽之谈。"就她自己的孩子而论，徒利方面的特征就比史塔克方面的来得明显。长得和奈德相仿的只有艾莉亚，以及琼恩·雪诺，但他不是我的孩子。她不禁又想起琼恩的母亲，想起奈德谜一般的影子爱侣，想起丈夫一直不肯提起的"她"。她也为奈德哀悼么？她恨他选择了我而抛弃了她吗？她也同我一样在为孩子祈祷吗？

这些念头让她不安,她知道它们毫无意义。如果谣言属实,琼恩真是星坠城的亚夏拉·戴恩所生,那他母亲已经丧命很久;如果不是,凯特琳对他母亲的所在和身世就没了一点线索。不过这些都无关紧要。奈德去了,他的爱、他的秘密都和他一同消逝。

然而,她还是忍不住想起,男人们对待私生子的差别多大啊。奈德总是极力保护琼恩,而科塔奈·庞洛斯爵士用自己的生命来捍卫艾德瑞克·风暴,另一方面,卢斯·波顿的私生子对他来说无异于一条狗,从三天前艾德慕收到的那封口气奇特而冰冷的信件中便一清二楚。他在信中宣称自己业已渡过三叉戟河,正遵命向赫伦堡进发,他写道:"这是一座无比坚固的城堡,驻有庞大的守军,但我不惜杀掉每一个活生生的灵魂,以达成陛下的凤愿。"他希望国王陛下准他将功折罪,抵消他私生子的恶行,此人已被罗德利克·凯索爵士明令处死。"这是他该遭的报应,"波顿写道,"被污染的血脉永远是祸乱之源,这位拉姆斯先生天性便是狡猾、贪婪而残忍。我宣布自己和他脱离关系。如果他苟活于世,我的娇妻和我即将生下的合法子嗣便永不得安宁。"

急促的脚步声冲走她病态的思绪。戴斯蒙爵士的侍从气喘吁吁地闯进房里,单腿跪下。"夫人……兰尼斯特军……开始渡河了。"

"别慌,先喘口气,小伙子,慢慢说。"

他照办。"一支长长的武装纵队,"他报告,"正准备跨过红叉河。兰尼斯特的狮子旗下是紫色独角兽旗。"

领军的是布拉克斯大人的儿子之一。当她还是个小女孩时,布拉克斯来过奔流城一次,为自己的儿子求娶她或莱莎。她怀疑是否正是当年被提亲的小子领导着这次进攻。

兰尼斯特骑兵打着耀眼的旗帜从东南方出现。她走上城垛观看,戴斯蒙爵士也在城上。"一支先遣队,没什么打紧,"他保证,"泰温公爵的主力尚在南边很远的地方。我们很安全。"

红叉河南岸,平原无垠伸展,坦荡而开阔。身处水车塔,凯特琳一望无数里,但渡口只有最近那一个才看得真切。艾德慕把眼前这个浅滩及上游的另外三处皆委托杰森·梅利斯特伯爵防守。兰尼斯特骑兵正在河岸边犹疑地打转,红色和银色的旗帜在风中飞舞。"不超过五十个,夫人。"戴斯蒙爵士估算。

凯特琳看着骑兵散成一道长长的阵线。杰森大人的部下则躲在岩石、青草和小丘背后等着他们。喇叭奏响,骑兵们迈开沉重的步伐,踏入激流,溅起翻飞的水花。他们树立了一副英勇的形象,明亮的盔甲,舞动的旌旗,艳阳在枪尖上闪光。

"就是现在。"她听到布蕾妮低语。

眼前发生的一切很难分辨,瞬息之间,只有战马的长嘶清晰可闻,嘶叫中还有微弱的钢铁碰撞声。一面旗帜突然消失,只因旗手已被河流卷走,不久之后,这场战斗的第一个牺牲者飘过奔流城的墙垒,随着大江向东流去。这时,兰尼斯特的人马已从混乱中恢复。她看见他们重新列队,简短地交换意见,然后沿来路奔逃回去。城堡的守卫者们高声辱骂着,然而他们距离太远,应该是听不见。

戴斯蒙爵士拍拍肚子,"霍斯特大人若是瞧见,非跳舞庆祝不可。"

"我父亲跳舞的日子已经过去,"凯特琳说,"而战斗才刚刚开始。兰尼斯特会回来的。泰温公爵的军队是我弟弟的两倍。"

"就算十倍又何妨?"戴斯蒙道。"红叉河西岸的堤坝比东岸高得多,夫人,而且是良木制造。我们的弓箭手有良好的保护,开阔的视野……即使有意外发生,艾德慕已把最好的骑士留作后备,一旦急需,可随时作出反应。这条大河会挡住敌军。"

"我祈祷你是对的。"凯特琳严峻地说。

夜里，他们终于回来了。凯特琳休息之前，下令敌人返回后立刻叫醒她。午夜过后很久，一位侍女来到房里，轻摇她肩膀。凯特琳立时惊起。"怎么了？"

"渡口又有情况，夫人。"

披上睡袍，凯特琳急匆匆登上堡顶。从此，透过高高的城墙和月光照耀的河流，她看到两军交火的地方。防御者们在河堤上燃起警卫的篝火，兰尼斯特军大概认为能趁夜色不备或守军有所松懈，结果大错特错。黑暗是可疑的盟友。他们起初昂首挺胸，艰难跋涉，忽然便踩进暗坑被水冲走，或是绊住石头踏上蒺藜。梅利斯特的十字弓兵放出一阵阵火箭，飞矢在河流上空哑哑作响，远远观之有种别样的美。有个士兵身中十余弩箭，衣服着火，在齐膝深的水中跳来跳去，最终倒下，被水冲走。等他的尸体漂过奔流城，火焰和生命都已熄灭。

一场小小的胜利，凯特琳心想。战斗很快结束，幸存的敌军在黑夜中遁逃无踪。终归是场胜利。当她们步下回旋的塔楼阶梯时，凯特琳询问布蕾妮对此战的看法。"这只是泰温大人用指尖轻轻一弹，夫人，"女孩说，"他在刺探，寻找一个虚弱的节点，一个未经加固的渡口。假如找不到，他便会收紧手指，成为铁拳，强打一个出来。"布蕾妮耸肩。"如果我是他，我就这么干。"她把手放在剑柄上，轻轻拍了拍，似乎要确定剑还在身边。

希望诸神站在我们这边，凯特琳想。不过她什么也做不了，河上的战争是艾德慕的战争，而她的战场在城堡里面。

翌日清晨，早餐之际，她找来父亲年迈的总管乌瑟莱斯·韦恩。"给克里奥·佛雷爵士送壶葡萄酒。我想问他几个问题，先松松他的舌头。"

"照您的吩咐，夫人。"

不多久，一位胸前绣着梅利斯特雄鹰纹章的骑手带来杰森大人的消息,渡口又发生一次小冲突,我军获得另一次胜利。佛列蒙·布拉克斯爵士企图在向南六里格处一个渡口强渡。这次兰尼斯特军削短长枪,徒步冲过河流,然而梅利斯特的十字弓手们高举弩弓,朝天空射出箭雨,越过对方的盾墙。同时艾德慕安置在河堤上的弩炮掷出无数重石,粉碎了敌方队列。"他们在河中扔下一打尸体,只有两个家伙抢上我方滩头,接着便被三两下干掉。"骑手报告。他还提到在更上游处爆发的战斗,那个渡口由卡列尔·凡斯爵士负责,"突击毫无效果,敌军遗尸累累。"

也许艾德慕比我以为的更精明,凯特琳心想。他的计划赢得了手下诸侯全心的支持,为何我就不满意?弟弟不是当年的小孩子了,就像罗柏一样。

一直等到傍晚,她才去见克里奥·佛雷爵士,她告诉自己拖得越久,他便喝得越醉。果不其然,她前脚踏进塔楼囚室,克里奥爵士便蹒跚跪倒。"夫人,逃跑的事我一无所知。小恶魔说兰尼斯特家的人身价不同,一定得有自己的护卫,我以骑士的荣誉发誓——"

"起来,爵士。"凯特琳找地方坐下。"我知道瓦德·佛雷的孙子决不会当背誓者。"除非有利可图。"我弟弟说,你带来了和平条件。"

"是的。"克里奥爵士摇晃着站起来。看他东倒西歪的模样,她心里暗暗满意。

"说给我听。"她命令,他便照办。

听完后,凯特琳皱紧眉头。艾德慕说得没错,这哪是什么条件,除了……"兰尼斯特愿用艾莉亚和珊莎来交换他哥哥?"

"是。他坐在铁王座上赌咒发了誓。"

"何人为证?"

"满朝文武均能作证,夫人,诸神也可为证。我把这些话都

给艾德慕爵士讲了，但他说不行，罗柏陛下决不会允许这样的交换。"

"他说的没错。"她不能责怪罗柏。艾莉亚和珊莎毕竟只是孩子，而那弑君者，一旦活生生放归自由，便比全国上下任何人都凶险。此路不通。"你见过我女儿们吗？她们的待遇如何？"

克里奥爵士犹豫起来。"我……是的，她们都……"

他支支吾吾想撒谎，凯特琳意识到，只是被葡萄酒麻痹了意识。"克里奥爵士阁下，"她冷冷地说，"当你的手下欺骗我方时，你已不在和平旗帜的保护之下。你敢撒谎，我就把你和他们一起吊上城墙。千万别心存侥幸，我只问你一次——你看见我女儿们了吗？"

汗水浸湿了他的眉毛。"我在宫里见到了珊莎，就是提利昂提出和平条件的那一天。她看起来非常可爱，夫人，只是有点苍白，就像……淹过水。"

只有珊莎，没有艾莉亚！各种原因都有可能。艾莉亚一直很难管教。也许瑟曦不敢把她拿到宫中来炫耀，害怕她会说出什么做些什么。他们或许把她秘密而安全地关了起来，或者杀了她！凯特琳连忙把这念头赶走。"照你的说法。和谈条件由提利昂提出……可瑟曦才是太后摄政王啊。"

"当时太后缺席，提利昂代表两人发言。听说那天她身体不适。"

"真古怪。"凯特琳的思绪回到当初在明月山脉的那次可怕旅行，想起提利昂·兰尼斯特如何将她身边的佣兵诱惑到他门下。就一个半人而言，这侏儒真是聪明过头。她无法想象莱莎将他赶出谷地后，他如何活了下来，但对此却并不惊讶。至少，他和谋杀奈德一事了无瓜葛，而当原住民前来攻打时他保护过我。如果我相信他的话……

她张开手掌,看着横跨指头的伤痕。是他的匕首留下的,她提醒自己,是他的匕首,拿在杀手手中,他雇这杀手去割布兰的喉咙。可是,侏儒矢口否认,即使莱莎把他打入天牢,又用月门威胁他,他还是不承认……"他撒谎,"她猛地站起来,"兰尼斯特家的人个个都是骗子!这侏儒是最大的骗子!杀手拿的是他的匕首!"

克里奥爵士惊恐万状。"您说的我都不知——"

"你的确不知情,"她同意,一边快步走出囚室。布蕾妮紧跟在后,保持沉默。她的生活好单纯,凯特琳心中油然升起强烈的嫉妒。她像个男人,男人什么事都可以用剑去解决。然而对女人而言,尤其对一位母亲来说,道路却是崎岖万分,难以寻求。

为鼓舞士气,她在城堡大厅和守备队共进一顿迟来的晚餐。用餐期间,"打油诗人"雷蒙德一直在歌唱,倒让她省了心,可以不必讲话。他唱的最后一首是自己写的歌颂罗柏牛津大捷的歌谣:"黑夜中的星星是奔狼的眼睛,狂风呼啸是他们在歌唱。"伴随音阶,雷蒙德摇摆头颅,放声吼叫,到最后,厅里一半人都跟着他吼,连喝醉的戴斯蒙·格瑞尔爵士也参加进去。众人的嗓门震得屋顶沙沙作响。

就让他们唱吧,只要能使他们勇敢,凯特琳边想,边把玩银酒杯。

"我小时候,暮临厅里常来歌手,"布蕾妮静静地说,"我用心记下了所有歌曲。"

"珊莎也是这样,虽然少有歌手肯作长途旅行前往临冬城。"我告诉她在君临会有很多很多的歌手。我告诉她在那里能听到各种各样的音乐。我告诉她在那里父亲能为她找个好老师、教她弹竖琴。啊,诸神饶恕我……

布蕾妮道,"我记得一个女歌手……从狭海对岸过来。我听不懂她的语言,但她的嗓音就跟她的面貌一般姣好。李子色的眼睛,纤细的腰围——我父亲大概双手就能握住,他的手差不多和我一样大。"她握拢粗长的手指,似乎是想隐藏。

"你会唱歌给父亲听吗?"凯特琳问。

布蕾妮摇摇头,目不转睛地瞪视着眼前的餐盘,似乎要从残留的肉汁里寻找答案。

"为蓝礼呢?"

女孩脸红了。"没有,我……他的弄臣,总说些残酷的笑话,然而我……"

"希望有一天,你能为我歌唱。"

"我……可是,我没有那种天赋。"布蕾妮推桌起身。"请您原谅,夫人,我可以先行告退吗?"

凯特琳点头。这个高大笨拙的女孩大步离开厅堂,狂欢的人群中谁也没有注意她。愿诸神与她同在,凯特琳想,随即无精打采地继续晚餐。

布蕾妮预言的强击在三天后到来,但奔流城在五天后才接获消息。艾德慕的信使抵达时,凯特琳正陪在父亲床边。来人盔甲凹陷,靴上满是泥尘,外套破了个大洞,但他跪下时脸上的表情让人一望而知他带来的是好消息。"夫人,我们胜利了!"他呈上艾德慕的信。她颤抖着拆开。

泰温公爵在十几处渡口尝试强渡,弟弟写道,屡战屡败。莱佛德伯爵淹死,来自秧鸡厅克雷赫家外号"壮猪"的骑士被俘,亚当·马尔布兰爵士被打退三次……最激烈的战斗发生在石磨坊,此地由格雷果·克里冈爵士率队攻打。在冲锋中,他的人落马无数,以至于死马阻塞了河道。最后,魔山带一群精锐亲兵冲上西岸,但艾德慕调来后备部队加以反攻,敌军被彻底击溃,乱作一团,伤亡惨重。格雷果爵士失去了战马,身带十几处伤,狼狈地逃过红叉河,我军则用箭雨和飞石欢送。"他们过不了河,凯特,"艾德慕潦草地写道,"泰温公爵退往东南,大概想虚晃一枪后杀回来,又或是真的撤退。这都没关系,他们永远过不了河。"

戴斯蒙·格瑞尔爵士兴高采烈。"噢,只可惜我没去,"她边读老骑士边感叹,"雷蒙德那傻瓜在哪里?该让他为这场战斗好好谱首曲子,诸神在上,我想这次连艾德慕也乐意倾听。《碾碎魔山的磨坊》,这名字怎么样?我真该自己来填词呢!"

"战斗结束前,我不想听任何歌曲。"凯特琳尖刻地说,但她允许戴斯蒙爵士将胜利的消息传出去,并同意他的提议——大开酒桶为石磨坊的荣耀干杯。这段时间,奔流城的气氛一直紧张压抑,给人们一点希望和饮料是再好不过的事。

当晚,城堡洋溢着欢庆的笑语。"奔流城万岁!"平民们高呼,"徒利万岁!万岁!"他们来时既恐惧又无助,是弟弟收容了他们——虽然世上绝大多数领主都会将他们拒之门外。他们为他齐声欢呼,声音流过高耸的大窗户,渗出厚重的红木门。雷蒙德弹奏竖琴,身边伴着两位鼓手和一个吹簧管的小伙子。凯特琳听着弟弟留给她作守备队的这些青涩少年羞赧地笑语,兴奋地叽叽喳喳。这些声音很可爱……却不能触及她的心房。她无法分享他们的快乐。

在父亲的书房,她找出一本厚重的、皮面精装的地图册,翻到河间地的部分。在摇曳的烛光下,她的眼睛顺着红叉河道来回巡视。他退往东南,她想。现在大概到了黑水河源头附近,她估计。

合上书本时,她只觉更加不安。诸神把一场又一场的胜利赐给我们:在石磨坊,在牛津,在奔流城外,在呓语森林……

既然我们不断胜利,为何我还心怀恐惧?